조용한 밤에 생각에 잠기다

靜夜思

침상 앞의 밝은 달빛은
아마도 땅에 내린 서리인가
머리 들어 산마루의 달 바라보다가
머리 떨구고 고향 생각하노라

牀前明月光
疑是地上霜
擧頭望山月
低頭思故鄉

KB251783

FANTASTIC ORIENTAL HEROES
영웅
탄생

영웅 탄생 6

이동휘 新무협 판타지 소설

초판 1쇄 찍은 날 § 2005년 5월 28일
초판 1쇄 펴낸 날 § 2005년 6월 8일

지은이 § 이동휘
펴낸이 § 서경석

편집장 § 문혜영
편집책임 § 서지현
편집 § 장상수 · 최하나

펴낸곳 § 도서출판 청어람
등록번호 § 제1081-1-89호
등록일자 § 1999. 5. 31
어람번호 § 제2-0607호

주소 § 경기도 부천시 원미구 심곡1동 350-1 남성B/D 3F (우) 420-011
전화 § 032-656-4452 팩스 § 032-656-4453
http://www.chungeoram.com
E-mail § eoram99@chollian.net

ⓒ 이동휘, 2004

ISBN 89-5831-562-8 04810
ISBN 89-5831-265-3 (SET)

※ 파본은 본사나 구입하신 서점에서 교환하여 드립니다.
※ 저자와 협의하여 인지를 붙이지 않습니다.

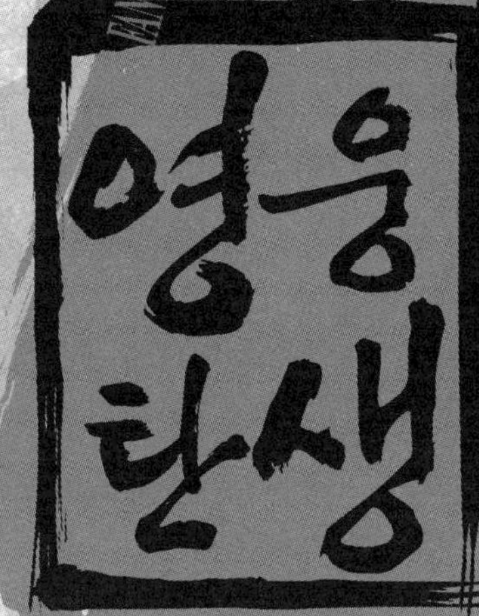
영웅탄생
|영웅천하(英雄天下)|
6
완결

이동휘 新구협 판타지 소설

도서출판
청어람

■ 차례 ■

"혈패왕, 네놈이 감히……."

무너져 버린 제단 앞에서 청양자는 치를 떨었다.

"내가 여길 온 게 뜻밖인가, 청양? 아니, 배교의 교주님이라고 불러야 하나?"

혈패왕은 검을 바로 세우며 웃음을 흘렸다.

청양자의 눈이 크게 확대되었다.

"네놈이 어떻게 그걸……!"

혈패왕은 눈을 번득이며 말을 이었다.

"넌 나를 너무 우습게 보았다, 청양. 단전이 파괴되었으니 가둬두기만 해도 될 거라고 생각했겠지. 나는 지난 십 년간 동굴에서 참오하면서 우리의 마지막 결전을 반추해 보았다. 나를 완벽히 제압한 너의 수법이 순수한 무공이라고 생각했었는데, 최근에 들어 깨닫게 되었지. 내가 너의 얄팍한 사술과 눈속임에 현혹되었다는 걸."

청양자는 비웃음을 흘렸다.

"훗, 사술이니 눈속임이니 폄하해 봐야 결국 네가 패배했다는 것은 달라질 게 없다. 십 년간 연구해 낸 것이 고작 패배에 대한 변명이냐?"

“그것 말고도 몇 가지가 더 있지.”

혈패왕의 애검이 빛을 발하기 시작했다.

“이제 그 성과를 보여주겠다. 본의 아니게 명왕현신대법을 방해한 것에 대해서는 사과하마. 네놈이 명왕의 기운까지 얻었다면 단전이 파괴된 나로서는 도저히 감당하기가 어려웠을 테니까.”

의혹과 분노로 뒤범벅돼 있던 청양자의 표정은 점차 차분해졌다.

“네놈이 도대체 어떻게 본 교주의 모든 계획을 파악하고 방해할 수 있었는지 알 수가 없군. 좋아, 널 얕본 것은 인정하마. 그러나 달라지는 것은 없다. 오늘 실패한 명왕현신대법은 일 갑자 후에 다시 시도하면 되는 것이고, 너는 이 자리에서 죽여 버리면 그만이니까.”

“훗, 누가 죽을지는 두고 봐야겠지.”

“단전이 파괴된 놈치고는 지나치게 시건방지군.”

청양자의 양손에서 붉은 기운이 마구 쏟아지기 시작했다.

“본 교의 적루만천술에 화산의 자하신공을 곁들였다. 네놈을 오체분시하기에 딱 알맞는 수법이지.”

쏟아져 나온 붉은 기운은 혈패왕 주위의 온 동굴을 뒤덮기 시작했다.

혈패왕의 검에서도 모락모락 연기 같은 기운이 올라오기 시작했다. 반투명한 기운은 다가오는 붉은 기운을 몰아내며 세 덩어리로 갈라지기 시작했다.

“크크크, 십 년 전 패배할 때 썼던 쌍룡출세냐. 이제 용이 세 마리로 늘었나? 하지만 달라질 것은 아무것도 없다.”

“글쎄, 과연 그럴까.”

혈패왕이 뿜어낸 기운은 퍼지는 듯하다가 응축되기 시작했다. 응축된 세 가지의 기운은 점점 검의 형상을 띠어갔다.

동굴 전체를 뒤덮은 붉은 기운은 마침내 온 사방에서 혈패왕을 향해 덮쳐오기 시작했다. 방비하기도 불가능하고 달아나기도 불가능해 보이는 공세였다.

붉은 기운이 코앞까지 닥쳐온 순간, 혈패왕의 눈이 다시 한 번 번득였다.

“진정한 파천황(破天荒)의 기세가 뭔지 오늘 보여주마.”
그의 검이 힘차게 앞으로 뻗어나갔다. 검에서 뽑아져 나온 세 가닥의 검기가
검의 움직임을 따라 섬광처럼 뻗어나가며 붉은 기운을 꿰뚫었다.

그 누가 있어 영웅을 알아보는가

제1장

그 누가 있어 영웅을 알아보는가

그 누가 있어 영웅을 알아보는가

점점 철무련의 우세가 굳어지던 강호대전에 새로운 변화의 바람이 불기 시작했다.

호광 중부의 방어선까지 빼앗기며 나락으로 떨어져 가던 무림맹과 정파에 새로운 희망으로 떠오르는 별이 하나 있었으니, 그의 이름은 바로 경천객 방구병.

그는 무림맹의 호광성 최후의 방어선인 무당산에 홀연히 출현, 철무련의 맹공에 막 무너지려던 무당파를 구해냄으로서 명성을 떨치기 시작했다.

게다가 연이어 벌어진 양양 전투에서 당시 철무련 공격진의 수장이며 강북칠웅 중 한 명인 황룡문주 석태곤과 그 휘하의 칠대빈객이 그의 검 아래 고혼이 되어버리자 경천객의 위명은 천지를 뒤흔들게 되었다.

그의 대활약으로 호광성 북부 방어선이 지켜지자 사방에서 압박을 받고 있던 하남성의 무림맹 본진도 한결 숨통이 트여 반격의 발판을 마련하기 시작했다.

이러한 가운데 호남에 머물러 있던 철무련의 본진이 서서히 북상하면서 바야흐로 전쟁의 승패를 판가름할 대격전이 일어나리라는 소문이 강호에 파다하게 퍼지고 있었는데……

　　　　　　　*　　　　　　　*　　　　　　　*

　초연흠의 새외 세력과 정파 세력 간의 격돌로 인해 분쟁의 소용돌이 한가운데 위치했던 섬서성은 초연흠의 새외 세력이 산서로 빠져나간 지 꽤 오랜 시일이 흐르면서 서서히 안정을 찾고 있었다.

　약 일 년 전 화산파와 새외 세력 간의 치열한 일전이 벌어져 시체가 산 전체를 뒤덮었던 화산 역시 언제 그랬냐는 듯 평온한 모습을 되찾고 있었다.

　고요한 어느 아침, 화산 연화봉으로 향하는 소롯길을 나귀 한 마리가 터덜터덜 올라가고 있었다.

　나귀 위에 올라탄 청년은 나귀 등에 반쯤 기댄 편안한 자세로 앉아 있었다.

　청년의 초점없는 두 눈은 저 멀리 연화봉의 꼭대기에 위치한 화산파의 건물을 향해 있었다. 아마도 화산파를 향해 가고 있는 듯했다.

　산 중턱까지 올라갔을 즈음, 지나가던 사냥꾼 한 명이 청년과 나귀를 보고는 말을 걸었다.

　"이보게, 공자. 어딜 그리 가는 겐가?"

　청년은 나른한 표정으로 대꾸했다.

　"화산파에 갑니다만."

　"거긴 왜 가는 건가?"

　"만나볼 사람이 있어서요."

　"가봐야 소용이 없을 걸세."

　"왜요?"

　"왜긴 왠가. 강호대전이 벌어지고 있다는 얘기 못 들었나? 여기서도 한바탕 드잡이질이 벌어졌었는데, 정말 대단했었지. 하늘을 붕붕 날아다니는 강호인들 수백 명이 집단으로 전투를 벌였는데, 태어나서 그런 장관은 처음 보았네. 어쨌거나, 그 전투에서 화산파가 패한 모양이더군."

　"그럼 봉문이라도 했단 말입니까."

　"글쎄 정상적인 상황이라면 그래야 했겠지만, 여기 장문인이 꽤 고집이 있는 사람이었던 모양이야. 본산을 내팽개친 채 무림맹과 함께 떠나 버렸다네. 장소가 중요한 게 아니라 사람이 중요한 거라면서.”

“끝까지 싸워 이겨보겠다는 생각인가 보군요?”

“그렇지. 하여간 그렇게 되는 바람에 지금 화산의 본산은 텅텅 비어 있는 상태일세. 게다가 화산파가 물러난 후 그 새외 세력인가 뭔가 하는 놈들이 한바탕 쓸고 가는 바람에 온전히 남아 있는 물건도 없고, 건물들도 폐허가 된 상태일세. 혹시 뭐 집어갈 거라도 없나 싶어서 내가 한 번 가봤더니 그야말로 가관이더라고. 그러니 거기 가도 소용이 없다는 얘기일세.”

친절한 나무꾼의 설명에 청년은 허리를 숙여 감사를 표했다.

“고맙습니다. 그래도 이왕 여기까지 왔으니 한 번 올라가 보고 싶군요.”

“맘대로 하게나. 가서 혹시 실망할까 봐 알려준 것뿐일세.”

나무꾼을 뒤로하고 청년은 나귀를 몰아 계속 산 위로 올라갔다.

마침내 화산파에 도착한 청년은 나무꾼의 말을 눈으로 확인할 수 있었다.

전투가 끝난 직후 핏빛으로 물들었던 옥녀지는 일 년이 지난 지금까지도 제 색깔을 찾지 못한 듯 혼탁하기 그지없었고, 절벽 한 켠으로 화려하게 늘어서 있던 전각군들은 곳곳이 부서지고 무너져 내려 있었다. 치열한 전투의 흔적도 여전히 남아 있었지만 그나마 시체는 다 거두어 떠난 듯 사람의 자취는 보이지 않았다.

쓸쓸한 표정으로 폐허를 거닐던 청년의 발길은 상궁으로 향했다.

장문인이 기거한다는 상궁은 가장 안쪽에 있었기 때문인지 비교적 깨끗한 외양을 유지하고 있었다.

안에 사람이 있을 리 만무했지만 청년은 상궁 건물 안으로 들어가 그 중앙에 위치한 장문인실로 갔다.

장문인실에 들어선 청년은 의아한 생각이 들었다. 상궁을 들어서면서부터 생각한 것이지만 상궁은 다른 건물들에 비해 지나치게 깨끗했다. 장문인실은 특히 그러했는데, 마치 오늘 아침에 청소해 놓은 방같이 먼지 한 점 보이지 않았다.

고개를 갸웃거리며 청년은 장문인실을 둘러보았다. 화려한 상궁의 외양에 비해 장문인의 방은 가구나 장식도 몇 개 없이 무척 검박했다. 방 주인의 겸손한 마음이 묻어나는 내부였다.

청년은 장문인이 쓰던 책상의 의자에 앉았다. 그는 책상을 잠시 쓰다듬으며 착잡한 표정을 지었다.

"기껏 얼굴 한 번 보겠다고 마음먹고 왔더니만, 어딜 가신 거요, 대체?"

홀로 중얼거리던 청년은 책상 서랍을 하나하나 열어보기 시작했다.

서랍 안에는 서류와 문방사우 등 잡다한 물건들이 남아 있었으나 방 주인의 채취가 묻어나는 물건은 보이질 않았다.

아쉬운 표정으로 마지막 서랍을 열던 청년은 넓적한 목갑 하나를 발견했다.

청년은 목갑을 꺼내어 무심코 뚜껑을 열었다.

뚜껑을 열고 내용물을 살펴본 청년의 얼굴에 흠칫하는 기운이 어렸다.

목갑 안에서 나온 것은 인피면구였다. 청년은 의아한 표정으로 그걸 들어 꼼꼼히 살폈다.

매우 정교하게 만들어진 인피면구는 주름이 자글자글하고 텁수룩한 수염이 붙어 있어서 그걸 쓰면 몹시 늙어 보일 것 같았다.

명문정파로 유명한 화산파의 장문인이 대체 무슨 이유로 신분을 숨기는 데 쓰는 이런 물건을 가지고 있어야 했을까, 의아해하던 청년은 아래쪽에 달린 수염 부분에 눈길이 가기 시작했다.

'음, 상당히 낯이 익은데?'

어디선가 많이 본 듯한 수염이라 생각하여 계속 고개를 갸웃거리던 청년은 방 한 켠에 있는 작은 동경을 발견하고 그것을 가져다가 책상에 놓았다. 그리고는 쭈글쭈글한 인피면구를 들어 그것을 쓰고서 동경을 바라보았다.

동경에 비친 인피면구 속의 두 눈이 휘둥그레졌다.

"이, 이 얼굴은……?"

그때 밖에서 인기척이 들렸다. 청년은 화들짝 놀란 표정으로 벌떡 일어섰다. 사람이 있을 리 없는 폐허에서 들린 인기척이 의아했기에 그는 방에서 나와 건물 밖으로 달려나갔다.

　상궁 앞에서 인기척을 낸 사람은 나이 든 노도사였다. 그 역시 청년이 건물 안에서 튀어나오자 깜짝 놀란 표정을 지었다.

　"누, 누구시오?"

　"제가 묻고 싶은 말입니다만, 노도장께서는 화산의 문인이신지요?"

　청년의 반문에 잠시 머뭇거리던 노도사는 갑자기 분노한 표정을 짓더니 결의에 찬 어조로 대꾸했다.

　"그렇다고 할 수 있다! 네놈은 초연흠의 졸개겠군? 왜, 노도마저 죽이려 온 것이냐?"

　뜻밖의 반응에 청년은 어이없어하는 표정을 지었다.

　"죽일 테면 죽여라! 나이도 먹을 만큼 먹어서 죽어도 여한이 없다!"

　"저기… 뭔가 착각하신 듯한데, 전 그런 놈들과 전혀 연관이 없는 사람입니다. 그저 화산파에 있는 아는 사람을 만나려고 이곳을 방문한 것입니다."

　그 말에 잔뜩 긴장한 표정이던 노도사는 적이 안심한 듯 굳은 얼굴을 풀었다.

　"그런 것이었구먼. 난 또 초연흠의 끄나풀들이 또다시 이곳을 해하려 온 것이 아닌가 해서……."

　"그런데… 진짜로 화산의 도사이십니까?"

　청년의 질문에 노도사는 너털웃음을 터뜨렸다.

　"으허허허! 화산에서 도를 닦고 있으니 화산의 도사인 것은 맞지. 그러나 여기 화산파에 속한 사람은 아닐세."

　"……?"

　"노도는 정선생(頂先生)이라고 불리는 사람일세. 조양봉 근처에 위치한 작은 도관에서 청정수양에 힘쓰고 있지. 도를 닦는 것에만 열중하고 있을 뿐, 무공과는 거리가 먼 사람이지. 노도는 화산파의 같은 연배의 도장들과 친분 관계가 꽤 두터운 편이었네. 그렇기에 이번 사태로 인해 화산파의 문인들이 쫓겨간 것이 참으로 안타까웠지. 그래서 이곳을 점령했던 초연흠 패거리가 떠나간 이후 이곳이 어떻게 되었을까 궁금한 마음에 한번 올라와 보았지. 그런데 보다시피 이 꼴이 되어 있더군. 늘 존경의 염을 품고 있던 문파가 폐허가 되어 있는 광경을 보니 마음이 착잡하여 틈틈이 시간날 때마다 이곳에 올라와 정리할 수 있는 곳을 정리하려고 마음먹었지."

청년은 그제야 상궁과 장문인실이 깨끗했던 이유를 알 수 있었다. 아마도 이 노도사가 화산파의 중심인 이곳부터 정리를 해주었던 모양이다.

"검을 찬 것을 보아하니 무림인인 듯도 한데, 어찌 화산파가 일 년 전에 이곳을 뜬지를 몰랐을꼬? 강호에 떠도는 소문만 들었어도 이곳이 폐허가 되어 있고 또 옥운 장문인을 비롯한 화산파가 어디에 있는지는 알 수 있었을 텐데."

청년은 쓴웃음을 지었다. 그는 지금 모종의 결심을 하고 무림 쪽에 관심을 끊은 상태였다. 귀를 닫고 이곳까지 온 터라 삼 년 가까이 이어지고 있는 강호대전이 어떻게 진행되는지, 또 화산파가 어떻게 당하고 어떻게 쫓겨난 것인지 전혀 들은 바가 없었다.

"강호초출인지라 아는 게 없습니다. 진인께서 가르침을 주시지요."

"가르쳐 주는 거야 어려울 거 없네. 화산파는 지금 하남성에 있다네. 하남과 산서의 경계에서 무림맹의 일원으로서 지금 산서성에 진을 치고 있는 새외 세력이 들어오는 입구를 방어하고 있지."

"그렇군요. 잘 알겠습니다. 감사합니다."

청년은 고개를 숙여 인사했다. 정선생은 문득 청년의 정체가 궁금해져서 물었다.

"그런데 자네는 누구이고 또 누굴 찾아온 겐가?"

"제 이름은……."

을씨년스러운 늦겨울 바람이 덜렁거리는 객잔 문을 삐거덕거리게 만들며 지나갔다.

　대로와 대로가 만나는 교차로 변에 위치한 객잔은 목이 좋아 보임에도 불구하고 그 외양이 볼품없었다. 군데군데 무너져 있는 외벽은 널빤지로 대충 막아놓고 보수를 하지 않아서 차가운 겨울바람이 그 틈새로 횡횡 들어오고 있었다. 외양 못지않게 허름한 건물 내부에는 손님들이 많이 찾는 저녁 시간이라는 시간대에 어울리지 않게 앉아 있는 손님보다 벽에 기댄 채 꾸벅꾸벅 졸고 있는 점소이의 머릿수가 더 많았다.

　적막함이 감돌고 있던 실내에 삐그덕 소리와 함께 찬바람이 들어왔다.

　문가에서 졸고 있던 점소이는 손님 한 명이 들어오는 것을 알아차리고는 다급히 머리를 조아렸다.

　"어서 옵쇼! 맛있는 식사와 따끈한 잠자리가 구비되어 있습니다!"

　"아봉, 나다."

　머리를 조아리고 있던 점소이 아봉은 귀에 익은, 그러나 무척 오랜만에 듣는 목소리에 다급히 고개를 들었다.

　"어라? 이게 누구요?"

　아봉과 그를 찾아온 객은 객잔 뒤편의 구릉으로 올라가고 있었다.

　"객잔 꼴이 왜 그렇더냐? 너희 객잔은 목이 좋아서 늘 장사가 잘되었잖아?"

　객의 질문에 아봉은 진저리를 치며 대답했다.

　"말도 마시오. 철무련 놈들이 작년 말에 이 근방을 쑥대밭으로 만들었다오. 무림맹의 간세들이 여기 숨어 들었다나 어쨌다나. 그래서 그놈들을 색출한답시고 이 근처를 한바탕 휩쓸었는데… 새외에서 온 오랑캐 놈들은 되려 얌전한데 같이 붙어 다니는 철혈방 끄나풀인가 뭔가 하는 놈들이 더 고약하더라니까. 조사를 한답시고 약탈을 해대는데… 수틀리면 객잔에 불을 놓는 건 예사고, 눈에 띄는 여자는 강간하고, 재물을 빼앗고… 대명천지 백주대낮에 그런 일이 벌어지리라고는 상상도 못했소."

　"관아에서는 뭘 하고?"

　"관아야 이미 옛적에 철무련에 포섭되어 있었지요. 삼 년째 벌어지고 있는 무림대전이 민간에는 피해를 주지 않는다 하여 관에서 참견하지 않는다고 하는데, 칼을 든 무뢰배들이 설치고 다니도록 허용을 하는데 무법이 일어나지 않을 리 있겠소? 물론 대부호를 강탈한다던가 관리를 위협한다던가 하는 일이라도 일어난다면 관에서도 묵과하지 않겠지만, 우리같이 힘없는 백성이 피해 좀 입는다고 해서 콧방귀라도 뀔 위인들이 아니지요, 이 근방의 관원들은."

한탄 어린 아봉의 장광설을 듣고 있던 객은 다시금 입을 열었다.

"그런데 대체 어딜 가는 게냐? 애란이한테 간다면서. 이쪽으로 가면 구릉의 뒤편이잖나, 거긴 인가가 없을 텐데."

"따라오기나 하시우."

아봉은 객을 구릉 뒤편까지 이끌고 갔다.

구릉의 뒤쪽에는 무덤들이 서 있었다. 이 근방에서 죽은 사람, 그중에서도 인척이 없는 사람들의 시체를 가져다 묻는 공동묘지.

"애란이 여기 있소."

아봉은 만들어진 지 얼마 안 되어 보이는 무덤 하나를 가리켰다.

객은 딱딱하게 굳은 얼굴로 그 무덤을 바라보았다. 그저 '서애란지묘' 라는 한마디만 달랑 적혀 있는 나무판자가 무덤 앞에 박혀 있는 초라한 묘소였다.

"어떻게 죽었지?"

"아까 말한 것 못 들었소. 철혈방 끄나풀 놈들이 이 근방을 들쑤시고 다니다가 우리 객잔도 그 꼴로 만들었소. 그때 놈들이 우리 객잔의 여급들한테도 손을 대었지. 뭐, 우리 객잔의 여급이야 알다시피 창기 노릇도 겸하고 있었기에 돈을 못 받는 게 아쉬울 뿐 가랑이 벌리는 거야 무슨 문제였겠소. 그렇게 그냥 넘어가나 했는데 유독 애란이만은 끝끝내 놈들을 거부하더라고."

"어째서?"

"걔 삼 년 전부터 쭉 그랬소. 자기 목에 과도 들이밀고 같이 안 살겠다면 죽어버리겠다고 형한테 외쳤던, 그리고 형이 도망갔던 그날부터 쭉. 창기 노릇 때려치고 여급 일만 열심히 열심히 했더랬소."

아봉은 문득 분이 치밀어 오르는 듯 눈물을 훔쳤다.

"멍청한 계집, 지가 무슨 열녀라고. 형 유명해진 소문 들은 다음에 내가 허구한 날 타일렀소. 바보같이 형 기다리지 말라고. 그 잘 나가는 사람이 너한테 다시 돌아올 턱이 있냐고. 그래도 그 멍청한 거는 여름이나 겨울이나 형이 언제 돌아올까 오매불망 기다리다가……."

"그만 해라."

객은 아봉의 말을 끊었다.

그는 무덤에 꽃 한 송이를 던져 놓고 객잔으로 돌아왔다. 그리고 아봉과 함께 밤새도록 술을 마셨다.

그 다음날 아침, 객잔을 나서기 전 그는 아봉에게 주머니 하나를 건넸다.

묵직한 주머니를 받아 든 아봉은 의아한 표정으로 물었다.

"이게 뭐요?"

"걔 어머니랑 동생이 있는 걸로 안다."

"그렇소, 이 근방에서 농사짓고 있수다."

"그들한테 줘라. 애란이 밀린 임금이라며 주면 될 게다."

멍하니 주머니를 바라보던 아봉은 객잔을 나서고 있는 객의 옷소매를 다급히 잡아끌었다.

"형님, 그놈들한테 복수할 거죠? 내 그 모녀한테도 그렇게 말하리다, 형님이 애란이 복수를 해줄 거라고."

"쓸데없는 소리 마라. 난 강호에 인연을 끊은 지 오래다."

객은 그의 손을 뿌리치고 길을 나섰다.

"형님, 그래도 난 그렇게 얘기할 거요! 반드시 형님이 철무련 놈들을 때려잡아 복수할 거라고!"

아봉은 떠나는 객의 등 뒤에 대고 고래고래 고함을 쳤다.

객은 아무 대답 없이 점점 멀어져 갔다.

아봉의 외치는 소리를 들었는지 객잔 안에서 점소이 동료인 아삼이 다가왔다.

"무슨 소리냐, 그건? 저 작자가 누구기에 철무련 놈들을 때려잡아?"

아봉은 우쭐해진 표정으로 대꾸했다.

"멍청한 자식. 저 형님이 바로 그 유명한……."

✳

적룡왕 제정구는 무척 기분이 좋았다. 지난 삼 년간의 고행 끝에 비로소 낙이 찾아온 것이다. 쥐구멍에도 볕들 날이 있고, 하늘이 무너져도 솟아날 구멍이 있다더니 정녕 그에게도 부활의 기회가 찾아오고 있었다.

일검탈명 맹정우란 놈과의 악연으로 인해 수채를 잃고, 또다시 마주쳤을 때는 조력자를 잃고, 그로 인해 소속되어 있던 단체에서 신임을 잃어 쫓겨나다시피 퇴출되고 말았을 때는 그야말로 죽고 싶은 심정이었다. 그러나 옛 보금자리였던 황하로 다시 기어올라 온 다음부터는 드디어 그의 머리 위에 서광이 깃들기 시작했다.

철무련과의 연합으로 인해 성세를 드높이고 있는 장강수로연맹과는 달리, 근자의 황하수로맹은 지리멸렬한 상태였다.

그 원인은 백여 년 전 무림맹이 황하와 인접한 개봉에 자리를 잡으면서 시작되었는데, 지리적으로 가깝다 보니 아무래도 두 정사 집단 간의 무력 충돌이 잦았다. 특히 명문정파 위주로 구성된 무림맹에서 코앞에서 설치는 수적 떼를 가만 두고 볼 리가 없었다. 지난 백 년간 맹주가 바뀔 때마다 실적을 거둔답시고 수시로 수적 소탕 작업을 벌여왔고, 그 결과 황하수로맹은 크게 위축되어 최근에는 아예 맹 자체가 해산되고 개별적인 수채 조직만 있는 형편이었다. 그러던 차에 무림맹과 철무련 간의 일대 격돌이 일어났고, 하필 그 대척점 중에 하나가 하남성의 황하 중류이다 보니 세력이 약한 황하 수채들은 고래 싸움에 등 터지는 새우가 되기 싫어 하남성을 피해 동서의 산동과 섬서 쪽으로 그 적을 잠시 옮기기에 이르렀다.

산동성으로 간 수채들은 숫자도 그리 많지 않고 몸을 은신하고 활동할 면적이 그리 좁지 않아 큰 말썽이 없었으나, 비교적 좁은 섬서 지류에 열댓 개 수채가 몰린 섬서성 쪽이 문제였다. 밀도가 높아지면 반발이 일어나기 마련, 좁은 영역에서 많은 수가 뭇을 다투다 보니 충돌을 피할 수 없었고, 사소한 충돌은 곧 수채들 간의 전면전으로 이어졌다.

물론 강호의 패권을 걸고 다투는 무림맹 철무련의 대전과는 그 규모를 비교하기가 미안한 집안 싸움에 불과했으나 수적채들 나름대로는 치열한 전쟁이었다. 언제 끝날지 모를 강호대전이 끝난 후 재편될 황하수로의 서열을 생각해서라도 이 싸움에서 어떻게든 우위를 차지해야 한다는 생각이 모두의 머리 속에 박혀 있었다.

그러나 고만고만하게 약한 세력끼리의 싸움의 결과는 승자와 패자로 갈리기보다는 지리멸렬한 양패구상으로 귀결되는 경우가 많았다. 섬서 지류에서 벌어진 황하수채 간의 격돌도 이러한 양상으로 흘렀다. 수채 하나가 떨어져 나가면 또 다른 수채가 들어와 이긴 수채를 치고, 또 거기서 이긴 수채는 다른 수채의 공격을 받고. 이렇게 꼬리에 꼬리를 문 진흙탕 싸움이 이어지다 보니 이제는 누가 승자이고 누가 패자인지 모를 뒤죽박죽한 상태가 되어버렸다. 엎친 데 덮친 격으로 수적들이 행패를 부린다는 제보를 받고 출동한 관군의 공격까지 이어지자 수채들은 제풀에 자멸할 지경에 이르렀다.

이때 혜성처럼 등장한 것이 바로 적룡왕이었다. 처음 황하 상류에 등장할 때만 해도 불과 스무 명의 부하와 배 한 척뿐이던 그는 가장 약한 수채부터 하나하나 소리없이 쳐 쓰러뜨리며 제압한 수채들을 통폐합해 나갔다. 비교적 세가 강한 수채들이 그의 존재를 확인했을 때는 이미 여섯 수채가 그의 손아귀에 들어간 후였다.

나머지 수채들은 다급히 세를 규합하여 그에게 대항하려 했지만 이미 몇 개월에 걸친 서로 간의 전쟁으로 앙금이 쌓일 대로 쌓인 상태, 협력이 잘 이루어질 리가 없었다. 결국 적룡왕이 출몰한 지 불과 오 개월 만에 총 열두 개의 황하 수채들이 고스란히 그의 손에 넘어가게 되었고, 나머지 수채들은 그를 피해 강호대전의 격전지인 하남성으로 피신하는 일까지 벌어지게 되었다.

장강의 패배자에서 순식간에 황하의 승리자로 신분이 탈바꿈된 적룡왕은 이세 때를 지나리고 있었다. 강호대전이 철무련의 승리로 귀결되면, 그리고 통폐합된 수채들을 이끌고 다시금 하남성으로 들어가게 된다면 자신은 명실상부한 황하의 패자, 재결성된 황하수로맹의 맹주가 될 것이라고.

그는 지금 휘하에 거느린 수채들에서 발탁한 최고수로 구성된 친위대를 이끌고 황하 지류의 한 지점으로 향해 가고 있었다.

그에게 아직까지 반항하고 있는 수채들 중 가장 세력이 강한 황사채(黃蛇寨)의 지휘부가 조력자를 은밀히 만나고 있다는 정보를 입수, 놈들을 일망타진하러 가는 중이었다.

황하를 가르며 질주하던 적룡왕의 쾌속선은 목적지에 도달했다. 배가 닿은 곳은 구불구불한 지류의 물굽이 안쪽에 숨듯이 위치해 있는 작은 섬이었다.

섬가에 소리없이 배를 댄 적룡왕은 친위대를 이끌고 섬의 중앙으로 향했다. 무성하게 우거진 수초를 해치고 나가니 섬 중앙의 공터가 보였고, 공터 안에 몇 사람이 모여 있는 것이 보였다.

'딱 걸렸어!'

적룡왕은 쾌재를 부르며 친위대로 하여금 좌우로 이동하여 공터를 빙 둘러싸라고 시켰다.

소리없이 움직인 친위대가 공터를 완벽히 포위한 것을 확인한 적룡왕은 심복들을 이끌고 공터 안으로 진입했다.

"황사채주, 만나자고 간청해도 요리조리 도망 다니더니 여기 숨어 계셨구려!"

적룡왕이 호탕한 웃음과 함께 나타나자 황사채주는 기겁한 얼굴로 그를 보았다.

"저, 적룡왕! 여기는 어떻게 알고……?"

적룡왕은 먹이를 눈앞에 둔 맹수같이 흡족한 표정으로 새파랗게 질린 황사채주와 그의 수하들을 바라보았다.

득의만면하던 그의 눈에 이채가 떠올랐다. 공터에 모여 있던 모든 작자들이 경악한 표정을 짓고 있는데 유일하게 황사채주와 마주하고 있던 사내만은 무표정하게 서 있었다.

제자리에 우뚝 선 채 적룡왕이 아닌 주변 수풀을 향해 시선을 주고 있던 사내의 두 눈이 적룡왕에게로 향했다.

둘의 눈이 마주치자 적룡왕은 크게 놀라 입을 벌렸다. 사내도 조금 놀란 듯 무심하던 두 눈이 커졌다.

"아니, 네놈은……!"

잠시 말을 잇지 못하던 적룡왕의 입에서 곧 너털웃음이 터져 나왔다.

"하하! 하하! 크하하하하! 죽었다는 소문을 들었는데 이런 곳에 틀어박혀 있었구나. 그런데 하필 나한테 걸리다니, 이거야말로 진정 악연이 아닌가!"

"악연은 악연이로군, 특히 네놈한테는. 빚쟁이와 만났으니 말이다."

사내는 씩 웃으며 말했다.

"빚? 네놈의 빚이란 게 대체 뭔지는 잘 모르겠다만, 날 나락으로 떨어뜨린 빚은 확실히 기억하고 있다. 오늘 네놈 목숨으로 그 채무는 변상하도록 하마!"

적룡왕의 대구에 사내는 어이가 없는 듯 피식 웃었다.

"네놈이 그럴 능력이 있을까?"

"물론 네놈이 나보다 실력이 낫다는 것은 알고 있다. 그러나 오늘의 나는 혼자가 아니야!"

적룡왕은 득의만면한 표정으로 외치며 손가락을 튕겼다.

"모두 나와라! 오늘 황사채와 더불어 내 악연의 고리를 끊어야겠다!"

그의 신호가 떨어지자 공터를 둘러싸고 매복해 있던 친위대가 일제히 등장했다.

황사채주는 새파랗게 질려 무릎을 꿇었다.

"적룡왕! 아니, 제 대협! 살려주게. 황사채는 오늘부로 자네 세력에 편입되겠네!"

"진작에 그럴 것이지. 방해되지 않게 저리 짜져 있어."

적룡왕의 허락이 떨어지자 황사채주와 그의 수하들은 살았구나 하는 표정으로 부랴부랴 공터 끝으로 도망쳤다.

"자, 이제 어떻게 하겠나. 방수라고 생각했던 자들마저 배반을 때리는군."

적룡왕의 비아냥에도 사내 입가에 걸린 여유만만한 미소는 지워지지 않았다.

"잔말 말고 덤빌 거면 빨리 와라. 네놈한테서 천 냥 말고도 받아야 할 것이 좀 더 있을 것 같구나."

적룡왕은 사내의 지나친 여유가 마음에 조금 걸렸다. 그러나 이곳에 모인 친위대는 각 수채의 최정예로만 추려낸 백 명의 고수였다. 놈이 아무리 탁월한 고수라 해도 절대 이 섬을 빠져나갈 수는 없다.

승리를 확신한 적룡왕은 오른손을 치켜 올리며 외쳤다.

"단 한 명이라 해서 얕보지 마라! 놈은 한때나마 강호를 호령하던 고수다!"

말이 끝남과 동시에 번쩍 들린 오른손의 엄지가 아래 방향으로 뒤집혔다. 그 순간, 전위의 친위대가 일제히 사내를 향해 날아올랐다.

사내를 향해 전위가 덮쳐 가는 사이, 적룡왕 옆에 있던 심복 부하가 입을 열었다.

"강호를 호령하던 고수라니, 대체 저놈이 누굽니까?"

"놈은 바로…… 가만, 저놈 이름이 뭐였지?"

적룡왕이 고개를 갸웃거리는 찰나, 중앙에서 섬광이 번쩍였다.

✲

"자넨 이 전쟁에 대해서 어떻게 생각하나?"

"제 생각을 물으시는 겁니까?"

"그렇네."

"글쎄요, 깊이 생각해 보질 않아서……."

"하긴 장성 쪽에서 이족들과 다투기 바빴던 친구이니 갓 접한 상황에 대해서 깊이 관찰할 시간이 없었겠군."

"죄송합니다."

포정은 고개를 가로저었다.

"아니야, 아니야. 책망하려는 말이 아닐세. 난 그저 군관이었던 자네가 강호인들의 대규모 전투에 관해 어떤 시각으로 바라볼까, 그게 궁금했던 것뿐일세."

좌경문은 잠시 생각한 후 입을 열었다.

"무림이 관과 소 닭 보듯 하는 관계라는 것은 익히 알긴 했습니다만, 관의 제재를 받지 않고 이렇게 대규모의 전투를 벌일 수 있다는 것이 그저 신기할 따름입니다."

"무림의 전투라는 것은 그 규모가 작든 크든 형태는 대동소이하네. 관의 영역에서 조금 벗어난, 무림인들 간의 영역 내에서 벌어지는 것인데, 이 영역을 벗어나 민간에 해를 끼치지 않는 이상 관에서 참견하는 일은 발생하지 않지."

"그러나 전혀 별개의 영역은 아니지 않습니까. 무림과 민간, 관의 영역이 겹치는 부분이 있기 마련일 텐데요."

"당연히 겹치는 부분이 있지. 내게 좋은 기회를 선사한 것이 바로 그 부분이고."

"……?"

좌경문이 못 알아들은 표정을 짓자 포정은 빙긋 웃으며 말을 이었다.

"무림과 민간이 겹쳐지는 대표적인 영역이 바로 표국이라고 할 수 있지. 최근 표국업이 전국 어느 성 가릴 것 없이 활황세인 것은 알고 있을 걸세. 근래 소호 일대에 수공업이 크게 발전하면서 그쪽의 농업이 감소한 반면 호광 지방이 곡물의 대생산지로 발돋움하게 되었지. 각 지방마다 특색을 살린 생산물이 크게 증가하면서 지방 간의 교역과 유통이 매우 활발해지고 있네. 나라의 경제 전반이 활기를 띠고 있는 이때 유통업이 주요 사업으로 부각되었고, 그러다 보니 무림 문파들을 등에 업은 거대 표국들이 대거 등장하여 대륙 구석구석을 누비며 사업을 벌이고 있는 작금이지. 자네, 최근 등장한 거대 표국 중에 가장 활발한 활동을 하고 있는 표국들이 어디 몰려 있는지 아나?"

"혹시 하남성 아닌지요."

"맞았네. 역시 장성 쪽에서 온 친구인지라 잘 알고 있군. 각지에서 나오는 생산물을 가장 많이 소비하는 지역이 경사를 포함한 북방의 국경 지대이지. 화중과 화남에서 나는 물자들을 북방까지 실어 나르는 중간 지점, 화북 지역에 특히 대표국들이 많지. 그중에서도 중원 십대표국 중의 칠대표국이 모여 있는 하남이 유통의 중심지 역할을 하고 있는데, 지리적 이점도 이점이지만 무림맹이 하남성의 개봉에 있다는 것이 큰 이유라고 할 수 있지."

"칠대표국을 모두 무림맹에서 운영하고 있습니까?"

"그렇진 않고, 다섯 개 표국이 무림맹 산하로 운영되고 있지. 그러나 나머지 이대표국 역시 소림과 무당 등 구파일방의 속가에 포함되어 있고, 구파일방이 또한 무림맹의 주요 구성원이므로 결국 칠대표국 모두가 무림맹의 비호 하에 있다고 해도 무방한 것이지."

포정의 말을 듣고 있던 좌경문이 입을 열었다.

"무림맹에서 하남성을 결사적으로 수호하려는 이유가 바로 그것 때문이겠군요. 확실한 자금줄을 잃지 않기 위한."

"나도 그렇게 보고 있네. 분명 하남성이 넘어가 버리면 산하의 칠대표국이 쓰러질 것이고 맹의 경제적 상황이 크게 악화되겠지. 대륙을 아우르는 큰 규모의 전쟁을 벌이고 있는데 자금이 떨어진다는 것은 치명적인 결과일 테니. 무림의 싸움은 지닌 바 무공의 고하가 승패를 가른다고들 하지만, 이렇게 규모가 커져 버리면 얘기는 달라지네. 싸움이 아닌 전쟁이라면 결국 승패를 좌우하는 것은 돈과 사람의 효율적인 운용이지."

포정은 말하다 말고 창밖의 해를 바라보았다. 중천에 떠 있던 해는 조금 내려온 상태였다. 그의 방에 있는 일구(日晷:해시계)는 신시 초(오후 3시)를 향해 가고 있었다. 아직 약속 시간까지 이각은 더 남은 듯했다.

"자네도 나와 같이 일하려면 반드시 알아둬야 할 사항들이니 잘 들어두게. 사실 그전부터 나도 유통이 번성하는 하남으로의 진출을 모색해 왔네만, 무림맹의 권세를 업은 칠대표국의 세력이 굳건하여 좀처럼 틈이 보이질 않더군. 강호대전이 일어난 후에도 무림맹이 하남성 하나만큼은 꿋꿋이 사수해 왔기에 기회를 엿보기는 여전히 어려웠지. 그런데 철무련의 이번 총공세로 마침내 하남성 북부가 무너졌고, 무림맹의 방어선은 황하 이남으로 후퇴하게 돼버렸지. 그게 내게는 결정적인 호재가 될 수 있을 듯하이.”

“방어선이 물러났다고 하지만 전쟁이 한창 중인 지역에 뛰어드시겠다는 겁니까?”

“물론 위험이 크겠지. 그러나 그러한 만큼 성공에 대한 보상도 더욱 클 걸세. 그 모든 것을 고려하여 적재적소에 투자하는 것이 상인의 능력이지.”

포정은 일구를 다시 한 번 힐긋 본 후 말을 이었다.

“이번에 황하 이남으로 철수하면서 무림맹은 산하의 칠대표국 표사들을 함께 끌고 내려가 버렸네. 아까 말했듯이 표국은 민간과 무림이 결부된 대표적인 단체이지. 다수의 민간인들이 속해 있긴 해도 주축을 이루는 표사와 표두들은 무림인들이고, 또 칠대표국의 경우 무림맹과 결부된 자들이기 때문에 철무련의 공세를 피하려면 끌고 내려가지 않을 수 없었겠지. 자, 유통의 중심지에 도사리고 있던 거대 유통망이 갑자기 사라졌네. 그렇다면 그 빈자리를 차지하는 자가 자연 큰 이득을 보게 되지 않겠나?”

“그러나… 무림맹이 언제 다시 올라올지 모르고, 또 철무련이 하남성을 차지하게 된다면 그자들 산하의 표국들이 그 자리를 차지하려 할 게 아닙니까?”

“그래서 시간이란 게 중요하다는 걸세. 무림맹은 돌연 나타난 경천객 방구병이란 신진 영웅 때문에 호재를 얻고 있긴 하나, 그 인물 하나만으로 불리한 전세를 뒤엎기에는 역부족이지. 일단 황하 이남으로 후퇴하여 방어선을 공고히 한 만큼 거기서 오래 버틸 수는 있겠지. 그러나 다시 쳐 올라가 북부를 회복하기에는 역부족이네. 반면 철무련의 경우, 이번에 북부를 점령한 세력은 철혈방이 아닌 새외 세력이지. 철혈방이었다면 어떤 방식으로든 손을 댔겠지만 새외 세력은 기본적인 언어 소통조차 어려워하는 위인들이니 표국 같은 이재 방면으로 눈을 돌릴 여력은 없어 보이네.”

"그럼 그곳에 주공이 거느리고 계신 표국을 끌고 갈 작정이신지요?"

포정은 고개를 가로저었다.

"그렇게 되면 지나치게 주목을 받게 되겠지. 게다가 거느린 표국을 새로운 지역에 갖다 놓는 것은 대단히 비효율적인 일일세. 표국이 성행하려면 오랜 경험을 바탕으로 그 지역의 지리를 명확히 파악하여 가장 효율적인 표행을 이끌어야 하는데, 화남에서 잔뼈가 굵은 친구들을 화북에 갖다 놓으면 정상적인 표행을 하기까지 시행착오가 지나치게 많을 걸세. 그보다는 노리는 지역의 표국을 인수하는 것이 훨씬 효율적이지."

"하지만 하남성의 칠대표국은 무림맹과 함께 황하 이남으로 내려가지 않았습니까."

"바로 그걸세. 칠대표국이 없어진 지금이 바로 기회이지. 하남에는 칠대표국 외에 수많은 군소 표국이 난립하고 있네. 이들은 칠대표국과 같은 거대 표국의 하청을 받아서 전국 각지로 물상을 유통하지. 무림맹이 발을 뗀 하남 북부에도 수많은 군소 표국이 존재하고 있네. 이들에게는 무림맹과 연관 지을 정도의 강한 무인이 없기 때문에 무림보다는 민간에 가깝다고 봐야겠지. 따라서 북부에 진입한 철무련이 이들을 건드릴 가능성은 없네만, 그들은 지금 겁에 질려 있네. 아무래도 그간 칠대표국과 워낙 밀접한 관계가 있었기에 칠대표국이 무림맹과 함께 물러난 지금, 행여 자신들에게 불똥이 튀지 않을까 전전긍긍하고 있지. 특히 표국주들이."

"그들을 포섭하겠다는 생각이시군요."

"맞았네. 겁에 질린 표국주들은 싼값에 표국을 처분하길 마다하지 않을 테고, 그들을 모두 인수한다 해도 내 신분이 무림인이 아닌 상인이므로 철무련을 자극할 이유가 없지. 칠대표국은 무림맹과 함께 후퇴해 있으니 내 독과점을 막을 길이 없고. 따라서 칠대표국의 산하에 있던 북부의 표국들을 모두 인수할 수만 있다면, 지금 당장은 전시인지라 큰 소득이 없겠으나 향후 강호대전이 끝나는 시점부터 하남의 거대 유통망의 절반이 내 손안으로 굴러 들어올 수 있다는 얘기일세."

좌경문은 감탄한 얼굴로 말했다.

"저는 군에서 구르던 자라 상계 쪽은 잘 모릅니다만, 주공의 얘기를 듣고 있자니 감탄성이 절로 나오는군요. 과연 대단한 혜안이십니다."

그의 찬사에도 불구하고 포정의 얼굴은 썩 밝지 않았다.

"나도 이번만은 꽤 탁월한 선택이었다고 생각하네. 그런데 문제가 좀 생겼어. 사실 그 때문에 자네를 급히 고용하여 이리로 부른 걸세."

좌경문은 금의위 출신으로 국경 지역에 파견되어 혁혁한 공을 세운 뛰어난 무인이었다. 그런 그를 포정이 천금을 들여 고용한 까닭은, 그의 뛰어난 무공도 무공이지만 무림맹이나 철무련 양쪽과 큰 연관이 없어 무림을 자극하지 않고 휘하에 둘 수 있는 적격자란 이유도 컸다.

"오늘 죽여야 할 자가 그쪽 관련자인가 보군요?"

"거래가 잘 이루어진다면 굳이 피를 볼 필요는 없겠지. 그러나 결코 호락호락하지 않은 놈임은 틀림없을 걸세. 내가 하려 했던 일을 나보다 먼저 해치운 놈이니까."

좌경문의 눈이 커졌다.

"그렇다면 주공보다 먼저 군소 표국들을 인수한 놈이 있단 말입니까?"

"그렇네. 무림맹이 황하 이남으로 철수한 게 불과 보름 전의 일이지. 그런데 내가 소식을 듣고 예까지 오는 사이에 북부 표국의 삼분지 이를 벌써 인수해 버린 놈이 있더군. 배짱에다가 자금력까지 갖춘 놈이란 얘기지. 사들인 값의 몇 곱절을 주고라도 놈이 거둔 표국들을 재인수하려고 하네만, 만일 놈이 거부한다면… 그땐 자네가 나서야겠지."

좌경문은 한결 신중해진 표정으로 고개를 끄덕였다. 그는 날카로운 눈빛으로 방의 구석구석을 훑어보았다.

지금 이 큰 방의 곳곳에는 그의 수하들이 숨소리 하나 없이 은신하고 있었다. 그가 언제라도 신호만 하면 즉시 튀어나올 준비가 되어 있는 자들이었다.

좌경문은 일어나는 긴장감을 긴 호흡으로 다스리며 마음을 추슬렀다. 비싼 값에 고용된 후 처음 맡은 임무이기에 실수는 금물이었다. 게다가 오늘 두 건의

살인을 해야 할지도 몰랐다. 그러니 처음 건은 더 더욱 은밀하게 행동이 이루어
져야 한다.

포정은 다시 일구를 바라보았다. 이제 지침의 그림자는 거의 신시에 다다르
고 있었다.

그때 방문이 열리면서 작은 체구에 염소수염을 기른 자가 안으로 들어왔다.

포정은 그를 보고는 인상을 찌푸렸다.

"늦었군."

염소수염의 이름은 복량, 포정의 참모 역할을 하는 심복이었다. 그는 또 다른
중요 인물의 정보를 수집하여 이곳으로 온 것인데, 원래 반 시진 전에는 도착했
어야 했다.

복량은 송구스러운 표정으로 포정에게 고개를 조아렸다.

"죄송합니다. 상황이 급변하는 바람에… 사태 파악을 하고 오느라고 늦었습
니다."

포정의 눈이 이채를 발했다.

"호오, 황하수채 쪽에 또 다른 변수가 생겼나?"

"그렇습니다. 오늘 저녁 주군이 만나시려 했던 적룡왕이 변을 당한 듯합니
다."

"그럼 다른 수채의 장이 그자의 자리를 다시 차지했단 말인가?"

"아닙니다. 듣도 보도 못한 엉뚱한 놈이 나타났습니다. 그놈이 적룡왕 패거
리를 쓰러뜨리고……."

그때 방문을 두드리는 소리와 함께 시비의 목소리가 들려왔다.

"손님이 오셨습니다."

"들라 하게."

포정은 복량에게 말했다.

"그 얘기는 이번 손님과 얘기 끝난 후에 하세, 저녁 약속까지는 여유가 있을
것이니."

잠시 후 문이 열렸다. 그리고 시비의 안내를 받으며 한 남자가 안으로 들어

섰다.

포정은 남자를 보며 눈을 약간 크게 떴다. 생각보다 지나치게 젊었다. 많아야 이십대 중반이나 되었을까?

'실세는 따로 있고 하수인이겠지?'

의구심 가득한 마음과 달리 포정의 입에서 나오는 인사는 공손했다.

"안녕하시오. 이렇게 만나뵙게 되어 기쁘오. 포정이외다."

젊은 남자는 정중하게 포정의 인사를 받았다.

"사해에 명성이 자자하신 포 대야를 뵙게 되어 영광입니다. 차사현(次邪賢)이라 합니다."

"장강의 뒷물결이 앞 물결을 밀어낸다 하더니, 이곳 황하 근처에서도 이런 일이 일어나나 보오. 차 소협 같은 정영들이 등장하여 나 같은 상계의 늙은 구닥다리들을 밀어내는 참이니 말이오."

"별말씀을 다하십니다. 다 쓰러져 가는 표국 몇 개 인수한 게 뭐 그리 대단한 일이라구요."

표국 얘기가 나오자 포정의 눈이 일순 빛났다. 상인치고는 매우 직설적인 성격의 그는 본론으로 들어갔다. 평상시 쓰는 공격적인 어조로 바로 상대에게 파고들었다.

"지금은 다 쓰러져 가는 표국일지언정 나중에는 벌떡 일어나는 것도 모자라 훨훨 날아다니게 될지도 모르지. 어떤가? 나와 손을 한번 맞잡아 봄이. 내 자금력과 자네의 영민함이라면 하남의 유통망을 손아귀에 틀어잡을 수도 있을 듯한데."

포정을 잘 아는 사람들이 이 말을 들었다면 너나 할 것 없이 입을 크게 벌렸을 것이다. 그가 초면의 상대에게 이런 제안을 한다는 것은 매우 파격적인 일이었다.

그러나 청년은 별 감흥이 없는 듯 시큰둥하게 대꾸했다.

"글쎄요, 지금은 때가 아닌 것 같군요."

"어째서 그렇게 생각하나?"

"동업의 조건이 자금뿐이라면 굳이 대야의 것을 빌리지 않아도 충분합니다."

'호오, 이놈 봐라?'

군소 표국이라 해도 지금까지 청년이 입도선매한 표국의 수는 적지 않았다. 당연히 자금이 달릴 것이라 생각하여 내세운 제안인데 일언지하에 거절하다니.

'예상대로 만만치 않군. 그러나 패가 그뿐만은 아니지.'

포정은 침착한 안색을 유지하며 말을 이었다.

"지금 당장은 자금이 필요하지 않겠지. 그러나 자네가 매입한 표국들을 해산시키지 않고 계속 유지하려면 막대한 비용이 들 걸세."

"장사를 하면 되지요."

"물정을 알고 그런 소릴 하는 겐가? 지금 강호대전으로 인해 하남의 경기가 한껏 위축된 상황이고, 게다가 무림맹 철무련의 대척 지점이 황하인지라 남북을 오가는 통로가 아주 비좁아진 상태지. 과연 이런 상황에서 매입한 표국들을 제대로 운영할 수가 있을까?"

"남북이 좁아졌다면 동서로 움직이면 되지 않겠습니까?"

포정의 한쪽 입꼬리가 올라갔다.

"말 잘했네. 하남에서 동서로 움직이는 방법은 첫째도 황하요, 둘째도 황하이지. 자네가 표국에 손을 대는 동안 나는 황하에 손을 댔네."

그 말에 청년은 조금 놀란 얼굴이 되었다.

"황하에요?"

"그렇네. 최근 황하수로맹이 크게 위축되어 있네만, 나는 산동과 섬서로 몰린 그들을 대다수 포섭했지. 황하 물길을 가장 완벽히 파악하는 자로 황하수채 이상 가는 자들이 또 있을까? 그들을 내가 통제하는 이상 자네 혼자서는 결코 동서로 자유로운 운송을 할 수 없을걸."

포정의 말은 반만 진실이었다. 산동 쪽의 네 개 수채를 포섭한 것은 맞지만 섬서 쪽의 수채들은 오늘 처음 접촉하는 것이었다. 그러나 포섭이 안 되면 수뇌부를 다 죽여 버리고서라도 얻겠다고 마음먹은 이상 결국 섬서 쪽 수채들도 그의 손아귀에 들어올 것이다. 물론 눈앞의 청년도 그 자신의 말을 끝까지 거부한다면 같은 꼴이 될 것이고.

"그것참 재미있는 말씀이로군요. 섬서 쪽 수채들까지 포섭하셨다니."

청년은 히죽거리기 시작했다. 청년의 태도에 기분이 나빠진 포정은 눈을 치떴다.

"설마 내 말을 못 믿겠다는 건가?"

"그럴 리가요. 대상으로 이름을 떨치고 계신 포 대야께서 저 같은 무명소졸을 속이실 리가 있겠습니까. 다만 저는 눈으로 확인하기 전까지는 무슨 말이든 신용하지 않는 주의라서……."

"어떻게 해야 믿어주겠나?"

"대야께서 포섭했다는 수채의 두령들을 제 눈앞에 대령하신다던가 한다면야 믿을 수 있지요."

당장 실현이 불가능한 얘기였다. 포정은 짜증스러운 얼굴로 청년을 훑어보았다.

능력있고 배짱 좋은 놈인 듯하여 왠지 마음에 들었었다. 그래서 좋은 방향으로 이끌려 했건만 계속 이런 식으로 삐딱하게 나온다면 어쩔 수 없는 것이다. 시간 낭비할 것 없이 간단하게 좌경문의 손을 빌릴 수밖에.

포정의 시선이 좌경문에게로 향했다. 그가 눈짓 한 번만 하면 좌경문과 숨어 있는 그의 수하들이 나서서 놈을 간단히 처리할 것이다.

그때 좌경문 옆에 앉아 있던 복량과 그의 눈이 마주쳤다. 복량은 뭔가 몹시 다급한 표정으로 그를 보고 있었는데, 그와 눈이 마주치자 황급히 일어서서 그에게로 다가왔다.

포정은 복량의 뜻밖의 행동에 눈살을 찌푸렸으나 복량은 개의치 않고 그에게로 접근하더니 그의 귀에 대고 속삭였다.

"대야, 저놈입니다. 놈이 바로 그놈입니다!"

포정은 인상을 쓰며 작은 소리로 대꾸했다.

"무슨 소릴 하는 거야? 알아듣게 얘길 해야지."

"저놈이… 저놈이 바로 적룡왕을 쓰러뜨린 놈입니다. 처음에는 긴가민가했는데 면상을 계속 살피고 있자니 확실한 것 같습니다!"

"뭐야?"

포정은 눈을 치떴다. 복랑은 눈썰미가 좋은 자였다. 그가 확실하냐고 하면 사람을 잘못 볼 리가 없었다.

"그럼 저놈이 적룡왕을 쓰러뜨리고 열두 개 수채를 점령했다는 말인가?"

"열두 개뿐이 아닙니다! 황사채를 비롯한 세 개 수채는 이미 먹은 상태이고, 그저께 적룡왕을 무인도로 끌어내어 그 패거리를 몰살시켰습니다!"

포정은 딱딱하게 굳은 얼굴을 한 채 청년 쪽으로 시선을 돌렸다. 청년은 여전히 여유자적한 얼굴이었다.

"네놈의 정체가 뭐냐? 차사현은 어디로 빼돌렸지?"

날 선 포정의 말에 청년은 싱긋 웃으며 대꾸했다.

"빼돌리긴 어디로 빼돌렸단 말이오? 내가 바로 차사현이오."

"그럼 네놈이 열다섯 개 황하수채의 두령인데다 하남 북부 표국의 삼분지 이까지 거둔 놈이란 말이냐?"

"틀렸소. 삼분지 이가 아니라 오분지 사요. 아마 내일쯤에는 나머지도 모두 내 손안에 들어올 테지만."

포정의 눈이 매섭게 빛났다.

"네놈의 정체가 뭐냐?"

"내 정체는 그리 중요하지 않소, 포 대야. 지금 중요한 것은 당신이 나에게 협력하느냐 마느냐 하는 것이지."

"동업을 제안하는 것인가?"

"그렇소."

"아까 내 제안은 잘도 거절하더니?"

"난 칼잡이들을 방 구석구석에 숨겨두고서 협상에 임하는 자를 그다지 신용하지 않소."

그 지적에 포정뿐 아니라 좌경문의 얼굴까지 일그러졌다.

"적룡왕을 처치했다는 게 허언은 아닌 모양이로군. 밑천이 들통났으니 한 수

접어줄 수밖에 없겠구나. 원하는 게 뭐냐?”

“아까 당신이 제안했던 것을 좀 더 큰 폭으로 원하오. 산동에서 포섭한 황하 수채 네 곳을 나에게 넘기시오. 그리고 전폭적인 자금 지원이 필요하오.”

대단히 불합리한 제안인 듯 보였지만 포정은 아까와는 달리 기분 나쁜 표정은 아니었다.

“가장 현명한 투자는 사람에게 하는 것이라는 말이 있지. 네놈의 능력은 충분히 알아보았다. 그러나 투자를 얻고 싶다면 무엇보다도 상호 간의 신용이 최우선이다. 네 진짜 정체부터 밝혀라.”

포정의 대꾸가 마음에 드는 듯 청년은 만족한 표정으로 입을 열었다.

“좋소. 엔간해선 함부로 알려주지 않는 이름인데, 잘 들으시오. 내 이름은…….”

잠시 뜸을 들이던 청년은 짐짓 거만해진 표정으로 말을 이었다.

“맹정우라 하오. 강호의 친구들이 일검탈명이라 부르지.”

“일검탈명 맹정우? 처음 듣는 이름인걸.”

고개를 갸웃거리던 포정은 좌경문과 복량을 쳐다보았다. 그러나 그들도 모르기는 매한가지인 모양, 어깨를 으쓱하며 고개를 저을 뿐이었다.

맹정우는 그들이 하는 꼴을 보며 혼잣말로 한탄을 터뜨렸다.

“이런 제길, 잠적한 지 고작 삼 년 지났을 뿐인데 어떻게 이렇게 완벽하게 잊혀진 인물이 될 수가 있지? 적룡왕 자식 빼놓고는 알아보는 놈이 없으니…….”

제2장
영웅은 스스로를 과시하지 않는다

영웅은 스스로를 과시하지 않는다

"저쪽에 매복이다!"

"동북쪽 방어선을 보강하라!"

창! 차차차차창!

사천과 호광성의 경계에 걸쳐 있는 무산(巫山)의 동쪽 기슭, 산정의 고요함은 온데간데없이 병장기 파열음과 기합성, 비명성으로 온 산이 가득 메워지고 있었다.

이 지역에는 원래 무림맹 소속의 천호문이라는 문파가 있었으나 사천에서 넘어온 철무련 세력이 이 년 전부터 점거하고 있었다. 사천과 호광을 잇는 지역적 특징 때문에 사천에서 넘어온 철무련의 중간 거점 역할을 하고 있는 요지였는데, 예상치 못한 무림맹의 공격을 받고 있었다.

무산 포룡채의 채주이자 이 지역의 철무련 책임자인 은모호(銀毛虎) 부태는 수하들을 독려하면서도 자신의 호랑이눈썹을 있는 대로 일그러뜨렸다.

천호문의 본타였다가 포룡채가 차지했던 산 밑의 장원은 이미 간밤의 야습으로 인해 무림맹에 함락된 상태였다. 장원에 모여 있던 철무련의 사백여 무인들은 무림맹 타격대에게 쫓겨 동이 트고 있는 지금 산 중턱까지 밀려 올라와 있었다. 현재 철무련 측의 목적은 어떻게든 눈앞의 봉우리를 넘어 포룡채까지 도달하는 것이었다. 포룡채에 추가 병력이 남아 있으므로 그곳에 가서 전열을 재정비하려는 목적이었으나, 무림맹은 그 의도까지도 미리 파악한 듯 숲 속에 매복을 숨겨놓고 있다가 공격하며 진로를 방해하고 있었다.

"이 병신 같은 것들! 비켜라!"

매복에 밀리고 있는 포룡채의 산적들을 밀치며 나서는 자는 철혈방 혈도대의 부대주 일비삼도(一臂三刀) 주훈이었다. 철무련 사백여 무인 중에는 혈도대의 주력 백 명도 포함되어 있었는데, 이들은 격전지인 무창의 지원 병력으로 이동하는 중에 잠시 천호문에 머무르다가 횡액을 당하고 만 것이었다.

일개 산적 두목인 은모호 부태가 지휘를 전담하는 것도 눈꼴시린 데다가, 그나마 인원 통솔도 제대로 못하여 우왕좌왕하는 모습에 분통이 터진 주훈은 적과 싸우기보다 산을 오르는 데 주력하라는 부태의 명을 거스르고 매복자들을 치러 나선 것이다.

주훈에 이어 사천 무쌍방의 당랑도 이근연, 절강 구궁보의 호법 역린창 목괴 등 천호문에 잠시 머무르고 있던 강자들이 너나 할 것 없이 병장기를 빼 들고 나서기 시작했다.

이들은 모두 무림의 실력자로 인정받는 자들인지라 후퇴보다는 공격에 익숙했다. 천호문에서부터 이곳까지 계속 도망만 치다 보니 싸우고 싶어 손이 근질근질하던 차, 매복 때문에 포룡채로의 신속한 이동도 불가능해진 마당이니 더 망설일 것도 없이 너도나도 공세를 취하기 시작했다.

부태는 눈썹을 더욱 일그러뜨렸으나 딱히 그들을 만류할 방도가 없었다. 녹림의 채주이긴 하나 일개 산적에 불과한 그가 단지 이 지역 책임자라는 명칭 하나만으로 저러한 강자들을 일사불란하게 지휘하는 것은 불가능한 일이었다. 이렇게 된 이상 매복을 신속하게 처리하고 가는 수밖에 없었다.

오십 명가량의 매복들은 철무련 측의 강력한 역공을 받고 패퇴하기 시작했다. 매복자들은 숲 속으로 후퇴하기 시작했고, 기세가 오른 철무련 무인들은 신이 나서 그들을 쫓았다.

"더 이상 따라가지 마시오! 이제 산으로 다시 오릅시다!"

　부태의 호령이 있고 나서야 무인들의 발걸음이 멈췄다. 그러나 매복으로 인해 이미 시간을 너무 허비한 상태였다. 산 아래쪽에서 다수의 무리가 접근해 오고 있었다.

　그것을 발견한 한 무사가 소리쳤다.

　"무림맹이 쫓아오고 있다!"

　"걱정 마라! 여기서 아예 다 죽여 버리겠다!"

　호기롭게 외치는 자는 매복자의 잘린 목 몇 개를 들고 숲 속에서 뛰어나온 주훈이었다. 그는 살기등등하게 목소리를 높였다.

　"습격을 받은 아까와는 상황이 다르다! 철무련에게 더 이상의 후퇴는 없다! 놈들의 뼈를 여기다가 묻어버리자!"

　그는 외침과 동시에 들고 있던 머리를 땅에 떨어뜨리고는 밟아 터뜨렸다. 그리고는 사자후를 토하며 올라오고 있는 무림맹의 무리를 향해 달려들었다.

　팟!

　땅을 박차고 뛰어오른 그의 장도가 번득이자 무림맹의 선두에서 달려오던 세 명의 무사가 한꺼번에 쓰러졌다. 일비삼도라는 별호에 걸맞는 쾌도였다.

　뒤이어 이근연과 목괴 등이 따라나서서 올라오고 있는 무림맹의 무사들을 격살하자 철무련의 사기가 갑자기 크게 올라갔다.

　"와아아아!"

　"무림맹 놈들을 죽여라!"

　수뇌들의 빼어난 무위에 한껏 고무된 철무련의 무인들은 용기백배하여 무림맹을 향해 달려들었다. 고양된 사기에다가 위에서 아래로 공격한다는 지리적 이점 때문에 충돌 직후의 기세는 철무련 쪽으로 크게 기울었다.

　"주훈 이놈! 그쯤 날뛰거라!"

　철무련의 선두에 서서 종횡무진하던 주훈은 날카로운 예기가 측면에서 다가오는 것을 느꼈다. 망설임없이 휘두른 그의 칼과 날아온 검이 충돌하며 불꽃이 튀었다.

　"웬 애송이냐!"

검을 휘두르고 있는 청년은 도사의 차림새를 하고 있었다.

"무당의 영운이다!"

"영운? 들어본 적도 없는 이름이로군. 젖비린내나는 네놈이 내 칼을 받을 수 있을까?"

"부딪쳐 보면 알겠지!"

둘은 순식간에 십여 합을 겨뤘다. 영운은 무당파의 촉망받는 기재였으나 아직 일류고수인 주훈에게 맞서기에는 손색이 있었다. 이십 초가 지나자 곧 수세에 몰려 방어에 급급하기 시작했다.

"죽어라, 말코 애송아!"

마침내 주훈의 쾌도가 허술한 영운의 방어를 꿰뚫고 그의 목을 향해 파고들었다. 그때 주훈의 측면에서 섬광과도 같은 검격이 찔러왔다.

"이건 또 뭐냐?"

주훈은 혀를 차며 영운을 향해 날아들던 칼을 튕겨 검격을 방어했다.

"금 소저!"

영운은 반색하며 외쳤다. 그를 위기에서 구한 것은 호리호리한 몸매의 여인이었다.

"음?"

날카로운 공세를 발한 자가 갓 스물이 될까 말까 한 여인이라는 것에 의아한 표정이던 주훈은 그녀의 미색을 보고 눈을 크게 떴다.

"이것 제법 물건인걸? 너는 특별히 살려주마. 오늘 간만에 육덕 보시 좀 하겠는데?"

여인은 그의 음탕한 말에 발끈하여 검을 날렸다.

"죽어라, 이 색마!"

주훈은 능글맞은 웃음을 거두지 않으며 칼을 휘둘러 그녀의 검을 떨구려 했다. 여인 혼자 주훈을 감당하기에는 무리가 있었다. 곧 영운이 그녀와 나란히 서서 협공을 가하기 시작했고, 싸움은 이 대 일 양상으로 흘렀다.

주훈은 둘을 상대하면서도 아직 여유가 있는 듯, 간간이 주변 상황을 살폈다.

그의 근처에서 이근연과 목괴 등이 무림맹 무사들과 싸우고 있었는데, 특이하게도 그들 역시 청년 무인들과 싸우고 있었다. 청년 무인들은 하나같이 정기 넘치는 눈매와 빼어난 검술 실력을 자랑하는 것으로 보아 모두 명문의 정영들인 듯했다.

'무림맹도 이제 다 됐나 보군. 저런 애송이들까지 이런 최전선으로 내몰다니…….'

속으로 혀를 차면서도 주훈의 칼은 더욱 날카로워졌다. 청년들은 한번 기세가 오르면 감당하기 어려울 정도의 능력을 발휘하는 장점이 있으나 반면 그 기세가 꺾이면 좀처럼 다시 회복하기가 어렵다는 단점도 있다.

오늘 암습이 시작되고 여기까지 내몰렸을 때까지만 해도 무림맹의 사기가 드높았으나 이곳에서의 역공으로 그 기세가 상당 부분 꺾인 상태였다.

주훈은 다시 한 번 빠르게 주변 전장을 살폈다. 보아하니 자신과 이근연, 목괴 등을 상대하는 놈들이 무림맹 측의 수뇌진 같았다. 저 뒤에서 혈도대 오장 네 명을 홀로 상대하고 있는 늙은 말코가 우두머리임이 틀림없고.

'고로 이놈들만 해치우면 오늘의 싸움은 우리의 승리가 될 수 있단 말이지!'

주훈은 쾌도를 번득이며 영운과 여인을 압박해 갔다.

그의 맹렬한 기세에 눌린 둘은 쩔쩔매며 뒷걸음질쳤고, 그렇게 몇 걸음을 전진했을 즈음 주훈은 둘을 놔둔 채 돌연 옆으로 몸을 날렸다.

그가 노린 것은 혈도대 오장 넷과 싸우고 있는 늙은 도사, 무당파의 장로 원천자였다.

"사백, 위험합니다!"

영운의 외침이 있었으나 주훈의 칼이 더 빨랐다. 이미 그의 칼은 원천자의 등 뒤로 파고들고 있었다.

"욱!"

원천자는 등 뒤에서 들려오는 경호성에 다급히 몸을 비틀었으나 옆구리를 베이는 것을 피할 수는 없었다.

피가 철철 흘러넘치는 옆구리를 비어잡고 비틀거리는 원천자를 향해 다시 한

번 주훈의 칼이 번득였다.

"이놈!"

영운이 제운종을 구사하며 무시무시한 속도로 주훈에게 달려들었다.

주훈은 원천자에게 가던 몸을 슬쩍 틀어 영운을 흘려보낸 후 방어를 도외시한 그의 옆구리에 다시 한칼을 꽂아 넣었다.

"크윽!"

원천자와 비슷한 부위를 다친 영운이 비명과 함께 쓰러졌다.

주훈은 괴소를 흘리며 쓰러진 둘에게 다가갔다.

"멈춰라!"

여인이 다급히 둘의 앞으로 뛰어와 주훈을 막아섰다. 그녀의 검이 번득이며 다수의 검영을 만들어 주훈에게로 닥쳐들었다.

"일천현녀검법, 나한문의 계집이로군."

주훈은 날아오는 검영을 여유있게 받아쳤다.

파팟! 콰직!

주훈의 장도와 부딪치자 휘몰아치던 검영은 온데간데없이 사라지고, 여인의 검은 엿가락처럼 찌부러진 채 그녀의 손을 떠나 공중으로 날아가 버렸다.

주훈의 장도가 손아귀를 감싸 쥔 채 비틀거리는 여인에게 다시금 짓쳐들었다.

"놈!"

일갈하며 비틀거리는 여인의 옆으로 돌아 나온 자는 주훈에게 일격을 맞고 쓰러졌던 원천자였다. 여인이 주훈을 저지하는 사이 몸을 추스른 후 반격에 나선 것이었다.

원천자의 검과 주훈의 칼이 격돌했다. 상처에서 아직 회복하지 못한 원천자는 무당의 절기인 태극검을 시전하여 주훈의 예봉을 어떻게든 꺾으려 애썼다. 그의 검법이 심상치 않음을 알아본 주훈은 이때까지와는 달리 섣불리 덤비지 않고 수비에 치중했다.

원천자는 주훈의 뒤로 보이는 전체 전투의 양상을 보며 미간을 좁혔다.

주훈의 활약에 기세가 오른 이근연과 목괴, 부태 등이 젊은 동료들을 차례차례 쓰러뜨리고 있었다.

추격전이 벌어질 때만 해도 분명 무림맹 측의 기세가 하늘을 찔렀건만 이곳에서 전면전이 벌어지고 보니 그 솟구치던 기세가 한풀 꺾이고 있었다.

전세가 이런 식으로 반전되는 현상은 이곳뿐 아니라 두 세력 간의 전투가 벌어질 때면 자주 일어나는 일이었다. 막강한 자금력을 바탕으로 한 철무련 쪽이 각지의 고수들을 다수 영입했기 때문에 전력 수로만 따지면 비슷할지언정 정면 대결을 펼칠 때 늘 부족한 고수의 숫자 때문에 무림맹이 발목을 잡히는 경우가 많았다.

지금의 전투도 그런 양상으로 흐르고 있었다. 무림맹 습격대 쪽의 고수급은 대부분 명문정파의 젊은 제자들이었다. 맹의 최상위 고수들은 격전지인 무창과 하남성에 대부분 포진하고 있었고, 그런 바람에 이렇게 국지전이 일어나는 지역에는 고수의 수가 부족하여 젊은 제자들을 파견하는 수밖에 없었다. 이들은 명문의 제자인지라 무공 자체는 철무련의 영입 고수들에 비해 크게 뒤질 것이 없었으나 비무가 아닌 실전에서는 아무래도 경험이 많이 부족했다.

“욱!”

등 뒤에서 들려오는 짧은 신음성에 원천자는 움찔했다.

주훈과 격돌하는 사이 잠시 물러서 있던 네 명의 혈도대 오장이 어느새 다가와 그의 등 뒤에 있던 영운과 여인을 공격하고 있었다.

둘은 주훈의 연이은 공격에 당해 전투 능력이 크게 상실된 상태였다. 오장 네 명의 공격을 견뎌낼 수 없을 듯했다.

원천자는 위험에 처한 그들을 도우려 발을 빼려 했지만 주훈이 물고 늘어졌다. 그는 원천자의 다친 옆구리를 집요하게 노리며 공격해 들어왔고, 정신이 분산됨으로 인해 손발이 어지러워진 원천자는 옆구리와 허벅지에 상처를 더 입고서야 간신히 몸을 빼서 영운과 여인을 지켜낼 수 있었다.

서로 등을 맞대고 선 세 사람을 포위한 네 오장과 주훈이 다시 다가왔다.

여인은 다가오는 적들과 그들 뒤로 보이는 주변 정황을 보며 암담한 표정을 지었다. 다가오는 적들은 아직 멀쩡한 데 반해 자신들은 입은 상처가 커서 본신의 능력을 제대로 발휘할 수 없는 지경이었다.

영운과 자신은 둘째 치고라도 이번 습격의 책임자인 원천자가 여기서 쓰러진다면 돌이킬 수 없는 패배로 직결될 수도 있는 상황이었다.

'아아, 그분이 오신다면……!'

그녀의 바람을 하늘이 들은 것일까, 저 멀리 서쪽 하늘에서 바람을 타고 호탕한 웃음소리가 들려왔다.

"아하하하하하하하!"

호호탕탕한 웃음소리가 온 산을 울리자 밀리고 있던 무림맹 무사들의 얼굴에 화색이 돌기 시작했다.

"방 대협!"

"방 대협이다!"

웃음소리가 들린 직후, 모든 무림맹 무사들이 용기백배하며 철무련에게 반격을 하기 시작했다.

뜻밖의 분위기 반전에 놀란 주훈은 인상을 찌푸리며 소리나는 쪽으로 고개를 돌렸다.

"웬 놈이냐?"

"아하하하하하하하!"

호탕한 웃음이 더욱 우렁차게 울리면서 서쪽 숲 속에서 긴 그림자 하나가 솟구치더니 전장으로 날아들었다.

날아든 인영이 땅에 착지하는 순간, 그의 허리 어림에서 붉은 광채가 번쩍였다. 서산의 낙조와 어우러진 붉은 검기가 철무련 진영을 관통하자, 검기에 뒤덮인 무사 십여 명이 일거에 피를 뿌리며 쓰러져 버렸다.

"태양신검!"

"겨, 경천객 방구병이다!"

상대를 알아본 철무련 측이 크게 소요하기 시작했다.

자신을 알아보는 목소리를 들었는지 잠시 신형을 멈추고 씩 웃음을 지은 방구병은 다시 섬전과도 같이 철무련 진영으로 쏘아져 들어갔고, 다급히 반격하는 철무련 무인들 사이를 유유히 헤쳐 나가는 그의 검에서 붉은 광채가 번쩍일 때마다 철무련 무사들은 피를 뿌리며 쓰러져 갔다.

"놈을 막아!"

주훈이 외치면서 먼저 방구병에게로 뛰어들었다. 그를 따라 이근연, 목괴, 부태 등이 몸을 날렸다.

방구병은 수뇌진이 뭉뚱그려 덤벼드는 것을 보고는 검을 풍차처럼 휘둘러 주변의 조무래기들을 밀어내 버렸다. 그리고는 검무를 추기 시작했다.

그의 검이 하늘을 가리켰다.

"천장지구에!"

검은 땅을 가리켰다.

"주유천하하니!"

검은 빙글 돌아 좌우로 번득였다.

"영웅은 본색하고!"

회전한 검은 멋들어진 호선을 그리며 뒤로 빠졌다가 중단으로 되돌아왔다.

"지존은 무상이로다!"

어디서 멋낸 어구만 잔뜩 끌어다 붙인 이 구절을 방구병의 의도대로 해석하자면, 홀로 세상을 주유하던 영웅이 자신의 진정한 본색을 드러내자 지극히 높임을 받는다는 이야기였다.

구절 자체는 그다지 귀 기울일 만한 내용이 아니었으나 검무가 워낙 훌륭했기에 여기저기서 감탄성이 튀어나왔다.

금 소저라 불린 여인은 홍조 띤 얼굴로 '멋있어요, 방 대협!' 하며 외치기까지 했다.

"닥치고 죽어라!"

검무가 막 끝난 순간 동시에 닥쳐든 주훈과 이근연, 막괴, 부태 등 철무련 수뇌진의 칼이 일제히 방구병을 향해 꽂혀들었다.

방구병은 한줄기 미소를 머금은 채 물 찬 제비처럼 공중으로 솟구쳤다.

그를 향해 찔러가던 무인들의 병장기가 허공을 가르며 교차하는 순간, 공중에서 벽력같은 함성이 들려왔다.

"태양신검 제칠초 사식 양광천화(陽光天火)!"

친절하게도 초식명과 순번까지 가르쳐 준 고함이 채 끝나기도 전에 붉은 광채가 철무련 수뇌진을 덮쳤고, 주훈과 이근연, 막괴의 목이 하나하나 차례로 몸과 분리되어 땅바닥에 떨어져 버렸다.

달아나던 포룡채주 부태까지 검기에 다리를 맞고 쓰러져 철무련의 수뇌진이 전멸하자 전투는 일방적으로 전개되었고, 곧 무림맹의 승리로 종결되었다.

전투가 끝난 직후, 일당백의 신위로 적을 쓰러뜨린 승리의 일등공신 방구병에게 사람들이 몰려들었다.

"방 대협, 수고하셨습니다!"

어깨를 두드리는 자는 개방의 삼결제자 송욱이었다.

"방 대협, 정말 최고였습니다!"

엄지를 치켜 올리는 청년은 청성파의 고준영이었다.

"정말 멋졌습니다, 방 대협! 저는 아직도 흥분이 가시지 않습니다!"

붉게 상기된 얼굴로 연신 감탄사를 터뜨리는 우락부락한 청년은 점창파의 장태였다.

무당의 영운과 금 소저라 불린 여인도 방구병에게 다가왔다.

"방 대협, 조금만 늦었어도 금 소저와 저는 다시 얼굴을 못 뵐 뻔했습니다."

영운의 말에 방구병은 멋쩍게 웃으며 말했다.

"미안하게 되었소. 포룡채의 산채를 먼저 치고 오느라고……. 이놈들까지 마무리 지음으로써 무산의 철무련 일당들은 완벽하게 소탕한 셈이오."

"방 대협, 정말 수고하셨어요. 너무 훌륭하세요."

여인의 찬사를 들은 방구병의 입이 귀에 걸렸다.

"아하하하하하! 금 소저도 쑥스럽게……. 훌륭하다니요. 모두가 같이 거둔 승리인데 저 혼자 훌륭하다는 찬사를 받기엔 지나치게 과분합니다."

"어쩜 겸손하기까지… 정말정말 훌륭하세요."

"아하하하하… 그건 그렇고, 많이 다치셨습니까? 제가 너무 늦게 왔나요?"

“영운 도장께서는 좀 다치셨어요. 저는 손목을 약간 삐었을 뿐 괜찮아요. 다 방 대협 덕분이죠. 너무 감사해요.”

“아하하하, 우리 사이에 감사는 무슨……..”

방구병은 연신 너털웃음을 터뜨리면서 자신을 향해 흠모 가득한 눈길을 보내는 나한문(羅漢門) 출신의 금태희와 눈을 맞추었다.

호광성 무창의 가장 큰 방파인 나한문은 소림의 대표적인 속가 무문으로, 문주인 나한신장(羅漢神將) 금두관은 강북칠웅 중의 한 사람으로 꼽히는 강자였다. 그의 외동딸인 금태희는 재색을 겸비하여 각파의 정영들이 흠모해 마지않는 미인으로 조만간 강호사미가 오미가 될 거라는 평이 자자했다. 그러한 그녀가 강호를 구할 새로운 영웅으로 떠오르고 있는 방구병에게 호의적인 시선을 보내고 있는 것이었다.

방구병은 그녀의 흠모하는 눈길을 받으며 하늘에 둥둥 뜨는 듯한 느낌이었다. 사실 환골탈태하기 이전에는 이런 미녀가 자신을 좋아하게 될 줄이야 언감생심 생각도 못했던 바이기에 지금의 이 상황이 아직까지도 실감나지 않고 있는 그였다.

금태희를 비롯한 다섯 명의 청년은 최근 그와 함께 행동하며 유명해지고 있었다. 방구병은 유독 이 다섯 명과 함께 다니는 것을 즐겨 했는데, 항상 함께 활동하다 보니 경천객과 신룡오협이라는 거창한 별호까지 붙었다.

장내가 정리된 후, 무리의 선두에 선 방구병은 호탕한 목소리로 외쳤다.

“자! 이제 하산합시다! 무산을 되찾았으니 다음은 무창과 악양입니다!”

“오오오오!”

“나갑시다!”

힘차게 일갈하며 위풍당당하게 산 아래로 걸음을 떼는 방구병의 뒤로 신룡오협이 추임새를 넣으며 호위하듯 뒤따랐다. 그 뒤를 따라 무림맹 무사들이 승리의 함성을 내지르며 나아갔다. 위풍당당한 그들의 전진은 거칠 것이 없어 보였다.

*　　　*　　　*

무림맹의 무산 승리가 확정된 다음날 아침, 무림맹의 깃발이 다시 휘날리게 된 천호문에 두 사람의 방문자가 있었다.

방구병은 그들을 반갑게 맞이했다.

"어서 와라, 운아. 어서 오십시오, 혜공 스님."

찾아온 객은 그의 친구인 최운과 소림의 혜공이었다. 최운은 방구병이 마령지에서 빠져나온 후 처음 만나는 것이었다.

"너, 너 구병이 맞니?"

최운은 믿을 수 없다는 듯 눈을 크게 떴다. 환골탈태 후 달라진 방구병의 용모 때문에 일시간 그를 알아볼 수 없었기 때문이다.

"하하하! 기연을 얻어서 신수가 좀 훤해졌지."

"혜공한테 얘기는 들었다만 이렇게 몰라보게 달라졌을 줄이야… 정말 멋있어졌다, 너."

최운의 칭찬에 방구병은 어깨를 들썩이며 웃음을 터뜨렸다.

"크하하하! 외모야 껍데기에 불과한 것을, 그까짓 게 뭐가 중요하겠느냐. 정작 중요한 것은 내실이지."

그전과는 완연히 달라진 친구의 행동에 쓴웃음을 짓던 최운은 표정을 바꾸며 말했다.

"그건 그렇고, 앞으로 어떻게 행동할 생각이냐?"

"어떻게 행동하긴. 사부님이 무림맹의 활동에 적극적으로 동참하라 하셨으니 그 말에 따라야지. 뜻이 맞는 동료들과 함께 무창으로 가볼 생각인데."

방구병이 사부라 지칭하는 사람은 바로 남해노조였다. 남해노조와 그는 마령지에서 나온 직후 무림맹에 바로 합류했다. 맹에서는 남해노조의 내상을 낫게 하기 위하여 온갖 영약과 명의를 지원했으나 내상이 악화되고 나서 치료를 못한 채로 워낙 오랜 시간이 흐른 뒤라 회복이 상당히 더뎠다. 남해노조는 현재 맹의 비밀 연공실에서 내공 회복에 만전을 기하고 있었다. 방구병은 그런 그 대신 무림맹에 적극적으로 협조하며 철무련을 상대하는 중이었다.

"무림맹의 일원으로 활동하겠다면, 네가 가장 필요한 곳은 무창이 아니다."

"무창이 아니라고? 그럼 악양?"

"무창이나 악양이나 큰 그림으로 보면 모두 국지전일 뿐이다. 물론 그 두 거점을 누가 확보하느냐에 따라 호광성의 패권이 갈리겠지만, 그보다는 이 전쟁의 전체 틀을 뒤바꿀 수 있는 사안이 더 중요하지."

"전체 틀을? 철혈도제 암살이라도 할 생각인 거야?"

"그럼 좋겠지만 그건 우리 선에서는 거의 불가능한 일이고…… 그보다 좀 더 현실적인 방법이 있다."

"그게 뭔데?"

"적의 세력을 사분오열시키는 거지."

"분열책을 쓴다는 건가?"

"그 비슷한 거야. 지금 철무련을 구성하는 세력은 크게 세 부류로 나눌 수 있어. 첫 번째는 주축이 되는 철혈방을 비롯한 다른 삼 패, 그리고 그 휘하의 중소 방파들이지. 또 하나는 무림맹에서 떨어져 나간 삼대세가, 마지막으로 섬서성을 통해 들어온 초연흠의 새외 세력, 이렇게 구성되어 있어. 주축이 되는 철혈방 패거리는 어떻게 수를 쓰기가 어렵지만, 삼대세가의 경우 본 맹과 금전적인 문제로 인해 갈린 경우인지라 그 문제만 차후 잘 협상한다면 언제라도 이쪽으로 다시 끌어올 수 있어. 물론 철무련으로 기울어지고 있는 지금의 전세를 우리 쪽으로 반전시켜야 한다는 전제 하에서 말이지."

"전세를 반전시키기 위해 분열책을 쓴다고 하면서 그게 전제가 되어버린다면 모순이잖아."

"우리가 노리는 것은 삼대세가가 아니야. 바로 새외 세력이다."

"새외 세력?"

"그래, 그들은 철무련으로 연대하고 있긴 해도 철혈방과의 연결 고리가 매우 약해. 만일 우리 쪽에서 먼저 그들이 원하는 바를 충족시킬 수 있다면 그들은 철무련에서 떨어져 나갈 거고, 강력한 우군이 빠진 철무련은 전력이 크게 약화 될 것이다."

"그들이 원하는 바? 중원 진출 아닌가? 무림맹에서 그들의 정착을 허가라도 해 주겠다는 거야? 그렇게 되면 맹의 구성원들인 중원 방파들의 반발이 커질 텐데."

"그들이 원하는 바가 중원 진출로 알려져 있으나, 사실 그들의 본목적은 그게 아니다."

의외의 말에 방구병은 눈을 크게 떴다.

"중원 진출이 본목적이 아니라고?"

"그래, 그자들은 언뜻 보기에는 새외의 여러 세력들이 뭉뚱그려져서 중원으로 들어온 것같이 보이지만, 실상 속내를 파헤쳐 보면 거의 단일 세력이라고 봐도 무방하다. 초연흠을 중심으로 해서 똘똘 뭉쳐져 있지. 그 수많은 새외의 강자들을 하나로 뭉쳐 놓은 기반은 바로… 종교다."

"종교?"

"그래, 지난 백 년간 우리가 모르는 새에 새외무림에는 많은 변화가 있었다. 백 년 전의 정사대전 이후 새외로 쫓겨간 마교의 후예들… 그자들은 그곳에 정착하여 차근차근 세를 키워 나갔지. 무력으로, 또한 종교로 수많은 강자들을 규합하여 마침내 중원으로 들어오게 된 것이다."

"그럼 지금의 새외 세력이 마교의 후신이란 말이야? 그런데 왜 중원 진출한 지 근 삼 년이 넘도록 그 얘기가 밖으로 퍼지지 않은 거지?"

"우선 그들 자신부터 마교의 후예라는 것을 드러내지 않았고, 그들과 동조하는 철혈방 세력도 그 얘기가 흘러나오는 것을 부담스러워했지. 관이 이 전쟁을 무림 간의 싸움이라며 관망하고 있지만, 마교라면 또 얘기가 달라지니까."

"그건 좀 이해가 안 되는데. 마교란 곳이 결국은 종교 단체 아닌가? 종교 단체가 포교는 고사하고 자신의 정체가 드러날까 쉬쉬한다는 게 말이 되나?"

"중원에 들어온 목적이 포교가 아니라면 말이 되지."

"포교가 아니라고? 그럼 뭔데?"

"그들은 이미 새외에서 충분한 자기 기반을 마련한 것 같아. 예전과는 달리 중원으로 다시 들어오겠다는 의지는 많이 희박해진 듯해. 그럼에도 불구하고 대규모 군단을 이끌고 중원으로 들어온 가장 큰 이유는… 우리가 조사한 바로는 세 가지 성물 때문이라고 보고 있어.”

“세 가지 성물?”

“그래. 마경, 제마령, 건곤검으로 이름 붙여진 마교의 세 가지 성물은 백 년 전 정사대전의 승리 후 본 맹에서 수거했었지. 그들은 자신들의 성물을 다시 찾기를 지난 백 년간 갈망해 온 모양이야. 그러다가 무림맹의 위세가 전에 없이 약해진 지금, 그것을 되찾고자 중원으로 들어온 것이지.”

“그렇담 그걸 되돌려주면 그들은 알아서 떠날 거란 얘긴가? 그럼 얼른 돌려주면 되잖냐.”

“그게 말처럼 쉽지가 않다. 본 맹에서 그것들을 수거했던 가장 큰 이유는 그 성물들에 내재된 위험한 능력 때문이었거든. 마경의 경우, 그것만으로도 큰 산 하나를 완전히 망가뜨릴 정도의 요기를 갖고 있고, 또 세 성물이 한데 모일 경우 온갖 기이한 사술을 만들어낼 수 있다고 들었어. 만일 그들이 그 성물들을 받고 나서 중원 진출을 하지 않겠다는 생각을 바꾸게 된다면… 백 년 전의 정사대전이 재현되지 않으리라는 보장이 없는 것이지.”

“그럼 쉽게 돌려줄 수도 없다는 얘기네.”

“아니, 근래의 정세가 워낙 우리 쪽에 불리하게 돌아가고 있는 마당인데, 형세를 반전시킬 수 있는 결정적인 계기를 그리 쉽게 포기할 수는 없지. 본 맹의 수뇌부에서는 새외 세력의 목적이 오로지 세 성물의 회수라는 것이 확실하다면 그 성물들을 내주겠다고 잠정적으로 결정한 상태다.”

“그렇게 되면 그들이 예전의 힘을 다시 얻게 되는데도?”

“그래서 지난 일 년간 나와 혜공이 속한 단체에서는 그 부분을 집중적으로 조사했다. 과연 세 성물을 그들에게 다시 돌려줘도 문제가 없을지, 새외로 가서 그쪽의 마교인들과 접촉도 해보고, 또 예전 형산괴사 때 마경의 기운을 다스렸던 해동 무량파에 가서 자문을 구하기도 했지. 그런 연후 우리가 내린 결론은 돌려줘도 무방하다는 것이다. 마경은 형산에서 내재된 기운을 크게 발산한 후 그 자체의 공능이 많이 떨어져 버렸고, 제마령이나 건곤검은 원래부터 마경의 조절에 쓰이던 물건들이므로 그 자체의 효능은 크게 신경 쓸 게 없기 때문에 예전 같은 위력은 발휘 못할 거라는 조사 결과였어. 또 정사대전 당시 마교의 술법자들이 워낙 많이 죽고 그 비전들이 사라져서 성물을 제대로 부릴 능력자도 없다고 하니까, 이제는 그것들을 돌려주고 그들 나름대로 새외에 안착한 것을 존중해 줄 때가 되었다고 본 맹에서 판단을 한 것이지."

"그럼 이제 새외 쪽 문제는 다 해결되는 것인가?"

"이제부터가 정말 중요하다고 봐야겠지. 철혈방 모르게 새외와 원활한 협상을 하는 것, 또 세 성물을 무사히 전달하는 것, 이러한 과정이 대단히 중요하다. 맹에서도 이 문제는 가장 극비리에 추진되고 있어. 지금 이 일을 추진하는 것이 바로 우리가 속한 단체이다. 우리는 구병이 네가 우리와 함께 일했으면 하여 이곳에 온 것이고."

방구병은 한쪽 입꼬리를 말아 올리며 의미심장한 미소를 지었다.

'짜식, 사람을 알아보는군! 암, 이 중대한 대사에 방구병이 끼지 않는다면 그 누가 이 일을 할 것인가!'

그는 진중한 표정을 지으려 애쓰며 목소리를 깔았다.

"알겠다. 내 무림의 평화를 위해 분골쇄신하여 최선을 다해보마."

"승낙해 주는 것이냐! 정말 고맙다."

"고맙긴 뭘. 근데 그 단체가 대체 뭐 하는 데야?"

"비룡회라는 단체다. 십오 년 전에 처음 조직되었는데, 맹을 구성하는 각파의 뛰어난 무인들만 선발하여 음지에서 주로 활동해 온 비밀 단체이지. 비룡회는 그간 알려지지 않은 많은 업적을 행해왔다. 감숙에서 벌어졌던 혈랑대와의 격전에서 가장 큰 공을 세웠고, 무림맹의 힘이 약해진 틈을 타 각지에서 발현하는 사파의 불온한 행위를 응징하고 사교를 축출하는 등의 활약을 해왔지. 그간 거둔 뛰어난 실적과는 별개로 워낙 외부 노출이 되지 않은 단체여서 나와 혜공도 이 년 전 가입할 때에야 처음으로 그런 단체가 있는 줄 알았다."

"그런 곳이 있었군. 회주는 누구야?"

"회주는 맹의 비밀 감찰이 맡고 있어. 너도 잘 아는 사람인데, 함토리 노사님……."

그 말에 방구병은 눈을 크게 뜨며 목소리를 높였다.

"뭣! 함 노사가 회주? 그 양반이 어떻게 그런 단체의 회주를 맡은 거지?"

같이 다닐 적에도 아는 것은 많지만 절정고수의 품격은 눈을 씻고 찾아봐도 발견하기 어려운, 그냥 부담없는 노인네로만 생각했던 함토리가 비룡회 같은 고명한 단체의 장을 맡고 있다니, 듣고도 믿을 수가 없는 방구병이었다.

최운과 혜공은 멋쩍게 웃었다. 그들도 함토리의 정체를 처음 알았을 때 방구병처럼 놀랐으니까.

"같이 일하다 보면 그 외에도 여러 가지 놀랄 일이 많아질 거야."

"함 노사 말고 내가 아는 사람이 또 있나?"

"음… 은소예 소저가 있고, 연설연 소저도 있지."

"아, 은 소저는 좀 어때? 마령지에서 나온 다음 알아보니 살아났다는 얘기는 들었는데, 몸은 완전히 다 나았나?"

방구병은 마령지 사건이 일어나기 직전, 큰 상처를 입은 은소예를 위해 맹정우와 함께 당문 비전의 현심단을 구했었다. 그런데 어렵사리 만든 현심단을 그녀가 복용하는 것을 못 보고 마령지에 갇혔기 때문에 그녀의 안부가 궁금했다.

"다 나았지. 현심단의 위력으로 예전보다 더욱 공력이 높아져서, 비룡회 내에서도 아주 좋은 활약을 하고 있다. 그리고… 연 소저한테 듣기로는 간간이 정우 생각을 하는 모양이더구나."

"그랬군……."

방구병은 씁쓸한 표정을 지었다. 맹정우와 그녀는 꽤 복잡한 사이였지만 그녀가 내심 맹정우를 좋아한다는 것을 그도 눈치로 알고 있었다.

'그런 미인이 기다리고 있는데 그 멍청한 놈은 딴 데 가서 놀고 있으니…….'

방구병이 속으로 혀를 차고 있을 때, 최운이 물었다.

"참, 정우 소식은 그 뒤로 들은 게 있니? 너와 헤어진 다음에 말이다."

"알게 뭐냐, 우리를 외면하고 떠난 놈, 더 이상 신경 안 쓴다."

최운과 혜공은 씁쓸한 표정을 지었다. 제대로 된 내막을 모르는 둘은 삼 년 전가지만 해도 강호를 위해 몸을 아끼지 않던 청년 영웅 맹정우가 왜 혼란한 무림을 외면하고 은거한 것인지 이유를 알 수가 없었다.

맹정우 얘기가 나오자 화난 표정을 짓고 있던 방구병은 문득 떠오른 생각에 입을 열었다.

"아참, 근데 연설연 소저가 비룡회에 있다고? 그 여자는 내가 모르는데……."

그 말에 혜공은 최운을 보며 웃었고, 최운은 멋쩍은 표정으로 대답했다.

"예전에 추적대에서 함께 있던 아미파의 이비향 소저 기억나지?"

"알다마다."

"그 소저가 바로 연설연이다."

"뭣? 그게 말이 돼? 연설연 소저는 내가 알기로 강호사대미인의 한 명으로……."

"그 당시에는 조금 변장을 하고 있었지."

"조금 변장? 탈바가지를 쓰지 않고서야 그 얼굴에서 사대미인이 나오리라고는 도저히 상상을 할 수가 없는데……."

"우리 같은 범인(凡人)이야 알아볼 수가 없지요. 다만 애정을 가진 자만이 변장한 내면의 아름다움을 파악할 수가 있는 법."

혜공의 선문답 같은 말에 방구병은 의아한 표정이 되었다. 스님이 어울리지 않게 웬 애정 타령인가?

"스님, 그게 무슨 소린가요?"

방구병의 질문에 혜공이 대답하기도 전에 최운이 다급히 그의 입을 막았다.

"어허, 중이 못하는 소리가 없군! 자자, 시간없으니 어서 일어나자고. 내일까지는 목적지에 도착해야 해!"

방구병은 최운의 얼굴이 벌게지고 혜공이 키득거리는 게 의아했으나 급하다고 하니 몸을 일으켰다.

"그런데 가야 하는 곳이 어디야?"

"양양. 그곳에 우리 회원들이 기다리고 있어. 임무는 그곳에서부터 시작이다."

제3장

책임을 회피하는 자는 영웅이 될 수 없다

책임을 회피하는 자는 영웅이 될 수 없다

호북성 중부의 대도시인 악양의 서쪽에는 동정호를 끼고 지어진 대부호의 장원들이 눈에 띤다. 그러한 장원들 중에 악양에서 손꼽히는 갑부인 왕한승의 별장도 한 채 있었다. 근래 그의 별장을 은밀히 들락거리는 자들이 있었는데, 이들은 모두 몸이 날래고 그 행적이 은밀하여 좀처럼 다른 사람의 눈에 띄질 않았다.

달이 구름에 가려 더욱 캄캄해진 한밤, 몇몇 그림자가 왕한승의 장원에 들어섰고, 얼마 후 장원 안쪽의 건물 한 채의 불이 밝혀졌다. 밤은 계속 깊어가도 한번 밝혀진 불은 좀처럼 꺼질 생각을 하지 않았다.

불이 밝혀진 건물의 일층에서는 십여 명 남짓한 사람들이 탁자에 둘러앉아 있었다. 들어선 자들과 그들을 기다리고 있던 자들 간의 대화가 이어지고 있었다.

"성 사제와 사 사제가 미행했던 장천 진인은 애초에 그가 무당파에 말했던 바대로 친척의 상사에 참석한 것이 맞다 하니, 이제 첩자 혐의를 두었던 네 명의 무당 장로 가운데 단 한 명만이 남았을 뿐일세."

말한 것은 갓 사십이 넘은 듯한 비쩍 마른 중년인이었다. 상석에 앉은 그의 좌우로 둘러앉아 있는 나머지 인원들은 모두 서른이 채 안 돼 보이는 청년들이었다.

"남은 분은 상천 진인뿐입니다. 상천 진인은 네 분 중에 가장 혐의가 엷은 분입니다. 이쯤에서 무당에 첩자가 있다는 의혹은 다시 한 번 재고해 봐야 할 걸로 사료됩니다."

중년인의 우측에 앉아 있던 청의를 단정히 차려입은 홍안의 청년이 간절한 표정으로 말했다.

"왕 사제는 무당 속가라는 신분에 집착하여 한쪽으로 치우친 의견을 내세우는데, 그러면 곤란하지. 무당에 오랜 시간 암약한 첩자가 있다는 증거를 그간 본회에서 여러 차례 발견했는데, 그걸 무시하고 자신의 문파만 보호하겠다는 건가?"

맞은편의 당당한 체구의 청년이 날카롭게 말했다.

"성 사형, 말이 너무 지나쳐요!"

방금 말한 청년의 옆에 앉아 있던 깜찍하게 생긴 소녀가 나지막한 소리로 외쳤다.

"내가 틀린 말 했나? 왕 사제의 저런 행동은 본 회의 행사에 지장을 초래할 수도 있어."

왕씨 청년은 이글거리는 눈으로 성씨 청년을 노려보았다.

"그간 발견한 증거들은 대부분 물증이 아니라 심증 아닙니까?"

"우리는 관아에서 범인 재판하는 판관이 아닐세. 심증이라도 이치에 맞다면 얼마든지 진실로 받아들일 수 있지. 하물며 적의 간자를 색출하는 데에야 뭘 더 망설일 것이 있을까?"

"심증만 있다면 무림맹주님이라도 간자로 몰아넣을 수 있다는 말인가요?"

난데없이 날아온 냉랭한 말투에 성씨 청년은 조금 당황한 표정을 지었다.

"은 사매는 가끔 엉뚱한 말로 사람을 놀래키는군. 맹주님이 어떻게 적의 간자가 될 수 있단 말인가."

은 사매라 불린 여인은 왕씨 청년의 옆에 앉아 있었다.

그녀는 싸늘한 표정으로 말을 이었다.

"안 될 건 뭔가요. 맹주님 역시 천(天) 자 배분의 무당파 일대제자이신데. 우리가 기밀 누출 혐의를 확신했던 작년 시월의 무당파 장로회의 때 맹주님 역시 참석하셨지요. 다른 분들처럼 맹주님도 심증이 있는데, 왜 상천 진인은 수상하고 맹주님은 절대 그럴 리가 없는 거죠?"

성씨 청년은 참지 못하고 화를 벌컥 냈다.

"그게 말이나 되는 소리라고 하는 거냐!"

"자자, 그쯤 해두지."

보다 못한 상석의 중년인이 만류에 나섰다.

"둘의 의견이 다 일리가 있네. 성위백 사제 말대로 한시라도 빨리 첩자를 색출해야 하는 상황이니 심증만으로 범인을 잡아내야 할 수도 있겠지. 그러나 그것은 최대한 물증을 확보하는 노력이 선행된 뒤 이행해야 하는 차선책일 것일세. 그때까지는 편견없이 사건에 임해야 한다는 은 사매나 왕 사제의 의견은 충분히 수렴하도록 하지."

성위백은 여전히 못마땅한 표정이었으나 중년인은 개의치 않고 말을 이었다.

"보고도 다 끝난 것 같으니 오늘 회의는 이만 마치겠네. 나흘 후에 정 사제 일행이 물건을 가져올 걸세. 정말 중요한 임무는 그때부터 시작이니 모두 단단히 마음의 준비를 하고 있도록."

회의가 종료되고, 모여 있던 회원들은 자신의 숙소로 향했다.

"은 사매, 은 사매!"

후원길을 걸어가던 은 사매라 불린 여인은 뒤를 돌아보았다.

아까의 왕씨 청년이었다. 여인을 쫓아온 그는 주변에 사람이 없음을 확인하고 말을 건넸다.

"사매, 아깐 정말 고마웠어. 사매 덕택에 체면을 살렸군."

"뭘요. 성 사형의 말이 너무 지나쳤어요."

청년은 고개를 저었다.

"아니, 분하지만 성 사형 말이 맞아. 네 분의 사숙 중에 첩자가 있는 것은 정황상 확실해. 세 분이 아니라는 게 밝혀졌으니 누구라도 상천 사숙을 의심할 수밖에 없겠지. 난 여전히 그럴 리 없다고 생각하지만…….”

왕씨 청년, 이 별장의 주인 왕현승의 둘째 아들이며 무당의 속가제자인 왕양위는 괴로운 표정을 지었다. 상천자는 그의 사부인 원천자 못지않게 그를 각별히 아끼던 사숙인지라 상천자가 첩자로 몰리고 있는 현 상황이 심히 안타까웠다.

“힘내요, 사형. 부회주님 말씀처럼 아직 시간이 좀 있으니 물증을 찾기 위해 최선을 다해봐요. 그때까지는 어떠한 가정도 단정 짓지 말고요.”

여인의 위로에 힘을 얻은 듯, 왕양위는 조금 밝아진 얼굴로 고개를 끄덕였다.

“그럼 전 이만…….”

몸을 돌리는 여인를 머뭇거리던 왕양위가 다시 불렀다.

“저기… 사매.”

“……?”

여인이 의아한 얼굴로 돌아보자 왕양위는 망설이는 표정을 짓다가 입을 열었다.

“내일은 모처럼 휴식일인데… 뭐 할 거야?”

“글쎄요…… 송 사매와 시내 구경이나 할까 생각 중인데.”

“아직 정하지는 않은 거지?”

“예.”

“그럼… 동정호로 뱃놀이 나가지 않겠어? 우리 가문 배가 선착장에 두어 대 있거든. 물론 송 사매도 데리고…….”

그러자 여인은 화난 표정을 지었다.

“사형, 지금은 전시예요. 아무리 휴식일이라 해도 그 생각은 너무 가벼워 보이는군요. 전장에서는 피 튀기는 싸움이 연일 벌어지고 있는데 한가하게 배 띄워놓고 술 마시며 유람이나 즐기겠다는 건가요?”

“아니, 술 마시자고 한 적은 없는데…….”

“됐어요. 그 얘기는 그만 하죠. 이제 가보세요.”

뭐라 더 얘기하려던 왕양위는 한숨을 크게 내쉬더니 고개를 저으며 몸을 돌렸다.

그가 멀어져 가는 것을 보다가 몸을 돌리던 여인은 후원의 어두운 구석을 째려보더니 한마디 던졌다.

"송 사매, 이리 나와."

그러자 그녀가 시선을 준 곳에서 아까 회의장에서 같이 있던 어린 소녀가 톡 튀어나왔다.

"헤헤, 들켰네."

여인은 웃으며 다가오는 소녀의 이마에 꿀밤을 딱 때렸다.

"요것아, 엿듣는 버릇 고치라고 했어 안 했어!"

"아야, 아파!"

눈물까지 글썽이며 머리를 매만지는 소녀의 이름은 송진진으로, 보타암 출신이었다. 천향선자란 이름으로 유명한 연설연의 직계 사매로, 무공의 재질이 뛰어나 제이의 천향선자로 불리고 있었다. 그녀는 이곳에 모인 비룡회원 중 가장 나이가 어려 귀여움을 독차지하고 있었다.

송진진은 입을 삐죽거리며 여인에게 말했다.

"언니, 정말 너무해요!"

"뭐가 너무해? 볼기를 안 친 것을 다행으로 여길 것이지."

"제 얘기가 아니에요. 왕 사형한테 말이 너무 심했어요. 모처럼 맘먹고 얘기한 것 같은데……."

그 말에 여인은 작은 한숨을 내쉬었다. 그녀 역시 말이 심했다고 생각하고 있었다. 자신들이 몸담고 있는 비룡회란 단체의 일은 때론 어떤 전장의 어떤 전투보다 더 치열하고 위험했다. 그러한 고행을 치르고 있는 회원들이 휴식일에 한해서 맘 편히 놀겠다는 게 그리 비난받을 대상은 아니었던 것이다.

"좀 그랬던 것 같구나."

"그럼 내일 뱃놀이를 같이 가요. 제가 왕 사형한테 다시 얘기할게요."

"그건 안 돼."

"왜 안 돼요? 저 배타고 싶단 말예요."

"왜냐하면…… 내가 뱃멀미가 심하거든."

"말도 안 돼!"

송진진은 기가 차다는 듯 손을 벌렸다.

"언니 같은 고수가 무슨 뱃멀미? 거짓말하지 말고 솔직히 말해 봐요. 혹시 왕 사형이 부담스러워서 그래요?"

잠시 움찔하던 여인은 다시 손가락을 튕겨 송진진의 이마를 때렸다.

"어린애가 못하는 소리가 없어."

"이씨, 열아홉이 뭐가 어리다고! 언니랑 네 살 차이밖에 더 나요?"

이마를 매만지며 투덜거리던 송진진은 좀 차분해진 얼굴로 말을 이었다.

"근데 왕 사형 어디가 싫은 거예요? 그 정도면 얼굴도 미남이고, 무당 속가에 서 최고수로 꼽히는 기재에다가, 가문도 악양의 명문가잖아요? 게다가 언니한 테 그렇게 헌신적인데, 나 같으면 좋아라 하고 잘 대해주겠다."

여인은 난처한 웃음을 지으며 말했다.

"그렇게 좋으면 네가 한번 사귀어보렴."

"흥! 그 사형은 날 어린애로밖에 안 본다구요."

심통난 표정이던 송진진은 뭔가 생각난 듯 말을 이었다.

"혹시 언니 사귀는 남자 있어요?"

"없어."

"진짜? 사귀었던 남자도 없어요?"

그 말에 여인은 잠시 머뭇거렸다. 건너편 담장 위에 휘영청 밝게 떠오른 달을 가만히 응시하던 여인은 씁쓸하게 웃으며 고개를 저었다.

여인의 대답이 시원치 않자 재미없다는 표정을 짓던 송진진은 하품을 하기 시작했다.

"아함, 너무 졸려요."

"그래, 삼경이 다 되었구나. 얼른 들어가 자거라."

"언니는 안 자요?"

“조금만 있다 들어갈게.”

송진진을 먼저 보낸 여인은 후원 연못 앞에 놓인 긴 의자에 앉았다.

여인은 검은 연못의 연꽃 사이로 이지러진 채 떠 있는 보름달을 응시했다. 눈은 달을 보고 있었으나 생각은 과거의 영상을 떠올리고 있었다.

여인은 문득 어처구니없다는 듯 고개를 저었다. 생각해 보면 악연뿐인 사내였다. 송진진의 말마따나 뭐가 아쉬워서 왕양위 같은 사내를 마다한단 말인가?

“한심하구나, 은소예. 그깟 놈 코웃음 한 번이면 잊어버릴 수 있는데…….”

여인은 혼잣말을 하며 몸을 일으켰다. 상념은 연못에 훌훌 털어버리고 잠이나 푹 자둘 생각이었다.

“혹시 내 얘기 하는 거야?”

여인, 은소예는 갑자기 등 뒤에서 들려온 말소리에 소스라치게 놀랐다. 그녀는 삼 년 전 현심단을 복용한 이후 공력이 크게 증가하여 누군가가 그녀 모르게 이렇게 가까이 접근한다는 것은 거의 불가능한 일이었다.

‘적?’

그녀는 의자를 박차고 몸을 날렸다. 공중에서 방향을 바꾼 그녀는 의자 뒤의 어둠 속에 서 있는 자를 주시하며 서서히 착지했다.

“누구냐, 네놈은?”

“이봐, 나야 나. 설마 너도 날 잊은 건 아니겠지?”

상대는 한 발짝 앞으로 나섰다. 보름달의 밝은 빛이 사내의 얼굴을 비추자, 서서히 얼굴 윤곽이 드러났다.

눈을 살짝 찡그리던 은소예는 사내의 얼굴이 완전히 드러난 순간 숨이 멎을 듯 놀라고 말았다.

“너, 너는……!”

맹정우는 히죽거리며 다가왔다.

“아이고, 다행이다. 삼 년 만에 밖으로 기어 나왔더니 도통 알아보는 인간들이 있어야 말이지. 그래도 넌 역시 날 알아보는구나.”

멍하니 서 있는 은소예를 향해 저벅저벅 다가온 맹정우는 감격스러운 표정을 지으며 그녀를 껴안으려 했다.

"뭐 하는 거야, 미친놈!"

빡!

"아이고오!"

두 팔을 벌리다가 명치를 얻어맞은 맹정우는 가슴을 감싸고 콜록거리며 주저 앉았다.

"콜록콜록… 무슨 짓이야, 대체?"

은소예는 딱딱하게 굳은 얼굴로 말했다.

"방 공자 소문만 들리고 네 녀석 얘기는 없기에 죽은 줄 알았더니, 여긴 어떻 게 알고 나타난 거지?"

그녀의 방금 말은 거짓이었다. 그녀는 방구병과 직접 만난 적은 없지만 서신 을 통해서 맹정우가 마령지에서 나오자마자 무림에서 발을 떼고 떠난 것을 알고 있었다. 그들이 살아났다는 것을 알고 기쁨에 휩싸여 있던 그녀는 맹정우가 떠 난 사실을 알게 되자 큰 충격을 받았고, 그에게 실망했던 마음이 채 가시기도 전 에 나타난 맹정우를 보고 매우 당황해하고 있었다.

맹정우는 얼얼한 가슴을 쓰다듬으며 몸을 일으켰다.

"네가 보고 싶어 천릿길을 마다 않고 달려온 사람한테 말이 그게 뭐냐? 애교 없는 건 예나 지금이나 똑같군."

"무, 무슨 헛소리야?"

뜻밖의 말에 은소예가 당황해하는 찰나 맹정우는 그녀에게로 바싹 접근했다. 놀란 은소예가 다시 밀쳐 내려 손을 들었지만 맹정우는 그녀의 팔을 잡아버렸 다.

"이, 이거 안 놔?"

은소예가 팔을 뿌리치려 했으나 맹정우는 팔을 꼭 잡은 채로 그녀를 뒤에 있 는 큰 나뭇등걸로 밀어붙였다.

맹정우는 버둥거리는 은소예의 코앞에 얼굴을 들이대고는 그녀의 눈을 똑바 로 응시하며 말했다.

"이봐, 이제 시간도 많이 흘렀고 우리도 많이 자랐어. 예전처럼 어린애 같은 짓은 그만 하고 좀 더 솔직해지자고. 그 캄캄한 지하 세계에 삼 년간 갇혀 있으면서, 널 단 한시도 잊어본 적이 없다. 넌 내 생각 안 하고 살았어?"

은소예는 맹정우의 말과 자신의 눈 한 치 앞에서 이글거리고 있는 그의 두 눈으로 인해 숨이 턱 막혔다. 두근거리는 가슴을 주체하지 못하던 그녀는 다시 버둥거렸다.

"일단 이것 좀 놓고……."

더 이상의 말은 할 수가 없었다. 다가온 맹정우의 입술이 그녀의 입술을 찍어 눌렀기 때문이다.

잠깐의 시간이 흐른 후, 심하게 떨리던 은소예의 두 눈은 서서히 감겨들었고, 버둥거리던 두 팔은 맹정우의 이끌림에 따라 천천히 그의 허리를 둘렀다.

여러 가지 골치 아픈 인연이 있는 그들이었지만, 헤어지기 직전 서로에게 최선을 다한 만큼 지난 삼 년간의 시간 동안 앙금은 사라지고 서로에 대한 그리움만 쌓여갔다. 그러다가 다시 만난 지금, 서로의 눈이 마주친 순간 상대의 마음을 확인하게 되었고, 그러자 더 이상 망설일 필요가 없었다. 둘은 입술을 맞댄 자세 그대로 연못 속의 달이 질 때까지 오래도록 서 있었다.

"그럼 너랑 너희 아버지도 무림맹에 속해 있는 거야?"

"응, 아버지와 본 보 식구들은 모두 개봉에 있어."

맹정우와 은소예는 연못 앞 긴 의자에 나란히 앉아 있었다. 맹정우는 은소예의 어깨에 팔을 두르고 있었다. 처음 팔을 내밀 때 은소예가 움찔하긴 했으나 거부하거나 하지는 않았다.

"그랬군. 장인어른 만나려면 개봉까지 가야 한단 말이지."

그 말에 은소예는 기가 찬 듯 '치!' 하고 웃었다.

"누가 누구 장인인데, 대체?"

"누가 누구 장인이긴. 창천보의 보주인 창천신검 은 대협이 바로 이 일검탈명 맹정우의 장인이 되시는 거지."

어처구니없다는 듯 고개를 흔들던 은소예는 문득 생각난 듯 입을 열었다.

"그래, 네 별호가 일검탈명이었지. 그럼 그 별호에 걸맞는 활동을 이제 해주 겠지?"

"무슨 뜻이야?"

"몰라서 물어? 우리와 함께 철무련에 대항해야지, 예전에 그랬던 것처럼."

맹정우는 미간을 찌푸렸다. 은소예의 말은 한창 좋던 분위기를 깨고 있었다.

"구병이한테 얘기 못 들었나? 난 무림에서 발을 뗀 사람인데."

돌연 은소예의 눈매가 날카로워졌다. 방구병한테 그 얘기를 듣긴 했으나 비 룡회의 비밀 은신처까지 자신을 찾아온 걸로 보아 생각을 바꿔 맹의 일원으로 다시 들어온 것인 줄 믿고 있었다. 그런데 지금 하는 말은 그녀의 생각과는 딴 판이었다.

"무사가 무림에서 발을 떼고 뭘 하겠다는 거지?"

맹정우는 잠시 머뭇거렸다. 사실대로 얘기하자면 그 자신은 원래 무사가 아 니라 장사치였으니 본업으로 돌아간 셈인데, 먼 과거 얘기까지 하려면 말이 너 무 길어질 듯했다.

"무사도 때에 따라 여러 가지 직업을 선택할 수 있는 것 아니냐? 마령지에서 그 고생을 하고 나왔더니 무림에 환멸감이랄까, 그런 게 들어서 말이지. 업종을 장사로 바꿨다."

"장사?"

은소예는 어이없어하는 표정으로 말했다.

"예전부터 돈은 어지간히 밝히더니 결국 그쪽으로 가는 모양이구나. 돈을 벌 고 싶어 장사한다면 말릴 생각은 없지만 꼭 지금 이때 그 짓을 해야겠니? 지금 우리는 철무련과 사투를 벌이고 있어. 나뿐 아니라 삼 년 전 너와 함께 생사고 락을 나눴던 동지들이 전장에서 목숨을 걸고 싸우고 있다고."

"진정해. 그들 역시 자신의 이익을 위해 싸우고 있는 것 아냐? 사람 사는 것 은 어디나 마찬가지야. 그들의 도구는 칼이고 내 도구는 돈인 게 다를 뿐이지."

맹정우의 말을 듣던 은소예는 분을 참지 못하고 몸을 떨었다.

"너, 원래 그런 줄은 알고 있었지만 정말 속물이로구나. 그래, 네 말대로 저들은 이익을 목적으로 싸우는 거고, 우리 중에도 승리 뒤의 이익을 노리고 싸우는 자들도 있겠지. 그러나 그렇게 한데 뭉뚱그려 버리기엔 저들의 악행이 너무 지나치단 생각, 해본 적 없어? 너는 그 누구보다도 잘 알고 있잖아. 죽은 시체를 이끌어내 사교의 수법으로 강시로 만들어 수백, 수천의 사람을 죽이고, 이익을 위해서라면 그 어떤 윤리도 거스르는 저들의 작태를. 네가 지금 말하는 것은 저들이 삼 년 내내 떠드는 수작이야. 강호인들의 이권 다툼일 뿐이니 누가 승리해도 달라질 것은 없다는. 그러나 나는 확신해. 저들이 득세하는 세상은 보다 혼탁하고, 보다 불의한 세상이 될 거라고. 저들과 싸우는 우리가 절대선이라고 할 수는 없어도 적어도 차선은 될 거야. 우리는 아직 조금이라도 남아 있을 강호의 협의를 지키려고 안간힘을 쓰고 있어. 그런데 네가, 무림에 몸을 담은 그 누구보다 큰 호응을 얻고 기대를 받았던 네가 어떻게 저들의 말을 그대로 답습할 수가 있는 거지?"

맹정우는 골 아픈 표정을 지으며 대꾸했다.

"난 누구한테도 나에게 그런 기대 하라고 시킨 적 없다. 난 그저 내가 하고픈 일을 했을 뿐인데 사람들이 영웅이니 뭐니 떠받든 것일 뿐이야. 지금의 나는 싸우기 싫고, 장사를 해서 먹고살고 싶을 뿐이다. 또한 그러한 삶을 너와 함께하고 싶고."

맹정우의 말을 듣던 은소예는 참지 못하겠는 듯 벌떡 일어섰다.

"네가 그따위 생각을 갖고 있다면 난 절대 너와 함께할 수 없어! 그렇게 하라고 시킨 적 없으니 기대받은 것은 죄가 아니다? 그러한 기대를 즐기고, 이용하고 한 적은 가슴에 손을 얹고 단 한 번도 없니? 내가 보기에는 넌 충분히 그런 시선을 즐기고 또 이용했어. 그랬으면 적어도 그 기대에 대한 책임은 져야 하는 것 아냐?"

"글쎄, 네가 뭘 보고 그렇게 느꼈는지 잘 모르겠군. 어쨌든 난 할 만큼 했어. 추적대주를 하라 해서 하고, 그래서 마교 잔당의 은거지도 발견하고, 또 그곳의 시설도 파괴하고, 그로 인해 죽을 뻔하고 지하에 삼 년간 갇혀 있기도 했지. 이 정도면 충분한 것 아니냐?"

은소예는 지친 눈으로 맹정우를 응시했다.

"그래, 그 정도면 충분하니? 다른 것은 다 차치하고라도 함께 동고동락했던 동료들이 전장에서 목숨을 내걸고 있는데, 할 만큼 했으니 나완 상관없다, 이 얘기야?"

추적대 얘기를 언급하자 맹정우의 인상도 조금 흐려졌다. 그러나 그는 딱 잘라 말했다.

"그들이 원해서 하는 일이다. 그들 자신의 선택이니 어떤 결과가 나온다 해도 어쩔 수 없는 일 아니냐."

"그래, 어쩔 수 없는 일이지. 너 같은 놈을 죽지 않았을 거라 확신하고 삼 년 동안이나 기다린 내가 참으로 멍청한 계집애란 것도 어쩔 수 없는 일이고."

처연한 얼굴로 고개를 주억이던 은소예는 맹정우를 향해 손을 저었다.

"잘 알겠어. 잘 알겠으니 어서 내 눈앞에서 사라져 줘. 네 말대로 너와 난 선택한 길이 다른 것 같으니, 이젠 다시 얼굴 보지 말자고!"

은소예는 몸을 돌려 걸어가기 시작했다. 맹정우는 다급히 그녀를 쫓아가 팔을 잡았다.

"기다려. 어떻게 만났는데 이렇게 헤어지자고?"

"이거 놔!"

맹정우의 손을 뿌리친 은소예는 서릿발 같은 눈으로 그를 노려보았다.

"다시는 내 눈앞에 나타나지 마. 너같이 자신만 아는 놈을 한때나마 마음에 뒀던 내가 증오스러워. 넌 예나 지금이나 여전히 색한에다가 무책임한 놈이야. 다시 내 눈에 띄게 되면 널 죽여 버리겠어!"

날카롭게 외친 은소예는 몸을 돌려 자신의 처소를 향해 사라져 갔다.

맹정우는 제자리에 못 박힌 듯 꼼짝 않고 서서 한참 동안 그녀가 사라진 곳을 응시했다. 그러다가 뒷머리를 긁적이며 중얼거렸다.

"기집애, 철들었네."

제4장

영웅은 위험에 빠진 여인을

외면하지 않는다

영웅은 위험에 빠진 여인을 외면하지 않는다

악양 일월문.

늦은 저녁, 거대한 일월문의 본장 정문 앞에 두 명의 사내가 수문 위사들과 함께 서 있었다.

잠시 후, 정문이 열리더니 하인 한 명이 나와서 사내들에게 말했다.

"그만들 가보시오!"

"예?"

하인의 퉁명스러운 말에 사내들은 의아한 표정을 지었다.

"가보라는 말 못 들었소? 댁들이 여기서 볼일이 없다는 말이오."

"아니, 왜요? 아가씨한테 이 맹정우가 왔다는 얘기를 전하지 않았소?"

"아가씨는 출타 중이시오."

"그럼 총관이나 다른 분들한테라도 말을 전하지 그랬소? 맹정우라 하면 다 알아들을 텐데."

"아, 글쎄 댁 이름을 얘기했어도 아는 사람 한 명 없었소."

"그럴 리가 없는데……."

맹정우는 고개를 갸웃거렸다. 일월문과는 예전 추적대 때 교류가 있었으니 버선발로 뛰어나와 맞이할 줄 알았는데 어떻게 된 일인가?

그가 그러는 사이 하인은 위사들에게 투덜거렸다.

"쓸데없이 사람 왔다 갔다 하게나 만들고 말이야. 이 작자들 같은 어중이떠중이가 하루에 수십 명인데 내가 일일이 상대해야겠어? 자네들 선에서 적당히 걸러내라고."

"우린 또 아가씨 이름까지 들먹이길래 한가락 있는 놈들인 줄 알았죠."

하인과 위사들의 대화는 자기네끼리 하는 말이라 해도 바로 옆에서 들리지 않을 리가 없었다.

맹정우의 눈썹이 치켜 올라갔다.

"뭐? 놈?"

그가 반응을 보이자 위사들은 험악한 표정을 지으며 말했다.

"왜, 뜨냐? 그러게 가라는데 왜 안 가고 서 있다가 안 들을 욕을 듣고 있나?"

"이것들이 간이 부었군. 내가 누군 줄 알고……."

맹정우의 말에 위사들은 피식거리며 말했다.

"네가 누군데?"

"이 몸이 바로 일검……."

맹정우는 하려던 말을 멈췄다. 이깟 위사 나부랭이에게 들먹일 만한 이름도 아니고, 또 들먹여 봐야 최근 접했던 몇 번의 경우처럼 누군지 알아보지 못한다면 보통 망신이 아니었다.

'참자, 참어.'

마음을 가다듬은 맹정우는 옆에 있는 상인 포정의 부하 복량을 이끌고 정문을 나섰다. 등 뒤에서 위사들의 비웃음 소리가 들렸지만 개의치 않았다. 끽해야 한주먹거리인 놈들이 위세 떠는 것은 신경 쓰지 않았다. 다만 고작 삼 년 만에 사람들의 뇌리에서 사라진 이름의 가벼운 무게가 씁쓸할 뿐.

"대체 어떻게 된 거요? 이름 석 자 대면 문주 이하 요인들이 버선발로 뛰어나와 맞이할 거라더니, 요인은 고사하고 똥개 한 마리 나오질 않았지 않소?"

복량이 힐난조로 말했다.

맹정우는 기운없는 표정으로 대답했다.

"때마침 날 알아볼 만한 사람들이 출타 중인가 보오. 근처에 잠시 머무릅시다. 아가씨가 며칠 후면 돌아온다 하니 그때 다시 와봅시다."

복량이 어이없어하는 표정을 지었으나 맹정우는 개의치 않고 앞장서서 터덜터덜 걸어갔다.

"근데 지금 어딜 가는 거요?"

"어딜 가긴. 복 형과 내가 이 느지막한 시간에 할 일이 한 가지밖에 더 있겠소?"

그 말에 복량은 기겁한 표정을 지었다.

"또… 또 술을 마시자는 얘기요?"

"알면서 뭘 또 묻소?"

"어, 어제 마신 술도 아직 덜 깼는데……."

"어허! 장평상단 제일의 주당이라던 양반이 엄살은……. 오늘도 주루 하나 전세 내봅시다!"

맹정우는 울상이 된 복량을 이끌고 주루 하나를 찾아 들어갔다.

풀썩!

죽엽청 열두 대접 만에 복량이 식탁에 코를 박고 쓰러져 버렸다.

술 상대가 뻗어버리자 맹정우는 독작을 할 수밖에 없었다.

"캬아! 이 좋은 것을 삼 년이나 마시질 못했으니……."

맹정우는 마시면서도 아쉬운 듯 잔을 홀짝거렸다. 마령지에 갇히기 전까지는 술을 좋아하긴 해도 많이 마시는 편은 아니었다. 그러나 나와서부터는 지독하리만치 자주, 많이 마시고 있었다. 아니, 엄밀히 말하면 서안 외곽의 객잔을 찾은 이후, 그리고 은소예를 만난 이후부터 술을 찾고 있었다.

"망할 계집! 성질만 드세고 못생겨 가지고……. 오냐, 애초부터 넌 내 취향도 아니었어. 이참에 아주 확실하게 잊어주지. 거리에 나가면 발에 채이는 게 여잔데, 이 몸이 뭐가 부족해서 네까짓 것에……."

주정하며 술을 들이키던 맹정우의 눈에 뭔가가 걸린 것은 이경을 알리는 북소리가 울린 지 얼마 되지 않아서였다.

덜컹 하는 소리와 함께 객잔문이 열리고 찬바람이 들어오자 잠시 그쪽으로 시선을 돌렸을 때였다. 누군가가 문을 열고 나간 모양이었는데, 그 사람의 모습은 보지 못했다. 그의 눈에 걸린 것은 객잔 한구석에서 조용히 일어나 닫히고 있는 문을 향해 걸어나가는 한 여인이었다.

여인은 그가 있는 탁자를 스쳐 지나갔는데, 귀와 볼을 덮는 바람 모자를 쓰고 있어서 얼굴을 제대로 확인하기가 어려웠다. 그러나 이쪽 방면으로는 눈이 무척 빠른 맹정우인지라 본능적으로 눈을 돌려 여인의 얼굴 윤곽을 살필 수 있었다.

'대단한 미인인데!'

맹정우는 술 마시는 것도 잊고 감탄을 금치 못했다. 그가 본 것은 여인의 눈과 코, 그리고 옆얼굴 약간이었으나 그것만으로도 그녀의 미모를 충분히 가늠할 수 있었다. 강호의 미인들을 여럿 접한 그였으나 지금 이 여인 정도의 미모를 갖춘 여자는 몇 명 되지 않았다.

여인은 조신한 동작으로 문까지 다가가 닫히는 문을 소리없이 다시 열고는 객잔 밖을 나섰다.

맹정우는 순간적으로 여인을 따라갈까 하는 생각이 들었다. 미모에 홀렸다기보다도, 여인을 어디서 본 듯한 느낌이 들었기 때문이다.

'이상하군. 저런 미인을 예전에 봤다면 기억 못할 리가 없지 않은가!'

머리를 아무리 짜내봐도 여인에 대한 기억은 없었다. 그러나 분명 낯익은 인상이었다. 특히 눈, 여인의 깊은 두 눈은 예전에 확실히 본 기억이 있었다.

정말 따라가 볼까 하고 잠시 엉덩이를 들썩였지만 맹정우는 곧 제자리에 앉았다. 여인 때문에 골치가 아파 술을 퍼마시고 있는데 또 여인 꽁무니를 쫓는다는 것은 아무리 여자 좋아하는 그라지만 한심한 짓거리 같았다.

그런데 그때였다. 객잔의 어두운 구석에서 또 다른 누군가가 몸을 일으키더니 다시 객잔 문으로 걸어갔다.

맹정우는 무의식적으로 나가는 사람을 곁눈질했다. 그때 나가던 자가 맹정우

쪽을 바라보았다. 둘의 눈이 마주치는 순간, 맹정우는 어색하지 않게 눈을 제자리로 돌리며 들고 있던 술잔을 들이켰다. 눈이 마주쳤던 자가 객잔문을 열고 밖으로 나서는 소리가 들렸다.

맹정우는 다시 눈을 돌려 문 옆에 난 창밖을 바라보았다. 문을 나선 자가 여인이 사라진 쪽으로 걸어가는 것이 보였다.

창밖을 바라보며 생각에 잠겼던 맹정우는 잠시 후 몸을 일으켰다.

그는 탁자에 엎어져 있는 복량을 놔둔 채 객잔을 나섰다.

어두운 밤거리로 나온 그는 여인과 그 다음에 객잔을 나선 자가 사라진 쪽으로 발걸음을 옮겼다.

맹정우의 걸음은 조금씩 빨라졌다. 웬만하면 상관 안 하려 했지만 나중에 나간 자가 마음에 걸렸다. 맹정우는 그가 여인을 쫓는 중이라는 것을 확신했다. 근거는 그자의 눈빛, 마치 먹잇감을 쫓는 승냥이의 그것과 같았다. 게다가 맹정우와 눈이 마주쳤을 때 순간적으로 날카롭게 뻗어 나온 정광은 그가 상당한 무공의 소유자라는 것을 알 수 있을 정도였다.

맹정우는 그 여인과 추적자가 모두 무공의 고수일 거라고 짐작했다. 그렇지 않고서야 그가 객잔을 나서기까지 걸린 촌각의 시간 사이에 저리도 멀리 가고 있을 리가 없었다. 여인의 신형은 보이지도 않았고, 추적자의 신형은 일 리(一里)쯤 앞에서 빠르게 멀어지고 있었다.

맹정우는 경신술을 발휘해 조용히 그를 쫓기 시작했다.

나직한 부엉이 울음소리만이 울려 퍼지던 심야의 낡은 관제묘에 가벼운 발자국 소리가 다가들었다.

끼이이익!

최근 열린 적이 없는 듯 관제묘의 나무 문이 익숙지 않은 비명 소리를 내지르며 젖혀지고, 관제묘의 내부에 달빛과 함께 한 사람의 긴 그림자가 드리워졌다.

문이 다시 요란한 소리를 내며 닫히자 달빛은 사라지고 촛불 하나 없는 관제묘는 다시 어둠에 싸였다.

들어온 자는 어둠에 개의치 않는 듯 망설임없이 뚜벅뚜벅 걸어서 관신상 앞으로 다가왔다. 그리고는 나지막한 목소리로 입을 열었다.

"신교천천세(神敎千千歲), 명왕금왕림(明王今枉臨)."

그러자 신상 앞의 제단 양옆에서 갑자기 불꽃이 피어오르기 시작했다. 그것은 제단 좌우의 큰 초에서 일어난 촛불이었는데, 기이하게도 촛불을 켠 사람의 모습은 전혀 보이지 않았다. 마치 촛불 혼자서 저절로 발화된 듯한 형상이었다.

촛불로 인해 제단 앞이 환해지자 서 있는 사람의 모습도 드러났다. 육십을 갓 넘긴 듯한 초로의 노도사였다.

잠시 후, 관신상에서 성별과 나이를 짐작하기 어려운 카랑카랑한 목소리가 들려왔다.

"신교천천세, 명왕금왕림. 어디의 누구냐?"

"무당의 셋째요."

"기다리고 있었다. 꼬리는?"

"악양 오기 전에 끊고 왔소."

"좋다. 이제 보고 들은 것을 말하라."

"제마령의 위치를 찾은 것 같소."

노도사의 말이 끝나기가 무섭게 양쪽의 촛불이 너울거렸다.

"정말인가?"

관신상의 목소리가 약간 높아졌다.

"그렇소. 맹에서는 모처에 보관하고 있는 제마령을 수거하기 위해 정예 무인 몇 명을 비밀리에 출발시켰소. 그들이 개봉을 떠난 것이 이십 일 전이라고 들었소."

"이십 일? 출발할 당시에는 왜 보고하지 않았나?"

"몰라서 묻소? 최근 소림의 다섯째가 발각된 이후 각파에 감시의 눈길이 얼마나 심한데 외부자와 접촉할 수 있겠소? 나도 때마침 숙부의 상을 당하지 않았다면 이렇게 몸을 뺄 수 없었을 거요."

"알겠다. 그럼 놈들의 행적은?"

"놈들은 바로 이곳, 악양에 있소."

"여기에? 그걸 어떻게 알았지?"

"운이 좋았소. 숙부의 장례를 치르고 악양으로 들어오던 길목에서 우연히 사질 한 녀석과 마주쳤는데, 난 그놈이 맹의 비룡회 소속이라는 것을 익히 알고 있었기에 놈이 여기 있다는 것이 무척 의아했소. 무림맹의 모든 전력이 철무련과 대치 중에 있는 이때 그 녀석 같은 최정예가 하릴없이 이 근처를 어슬렁거릴 이유가 없지 않소? 내가 여기서 뭐 하냐고 물어봤더니 어물어물 얼버무리더군. 그래서 놈이 알아보지 못할 측근을 보내어 미행시켰소. 그랬더니 동료 몇 명과 함께 뜨내기 상인으로 변장하고서 악양성으로 들어왔다고 합디다."

"아직도 여기에 있나?"

"그렇소. 왕한승의 별장으로 들어갔다고 하오."

"왕한승이라… 무당파와 관련이 있는 자이니 확실히 근거가 있군."

잠시 말이 없던 신상의 목소리가 다시 울렸다.

"무림맹이 제마령과 마경을 가지고 새외 측과 교섭하려 한다는 정보는 사실 익히 알고 있는 정보다. 그리고 비밀한 경로로 두 물건을 이송하려 한다는 것까지 본 교의 정보망에 걸려든 상태이지."

"마경? 본산에서 제마령에 대한 얘기는 얼핏 엿들었으나 마경까지는 듣지 못했소. 마경은 함부로 움직이기 힘든 물건이잖소."

"그렇다. 함부로 움직였다가는 발산하는 요기를 제어하기 힘들므로 우리에게 걸릴 확률이 높지. 그렇기 때문에 본 교에서는 적어도 두 개 중 하나, 특히 마경은 가짜일 가능성이 높다고 보고 있다. 어쩌면 제마령도 가짜일지 모르고."

"그럼 내가 가져온 정보가 헛수고일 수도 있단 얘기요?"

"아니, 자네가 가져온 정보는 매우 중요하다. 우리가 포착한 제마령의 운송 경로는 이곳 악양과는 전혀 동떨어진 위치야. 따라서 자네가 가져온 제마령에 관한 정보는 우리가 익히 알고 있는 그것과는 별다른 얘기일세."

"말이 좀 어렵소."

"풀어서 말하면 이렇다. 우리가 미리 접했던 마경과 제마령의 이동에 대한 정보는 우리의 이목을 흐리려는 무림맹의 거짓 정보일 가능성이 있고, 그런 가운데 자네가 주워온 지금의 제마령에 대한 정보는 앞선 정보가 거짓일 경우 진실일 가능성이 높지. 따라서 매우 중요한 정보일 수 있단 얘기다."

"그렇다면 지금 당장이라도 왕한승의 별장을 습격하는 것이 좋지 않겠소? 호교사자께서 내게 일월……."

"목소리를 낮춰!"

관신상의 목소리가 날카로워지며 촛불이 크게 일렁였다. 그 순간, 관제묘 창문이 요란한 소리를 내며 부서졌다.

와지끈. 쿵, 쾅!

부서진 창문 안으로 인영 하나가 튀어 들어왔다. 뭔가에 떠밀려 들어온 듯한 인영은 바닥에 착지하자마자 빠르게 뒷걸음질치며 방어 자세를 갖추었다.

노도사는 인영을 보고는 눈을 크게 떴다. 안으로 들어온 것은 감색 장포에 바람 모자를 쓴 젊은 여인이었다. 여인은 낭패한 표정을 짓고 있었지만, 몸가짐은 침착했고 눈빛은 차분했다.

"너는……!"

"오랜만이군요, 무당의 장천자 어르신."

여인은 노도사를 아는 듯 반가운 투로 아는 체를 했다.

"꼬리를 자르고 온 게 이 모양인가?"

신상의 목소리가 비아냥거렸다. 노도사, 장천자는 당황한 얼굴로 여인과 신상을 번갈아 보았다.

"장지에서 다 떨어져 나간 줄 알았건만… 네년이 여길 어떻게 알고……."

그때, 여인이 들어오며 부서뜨린 창문 안으로 누군가가 훌쩍 날아 들어왔다.

내부로 들어선 자는 살모사같이 째진 눈매가 인상적인 비쩍 마른 사내였는데, 남루한 흑의에 왜도(倭刀)를 어깨에 걸쳐 메고 있었다. 아마도 여인은 이 사내의 공격을 받고서 이곳까지 밀려들어 온 모양이었다.

장천자는 사내를 본 순간 머리 속에 떠오르는 이름이 하나 있었다.

"동해도객 염조!"

동해도객 염조는 철무련의 일원이며 칠패의 하나인 절강 구궁보의 이대호법 중의 한 사람으로, 중원뿐 아니라 동영과 해동의 도법을 두루 섭렵한 강호의 손꼽히는 도객이었다. 소문을 듣기로는 구궁보의 보주이자 강남오걸 중 한 명인 수라왕(修羅王) 구평보다 무위가 더 뛰어나다는 평도 있었다. 그런 염조가 마교의 인물인 줄은 장천자도 몰랐었다.

염조는 장천자를 보며 말했다.

"본 교의 접선 절차는 이곳 관제묘에서 시작되는 것이 아니오. 아까의 객잔에서부터 이미 접선자의 이동 경로는 우리 형제들에 의해 일일이 확인되는 것이지. 당신을 따르던 저 계집은 내 시야에 걸려든 것이고."

"장천 진인뿐 아니라 유명한 도객인 염 협사까지 마교의 일원이라니, 이거 정말 놀랍군요. 혹시 구궁보의 다른 사람들도 마교와 결부되어 있나요? 아니면 혹시 철무련 전체가?"

여인은 재미있다는 듯 말했다.

"제법 간이 큰 계집이로군, 죽음을 목전에 두고 그렇게 종알거릴 수 있다니."

관신상의 목소리가 울린 직후, 염조가 왜도를 어깨에서 떼며 슬쩍 한 발을 내디뎠다. 장천자도 몇 걸음을 내디뎌 여인이 도망칠 법한 문 쪽으로의 동선을 차단했다. 자신이 마교의 일원이라는 것을 들킨 이상 여인이 이곳에서 절대 빠져나가게 할 수는 없었다.

한 발 한 발 느릿하게 움직이던 염조의 신형이 돌연 흐릿해지며 여인에게로 치달렸다. 장천자 역시 염조의 움직임에 보조를 맞추어 여인에게로 달려들었다.

여인은 닥쳐오는 둘에게 대응하지 않고 뒤쪽에 위치한 벽으로 내달렸다.

팟!

몸을 날린 여인은 벽을 발로 차 그 반동을 이용하여 관제묘의 높은 대들보까지 훌쩍 뛰어올라 갔다. 그리고는 지붕을 뚫고 빠져나가려는 듯 손에 들고 있던 길쭉한 무기로 천장을 강타했다.

콰앙!

굉음이 울리고 천장이 흔들거리며 먼지가 우수수 떨어졌지만 파편은 튀지 않았다. 여인은 눈을 크게 떴다. 공력을 실은 일격을 날렸음에도 무기가 강타한 나무 천장은 부서지기는커녕 흠집 하나 나질 않았던 것이다.

"소용없는 짓 마라. 이곳은 본 교의 주술이 걸려 있는 공간이다. 본 사자가 허락하지 않는 한 어떤 물리력으로도 외벽을 부술 수 없다."

관신상의 목소리가 음산하게 울려 퍼졌다.

여인의 얼굴이 일순 어두워졌다. 관신상의 목소리가 말한 것을 증명이라도 하듯 몇 번을 다시 쳐봐도 천장에는 흠집 하나 나지 않았다.

"그쯤 하고 내려오너라. 신성한 관제묘에 먼지가 너무 많이 일어나는구나."

관신상의 목소리가 여인을 꾸짖는 어투로 말했다.

여인은 퇴로가 막혔음에도 불구하고 태연한 얼굴로 대꾸했다.

"이거 어쩌죠? 전 내려가기가 싫은데. 정 저와 대면하고 싶다면 그쪽 분들이 이 위로 올라오시죠."

장천자는 난감한 표정을 지었다. 대들보까지는 높이가 만만치 않아서 무턱대고 뛰어오르기에는 어려움이 있었다. 무리해서 위로 오르려 한다면 자칫 대들보 위에 버티고 있는 여인의 역공에 당할 염려가 있었다.

그 순간 염조의 전음이 들려왔다.

"양쪽 끝으로 동시에 뛰어오릅시다."

좋은 생각이었다. 대들보의 양 끝으로 둘이 동시에 뛰어오른다면 여인은 한 쪽밖에 방어할 수 없고, 그러는 사이 나머지 한 명이 위로 올라설 수 있다. 그렇게 되면 여인을 들보에서 떨어뜨리는 것은 둘의 무위로 판단하건대 그리 어려운 일이 아니었다.

눈을 맞춘 둘은 동시에 반대편 벽을 향해 달려갔다. 그리고는 벽을 차고 대들보를 향해 나란히 뛰어올랐다. 둘이 함께 대들보 위로 올라서는 순간, 그 중앙에 있던 여인은 바닥으로 떨어져 내렸다.

"……?"

여인의 뜻밖의 행동에 대들보로 올라선 둘이 어리둥절해하는 사이, 바닥으로 착지한 여인은 관신상을 향해 돌진했다.

콰직!

여인이 휘두른 병기에 일 장에 달하는 관신상의 몸통이 박살나 버렸다.

관신상에 이어 제단까지 박살 낸 여인은 눈에 이채를 띠었다. 목소리가 들리던 장소를 헤집어도 사람의 흔적이 전혀 보이지가 않았기 때문이다. 관신상에 숨어 있는 술법사를 해치우고 이곳을 빠져나가려던 그녀의 의도는 실패하고 말았다.

그러는 사이 들보로 올라섰던 둘이 바닥으로 착지했다.

"본 교의 호교사자를 잡기란 쉬운 일이 아니지."

염조는 왜도를 어깨에 걸머멘 채로 여인을 향해 걸어갔다. 이제 여인이 쓸 수 있는 수는 더 이상 없었기 때문에 막다른 골목에 몰아넣은 쥐를 잡기만 하면 되는 일이었다.

그와 장천자가 접근해 오자, 제단 위에 올라서 있던 여인은 체념한 투로 고개를 살짝 내젓더니 들고 있던 병기를 입으로 가져갔다.

"……?"

여인의 의아한 행동에 다가서던 둘이 눈을 크게 뜨는 찰나, 입으로 가져간 그녀의 병기에서 기이한 음색이 흘러나오기 시작했다.

삘릴릴리—

"윽!"

"으음!"

무방비로 여인에게 접근하던 둘은 짧은 신음을 내지르며 그 자리에 주저앉았다. 여인의 무기는 이제 보니 옥소였다. 옥소에서 나오는 음색은 강력한 음공(音功)이었다. 음파 공격에 대해서는 생각도 않고 있었기 때문에 공력이 뛰어난 둘이었지만 순간적으로 어떻게 대처할 방도가 없었다. 그저 제자리에 앉아 공력을 끌어 모아 저항하는 수밖에 없었다.

삘릴리— 삘릴릴리—

음공의 수위는 더욱 거세졌다. 장천자와 염조는 가부좌를 튼 채 음공에 저항하며 두 손을 귀까지 올리려고 애를 썼다. 어떻게든 귀를 막아보려 했지만 선기를 빼앗긴 터라 움직이기가 매우 어려웠다. 둘의 얼굴에서는 땀이 비 오듯 쏟아지고 있었다.

그때 제단의 반대편 문 쪽에서 뜻을 알기 어려운 법언이 흘러나오기 시작했다. 그러자 여인의 얼굴 표정이 어두워졌다. 법언 소리가 나오는 것으로 보아 호교사자는 음공에 영향을 받지 않는 듯했다.

여인은 공력을 최대한 끌어올려 더욱 강력한 음공을 발산했다. 법언 소리가 나오고 있긴 해도 음공에 지장을 주지는 않고 있었다.

여인은 음공을 계속 발산하며 제단을 나서서 가부좌를 튼 둘을 향해 걸어가기 시작했다. 호교사자가 본격적으로 방해하기 전에 둘을 쓰러뜨릴 결심을 한 것이다.

여인이 한 발 한 발 다가서자 장천자와 염조의 얼굴이 새파랗게 질렸다. 뒤에서 들려오는 법언 소리는 여인의 음공에 저항하는 데 아무런 도움이 되질 않았다. 여인이 다가올수록 음공의 소음은 점점 심해져 갔다. 만일 여인이 직접적으로 손을 쓸 수 있는 거리까지 다가오게 된다면 저항할 수 없는 둘은 끝장이었다.

여인이 둘의 다섯 자 앞까지 다가왔을 때, 갑자기 웅얼웅얼하던 법언 소리가 크게 높아졌다. 그 순간, 여인이 들고 있던 옥소가 그녀의 입에서 빠져나왔다.

쩡! 철그락! 철그락!

여인의 손에서 빠져나온 옥소는 땅바닥에 떨어지더니 지남철에 붙은 쇠처럼 바닥에 착 붙어버렸다. 옥소뿐 아니라 장천자가 들고 있던 불진, 그리고 염조의 왜도까지도 그들의 손에서 빠져나와 땅바닥에 붙어버리고 말았다.

여인은 해연히 놀란 얼굴로 옥소를 다시 주우려 했으나 땅에 붙어버린 옥소는 못이라도 박힌 듯 꼼짝도 하지 않았다.

"소용없다. 이때껏 사람을 단 한 명이라도 살상했던 병기는 이 안에선 다시 쓸 수 없다."

문 쪽에서 호교사자의 목소리가 들려왔다.

"착병불상술법(着兵不傷術法)…… 당신은 배교도로군요."

여인은 놀란 표정으로 중얼거렸다.

"나이도 어린 계집이 식견이 제법이구나. 자, 두 형제, 저 아는 것 많은 계집을 어서 처리하도록. 본 사자가 다 차린 밥을 떠 먹여주기까지 바라는 것은 아니겠지?"

염조는 약이 바짝 오른 얼굴로 몸을 일으키며 말했다.

"그 정도면 충분하오, 호교사자. 내가 오늘 저 계집으로 국을 끓여 먹어도 말리지 마시오."

염조는 땅바닥에 붙은 왜도 대신 부서진 제단의 길쭉한 파편 하나를 들더니 살기등등한 표정으로 여인을 향해 다가갔다. 장천자도 그와 보조를 맞추어 여인에게 접근했다.

침착함을 유지하던 여인의 얼굴에 긴장감이 감돌았다. 애병인 옥소가 무용지물이 된 현 상태에서 염조와 장천자 둘은 고사하고 그중에 한 명조차 당해내기가 버거울 듯했다.

'여기서 끝인가…….'

위기의 순간, 둘의 접근을 저지한 것은 뜻밖에 호교사자의 목소리였다.

"잠깐 두 형제! 실내에 한 명이 더 있는 것 같다!"

"무슨 소리요? 대체 이 안에 누가 더 있다고……."

"술법에 걸린 병기의 기운이 네 곳에서 느껴진다! 땅에 떨어진 무기가 더 있는지 찾아보라!"

세 사람의 병기 외에 하나가 더 있다는 얘기에 장천자와 염조는 관제묘 내부를 두리번거렸다.

"아니… 저기!"

염조의 눈이 번득였다. 그의 시선이 닿은 관제묘의 한구석에는 웬 검 하나가 떨어져 있었다.

염조는 눈에 이채를 발하며 그곳으로 다가갔다. 임자를 알 수 없는 검은 보석이 숭숭 박혀 있는 화려한 보검이었다. 그가 보검을 발로 건드리려는 찰나였다.

"아아, 건드리지 말라고. 남의 신성한 애검에 흙발자국을 내려 하다니."

머리 위에서 들려온 소리에 염조는 소스라치게 놀라며 훌쩍 뒤로 몸을 피했다. 위를 올려다보니, 언제 올라가 있었는지 대들보에 걸터앉은 웬 청년 하나가 그를 내려다보고 있었다.

"네놈은 뭐냐?"

청년은 질문에는 대답하지 않고 엉뚱한 소리를 해댔다.

"아슬아슬한 순간에 절묘하게 등장하려 했건만 요상한 요술쟁이 놈 때문에 다 틀렸군."

말을 마친 청년은 대들보에서 훌쩍 뛰어내렸다.

염조는 그가 손쉽게 착지하도록 가만 놔둘 생각이 없었다. 떨어져 내리는 청년을 향해 비호처럼 육박한 그의 손에 들린 각목이 청년의 사혈을 향해 정확히 찔러 들어갔다.

둘의 신형이 겹쳐지는 순간, 찔러 들어가는 각목이 청년의 장난스럽게 휘둘러지는 한 손에 걸렸고, 염조는 자신의 한 팔마저 청년의 손에 잡혀지는 것을 느꼈다.

팍! 으직!

"어억!"

염조는 비틀거리며 뒤로 물러섰다. 그의 오른손에 들려져 있던 각목은 어느 틈엔지 청년의 손에 반쯤 꺾인 채로 들려져 있었고, 청년에게 잡혔던 그의 왼손은 기이한 각도로 꺾여 있었다.

"네, 네놈이 감히……!"

염조는 이를 악물고 탈골된 왼팔을 다시 끼워 맞췄다. 그러는 사이 착지한 청년은 슬쩍 몸을 날려 여인의 곁에 안착했다.

"괜찮습니까? 다친 데는 없죠?"

자상하게 묻는 청년을 귀신 보듯 쳐다보던 여인은 촛불 빛에 청년의 얼굴이 훤히 드러나자 눈을 크게 뜨며 외쳤다.

"어머나, 매, 맹정우?"

청년은 반색을 하며 말했다.

"저를 아십니까?"

잠시 멍한 표정이던 여인은 까르르 웃음을 터뜨리며 청년, 맹정우의 어깨를 쳤다.

"호호훗! 그럼요, 알다마다요. 강호를 위진시키던 청년 영웅 맹정우를 제가 모를 리가 있나요. 정말 반가워요. 이런 상황에서 맹 공자님을 만나게 되다니."

맹정우의 입이 찢어지듯 벌어졌다. 은거 삼 년 만에 밖으로 나와 보니 사해를 울리던 명성은 온데간데없어졌고, 구면인 놈들조차 자신이 누군지 긴가민가하는 작금의 현실에 개탄하고 있던 차였다. 그런데 이런 엄청난 미인이 한눈에 자신을 알아보고, 게다가 죽은 남편이라도 살아 돌아온 듯 반가워하다니! 이런 경사가 또 없었다.

"간이 부은 놈이로군, 본 사자의 눈앞에서 계집과 시시덕거릴 담량이 있다니."

음산한 호교사자의 목소리가 울려 퍼지더니 맹정우와 여인의 주변에서 갑자기 어두운 연기가 뭉클뭉클 일어났다. 일어난 연기는 둘을 향해 몰려들었다.

여인은 조금 당황하는 표정을 지었지만 맹정우는 시큰둥한 표정으로 두 손을 휘휘 저었다. 그러자 모여들던 연기는 모두 주변으로 퍼져 나갔다.

"쓸데없는 헛짓거리 하지 말라고. 나에게 배교의 술법 따위는 통하지 않아."

맹정우의 말에 호교사자의 대꾸는 나오지 않았다. 대신 멀거니 서 있던 염조와 장천자가 접근해 오기 시작했다.

염조는 어디서 났는지 도사들이 쓰는 칼을 들고 있었는데, 그 칼은 주술의 제약을 받지 않는 듯 가볍게 휘두르고 있었다. 장천자는 매서운 안광을 발하며 손가락을 곧추세우고 두 팔을 휘저었다. 무기로 쓰던 불진이 없어진 터라 조법(爪法) 형태의 무공을 쓰려는 듯했다.

여인은 두 사람을 예의주시하며 맹정우에게 말했다.

"좀 어려운 싸움이 되겠는데요. 어느 쪽을 맡으실래요?"

맹정우는 여인의 한 발 앞으로 나서며 말했다.

"걱정 말고 쉬십쇼. 둘 다 제가 맡지요. 제례에 쓰이는 날도 없는 칼을 휘두르는 정신 나간 놈에다가, 손가락 장난이나 하는 노인네를 쓰러뜨리는 데 소저까지 나설 필요는 없습니다."

등 뒤에서 여인의 걱정스런 목소리가 들려왔다.

"저 둘을 가볍게 보지 마세요. 염조는 강호에서 손꼽히는 도객이에요. 그의 손에 들린 게 설사 종잇장이라도 경시해서는 안 돼요. 게다가 장천자의 호조절호수는 강호의 일절로 손꼽히는 절기예요. 호조절호수는 무당파의 무공답지 않게 흉악한 수법이라 당하게 되면 사내 구실을 못할 수도 있으니 맞지 않도록 조심하세요."

'뭣! 천하에 그런 패악한 수법이 있단 말인가!'

여유자적하게 나서다가 '사내 구실을 못할 수도 있다' 는 말에 맹정우가 기겁하는 찰나, 염조와 장천자가 동시에 덤벼들었다.

맹정우는 매섭게 닥쳐드는 염조의 칼은 쳐다보지도 않은 채 슬쩍 몸을 비틀어 피했다. 그 순간 움직이는 그를 향해 장천자의 손톱이 파고들었다.

"이크!"

맹정우는 질색을 하며 훌쩍 뒤로 뛰었다. 다시 염조의 칼이 날아왔다. 맹정우는 귀찮은 기색을 하며 칼을 흘려보내고는 반격하려 했다. 그 순간 장천자가 다시 다가왔고, 맹정우는 또다시 질겁하며 뒷걸음질쳤다.

이러한 상황이 계속 반복되었다. 염조의 공격은 건성건성 피하며 반격하려는 자세를 취하는 맹정우였으나 장천자가 반 장 이내로 접근하기만 하면 질색하며 도망치니 싸움이 제대로 진행되지가 않았다.

염조와 장천자는 미꾸라지 같은 맹정우에게 약이 바싹 올랐다. 그들은 맹정우를 한쪽 구석으로 몰려 애썼다. 그러나 맹정우는 염조 쪽으로 계속 움직이며 요리조리 장천자의 공격을 피해 다녔다.

이러한 광경을 보며 여인은 난감한 표정을 지었다. 한 수에 끝낼 것처럼 자신만만하게 나서서는 열심히 도망만 치고 있는 맹정우의 꼬락서니를 보고 있자니 한심하다는 생각이 절로 들었다.

그러는 사이 장천자와 염조가 맹정우를 한쪽 구석으로 몰아넣는 광경이 여인의 눈에 들어왔다. 미꾸라지 같은 맹정우를 도망치지 못하게 구석에 몰아넣는 데 성공한 둘은 동시에 그를 향해 덤벼들었고, 이를 지켜보던 여인은 맹정우를 도우려 다급히 몸을 날렸다.

그러나 때는 이미 늦어 여인이 몸을 날린 순간 이미 염조의 칼이 맹정우의 배로 파고들었고, 장천자의 두 호조가 뒤이어 맹정우를 덮쳤다. 세 사내의 신형이 한데 겹쳐졌다.

푹!

전투 장소로 접근한 여인은 눈앞에 펼쳐진 뜻밖의 광경에 눈을 크게 떴다. 맹정우를 덮쳤던 장천자의 몸이 학질에 걸린 듯 벌벌 떨리고 있었고, 그의 등에는 한 자루의 칼이 삐져 나와 있었다. 장천자의 몸 밖으로 삐져 나온 칼은 다름 아닌 염조가 들고 있던 칼이었다.

여인은 잠시 눈앞의 상황을 이해할 수 없었다. 분명 맹정우를 향해 찔러가던 염조의 칼이 어떻게 순식간에 방향을 바꾸어 그의 뒤를 따르던 장천자의 몸을 꿰뚫을 수 있었을까?

잠시 후 부들부들 떨리던 장천자의 몸이 정지되었고, 정지된 육신은 옆으로 쓰러져 버렸다.

쿵!

장천자가 쓰러짐에 따라 그의 몸에 꿰인 칼을 쥐고 있던 염조도 같이 쓰러졌다. 여인은 장천자의 등에 가려져 있던 염조의 형상이 어떻게 되어 있었는지 그제야 눈으로 확인할 수 있었는데, 언제 그렇게 되었는지 염조는 머리가 반쯤 부서져 있었다.

두 사내가 쓰러지자 둘에 가려져 있던 맹정우가 구석에서 모습을 드러냈다. 그는 아주 말짱해서 전혀 다친 데가 없어 보였다.

"어떻게 된 거죠, 대체?"

여인의 물음에 맹정우는 아무렇지도 않은 듯한 얼굴로 대꾸했다.

"뭘 어떻게 됩니까. 저의 신묘한 무공으로 요놈들을 가볍게 요리한 거죠."

맹정우의 표정이 지나치게 천연덕스러워서 여인은 일말의 의구심이 생겼다.

"정말이에요? 어찌어찌 막다 보니 운이 좋아 이렇게 된 건 아니고요?"

"어허, 무슨 그런 말도 안 되는! 저를 잘 아신다는 분이 어떻게 그런 망언을 하실 수 있습니까? 난세의 영웅이자 절정의 고수인 이 맹정우가 고작 이 두 놈을 운빨로 쓰러뜨렸다는 말씀이십니까, 지금?"

맹정우 특유의 장황한 표현 때문에 더 더욱 그를 믿기 어려운 여인이었지만, 일단 그 문제는 잠시 신경을 끄기로 마음먹었다. 중요한 일이 아직 남아 있었기 때문이다.

"지금 이러고 있을 때가 아니에요. 호교사자를 잡아야 해요!"

여인의 채근에 맹정우도 아차 하는 표정으로 중얼거렸다.

"아참, 아직 한 놈 남아 있었지?"

맹정우는 여인과 함께 관제묘를 뒤지며 숨어 있을 호교사자 찾기에 나섰다. 그러나 아무리 묘를 헤집고 다녀도 그의 흔적은 보이지 않았다.

"도망친 것 같은데요? 제 귀에 우리 둘의 호흡 외에 전혀 들리는 것이 없어요."

맹정우의 말에 여인도 무거운 표정으로 고개를 끄덕였다. 그녀는 땅에 붙어 있던 옥소를 들어올리며 말했다.

"그런가 봐요. 주술도 다 풀렸어요. 이자들이 시간을 버는 사이 여기서 몸을 뺀 것이 틀림없어요."

여인은 표정을 바꾸어 다급한 목소리로 말했다.

"그렇다면 큰일이에요. 장천자가 우리의 행적을 그자에게 고했다면 한시라도 빨리 악양을 빠져나가야 해요!"

맹정우는 고개를 갸웃거렸다.

"우리의 행적이라니, 저와 소저 말입니까? 만나서 뭐 대단한 행각을 벌인 것도 없는데 도망칠 것까지야……."

"그게 아니고, 저와 제 동료들이 하고 있는 일이 저들에게 들켰을까 두려운 거예요. 저희는 지금 대단히 중요한 물건을 운송 중인데, 여기서 빠져나간 호교사자가 그 사실을 알았다면 정말 위험한 상황이 닥칠 수도 있어요. 자, 여기서 이러고 있을 시간이 없네요. 어서 제 동료들이 있는 곳으로 가요!"

여인은 맹정우의 소매를 잡아끌며 관제묘를 나서려 했다. 그러나 맹정우는 소매를 낚아채려는 여인의 손을 피해 팔을 슬쩍 뺐다.

"어허, 어딜 가시려고요?"

여인은 의아한 표정으로 대꾸했다.

"어딜 가긴요, 빨리 저희 동료들이 있는 데로 가야죠. 시간이 없어요."

"시간이 없는 거야 소저가 없는 거지 제가 없는 게 아니잖습니까."

"무슨 소리예요? 저랑 같이 안 가실 거예요? 지금 이 사안은 강호의 명운이 달린 문제라고요."

'강호의 명운' 이라는 여인의 말에 맹정우는 미간을 찡그렸다. 예전에 누군가에게 실컷 이용당하면서 많이 듣던 소리 아닌가?

"일없습니다. 전 무림에서 발을 뗀 지 오래인지라 강호의 명운이고 자시고 별 관심 없는 사람이니 괜히 이용해 먹으려 하지 마십쇼."

돌변한 맹정우의 태도에 잠시 어이없어하던 여인은 다시 따져 물었다.

"그럼 대체 저를 왜 도와주신 거죠?"

"그거야……!"

맹정우는 잠시 대답이 궁해졌다. 안면이 있는 듯한 미인이 위험에 빠진 것 같아 쫓아왔다가 사건에 휘말린 셈인데, 아무리 여인을 쳐다봐도 도무지 누군지 알 수가 없으니 마땅히 대답할 말이 없었다.

"왜 대답을 못해요?"

"전 원래 미인이 위기에 빠진 걸 그냥 지나치는 성격이 아닙니다."

여인의 채근에 맹정우의 입에서는 그 특유의 대답이 튀어나왔다.

잠시 할 말을 잃은 표정이던 여인은 어처구니없는 듯 중얼거렸다.

"예나 지금이나 호색 취미는 여전하군."

'예나 지금이나?'

맹정우는 귀가 솔깃했다. 그렇다면 역시 자신이 아는 여자란 말인가?

"저기… 저랑 예전에 알던 사이신가요?"

잠시 아무 말 없이 맹정우를 응시하던 여인은 도도한 미소를 지으며 맹정우에게로 한 발 다가섰다.

"글쎄요. 전 맹 공자를 잘 아는데 맹 공자는 절 모르시는 모양이네요?"

다가선 여인의 미모는 더욱 눈이 부셨다. 맹정우는 난처하게 웃으며 잠시 여인의 시선을 외면했다.

"소저 같은 미인을 기억 못할 리가 없는데… 분명 본 듯도 한데 기억이 나질 않는군요."

생긋 웃으며 맹정우를 바라보던 여인의 입에서 의외의 발언이 튀어나왔다.

"좋아요. 이러고 있을 시간도 없는데 우리 실갱이 하지 말자고요. 저를 도와주신다면 맹 공자께 좋은 선물을 하나 드릴게요. 무조건 도와달라는 게 아니니 부탁을 들어주세요."

"선물? 어떤 선물입니까?"

애지간한 제안에는 눈도 깜짝 안 할 맹정우였지만 잠시 후 여인의 입에서 흘러나온 말은 그의 두 눈이 튀어나오게 만들었다.

"저희 임무가 성공할 수 있도록 힘써주신다면, 저도 공자의 부탁을 하나 들어드리지요, 그 어떠한 것이라도."

"어, 어떠한 것이라도?"

그가 여인에게 원하는 게 딴 게 있을 리 없었다. 뭔가 함정이 있을 수도 있다는 생각이 잠시 머리를 스치고 지나갔다. 그러나 눈앞의 여인의 아름다운 얼굴에, 풍만하고도 늘씬한 몸매에 시선을 빼앗긴 맹정우의 입에서는 처음에 마음먹었던 바와는 전혀 다른 대답이 나오고야 말았다.

"어서 앞장서지 않고 뭐 하고 있는 거요? 급하다는 사람이."

영웅은 본신의 능력을
함부로 드러내지 않는다

두두두두두두두두—

한 대의 마차와 그를 둘러싼 십여 기의 마필이 평원을 질주하고 있었다.

말을 몰고 있는 기수들은 전투라도 한바탕 치른 듯 핏자국과 먼지로 범벅된 행색을 하고 있었고, 마차도 군데군데 부서져 있어 꼴이 말이 아니었다.

"구궁보의 패거리는 이제 완전히 떨쳐 낸 것 같습니다!"

가장 뒤에서 말을 몰던 무사가 앞을 향해 외쳤다.

선두에서 달리던 최운은 고개를 살짝 틀어 외쳤다.

"평원이 계속되기 때문에 언제 다시 전열을 재정비하고 쫓아올지 모른다! 힘들겠지만 성의 경계에 이를 때까지 이 속도를 유지한다!"

최운의 바로 뒤에서 말을 몰던 방구병은 속도를 더 올리라는 최운의 말에 절망 어린 표정을 지었다.

그는 지금 입에서 단내가 나고 있었다. 벌 떼처럼 달려드는 구궁보 패거리를 처리하느라 지나치게 공력을 낭비한 데다 말타는 재주가 별로 없는 터라 아주 죽을 지경이었다. 그러나 자신을 흠모하는 시선들이 주변에 널려 있다 보니 내색을 못하고 있었다.

지금 그의 주변에는 금태희를 제외한 무산에서 같이 싸웠던 신룡오협이 함께 달리고 있었다. 방구병은 비룡회에 섭외되면서 그들을 같이 끼워달라고 최운에게 요청했고, 신룡오협이 각파의 정영들임을 파악한 최운은 흔쾌히 승낙하여 이번 임무까지 함께하게 된 상태였다. 아쉽게도 금태희는 본거지인 무창의 정세가 심상치 않아 빠지게 되었지만, 다른 사협은 그와 함께 행동을 하고 있었기에 그들의 시선을 의식하지 않을 수 없었다.

"방 대협, 정말 대단하십니다. 그런 놀라운 신위를 보이고도 피로한 기색이 안 보이시니…… 저는 지금 힘들어 죽을 지경입니다."

옆에서 달리던 개방의 송욱이 감탄한 얼굴로 말했다.

"이런 한심한 친구 같으니……. 자네 같은 범재와 방 대협 같은 기재를 나란히 비교한다는 자체가 어디 가당키나 한 일인가? 그런 비교 자체가 불경한 일이야!"

오협 중에서도 방구병을 가장 신봉하는 점창파의 장태가 열을 내며 외쳤다.

평상시 같으면 '으하하하! 두 분 소협, 나는 대단한 사람이 아닌데 지나치게 금칠을 하는구려!' 등등의 맘에도 없는 겸양을 떨 방구병이었지만 지금은 워낙 힘들어서 입도 뻥긋할 기운이 없었다.

그때 마차의 창문이 열리더니 함토리가 밖을 내다보며 말했다.

"모두 주의하게. 다수의 말발굽 소리가 다가오고 있네."

그 말이 떨어지기가 무섭게 평원의 저 멀리에서 먼지구름이 일어나기 시작했다. 과연 잠시 후 수십 기의 말이 모습을 드러내더니 이쪽으로 질주해 오는 것이 보였다.

"검은 갑옷을 입고 있는 것을 보니 호남의 철기대가 틀림없습니다. 좀 골치 아프겠는데요."

최운의 보고를 들은 함토리는 방구병을 걱정스레 바라보며 말했다.

"방 소협, 괜찮겠나? 오늘 많이 무리했는데, 이번에는 나와 교대할까? 자네가 이 안을 지키지 그래."

방구병은 하마터면 '어서 빨리 안 튀어나오고 뭐 하시는 겁니까?' 라고 외칠 뻔했다. 그러나 주변에는 여전히 그를 기대하는 수많은 눈빛들이 도사리고 있었다. 그들을 외면한 채 편하디편한 마차 경호를 한답시고 안으로 기어들어 갈 수는 없었다.

그는 초롱초롱한 기대의 눈빛들의 성원에 힘입어 힘든 것도 잊고 외쳤다.

"노사께서는 밖은 걱정 마시고 안을 지키십시오! 저깟 놈들 몇 곱절이 더 몰려와도 한 수에 쓸어버릴 기운이 저에게는 남아 있습니다!"

"오오, 역시!"

"방 대협 최고!"

함토리가 뭐라 대꾸하기도 전에 주변에서 온갖 찬사가 쏟아져 나왔다. 방구병은 힘이 다 빠져서 바들바들 떨리는 두 손으로 말을 몰아 선두로 나섰다. 그는 들 기운도 없는 검을 번쩍 치켜들려 안간힘을 쓰며 외쳤다.

"다 죽여 버리겠다!"

"오오오오!"

마차 밖의 요란한 기합 소리를 들으며 싱긋 웃던 함토리는 마차 안으로 다시 고개를 들이밀었다. 그의 맞은편에 앉아 있던 사천당가의 당후가 걱정스레 말했다.

"백하(白河)까지 아직 꽤 거리가 있는데, 무사히 도달할지 걱정입니다."

"이 지역이 철무련 점거 지역이라 유달리 장애물이 많구려. 여기만 지나치면 그런대로 괜찮을 거요. 그나마 다행인 것은 철혈방의 모습이 안 보인다는 것이오. 그들이 나타나지 않았다는 것은 곧 우리의 행보가 적에게 완벽히 노출되지는 않았다는 것이니 말이오."

당후는 함토리의 곁에 놓인 나무함을 보며 말했다.

"아직 저들이 이 마경이 운반되고 있다는 것을 모른다는 뜻이겠군요."

함토리는 나직이 한숨을 내쉬며 말했다.

"적의 간자는 무림맹의 수뇌진 깊숙이까지 침투해 있는 것이 틀림없소. 지난 수십 년간의 맹의 방만한 운영이 부른 화라고 봐야겠지. 최근에는 무당파의 장로 중에 첩자가 있다는 명확한 증거까지 얻은 판국이니, 또 어느 문파의 어느 명

숙이 간자로 밝혀질까 두렵소. 이번 새외 세력과의 비밀 접선은 맹의 최고위층 외에는 아무도 모르오. 만일 이번 사안까지 적에게 중도에 발각된다면… 상황은 그야말로 심각하다고 봐야겠지요."

당후는 어두워진 안색으로 고개를 끄덕였다.

그런 그를 보던 함토리가 문득 물었다.

"그러나저러나 당 삼협, 괜찮겠소? 당가 입장에서는 새외와의 접선이 그리 유쾌하지만은 않을 텐데."

당후의 안색이 조금 더 어두워졌다. 그도 그럴 것이, 새외의 대표자인 초연흠은 당가의 전임 가주이자 그의 부친인 당제인을 죽인 불구대천의 원수였기 때문이다.

그는 어렵사리 입을 열어 대꾸했다.

"괜찮습니다. 뭐, 이번 접선에 초연흠이 직접 나오는 것도 아닐 테고… 만에 하나 나온다고 해도 참는 수밖에요. 저희 당가는 공과 사를 구분 못할 정도로 우매하지 않습니다. 대의를 위해서 개인의 원한은 잠시 미뤄둘 밖에요."

"음, 훌륭하오. 간자도 있는 반면 당 삼협 같은 충의지사가 있기에 무림맹이 이렇게 유지될 수 있는 것이오."

"과찬의 말씀입니다."

손사래 치던 당후는 화제를 돌렸다.

"형님 쪽도 걱정이군요. 제마령도 마경 못지않게 중요한 물건인데, 그쪽 역시 기밀이 새어나가지나 않았을지……."

"그쪽 걱정은 안 해도 되오. 당가주께서 어련히 잘하실 테고, 또한 임 대협까지 합류했으니……."

"하긴 천하오성의 일인이신 무적철권 임천도 대협이 함께하고 계시니, 웬만한 적은 알고도 막지 못하겠지요."

"그렇소. 그쪽보다는 우리가 걱정이오. 그리고 더 걱정은……."

함토리는 말꼬리를 흐렸다. 그는 창밖으로 보이는 남녘 하늘을 바라보았다.

"진짜 제마령을 운반해 올 우리 회원들이지."

마지막 말은 입속으로 중얼거렸기 때문에 당후의 귀에 들리지 않았다.

＊　　　＊　　　＊

삼경을 훌쩍 넘긴 야심한 시각, 적막한 동정호의 수면 위로 나룻배 하나가 어두운 물살을 헤치며 나아가고 있었다. 배 위에는 젊은 남녀 두 명이서 노를 젓고 있었다.

"소저가 바로 천향선자 연설연이란 말입니까?"

"예, 절 아시나 보네요?"

"아하하하, 강호사미 중 으뜸으로 꼽히는 미모를 가지셨다는 소문을 익히 들어 알고 있었습니다. 과연 명불허전이시군요."

"호호호, 입에 발린 말을 참 잘하시네요. 누구한테 그 소문을 들었는지 몰라도 잘못 들으신 것 같아요. 저의 동료 중에 저보다 훨씬 예쁜 동생이 있답니다."

"예에?"

노를 젓고 있던 맹정우의 입이 크게 벌어졌다. 그는 지금 여인이 동료들과 합류하기로 한 약속 장소를 향해 가고 있었다. 관제묘에서 만난 여인이 그가 만나지 못했던 유일한 강호사미, 연설연이었다는 것도 놀랄 노 자인데 그녀의 동료 중에 그녀보다 더 절색이 있다니, 군침이 절로 삼켜질 수밖에 없었다.

'음, 삼 년간의 암흑 생활 끝에 다시 이 맹정우의 청춘이 피어나나 보구나!'

흐뭇해하던 맹정우는 궁금함을 참지 못하고 연설연에게 물었다.

"그 동생의 방명은 혹시 어떻게 되시는지……?"

"저를 아신다면 그 애의 이름도 들어보셨을 거예요, 화화선녀 은소예라고."

'헉!'

맹정우는 하마터면 소리 지를 뻔했다. 그럼 이 여자가 은소예랑 같은 동료였단 말인가!

"그, 그럼 지금 건너편에서 만날 동료 중에 그 은소예… 란 소저가 있단 말입니까?"

맹정우는 노를 던져 버리고 도망쳐 버릴까 하는 생각까지 했으나 다행히도 연설연은 그가 차가운 물에 몸을 던질 필요까지는 없는 대답을 해주었다.

"아니에요. 원래 같이 갈 목적이었지만 그 애는 맹의 다른 일이 생겨서 이번 원정에는 참여 못할 거예요."

맹정우는 가슴을 쓸어 내렸다. 무림에는 발도 들여놓지 않을 거라 해놓고 연설연의 미모에 혹해 이 일에 참여했다는 것을 은소예가 아는 날에는 죽여 버리겠다고 칼을 빼 들고 덤벼들 게 불을 보듯 뻔했기에, 그녀가 참여하지 않는다는 말에 안도의 한숨이 절로 나올 수밖에 없었다.

'결국 이 여자도 무림맹의 일원이란 얘기로군. 하긴, 마교와 대적하는 자가 무림맹원이 아닌 게 더 이상하지.'

맹정우는 비로소 여인의 목적이 무엇인지 궁금해졌다.

"해야 할 일이 뭔지나 정확히 압시다. 동료들을 만나서 뭘 어떻게 하겠다는 것인지."

"건너편 기슭에 도착하여 동료들과 합류한 다음에는 즉시 섬서성의 백하로 출발하게 되요. 거기까지 한 가지 물건을 배달해야 하는데, 기밀리에 운송하는 것이 목적이었지만 이미 들킨 것 같으니 적의 추격을 어떻게든 뿌리치며 최대한 빨리 그곳까지 도착해야겠지요."

"백하라?"

섬서성 토박이인 맹정우는 백하가 어디쯤 있는 곳인지 잘 알고 있었다. 섬서성 남쪽의 호광성과 인접한 지역이었고, 또 사천과도 가까웠다.

'천이백 리가 넘는 길인데, 고생길이 훤하군!'

맹정우는 인상을 북북 긁었지만 크게 내색은 하지 않았다. 미인이 소원을 들어준다는 데 무슨 고생인들 마다하겠는가?

나룻배가 건너편 기슭에 거의 다다랐을 때쯤이었다.

창! 차창! 차차차창!

둘의 귀에 들려온 것은 병장기의 파열음이었다. 한두 개가 부딪치는 것이 아닌, 수십 개가 동시에 충돌하는 대규모의 전투가 벌어지고 있는 것이 틀림없었다.

"무슨 소리지?"

맹정우가 중얼거렸다. 연설연이 아차 하는 표정으로 외쳤다.

"큰일이에요! 적이 벌써 저희 동료들을 습격한 모양이에요!"

"놈들이 어떻게 여길 알고?"

연설연은 창백해진 얼굴로 말했다.

"우리가 악양을 출발한 때가 성문이 닫힌 시간이었으니까, 악양을 빠져나오는 가장 좋은 방법이 배를 타고 동정호를 건너는 것이란 것을 간파했겠지요. 우리가 건너온 이 물길이 또한 이 근처에서 가장 폭이 짧은 지역이었으니 더 더욱 예상하기 쉬웠을 거예요."

맹정우는 고개를 들어 전투가 벌어지는 곳을 탐색했다.

"여섯 명 정도가 강을 뒤에 낀 채 다수를 상대하고 있군요……. 여섯 명은 합격술이 제법 좋은데, 수가 많은 쪽은 중구난방으로 덤비다 보니 효율적인 공격이 이루어지지 않고 있어요."

"그 여섯 명이 만나기로 한 저희 동료들이에요! 칠성진을 발동한 것 같군요. 어서 합류해야겠어요!"

나룻배는 기슭을 향해 더욱 빠르게 움직였다.

장백은 개 떼처럼 몰려들던 적들이 갑자기 뒤로 물러서자 긴장한 목소리로 말했다.

"성 사제, 왕 사제, 진의 폭을 좁히게!"

그의 말이 떨어지자 좌우의 가장 자리에 있던 성위백과 왕양위가 옆 동료와의 간격을 좁혔다.

장백과 그의 동료들은 지금 다수의 적을 맞이하여 칠성진(七星陣)이란 진법을 사용하고 있었다. 무림맹에서 개발한 이 진법은 소수의 무인들로도 능히 그 몇 배의 적을 맞아 대등하게 싸울 수 있는 탁월한 효능이 있었다.

연설연과 합류하기 위해 이 지점에 도착한 순간 갈대밭에서 튀어나온 수많은 적 때문에 당황한 그들이었으나 곧 칠성진을 이용하여 효과적으로 적을 상대할 수 있었다.

칠성진의 견고한 방어에 밀려 잠시 물러섰던 적들이 다시 파도처럼 밀려들었다.

장백의 얼굴에는 긴장감이 감돌았다. 처음에 맞붙었던 놈들은 자신들의 전력을 탐색하려 한 졸개들이 틀림없었고, 이번에 들어오는 놈들이 진짜배기임이 분명했다.

과연 들어오는 적의 수는 처음보다 줄어 있었으나 날아오는 칼의 기세는 비교가 되지 않을 정도로 흉포했다.

차차차차차차창!

칠성진을 구성하는 여섯 명의 병기에서 불꽃이 튀었다. 진을 둘러싸고 공격 중인 적의 수는 열 명 정도, 그러나 개개인의 실력이 비룡회원들과 엇비슷하거나 더 나은 정도여서 방어하기가 여간 힘거운 게 아니었다. 게다가 칠성진 자체가 지금 정상적이 아닌 것이 가장 큰 문제였다. 일곱 명이 구성했을 때 가장 이상적인 위력을 발휘하는 진법인지라 연설연이 빠져나간 빈자리가 컸다.

"웃!"

바로 옆에서 들려온 짧은 비명에 장백은 가슴이 덜컹했다.

"곽 사제, 괜찮나!"

옆의 곽원재는 고통에 일그러진 얼굴로 입을 악물며 대답했다.

"스친 것뿐입니다."

그러나 그의 상처는 심상치 않았다. 가슴팍을 가로지르는 검상에서 피가 적잖이 흘러내리고 있었다.

곽원재를 상해한 대검이 다시 한 번 날카로운 파공음과 함께 날아왔다.

까깡!

대검과 두 개의 청강검이 동시에 부딪치며 둔탁한 소리를 냈다. 곽원재를 거들어 적의 공격을 함께 방어한 장백은 검을 잡은 오른손이 시큰해짐을 느꼈다.

‘수라왕 구평!’

대검의 주인을 곁눈질한 장백의 얼굴에 아연한 기색이 떠올랐다.

키가 칠 척은 넘을 것 같은 철탑 같은 거인이 오 척 대검을 젓가락처럼 휘둘러오고 있었다.

구평은 절강 구궁보의 보주였다. 그렇다면 아까 자신들을 급습한 자들 역시 구궁보 무사들일 것이고, 지금 구평과 함께 자신들을 압박하는 열 명 남짓한 고수들은 그 휘하의 사대도객과 오대살객이 틀림없었다.

장백은 오늘의 상황이 쉽게 끝나지는 않겠다는 생각이 들었다. 사대도객과 오대살객 정도라면 이 인원으로 어찌어찌 버텨보겠지만 강남오걸 중에 한 명으로 꼽히는 절정고수 구평이 끼어 있다면 얘기가 달라진다. 더구나 그들의 뒤에는 구궁보의 정예들이 병풍처럼 주변을 감싼 채 출로를 막고 있는 형편이다.

‘연 사매라도 있었다면……’

연설연은 무공도 고강한 데다 칠성진을 가장 효율적으로 사용할 줄 알았다. 그녀가 지금이라도 여기에 도착한다면 한 가닥 희망을 품어볼 수도 있을 텐데, 뜻하지 않은 적이 나타난 것을 보면 그녀의 임무가 실패했을 거라는 불길한 예감이 들고 있었다.

구평이 다시 강력한 공격을 감행해 왔다. 곽원재 혼자 그를 방어하기는 불가능했기 때문에 계속 장백이 그를 도와야 했고, 그로 인해 진의 중심부에 힘의 불균형이 생기자 곧 가장 자리의 네 명이 힘겨워지기 시작했다.

특히 좌측의 왕양위와 송진진은 고전을 면치 못하고 있었다. 사대도객은 나이 어린 소녀인 송진진에게로 공격을 집중하고 있었다. 송진진은 보타암 출신으로 무공의 재질이 매우 뛰어나 제이의 연설연으로 꼽히고 있었지만 아직 실전 경험이 일천하여 사대도객의 조직적인 공세에 쩔쩔매고 있었다. 그런 그녀를 돕기 위해 무리하던 왕양위가 한순간 노출된 허점으로 인해 옆구리에 큰 상처를 입고 말았다.

짧은 신음과 함께 비틀거리는 그를 향해 도객의 날카로운 칼이 먹이를 덮치는 승냥이처럼 날아왔다.

“왕 사형!”

송진진이 놀라 부르짖으며 왕양위를 향해 몸을 날린 순간, 나머지 세 도객이 자리를 박차는 그녀의 빈 공간을 비집고 들어왔다. 자칫 칠성진이 와해될 수 있는 순간이었다.

그때 정신없이 몸을 날린 송진진의 귀로 가느다란 전음이 파고들어 왔다.

“사매, 싸우려 하지 말고 왕 사형의 귀를 막아!”

사저인 연설연의 목소리였다. 송진진은 연설연의 말뜻이 무얼 의미하는지 즉시 알아차렸다. 그녀는 들고 있던 검을 왕양위를 노리는 도객한테 던져 버리고서 왕양위에게로 가 그의 귀를 틀어막았다.

송진진이 아무렇게나 던진 검을 가볍게 튕겨 버린 도객은 무방비 상태의 왕양위와 송진진에게로 다가들었다. 일격에 둘을 베어버리려는 듯 도객의 칼이 번쩍 쳐들린 순간, 강 쪽에서 강렬한 음색이 도객을 덮쳐 왔다.

삐이이이익—!

“욱!”

“우욱!”

소리의 진원지와 가장 가까이 있던 사대도객은 귀를 부여잡은 채 바닥에 주저앉았고, 전투 중이던 나머지 사람들도 고통에 찬 얼굴로 인상을 찡그리며 잠시 움직임을 멈췄다. 귀를 미리 막은 왕양위와 보타암 출신인 송진진만이 그 소리를 견뎌냈을 뿐이다.

그때 소리의 주인이 모습을 드러냈다. 한 여인이 강 쪽에서 훨훨 날아와 송진진과 왕양위의 옆으로 안착했다.

“언니!”

“연 사매!”

가벼운 미소로 그들에게 응대한 연설연은 주저앉았다가 간신히 몸을 일으키고 있는 사대도객에게 말을 건넸다.

“네 분, 오랜만이시네요.”

“네년은 그때의…… 여기서 다시 만나게 되는구나.”

사대도객의 수장이 이를 갈며 말했다. 그는 으르렁거리면서도 옷을 찢어 열심히 귀를 틀어막고 있었다. 삼 년 전 산서혈사 때 그녀와 천신도 쟁탈전을 벌였다가 패배한 아픈 기억이 그들 뇌리에 여전히 생생했기 때문이다.

"저 계집이 보타암의 연설연인가?"

구평이 사대도객에게로 다가오며 말했다.

"그렇습니다. 음공을 주의하셔야 합니다."

"어리석긴! 이곳에는 자기 동료들도 있는데 함부로 음공을 쓸 수 있겠느냐? 쓸데없는 호들갑으로 보의 망신을 또 시키겠다는 게냐!"

구평의 질책에 사대도객의 얼굴이 벌게졌다.

구평은 연설연에게로 대검을 겨누며 말했다.

"일전에 우리 수하들에게 해준 대접은 본 보주도 똑똑히 기억하고 있다. 오늘 마침내 그에 대한 보답을 할 기회가 왔군."

구평의 으르렁거림에 연설연은 냉소를 터뜨리며 대꾸했다.

"글쎄요, 능력이 있으면 한번 해보시지요."

"건방진 것!"

구평이 노호를 터뜨리며 대검을 날렸다. 치열한 전투가 다시 재개되었다.

연설연이 가세하자 큰 힘을 얻은 칠성진이 정상적으로 가동되면서 전투는 팽팽한 양상으로 흘렀다. 전투가 양쪽 다 백중세의 전력으로 치열하게 전개되다 보니 참여하는 그 어느 누구도 주변으로 눈을 돌릴 여유가 없어졌다.

그런데 사대도객 중 한 명과 숨 돌릴 틈 없는 접전을 펼치고 있는 송진진의 눈에 이상한 광경이 포착되었다. 강 쪽에서 누군가 한 명이 어슬렁거리며 다가오고 있는 것이었다.

'누구야, 저건?'

송진진은 촉망 중에도 궁금함을 참을 수 없었다. 구궁보의 졸개들은 비룡회원들이 빠져나갈 것을 방비해 갈대밭 주변을 둘러싸고 있으니 그들 중 하나일 리는 없었다. 강 쪽에서 나오는 것을 보면 방금 그쪽에서 온 연설연과 무슨 관련이 있는 사람일까?

의아해하는 사이 전투가 벌어지는 장소까지 온 사람의 얼굴이 보였다. 훤칠한 키에 제법 잘생긴 청년이었다. 그는 도객과 접전을 펼치고 있는 송진진을 흘끔 보더니 씩 웃었다. 송진진은 상황과 어울리지 않은 웃음에 어이없어하면서도 청년의 웃는 낯이 그리 부자연스럽다는 느낌이 들지 않았다.

그러는 사이 다가온 청년은 검을 하나 빼 들었다. 그리고는 송진진과 싸우는 도객의 바로 뒤까지 접근했다.

도객도 누군가 등 뒤로 다가오는 것을 감으로 알아차린 듯했다. 그러나 송진진과 한 치도 가늠할 수 없는 접전을 펼치고 있는 터라 방비는 고사하고 고개 돌릴 여유조차 없는 그는 어찌할 바를 모르고 땀만 비 오듯 흘렸다.

도객의 등 뒤에서 선 청년은 무심한 표정으로 도객을 향해 일검을 날렸다.

"크억!"

송진진에게서 몸을 뺄 수 없던 도객은 마지막 순간 억지로 몸을 틀었으나 이미 때는 늦어 있었다. 청년의 검은 벌써 그의 심장을 관통한 뒤였다.

팽팽한 접전에서 미세한 균열이 일어나자 전세는 급격히 한쪽으로 기울었다. 여유를 얻은 송진진이 옆의 왕양위에게 가세하자 다른 도객이 또 한 명 쓰러졌고, 연이어 사대도객 모두가 횡사하고 말았다.

"빌어먹을! 후퇴하라!"

전세가 기울었음을 깨달은 구평이 외쳤지만 이미 때가 늦어 있었다. 사대도객에 이어 오대살객도 점점 강해지는 칠성진에 갇혀 모두 당해 버렸고 그마저도 억지로 몸을 빼다가 연설연의 공격에 당해 왼팔이 탈골되고 말았다.

"제기랄!"

다친 팔을 부여잡고 뒤로 물러서는 구평을 향해 성위백과 장백이 끝장을 보겠다는 듯 덤벼들었다. 장백의 검과 성위백의 권력이 구평의 가슴으로 파고드는 순간, 구평의 머리 너머에서 강력한 기운이 둘을 향해 쳐들어왔다.

콰콰쾅!

"어억!"

성위백은 피를 뿌리며 뒤로 날아갔고, 장백도 검이 반 토막으로 부러진 채 비틀거리며 뒷걸음질쳤다.

"장 사형, 성 사형!"

비룡회원들이 놀란 얼굴로 물러서는 그들을 부축했다.

"쿨럭! 조심해, 강적이야······."

장백이 피를 한 사발 토해내며 중얼거렸다.

비룡회원들은 구평의 앞으로 걸어 나온 두 노인을 긴장감 어린 표정으로 바라보았다. 구궁보의 수뇌진을 모두 쓰러뜨려 승리를 목전에 두었다고 생각했는데, 뜻밖의 강적이 출현한 것이다.

"저쪽 아이들 실력이 제법이로군."

"그러게 말일세. 그런 반면 이쪽 놈들은 아주 형편없군. 무공도 그렇고, 머리 쓰는 쪽으로는 더욱 형편없군. 이런 떼거리로 고작 예닐곱 놈을 쓰러뜨리지 못한다는 것은 실력 이전에 지능의 문제야."

마치 마실 나와서 담소하는 듯한 어투로 대화를 나누는 두 노인은 각각 매우 상반된 외모를 가지고 있었다.

비쩍 마르고 키가 큰 흑의노인은 자신의 키만한 붉은색 곤봉을 지팡이 삼아 짚고 있었고, 얼굴에는 칼자국이 하도 많아 얼굴 생김새를 알 수 없을 정도였다. 반면 옆의 백의노인은 작달막한 키에 아주 뚱뚱한 몸매였다. 탐스러운 백염으로 뒤덮인 살집 두툼한 얼굴에는 흠집 하나 없이 개기름이 번질번질 흐르고 있어서 부유한 대상인이라고 해도 믿을 만한 외모를 가지고 있었다. 그는 별다른 무기가 없는 적수공권이었는데, 성위백을 날려 버린 강력한 장력은 그가 날린 모양이었다.

그들과 대치한 비룡회의 젊은 무인들은 노인들의 특이한 생김새를 보고도 정체를 짐작할 수 없었다. 저 정도의 특이한 외모에 강력한 무공이라면 분명 이름을 들어봤음 직도 한데 서로 얼굴을 마주 보아도 아무도 아는 사람이 없었다.

"저 노인들은··· 설마!"

일행의 최연장자인 장백은 노인들을 알아본 듯했다. 왕양위의 부축을 받으며 간신히 몸을 일으킨 그는 경악한 얼굴로 말했다.

"설마 광동쌍로(廣東雙老)란 말인가?"

광동쌍로란 말이 장백의 입에서 나오자 두 노인은 신기하다는 듯 그를 보며 말했다.

"호오. 아직 강호에 노부를 기억하는 놈이 남아 있다니, 기특한 일이로구나."

"그 보답으로 네놈은 가장 나중에 죽여주마."

노인들은 벌써 비룡회의 목숨을 자신들의 손아귀에 틀어쥔 듯한 태도였다.

장백은 다급히 회원들에게 자신이 짐작한 노인들의 정체를 설명했다.

"내 짐작이 맞다면 저들은 이십 년 전 강호에서 자취를 감췄던 광동쌍로라는 사파의 거두들일세. 둘 다 당시 천하십대고수로 거론될 정도의 절정고수들이었지. 하나 그 손속이 잔인하고 심성이 흉포하여 그들의 손에서 피가 마를 날이 없었고, 결국 무림공적으로 몰리게 되어 무림맹의 추적을 받게 되었지. 일 년여를 쫓기다가 운남 부근에서 실종된 것으로 아는데 어떻게 이십 년이 지난 지금 이 자리에 나타나게 된 것인지……."

그의 말을 듣던 비룡회 무사들의 얼굴이 일그러졌다. 천하십대고수로 꼽혔을 정도의 괴물들이라면 자신들만으로 감당하기에는 지나치게 버거운 상대였다.

"길게 시간 끌 것 없지. 노부 혼자 상대해 주겠다. 아까 그 진법이 제법 흥미를 끌던데 어디 한번 발휘해 보거라. 오랜만에 손 좀 풀겠는걸?"

흑의노인이 봉을 손에서 빙빙 돌리면서 한 발짝 앞으로 나왔다.

"어허, 무슨 소리! 근 이십 년 만에 몸을 풀 기회를 혼자 독차지하겠다 이거야?"

백의노인은 어림없다는 듯 딴죽을 걸었다.

둘이 서로 나서겠다고 옥신각신하는 사이, 비룡회 측에서는 연설연이 난국타개의 방안을 내놓고 있었다.

"다들 걱정할 것 없어요. 칠성진을 제대로 발휘한다면 둘 중 하나는 감당할 수 있을 거예요. 나머지 한 사람만 감당할 손이 있으면 돼요."

성위백이 혀를 차며 대꾸했다.

"말이야 쉽지. 당장 저 괴물들과 맞설 만한 조력자를 어디서 구한단 말인가?"

연설연은 싱긋 웃으며 옆에 멀뚱히 서 있는 맹정우를 잡아끌었다.

"여기 계시잖아요. 제가 데려온 이분!"

"응?"

연설연을 제외한 모든 사람이 눈을 크게 떴다. 심지어 맹정우까지도.

"이분은 대체 누구신가, 연 사매?"

장백이 궁금한 얼굴로 물었다. 그뿐 아니라 모든 회원들이 갑자기 나타나 자신들을 도운 이름 모를 청년의 정체를 궁금해했다.

"이분은 한때 강호의 태양으로 추앙받던 분이지요."

"태양?"

연설연의 과장된 소개에 중인들이 의아해할 찰나, 순번을 결정한 듯 광동쌍로 중 한 명이 다가왔다. 땅딸막한 백의노인이었다.

"자, 어디 재롱을 부려봐라, 애송이들아."

음침한 흉소를 흘리며 회원들을 보던 백의노인은 근처에 큼지막한 바위 하나가 있는 것을 발견하고는 그쪽으로 천천히 손을 뻗었다. 그러자 그의 손에서 반투명한 기운이 이글거리며 바위를 향해 가는 것이 보였고, 그 기운이 닿는 순간 바위가 붉어지는 듯하더니 펑, 소리와 함께 산산조각이 나버렸다.

"폭양장(爆陽掌)!"

엄청난 위력의 무공에 장백이 혀를 내둘렀다.

"실종될 적에 팔십이 넘은 나이였건만, 백 살이 지난 지금도 저 양 노괴의 장력은 여전하구나!"

연설연은 노인의 장력의 위력을 보고 입을 딱 벌리고 있는 맹정우의 옷자락을 잡아끌었다.

"뭐 해요, 공자. 어서 저 노인을 치워 버려요!"

"내가? 날보고 저 괴물을 상대하라고?"

"한시가 급해요. 여기서 계속 시간을 지체하다가는 적의 원군이 속속 도착할 거라고요. 맹 공자가 우선 저 노인을 붙들고 있어요. 공자는 경신술이 뛰어나니 상대하는 척하며 이리저리 도망만 다녀도 충분할 거예요. 그럼 그사이 우리가 칠성진으로 저 흑의노인을 상대하여 도망칠 틈을 만들어볼게요."

골 아픈 표정을 짓던 맹정우는 어쩔 수 없다는 듯 한 발 앞으로 나섰다. 표정은 좋지 않았지만 사실은 그도 나서야겠다고 생각하던 참이었다. 연설연의 말마따나 더 이상 시간을 끌어봐야 이쪽만 불리해질 정황이니 어떻게든 해결책을 마련해야 할 시점인 것이다.

그는 나서면서 연설연들에게 한마디를 남겼다.

"진을 짜고 자시고 할 것도 없소. 내가 다 알아서 처리할 테니 달릴 준비들이나 하고 있으시오."

그러고는 보무도 당당하게 백의노인에게로 다가가는 맹정우를 비룡회원 전부가 황망한 표정으로 바라보았다.

"언니, 저 남자 대체 누구예요? 뭘 믿고 저렇게 당당하죠?"

"저 남자는……."

송진진의 물음에 연설연이 대답하려는 찰나, 백의노인의 큼지막한 웃음소리가 들려왔다.

"와하하하하! 감히 나 폭양신군 양청군에게 홀로 도전하는 애송이가 있을 줄이야. 이보게, 대곤(大棍). 우리의 은거 기간이 너무 길었던 것 아닌가? 이 애송이는 내가 누군지도 모르고 덤비는 듯한데."

자신을 양청군이라 칭한 백의노인은 흑의노인을 향해 기가 찬 듯 말했다.

"원래 무식한 놈이 용감하다고 하지. 자네가 그 애송이를 잘 교육시키게, 그동안 내가 나머지 놈들을 맡을 테니."

대곤이라 불린 흑의노인은 이때다 싶은 표정으로 앞으로 나섰다. 비룡회원들의 칠성진과 상대할 기회가 왔다고 생각하는 모양이었다.

"어허! 나서지 않기로 한 약조를 어기면 안 되지. 이 애송이는 한 수에 처리해 줄 터이니 보고만 있으라고."

양청군은 다급히 손을 저어 대곤을 멈춰 서게 한 후 맹정우 쪽으로 시선을 돌렸다.

"재롱을 한번 떨어보려무나, 아가야. 반 초 안에 끝내주마."

어서 오라는 듯 손짓까지 하는 양청군을 보며 맹정우는 조소를 흘렸다.

"어이, 늙은이. 나이가 백 살이 넘었다고?"

"그렇다, 꼬마야. 근데 말버릇이 고약하구나."

"그럼 혹시 혈패왕이라고 알고 있나?"

"혈패왕?"

양청군의 살집에 뒤덮인 눈이 조금 커졌다. 저 애송이가 백이십 년 전의 초고수 이름을 어떻게 알고 있는 것일까?

혈패왕은 백이십 년 전 종적을 감췄지만 그와 대곤이 강호 초출 시절 때까지만 해도 강호에 이름이 남아 있는 인물이었다. 그때까지만 해도 그의 제자들이 활발히 활동하고 있었기 때문인데, 양청군이 한창 혈기왕성할 때 그의 제자에게 한 번 혼쭐이 났던 경험이 있어서 잘 기억하고 있었다.

"네놈이 그 이름을 어떻게 알고 있는 게냐?"

"어떻게 알긴. 내가 그의 전인이기 때문에 알지."

"뭣이?"

양청군의 째진 눈이 더욱 커졌다. 심지어 대곤까지 한 발 앞으로 나서며 말했다.

"네놈이 혈패왕의 전인이라고? 거짓말 마라! 패천방의 세력은 일 갑자도 전에 강호에서 흔적도 없이 사라졌어!"

"멍청한 늙은이들. 말로는 못 믿겠다, 이거로군."

맹정우는 허리에 차고 있던 검을 천천히 뽑아 치켜들었다.

"눈을 씻고 똑똑히 봐라, 이것이 어떤 형상인지. 누구의 성명절기였는지."

츠츠츠츠츠츠—

치켜 올린 검이 미세하게 떨리는 듯하더니, 검에서 한줄기 연기 같은 기운이 뿜어져 나왔다. 맹정우가 천천히 검을 머리 위로 빙글빙글 돌리기 시작하자 솟아오른 기운이 뭉쳐지며 큰 덩어리를 형성해 갔다. 맹정우가 돌리던 검을 우뚝 세우고 중단으로 내린 후 다시금 살짝 흔드니 뭉쳐진 덩어리가 세 줄기로 갈렸다. 갈린 세 덩어리의 기운은 점차로 또렷해지며 어떤 사물의 형상을 띠기 시작했다.

덩어리의 모양이 점점 또렷해지자 그것을 보는 중인들의 눈에는 호기심이 어렸고, 반면 맹정우의 앞에 선 광동쌍로의 눈에서는 경악의 빛이 흘러나왔다.

"저, 저것은 쌍룡출세(雙龍出世)!"

"저건 셋이야… 혈패왕의 수제자조차 둘밖에 불러내지 못한 용강기(龍剛氣)를 세 마리씩이나!"

마침내 제 모습을 드러낸 기운은 신기하게도 용 머리의 형상을 하고 있었다. 족히 칠팔 장은 될 듯한 거대한 용두들이 맹정우의 검이 이끄는 대로 땅으로 서서히 하강했다.

우우우우웅―!

맹정우가 검을 일직선으로 내뻗자 삼두룡은 용의 포효와도 같은 공진음을 내며 광동쌍로를 향해 다가가기 시작했다.

"오늘 이 자리에서 살아남을 자가 없을 줄 알아라."

맹정우의 나직하고도 또렷한 목소리가 공포에 떨며 뒷걸음질치는 광동쌍로와 그 뒤에 서서 사태의 심각성을 서서히 깨닫고 있는 구궁보 무리들의 귓전에 울려 퍼졌다.

"죽어랏, 삼룡출세!"

맹정우의 호령과 함께 거대한 세 용두가 커다란 입을 쩍 벌리며 먹이를 찾아 전진하기 시작했다.

"도, 도망쳐!"

광동쌍로는 공포에 가득 찬 비명을 지르며 냅다 뒤돌아 뛰기 시작했고, 그러자 그들의 뒤에 있던 구궁보 패거리들 역시 몸을 돌려 도망칠 수밖에 없었다. 광동쌍로 같은 초고수가 도망칠 정도라면 다가오는 용의 형상이 얼마나 끔찍한 위력을 발휘할 것인지는 충분히 짐작할 수가 있었기 때문이다.

우우우우웅!

세 마리의 용두가 한데 뭉쳐 도망치는 광동쌍로와 구궁보인들의 머리를 스치듯 지나갔다. 혼비백산한 그들은 방향을 돌려 도망쳤다. 스쳐 지나갔던 용두들은 제각기 방향을 바꾸어 도망치는 무리에게 접근했다. 용두 하나를 피해 무리가 방향을 바꾸면 다른 용두가 앞을 막고, 다시 방향을 바꿔 달리면 또 다른 용두가 덮쳐 오고……. 쌍로와 구궁보인들은 강변의 드넓은 갈대밭을 꽁지에 불붙은 개처럼 이리 뛰고 저리 뛰었다. 한참을 정신없이 뛰던 그들의 입에서 단내가 날 무렵, 마침내 삼면에서 무리를 포위한 용두들이 동시에 그들을 향해 덮쳐들었다. 무리는 좌우를 살폈지만 세 용두에게 완벽히 포위된 터라 더 이상 몸을 뺄 곳이 없었다.

"으아아아아!"

모두 이제 죽었구나 하고 생각하며 머리를 싸매고 땅바닥으로 납죽 엎드렸다. 귀가 윙윙거리고 주변의 흙먼지가 마구 흩날리는 것이 느껴졌다. 폭풍이 지나가는 듯 옷자락과 머리카락이 한없이 나풀거렸다.

폭풍 같던 시간이 흐른 후 가장 먼저 머리를 쳐든 것은 광동쌍로였다. 분명 강기가 몸을 덮치는 것까지는 느꼈는데, 도통 아프거나 다친 것 같지가 않았던 것이다.

"뭐야, 어떻게 된 거야?"

나머지 구궁보인들도 여기저기서 머리를 쳐들었다. 단 한 사람도 다친 사람은 없는 것 같았다.

다다다다다다다다—

그들의 귀에 점점 멀어지는 말발굽 소리가 들렸다. 소리나는 쪽으로 시선을 돌리니 다수의 마필이 사람을 태운 채 저 멀리 사라지고 있었다.

"대체 뭐가 어떻게 된 거야?"

양청군이 도저히 이해할 수 없다는 표정으로 말했다.

"속았어! 애송이 놈한테 완벽하게 속아버렸어! 놈이 일으킨 강기는 몽땅 허상이었네! 어쩐지, 세 마리의 용강기를 불러일으킬 인간이 혈패왕 외에 다시 존재할 리가 없지!"

대곤이 이를 부드득 갈며 외쳤다.

"그게 무슨 소리야? 내가 젊을 적에 보았던 쌍룡출세와 완벽하게 일치하는 모양새였는데?"

"모르겠어. 허상으로라도 비슷하게 재현해 낸 것을 보면 혈패왕과 전혀 관련이 없다고는 할 수 없는 놈인가 보군. 어쨌거나 모든 것은 허상이었고, 놈은 우리가 그 허상에 휘둘리는 동안 일행을 끌고 도망친 게야!"

대곤의 말마따나 그들이 용 머리에 쫓겨 다니는 사이 맹정우와 비룡회원들은 구궁보인들이 타고 온 마필을 타고 도망쳐 버렸다. 게다가 타고 간 마필 외의 나머지 말들은 전부 고삐를 풀어버려 그들이 타고 쫓아갈 말이 남아 있질 않았다. 구궁보인들과 쌍로는 그저 이를 갈며 멀어지는 맹정우들을 바라보고만 있어야 했다.

"애송이 놈, 다음번에 만나면 절대 용서하지 않겠다! 반드시 뼈를 갈아 마셔 버리겠다!"

분노에 찬 쌍로의 고함성이 공허하게 강변을 메아리쳤다.

"대체 무슨 요술을 부린 거예요?"

밤새워 맹렬히 말을 달린 비룡회원들은 떠오르는 아침 해를 맞이할 즈음에야 여유를 되찾은 모습이었다. 드넓은 초원을 질주하고 있었으나 빛이 비춰지는 어느 곳에도 추적자의 흔적은 보이지 않았다. 일행은 큰 숨을 헐떡이는 말들을 배려하여 조금 속도를 줄여 달렸다.

한숨 돌리며 서로 대화를 나눌 여유가 생기자 맹정우의 정체가 알고 싶은 듯 너도나도 연설연에게 눈치를 주었다. 그러나 정작 연설연은 자신이 궁금한 게 먼저인 듯했다. 그녀는 냉큼 맹정우 곁으로 말을 몰아오더니 아까 맹정우가 구사했던 수법을 묻는 것이었다.

"요술이라니요? 삼룡출세라는 전설적인 신공입니다."

맹정우가 무슨 소리냐는 듯 대꾸하자, 연설연은 호호 웃으며 말을 이었다.

"무슨 그런 신공이 있어요? 사람 한 명 쓰러뜨리지도 못하는 주제에 모양새만 요란뻑적해 가지고는."

"사람 한 명 쓰러뜨리지 못하다니요, 공포에 질려 갈대밭에 몸을 내던지던 수십 명의 적도를 정녕 보지 못한 겁니까?"

그의 대꾸에 연설연과 어느 결에 그녀 곁에 와 있던 송진진이 까르르 웃음을 터뜨렸다.

"언니, 언니, 이분 대체 누구예요?"

도저히 궁금함을 참지 못한 송진진이 그의 정체를 캐묻자 연설연은 웃음기 어린 얼굴로 모두에게 그의 정체를 말해 주었다.

그가 삼 년 전 강호를 떠들썩하게 했던 일검탈명이란 것을 알게 되자 비룡회원 모두가 크게 놀란 기색이었다. 장백 같은 이는 '과연!' 하는 감탄성을 터뜨렸고, 성위백과 왕양위 등은 청년다운 호승심 어린 눈길로, 송진진은 흠모하는 눈으로 맹정우를 바라보아 그를 흡족하게 만들었다. 삼 년이라는 시간 동안 많이 잊혀지긴 했지만 그래도 무림인들 중에는 그를 또렷이 기억하고 있는 사람들이 꽤 있는 모양이었다.

"이거 우리 연 사매가 정말 큰일을 해주었군. 맹 소협 같은 청년 영웅을 우리 회에 끌어들이다니. 정말 반갑소이다, 맹 소협. 난 이번 운송 건을 지휘하고 있는 청성의 장백입니다."

반갑게 자기소개를 한 장백은 맹정우에게 지금 운송하고 있는 물건과 도착지에서 벌어질 일 등을 설명했다.

"우리가 이송하고 있는 물건은 제마령이란 마교의 성물입니다. 우리 외에 다른 별동대가 또 다른 성물인 마경을 운반 중이고, 우리는 이것을 섬서의 백하까지 운송해야 합니다. 그곳에 가서 새외 세력에게 이 물건을 안전하게 전달하면 임무가 끝나는 것이지요."

장백은 어째서 마교의 신물을 새외 세력에게 전달해야 하는지도 친절하게 설명해 주었다. 그는 맹정우가 완전히 비룡회 사람이 된 것처럼 대접하고 있었다.

초연흠이 이끌고 온 새외 세력은 사실은 백 년 전 신강으로 쫓겨간 정통 마교의 후신으로, 그들의 본목적은 중원 진출이 아닌 세 가지 성물의 회수라는 설명이었다. 맹에서는 그들의 목적을 충족시켜 주고 다시 중원 침탈을 하지 않겠다는 약조를 받아내려는 의도를 가지고 있었다. 만일 이번 협상이 잘 이루어진다면 철무련은 가장 강력한 방조자를 잃게 되고, 수세에 몰려 있던 무림맹이 전세를 반전시킬 수 있는 호기를 맞을 수 있다는 설명이 이어졌다.

"세 가지 성물이라면서 어째서 두 가지만 들고 가는 것인지요?"

"우선 맹에 있던 건곤검은 예전에 분실한 상태인지라 돌려주려 해도 줄 수가 없습니다. 다행인 것은 건곤검은 셋 중에 비중이 작고, 또 시간은 걸릴지언정 새로 만들 수 있는 물건이라 하더이다. 그래서 새외 쪽에서는 두 개로도 만족하겠다는 말을 했다더군요. 그래서 가장 중요한 두 성물만 운반하는 것이지요."

"흐흠, 그래요."

맹정우는 미묘한 표정으로 고개를 끄덕였다. 그의 눈이 잠깐 허리춤에 머무르는 것을 장백은 알아차리지 못했다.

"어쨌거나 중요한 것은, 이 물건들을 중원 마교한테 들키지 않도록 최대한 빠른 시간 내에 운반하는 겁니다. 우리의 경우 이미 한 번 들켜 버렸으니 더욱 빨리 이동해야겠지요."

"마교가 중원 마교 따로, 새외 마교 따로 있단 말입니까?"

"그렇습니다. 우리는 지금 철무련을 조종하는 실세가 중원 마교의 후신임이 틀림없다고 확신하고 있습니다."

"어째서요?"

"우리 비룡회는 처음 창립될 때부터 강호에 암약하고 있는 마교의 후신을 찾기 위해 많은 노력을 기울였지요. 본 회가 지난 십여 년간 강호에서 은밀히 활동하며 캐낸 수많은 정황들은 철무련 그들이 마교의 후신이라는 것을 말해 주고 있습니다. 물론 결정적인 증거를 발견하지 못해 아직 터뜨리지는 못하고 있지만… 단적으로 맹 소협이 관제묘에서 봤던 무당의 장천자를 떠올려 보면 알 수 있지요. 그는 분명 마교의 호교사자와 접선하고 있었지요. 그런 연후 철무련의 구궁보 패거리가 우리의 앞길을 가로막았습니다. 이런 정황만 보더라도 그들이 마교의 후신이라는 것을 쉽게 유추할 수 있는 것이지요."

"그럼 철무련 전체가 마교의 후신이라는 겁니까?"

"그럴 리가요. 삼대세가 같은 곳은 마교와 연결하려야 할 수가 없는 곳들이지요. 그들은 그저 철무련 득세 후의 이익을 바라보고 그쪽에 붙은 것뿐이고 나머지 세력들도 대동소이할 겁니다. 다만 철혈방은 이야기가 다르지요. 그들의 은밀한 행적 중에 마교, 혹은 그들의 하위 세력인 배교의 수법을 사용한 실례가 수없이 많았습니다. 그렇기에 우리는 그들을 마교의 후신으로 확신하고 있고, 이번 새외 마교와의 협상에 가장 큰 걸림돌로 꼽고 있는 것이지요."

장백은 그 외의 세세한 사항들도 설명해 주었다. 조금 귀찮아하는 표정으로 그의 말을 듣던 맹정우는 마경을 운반하는 무리 중에 함토리와 방구병이 있다는 말에 뜨악한 표정을 지었고, 이번 회동의 중재자가 일월문이라는 말에는 눈을 빛냈다.

"일월문이라고 하셨습니까?"

"예, 강호의 거대 세력 중에 유일하게 이번 무림대전에 참여하지 않고 중립을 지키던 세력이지요. 서로 칼을 맞대고 있던 적인지라 새외와 협상을 하기가 쉽지 않았던 차였는데, 다행히도 일월문주께서 친히 나서셔서 회동이 손쉽게 이루어졌습니다."

"혹시 회동에 일월문의 다른 요인들도 참가합니까?"

의외의 질문에 잠깐 어리둥절해하던 장백은 곧 고개를 끄덕였다.

"예… 듣기로 장로 두 명과 따님이 동행한다고 하더군요."

"알겠습니다."

맹정우는 만족스럽게 고개를 끄덕였다. 그는 의미심장한 미소를 지으며 말에 박차를 가했다.

여덟 필의 기마는 이른 아침의 초원을 시원스레 질주했다.

제6장

영웅은 음모를 무너뜨리고 궤계를 파헤친다

섬서성 백하. 동쪽 성 경계 부근의 한 장원.

어느 왕야의 별장이었다가 인근의 갑부가 사들인 이 장원은 외진 곳에 있는 것 치고는 규모가 상당히 컸다.

인적 드문 곳에 위치한 이 장원에 늦은 밤 다수의 객들이 찾아들었다.

말에서 내린 한 무리의 객은 마중 나온 동료를 따라 건물 하나를 찾아 들어갔다.

"어서 오게들. 무사한 얼굴을 보니 참으로 기쁘구먼. 수고했네, 장 당주."

함토리가 안으로 들어서는 장백과 그의 일행들을 반갑게 맞이했다.

"별말씀을요. 회주님이야말로 수고하셨습니다. 원로가 평탄치 않았다면서요?"

"우리야 원체 적의 시선을 끄는 목적이 최우선이었으니 어쩔 수 없지 뭐."

"아직 대원의 일부가 귀환하지 않았다고요."

"경천객 방 소협과 최운, 혜공 등이 중간에 갈라져서 산서 방면으로 추격자들을 유인해 간 상태이네. 예정대로라면 오늘 이곳으로 와야 하는데 아직 소식이 없어 좀 걱정일세."

"가짜 제마령을 가지신 당가주와 임 대협 쪽은 어찌 되었는지……?"

함토리의 표정이 조금 더 어두워졌다.

"그쪽이 지금 걱정일세. 사실 이동 경로로만 따지자면 우리보다 먼저 도착했어야 정상인데, 어찌 된 일인지 아직까지 도착하지 않고 있네."

함토리의 말에 장백의 안색도 흐려졌다.

오늘의 이 회동은 대단히 중요하고도 위험한 자리였다. 경우에 따라서는 성물을 탐할 새외 측과 일전을 벌일 수도 있는 자리인 것이다. 그런 측면에서 천하오성의 일인인 임천도가 아직 도착하지 않았다는 것은 무림맹으로서는 큰 손실 요인이었다.

"결국 세 부대가 전부 적에게 행적이 노출된 셈이군요. 그토록 기밀 유지에 만전을 기했건만… 적의 첩자가 맹의 수뇌부까지 침투해 있는 것이 확실하긴 한가 봅니다."

그 말에 함토리는 놀란 기색으로 말했다.

"세 부대 전부라면 그쪽도? 우리야 들킬 것을 각오했지만 극비리에 일을 추진한 장 당주 측도 들켰단 말인가?"

"말 마십시오. 무당의 장천자가 마교의 첩자였습니다. 출발지에서 구궁보와 광동쌍로에 둘러싸여 죽을 뻔했습니다."

"광동쌍로? 그 노괴들이 나타났단 말인가……. 으음, 안 그래도 은거하고 있던 사파의 거두들이 다수 철무련에 가담했다는 정보를 들었네. 정말 고생 많았군, 그들에게서 빠져나오기가 쉽지 않았을 텐데."

"하마터면 장강변에 뼈를 묻을 뻔했지요. 다행히도 일검탈명 맹정우 소협께서 도와주시는 바람에 몸을 뺄 수 있었습니다."

"맹정우?"

그때 맹정우가 안으로 들어섰고, 함토리와 눈이 마주쳤다.

"아니, 이게 누군가! 우리 맹 소협 아닌가!"

함토리는 죽은 자식이라도 살아온 양 크게 기뻐하며 맹정우에게로 성큼 다가 갔다.

"오랜만이네요. 아직 안 죽으셨군요."

맹정우는 시큰둥하게 대꾸하며 한 발 물러섰지만 함토리는 기어이 그를 따라가 손을 으스러지게 꽉 잡았다.

"이게 얼마 만인가, 대체! 자네가 죽은 줄 알고 노부의 상심이 얼마나 컸었는지 모르네. 방 소협 말로는 무림에서 발을 뗐다고 하더니, 역시 자네의 넘치는 의기가 위기에 빠진 강호를 바라만 보고 있지 못하게 했나 보구먼?"

맹정우는 꽉 잡은 함토리의 두 손을 억지로 잡아 빼며 대꾸했다.

"또 온갖 감언이설로 절 끌어들일 생각일랑 마시죠. 전 그저 계약한 게 있어서 따라온 것뿐입니다."

"호오, 계약이라? 그게 어떤 건가?"

함토리의 눈이 반짝이자 맹정우는 일말의 불안감을 느끼며 냉랭히 대꾸했다.

"노사께선 알 필요 없습니다. 그보다 한 가지 묻고 싶은 것이……."

그의 말이 끝나기도 전에 문이 벌컥 열리더니 무사 한 명이 들어와 함토리에게 고했다.

"일월문주께서 부르십니다. 제마령이 도착했으니 바로 협상을 시작하자는 전언이십니다."

"알겠네."

함토리는 고개를 끄덕였다. 그는 맹정우에게 말했다.

"간만에 만난 회포는 회동 후에 풀기로 하세나. 워낙 중요한 사안인지라 한시가 급하군."

운송해 온 두 가지 성물이 들어 있는 나무함을 함토리와 장백이 나눠 들고 앞장섰다. 건물 밖으로 나온 무림맹원들은 장원의 본관으로 향했다.

본관의 대청에는 다수의 무리들이 대기하고 있었다. 두 패로 나눠진 무리 중 하나에는 큼지막한 눈, 코, 귀를 가진 이족들이 많이 섞여 있었다. 그들이 새외 세력인 듯했다. 다른 한 무리는 같은 복장의 백의무복으로 통일되어 있어서 일월문의 무인들이라는 것을 알 수 있었다.

맹정우를 비롯한 무림맹원들은 대청의 오른쪽에 자리를 잡았고, 함토리와 장백 등 무림맹의 대표자만이 나무함을 가지고 계단 위로 올라가 건물 위층으로 향했다.

　본관 삼층 대회의실.

　장방형의 대형 탁자의 좌우로 새외 세력과 무림맹의 대표자들이, 상좌에는 중재자 역할을 맡고 있는 일월문의 요인들이 자리를 차지하고 있었다.

　상좌 중앙에 앉아 있던 중년인이 회의의 개회를 선언했다. 삼국지에 나오는 관운장같이 길고 탐스러운 수염이 인상적인 그가 바로 이번 회동의 주관자인 일월문주 한수보였다.

　한수보는 칠패 중 하나인 일월문의 주인이었으나 세간에 특별히 알려진 사항이 없는 수수께끼의 인물이었다. 십여 년 전 강남제일의 도객이라던 쾌도 전괴를 불과 이십 초 만에 쓰러뜨려 불문도(不問刀)라는 칭호를 얻은 것 외에는 별달리 유명세를 탈 만한 행적을 보인 적이 없었다. 이러한 그가 새외 세력과 무림맹의 협상 같은 미묘한 문제에 선뜻 중재자로 나선 것은 다소 의아스런 일이었다.

　한수보는 참석 인원들을 소개하기 시작했다.

　"회동의 중요성을 양측에서 충분히 인지한 듯 주요 요인들께서 참여하셨소. 무림맹 측에서는 맹의 숨겨진 보검이라 할 수 있는 비룡회의 회주께서 참여하셨고, 새외에서는 불패도께서 친히 참여하시었소."

　비룡회의 회주란 말에 새외 측이 술렁거리긴 했으나 무림맹 측은 놀람을 넘어 경악의 분위기가 흘렀다. 중요한 협상이라고는 하지만 불패도 초연흠이 직접 참석했을 줄이야!

　새외 측의 가운데 자리에 앉아 있던 장년의 무사가 천천히 몸을 일으켰다. 삼십에서 오십까지 볼 수 있는, 나이를 짐작하기 어려운 사내였다. 중키에 평범한 체격으로 도통 고수의 풍모가 엿보이지 않았으나 그의 고요하게 가라앉은 눈을 마주치는 사람들은 이상하게 가슴에 한기가 올라옴을 느꼈다.

　장년의 무사, 초연흠은 무림맹 측을 향해 정중히 포권하며 말했다.

"비룡회의 영웅들을 이렇게 뵙게 되어 영광이오. 특히 비룡회주는 구면인 듯하구려. 예전과 모습은 많이 바뀌셨으나."

함토리도 마주 일어나 응대를 했다.

"천하오성의 빛나는 일인으로 새외뿐 아니라 전 강호에 명망이 자자한 초 대협을 뵙게 되어 영광이오. 대협이 혈랑대의 대주란 것은 익히 짐작하고 있었소만, 오늘 이렇게 눈으로 확인하게 되었구려."

둘의 눈이 다시 마주쳤다. 십일 년 전 혈랑대와 무림맹의 치열한 격전 속에서 잠시 마주쳤던 눈이고 기파였다.

"구면이시라니 얘기가 좀 더 쉽게 진척될 것도 같구려. 피차 빠르면 빠를수록 좋은 협상이니 물건을 확인하고 다음 단계로 넘어갑시다."

한수보는 회의를 빠르게 진척시켰다. 무림맹이 가져온 성물이 진품으로 판명되면 새외 세력은 철무련을 탈퇴하고 신강으로 귀환하겠다는 약속을 양측이 재차 확인한 후, 마침내 성물의 진위를 판별하는 순서가 되었다.

무림맹 측은 가져온 나무함 두 개를 중재자인 일원문 측에 건넸다.

두 개의 나무함을 받아 든 한수보는 조심스레 뚜껑을 열고 그 안의 내용물을 꺼냈다. 나무함 안에는 그보다 조금 작은 철궤가 들어 있었는데, 철궤의 표면에는 온갖 종류의 부적과 법문이 가득 그려져 있었다.

한수보가 고개를 끄덕이자, 그의 옆에 앉아 있던 한영영이 철궤의 자물쇠를 따고 궤의 뚜껑을 열었다. 첫 번째 궤에서 나온 것은 어린아이 머리만한 크기의 금빛 령(鈴)이었다. 무림맹에 의해 한 번 부서졌다가 재조립되었다고 하는 제마령에는 그런 흔적은 전혀 남아 있지 않았다. 반들거리는 방울의 표면은 실금 하나 없이 깨끗했고, 방울 자체에서 뿜어 나오는 형용하기 어려운 기운은 중인으로 하여금 현기를 느끼게 만들었다.

한영영은 고개를 끄덕이며 옆 자리의 장로에게 령을 건넸다. 일월문에서 가장 고령이라는 장로는 기문둔갑에 도통하고 사교의 환술에도 조예가 깊어 마교의 성물을 판별할 수 있는 능력을 가지고 있다는 것이 한수보의 설명이었다.

장로는 제마령을 들고 눈을 지그시 감은 채 한참을 생각하더니 입을 열었다.

"이것은 진품입니다. 일신교의 제마령이 틀림없습니다."

일신교는 마교의 원이름이었다. 진품임이 판명되자 회의실에는 안도의 기운이 흘렀다.

다음은 마경 차례였다.

회의실에 긴장감이 흘렀다. 마경은 제마령과는 달리 지극히 위험한 물건이라는 걸 모인 사람 모두가 잘 알고 있었다. 형산 같은 대산의 기의 균형을 일그러뜨릴 정도의 강력한 요기를 내포하고 있다는 마경, 그 악명의 주체가 지금 세상의 빛을 다시 보려 하고 있었다.

나무함이 다시 끌러지고 제마령 때와 같은 모양의 철궤가 나왔다. 철궤의 자물쇠를 여는 한영영의 손끝이 살짝 떨렸다.

끼이이익—

철궤의 뚜껑이 마침내 열리고, 거무튀튀한 동경 하나가 한영영의 손에 들려나왔다. 동경의 뒷면에는 용과 마귀와 천군 등의 온갖 형상이 복잡하고도 정교하게 음각되어 있어서 한눈에도 범상치 않은 물건임을 알 수 있었다.

한영영은 제마령 때와는 달리 들어올린 마경을 뚫어지게 바라보며 한동안 미동도 하지 않았다. 중인의 얼굴에 의아함이 떠오를 즈음 그녀는 딱딱하게 굳은 안색으로 마경을 장로에게 건넸다. 장로는 눈에 띄게 당황한 기색으로 마경을 받아 들고 감정에 들어갔다.

장로 역시 제마령 때와는 다른 행동을 보였다. 눈을 감고 감정을 하는 것까지는 같았으나 앞서 와는 비교도 되지 않는 짧은 시간에 눈을 다시 뜨고 외쳤다.

"이것은 가짜요!"

장내는 싸늘한 침묵이 감돌았다. 일월문의 요인들은 크게 술렁거린 반면, 좌우의 새외 세력과 무림맹 측은 별다른 기색 없이 마경을 주시하고 있었다.

잠시 할 말을 잃은 듯하던 일월문주 한수보가 눈을 번득이며 함토리에게 말했다.

"마경이 가짜라는 결과가 나왔소. 무림맹 측의 해명이 필요할 듯하오만."

함토리는 평탄한 어조로 대꾸했다.

"글쎄요, 저희는 진품으로 확신하고 가져온 물건입니다. 일월문 장로님의 안목을 의심하는 것은 아닙니다만… 일신교의 성물이니까 일신교에서 감정하는 게 가장 정확할 듯한데요. 일단 두 물건을 일신교 측으로 넘기시죠. 그런 연후 그쪽의 대답을 듣고 싶소이다."

한수보가 뭐라 대꾸하기도 전에 굳게 닫혀 있던 새외 측 초연흠의 입이 열렸다.

"그거 좋은 생각이로군. 우리 측의 감정이 아무래도 가장 정확하겠지. 무림맹 측의 제안을 받아들이겠소. 성물을 이리 넘기시오, 한 문주."

그 말에 일월문의 장로가 목소리를 높였다.

"말도 안 되는 소리! 회동의 주관자를 무시하고 각자 알아서 하겠다는 거요?"

"뭐가 말이 안 된다는 거지? 협상의 주체자 양쪽이 모두 동의한 것을. 중재자가 도움은 못 될망정 방해를 하겠다는 건가?"

초연흠의 싸늘한 대꾸에 장로는 반박할 말을 찾지 못하겠는 듯 입을 다물었다.

상황이 이렇게 되니 일월문 쪽에서 두 성물을 넘겨줄 수밖에 없게 되어버렸다. 협상하는 양측에서 동의하고 있으니 중재자가 중간에서 뭐라 할 입장이 못 되는 것이다.

그런데 그저 성물을 넘겨주면 될 일월문에서는 이상한 기류가 흐르고 있었다. 일월문의 요인들은 입을 굳게 다문 채 어떤 행동도 취하지 않고 있었다. 마치 성물을 새외에 넘길 생각이 없는 듯 보였다.

"뭘 하고 있는 거요, 빨리 물건을 넘기지 않고?"

참다못한 새외 측 요인들이 목소리를 높였다. 그때 침묵을 지키던 한수보의 입이 열렸다. 그의 입에서는 허탈한 웃음이 새어 나왔다.

"후후후후후, 그렇게 된 것이로군. 어쩐지, 당신이 호락호락하게 우리의 제안을 받아들였다는 자체가 신기하다고 생각했어. 보기 좋게 당했군, 초연흠."

초연흠을 향하는 그의 눈이 이글거렸다.

"이렇게 뒤통수를 치는 건가? 성물을 되찾고 교를 탄압하는 무리들을 향해 힘을 모으자는 뜻으로 이 회동을 제안했건만, 저 더러운 무림맹의 무리들과 짜고 우리를 배반하겠다는 거냐?"

초연흠은 아무 말이 없었다. 대신 맞은편의 무림맹 측이 술렁거리기 시작했다.

"무슨 소리지?"

"배반이라니, 설마 저 일월문이 새외 측과 같은 편이란 말인가?"

의견이 분분한 가운데 함토리가 뭔가 깨달은 표정으로 말을 내뱉었다.

"그렇군. 중원에 암약하고 있는 마교는 철무련이 아니었어! 바로 저들이었군! 일월문이 중원 마교야!"

그 말에 장백과 당후 등 무림맹 요인들은 대경실색한 표정을 지었다.

"서, 설마 그런 일이……!"

"방금 한 문주 얘기 못 들었나? 성물을 되찾고 교를 탄압하는 무리를 향해 힘을 모으자는. 마교, 아니, 일신교가 아니라면 그런 얘기를 할 까닭이 없지."

함토리는 자신이 말하고도 믿을 수 없는 듯 머리를 흔들었다.

그는 일월문이 갑자기 새외와 무림맹 간의 중재자로 나선 것에 일말의 의문을 가지고 있었다. 철무련과 무림맹을 동시에 의식하여 중립을 지키던 자들이 왜 갑자기 철혈방의 미움을 살 수 있는 위험한 행동을 하는 것일까.

이런 저런 가능성을 타진하던 함토리는 일월문에 대해 뒷조사를 강화하는 한편 과감히 새외 세력과의 직접 접촉을 시도했다. 그러자 뜻밖의 성과를 얻을 수 있었는데, 두 개의 성물을 돌려주면 기꺼이 철무련을 탈퇴하고 새외로 귀환하겠다는 제안을 초연흠이 접선자를 통해 친히 건네온 것이었다.

이렇게 되자 일월문의 중재가 이뤄지기도 전에 서로 간의 협상이 급진전되었는데, 새외의 조건을 곧바로 들어주기에는 한 가지 걸림돌이 있었다. 그것이 바로 존재를 명확히 파악할 수 없는 중원의 마교였다. 두 개의 성물, 특히 마경은 함부로 이동시키기가 어려운 물건이었다. 내포하고 있는 특유의 요기가 워낙 강하여 어떤 부적이나 주술로도 뿜어져 나오는 요기를 모두 막아낼 수가 없었다. 만일 정통 마교의 신탁을 계승한 신관이나 신녀가 있다면 그 요기를 읽어 마경의 위치를 파악할 수 있기 때문에, 여간해서 함부로 이동시킬 수 있는 물건이 아니었다.

지금 마경은 개봉 인근의 인적 드문 산속에 절진으로 이루어진 공간 내에 봉인되어 있었다. 마경을 이런 전시 상황에서 함부로 움직였다간 그 행적을 중원 마교에게 들켜 중간에 빼앗길 염려가 컸고, 또한 새외 세력의 말만 믿고 냉큼 넘겨주기에도 위험 부담이 컸다.

이러한 부담으로 인해 고심하던 함토리와 무림맹주 청천 진인은 새외 측에 한 가지 제안을 했다. 마경을 제어하는 제마령을 우선 넘겨주고, 전쟁이 끝난 후 마경을 다시 넘기겠다는 약조를 한 것이다.

언뜻 새외 세력에게 불리하게 보일 수 있는 제안이었지만 함토리는 초연흠이 그 제안을 받아들일 것이라 확신했다. 왜냐하면 제마령은 마경을 제어할 수 있는 유일한 물건이기 때문이었다. 만일 무림맹이 전쟁이 끝나고 그 약조를 무시한다면 초연흠이 제마령을 해체해 버리면 그만이었다. 제마령이 부서지면 마경의 요기가 다시 폭발할 것이고 그렇게 되면 폭주하는 요기로 인해 예전 형산처럼 중원의 한 지역에 큰 피해가 갈 것이었기에, 무림맹이 그러한 모험을 하지 않으리란 것을 초연흠도 잘 알고 있으리라 생각했기 때문이다.

과연 초연흠 측은 그 제안을 흔쾌히 받아들였고, 함토리는 이제 필요가 없게 된 중재자 일월문을 배제하고 초연흠 측과 직접 회동을 가져 거래를 마무리하려 했다. 그런데 초연흠 측은 의외로 일월문과의 삼자 협상을 고집했다.

함토리는 그 의도가 궁금했지만 현재 협상의 가결권이 초연흠 측에 있었으므로 그들이 하자는 대로 일월문의 중재자 역할을 수락했고, 오늘 이 자리까지 오게 된 것이다.

가짜 마경과 제마령을 등장시킨 것은 순전히 무림맹 내에 깊숙이 침투해 있는 철무련 첩자들에게 혼선을 주기 위한 것이었다. 은밀한 듯하면서도 조금 떠들썩하게 두 성물을 움직이는 시늉을 하여 적의 시선을 붙잡아두고, 그사이 진품 제마령을 목적지까지 긴밀히, 안전하게 운반하려는 목적이었다.

그 작전은 첩자였던 무당의 장천자에게 들통나는 바람에 실패한 셈이 되었지만 다행히 때맞춰 나타난 맹정우로 인해 제마령은 안전하게 이곳까지 운송되었고, 일월문을 통해 초연흠에게 넘겨지려는 순간 돌발 변수가 발생한 것이다. 일월문이 다름 아닌 중원 마교의 후신이었다는!

'참으로 이상하군. 초연흠은 일월문이 중원 마교라는 것을 알고 있었을 텐데, 어째서 그의 중재안을 받아들인 것일까? 한수보의 말대로 힘을 합쳐 우리를 꾀어 성물을 빼앗자는 조작극이었다면 지금의 대치는 대체 뭐지?'

장내에는 지금 싸늘한 살기가 흘러넘치고 있었다. 일월문과 새외 세력 간에는 불꽃이 튀기고 있었다. 한수보는 분을 삭이지 못하고 초연흠을 바라보며 외쳤다.

"대체 이런 연극을 벌인 의도가 뭐냐? 우리를 무림맹에 파는 대가로 제마령 하나를 가져가기로 한 것이냐?"

초연흠은 냉랭한 표정으로 대꾸했다.

"천만에. 난 다만 그대들의 진심을 확인하고 싶었다. 과연 우리를 한 형제로 받아들일 의향이 있는 것인지, 아니면 이 회동이 그저 우리와 무림맹의 중간에서 성물을 약탈할 기회를 잡기 위한 연극인지 회동에 참가하여 그것을 판단하려 했다. 만일 그대들이 정말 우리와 힘을 합하려 하는 의도였다면, 그런 모습을 보였다면 난 성물만 가지고 새외로 돌아가겠다는 처음의 목표를 철회하고 그대들과 함께 힘을 합쳐 중원에 다시 한 번 본 교의 기치를 드높일 생각까지 가지고 있었다. 그러나 오늘 이 자리에 와서 그대들의 행태를 보고 그 생각을 철회했다."

그는 자신의 칼을 들어 위아래를 번갈아 가리켰다.

"이 아래 이층에는 매복이 숨어 있군. 그것도 사람이 아닌 무시무시한 천강시가. 이런 협상 장소에 그 위험한 괴물들을 가져왔다는 것은 여차하면 우리를 쓸어버리고 성물을 취하겠다는 의도라고밖에 볼 수가 없었네. 게다가 지금 우리의 머리 위에는 그보다 더욱 위험한 매복이 도사리고 있군. 내가 섭혼강시의 기운을 읽지 못할 거라고 생각했나?"

그 말에 한수보의 얼굴이 흙빛으로 변했다. 천강시와 섭혼강시의 제조술은 중원 마교에만 전래된 것으로 알고 있었다. 이 강시들의 기운은 제조법을 터득한 술법사밖에 읽을 수가 없는데, 말하는 것을 보니 초연흠의 새외 측에도 그 기운을 읽는 술사가 있는 모양이었다.

초연흠은 날카롭게 눈을 빛내며 말을 이었다.

"애초에 너희 일월문이 우리와 힘을 합쳐 중원에 본 교를 부흥시키려 했다면 지난 삼 년간 이쪽저쪽으로 줄타기나 하며 시간을 보낼 리가 없었겠지. 네놈들은 칠패의 한 축을 차지하고 있는 현재의 기득권을 빼앗길까 두려워 교의 정신을 잃어버린 지 오래다. 게다가 한 형제인 우리를 배척하며 성물을 취하는 데만 급급했다. 네놈들은 더 이상 일신교란 이름을 가질 자격이 없다."

한수보는 노호성을 터뜨렸다.

"닥쳐라, 이놈! 변방에서 신세 편하게 살던 네놈들이 우리에 대해 뭘 안다고 말을 함부로 말하는 게냐! 우리가 철무련에 뒤늦게 기어들어 갔다면 당연히 네놈들이 기득권을 주장했겠지! 본 교의 정통성은 중원을 끝까지 사수한 우리에게 있다! 변방에서 어줍잖게 굴러먹다 온 네놈들이 득세하는 꼴을 내 어찌 두 눈을 뜨고 보겠느냐!"

"그래서 우리를 이용하여 성물을 빼앗으려 한 게냐?"

"그건 네놈들이 지금 하고 있는 짓이 아니냐?"

서로 우위를 차지하려 하는 양측의 주장이 팽팽히 맞섰다. 결국 끝이 나지 않는 이 대화는 무력으로 해결하는 수밖에 없었다.

누군가 한 명이 칼을 뽑자, 그것을 신호로 회의장에 있던 모든 사람들이 벌떡 일어서며 저마다 병기를 빼 들었다.

한수보가 우측의 무림맹을 보며 말했다.

"함 대협, 이건 본 교의 일이니 무림맹은 이만 물러서는 게 어떻겠소? 그대들과는 나중에 따로 풀 일이 있겠으나 이 자리에서는 아닌 듯한데."

그는 지금 불안한 심경을 감추지 못하고 있었다. 초연흠이 자신의 의도를 간파한 것으로 보아 그가 데려온 전력이 자신이 숨겨둔 전력에 못지않을 듯한 느낌이 들었다. 거기다가 무림맹까지 가세한다면 전세가 한쪽으로 쏠릴 우려가 있었다.

"글쎄올시다. 마음 같아서야 이 흉험한 싸움에 끼어들고 싶지 않소만, 미리 약조한 바가 있어서요. 우린 초 대인에게 성물을 정확히 전달할 의무가 있지요. 지금이라도 일월문이 성물을 초 대인에게 넘기는 것을 눈으로 확인할 수 있다면 본 맹은 즉시 물러가겠소이다만."

함토리는 둘의 대화를 듣고야 초연흠의 의도가 무엇인지, 또 한수보의 의도가 무엇인지 파악할 수 있었다.

일월문은 새외 세력의 목적을 파악하고 그들과 무림맹을 중재하는 척하며 중간에서 두 개의 성물을 빼앗으려는 의도였다. 무림맹에는 새외 세력의 철무련 탈퇴라는 제안을, 또 새외 측에는 무림맹을 꾀어내어 성물을 되찾고 교세를 합치자는 미끼를 던져 두 세력을 현혹시키려던 것이 틀림없었다.

초연흠은 이러한 의도를 간파하고 일월문을 시험했다. 일월문이 두 개의 성물과 화해의 손길을 내밀 것인지, 아니면 숨겨놨던 칼을 내밀 것인지를 알아보려 이 회동을 고집했던 것이다.

함토리는 내심 가슴을 쓸었다. 만일 일월문이 초연흠의 시험에 통과했다면 서로에게 겨누고 있는 저들의 칼이 지금쯤 나란히 무림맹을 향해 돌려져 있었을 테니까. 어쨌거나 중원과 새외의 마교가 서로의 정통성을 주장하며 파국으로 치닫고 있는 지금, 무림맹의 선택은 자명했다. 성물만 습득하면 중원을 뜨겠다고 하는 새외의 초연흠을 밀어줄 밖에.

"결국 무림맹이고 새외의 사이비들이고 한꺼번에 쓸어버려야 한다는 말이로군. 계산 복잡하지 않아서 좋구나!"

한수보는 분노에 찬 목소리로 말을 내뱉었다.

"한수보, 네가 과연 그럴 능력이 있을까?"

초연흠이 한 발 앞으로 나섰다.

"초연흠, 허명뿐인 천하오성 한자리를 꿰찼다고 지금 나에게 유세를 떠는 것이냐?"

"그깟 명칭은 아무래도 상관없다. 다만 확실한 것은, 너는 이 자리에서 나와

저 무림맹원들을 한꺼번에 이길 수 없다는 것이다. 아니, 한 가지 방법이 있다. 우선 제마령을 우리에게 넘겨라. 그럼 약조한 대로 무림맹은 물러서겠지. 그렇게 되면 우리끼리 진정한 일신교의 후계가 누구인지 자웅을 겨룰 수 있을 것이다. 그러한 도전이라면 나는 피하지 않겠다."

"후후후, 헛수작을 잘도 지껄이는구나. 제마령이 아직 내 손에 있는 게 불안하여 똥줄이 타나 보군. 내가 이 자리에서 분사하는 한이 있어도 본 교의 성물을 너희 변방의 찌그러기들에게 넘겨줄 수 없다!"

한수보는 제마령을 꽉 움켜잡고 이를 악물며 말했다.

"꼭 관을 봐야 눈물을 흘리겠단 말이로군."

초연흠이 한 발 더 앞으로 나왔다. 함토리를 비롯한 무림맹원들도 일월문 쪽으로 다가가기 시작했다.

좌우로 완벽하게 포위된 일월문 요인들의 얼굴은 경직되어 있었다. 한수보는 분노가 극에 달한 듯 눈이 뒤집혔다. 제마령을 으스러져라 움켜잡고 있던 그는 한 소리 높여 외쳤다.

"오늘 중원의 일신교는 다시 태어난다! 지난 백 년간의 침묵을 깨고 일어나 혼탁한 세상을 광명으로 계도할 것이다!"

그 순간 한수보의 오른손이 불타오르듯 빨개졌다.

"저것은 적열장(赤熱掌)!"

새외 마교 측의 경탄한 목소리가 채 꺼지기도 전에 한수보의 불타는 오른손이 왼손에 들린 제마령을 강타했다. 제마령은 산산조각이 나며 탁자 위로 흩어져 내렸다.

"안 돼!"

초연흠이 비명에 가까운 고함을 지르며 덤벼들었다. 그 순간 한영영의 입에서 주문 같은 소리가 흘러나왔고, 그와 동시에 천장이 부서지며 한 명의 장한이 뛰어내렸다.

"쌍룡회의 진소천……."

청년을 본 무림맹 측의 함토리가 안타까운 표정으로 뇌까렸다. 그는 예전에 추적대로 함께 활동하다 마령지에서 사라졌던 진소천을 똑똑히 기억하고 있었다.

거무튀튀한 도를 든 진소천은 다가오는 초연흠을 막아섰다. 분노한 초연흠은 온갖 절기를 쏟아내며 진소천을 압박해 들어갔다.

퍼퍼퍼퍼퍼퍽!

초연흠의 공세가 헤아릴 수 없이 진소천에게로 파고들었고, 진소천의 전신사혈에 모두 꽂혀들었다. 그러나 진소천은 여전히 움직이고 있었다. 천하오성으로 꼽히는 초절정고수 초연흠의 맹공에 전혀 영향을 받지 않은 듯한 몸놀림으로 초연흠에게 반격을 가하고 있었다.

"섭혼강시……."

새외 마교의 누군가가 신음하듯 말했다. 마교 강시술의 최고 경지, 피시전자의 살아생전 무공의 열 배의 위력을 발휘하고 금강석같이 단단한 외피를 가졌다는 괴물 섭혼강시가 바로 진소천이었다.

필릴릴리—

일월문의 장로 한 명이 작은 피리를 꺼내 물었다. 낮은 피리 소리가 울려 퍼지자 아래층에서 소음과 비명이 울렸고, 회의장 바닥이 우지직 부서지더니 중앙 탁자가 두 동강나며 여섯 개의 신형이 아래에서부터 솟구쳐 올랐다.

"천강시까지!"

새외 마교 측의 몇몇이 부르짖었다. 살아생전의 무공을 그대로 발휘하며 도검불침의 신체까지 소유한 천강시 여섯 구가 모습을 드러낸 것이다.

올라온 천강시들은 좌우의 무림맹과 새외 측을 향해 청살장을 난사하기 시작했고, 섭혼강시가 된 진소천은 초연흠에게 달려들었다.

초연흠은 진소천과 격돌했고, 새외 측의 몇몇은 뒤늦게 주문을 외우며 천강시를 향해 부적을 날렸다. 그들은 새외 마교의 술법사였는데, 제마령의 파괴로 인해 큰 충격을 받는 바람에 강시들에 대한 대처가 조금 늦고 말았다.

"어림없다!"

부적이 천강시에 채 붙기도 전에 한수보와 일월문 장로가 뛰어들어 날아가던 부적을 동강 내버렸다. 그들은 주문을 외우고 있는 술법사들을 향해 거침없는 살수를 전개했다. 강시들의 움직임을 방해하는 대상을 최우선적으로 제거하려는 속셈이었다.

새외 측에 있던 고수들이 그 둘을 가로막았다. 그러나 한수보의 무력은 대외에 알려진 것 이상의, 상상을 불허하는 수준이었다. 초연흠이 섭혼강시에게 묶여 있는 사이, 그는 새외 고수들을 차례차례 쓰러뜨리고는 술법사들까지 해치우려 들었다. 뒤늦게 천강시의 방해를 물리치고 다가온 함토리가 그를 막아섰다. 장내는 바야흐로 난전으로 치닫고 있었다.

아래층의 상황도 혼잡하긴 매한가지였다. 위층에서 소요가 이는 듯하더니 피리 소리가 들렸고, 그러자 일층에서도 그에 화답하는 듯한 피리 소리가 울리며 일월문 무리 중에 숨어 있던 천강시들이 모습을 드러냈다.

본색을 드러낸 천강시는 모두 다섯 구였다. 천강시들은 마교의 청살장과 적열장을 난사하며 무림맹과 새외 세력을 공격하기 시작했다.

장내는 곧 아수라장이 되었다. 난전의 외중에 새외 측에서는 주문 소리와 함께 부적이 난무하기 시작했다. 날아다니던 부적은 천강시들에게로 가 몸뚱어리에 붙어 달렸다. 그러나 천강시는 큰 영향이 없는 듯, 조금 움직임이 느려지긴 했으나 여전히 발광을 멈추지 않았다.

그러자 일월문 측에서는 득의의 웃음이 터져 나왔다.

"크하하하! 그깟 백 년 전 수법으로 우리 천강시를 멈출 수 있을 성싶으냐! 지난 백 년간 본 교의 강시술은 보다 진일보했다!"

준비했던 제어술이 듣지 않자 새외 측은 크게 동요하는 모습이었다. 천강시들은 더욱 날뛰며 두 무리를 압박해 들어갔고, 대청 문이 활짝 젖혀지며 일월문의 원군이 들이닥쳤다.

"저런저런, 아주 신이 나셨군. 아무리 그렇다고 해도 백 년 동안 발전시킨 강시술이 자기네 공이라고 외쳐서야……. 그 진일보한 천강시를 우리한테서 건네

받은 게 고작 한 달 전인데 말이지."

이죽이는 말소리가 흘러나오는 곳은 본관 바로 옆 건물 삼층의 어두컴컴한 방이었다.

희미한 유등 불빛만이 존재하는 이 방의 창은 본관 삼층 대회의실을 정면으로 바라볼 수 있는 각도로 나 있었다. 또한 창이 바닥까지 뚫려 있어 입구가 활짝 열린 본관 일층의 내부까지 비스듬히 바라볼 수 있는 구조였다.

철혈방의 문상 제소운은 창 바로 옆에 위치한 침상에 비스듬히 앉아 있었다. 그는 삼층과 일층의 광경을 번갈아 보며 중얼거리고 있었다.

"개조한 천강시 열한 구까지 갖다 안겼는데도 한수보는 여전히 쩔쩔매고 있군. 저러니 중원 마교가 그간 힘을 못 썼을 수밖에. 호오, 그래도 저쪽의 섭혼강시 하나는 제법 쓸 만한걸? 절대 강자인 초연흠을 홀로 감당하고 있다니."

싸움 광경을 보고 있자니 흥이 겨운 듯 그의 두 손이 꿈틀거렸다. 그의 양손은 지금 그의 품에 안겨 있는 여인의 풀어헤쳐진 가슴에 가 있었다. 꿈틀거리는 손에 잡힌 젖가슴이 이지러지자 여인은 들뜬 교성을 토해냈다.

"하아아— 그 천강시란 걸… 일월문에서는 못 만드나 보죠? 하아아아—"

"못 만들다 뿐인가. 섭혼강시도 사실 마령지에서 우리가 만들던 걸 저 일월문 계집이 가로채 간 거지. 뭐, 어쩔 수 없었어. 감언이설로 놈들을 꼬드기자니 그 정도 희생은 감수해야 했지."

"아흑— 너무 꽉 잡지 말아요— 그럼 일월문은 지금 그대들을 동료로 알고 있겠군요?"

여인은 말을 하면서도 계속 교태 어린 몸짓과 신음성을 내고 있었다. 그러나 그녀의 눈빛은 아주 깊게 가라앉아 있었다. 흥분과는 전혀 거리가 먼 눈빛이었다. 지극히 기이한 모습이었으나 지금 그녀는 제소운에게 등을 기대고 있었기에 제소운은 그러한 낌새를 알아차릴 수가 없었다.

"동료는 무슨. 본 방을 아주 충직한 부하쯤으로 알고 있다네. 처음에 마령지에서 만난 일월문주의 딸이 신녀랍시고 자신의 정체를 밝혔을 때 아주 극진히 대접해 주었지. 제조하던 섭혼강시까지 안겨주고 말이야. 그랬더니 중원 마교의 또 다른 일맥이라는 우리의 말을 조금씩 믿기 시작하더군. 지난 삼 년간 부단히 마교의 비전 수법을 보여주고, 천강시까지 갖다 안기니 비로소 동료로 인정하는 분위기가 형성되었지. 게다가 우리가 계속 정통 후계자는 일월문이라고 띄워주니까 점차 상전 노릇까지 하려 하더라고."

"상전 노릇 하겠다는 자들이 이번에는 용케 제 가가의 말을 들었군요? 중재자로 나서서 성물을 가로채라는 가가의 의견을 적극 수렴해서 이 자리가 생긴 거 아녜요?"

"상전이고 부하고 간에 새외 마교가 성물을 채가려 한다는 말에는 안 움직일 도리가 없었지. 차라리 새외 마교가 없어지는 것을 볼지언정 성물을 얻고 교세를 확장하는 꼴을 눈 뜨고 볼 저놈들이 아니거든. 원래 종교란 것이 그래. 이교도보다는 같은 종파 내에서 의견이 다른 놈끼리 서로 미워하고 반목하는 것이 모든 종교의 특징이지."

"어쨌거나 이번에도 제 가가의 의중이 정확히 맞아떨어졌군요. 철무련을 탈퇴하려는 초연흠을 치고, 미적거리는 일월문을 철무련으로 끌어들이려는 계획 말이에요. 오늘 무림맹의 요인들까지 다수 참석했던데 그들이 죽고 나면 일월문도 더 이상 철무련에 가세하는 것을 미루지 않겠지요."

"지금까지는 그렇다고 봐야지. 다만 저 초연흠은 그리 호락호락하지가 않아. 한수보의 무공이 예상 밖으로 뛰어나지만 그와 섭혼강시만으로 초연흠을 죽일 수 있을지 모르겠군."

"그럴 때를 대비하여 절 부른 게 아닌가요?"

"그건 그렇지. 난 자네만 믿고 있다네."

제소운은 음흉한 미소를 흘리며 여인을 꼭 끌어안았다.

여인은 흥분된 신음성을 토해내면서도 계속 말을 이었다.

"그런데 일원문은 제마령을 왜 부셨을까요? 그들에게도 중요한 성물일 텐데."

"그거야 간단하지. 지금 새외 측과 무림맹의 분위기가 화기애애하므로 오늘 이대로 물러섰다간 제마령은 물론 마경까지 무림맹의 손에서 새외로 건너갈 것이 틀림없거든. 그래서 제마령을 빼앗기느니 아예 부숴 버리기로 마음먹은 거겠지. 게다가 제마령이 부서지면 마경의 요기가 예전 형산 때처럼 폭주할 것이므로 어디 있는지 모르는 마경의 위치까지 파악할 수 있는 효과가 생기는 것이지."

"위치를 파악하면 뭘 해요? 무림맹에서 다시 다른 곳으로 옮겨 버리면 말짱 헛수고일 텐데."

"쯧쯧, 똑똑한 친구인 줄 알았는데 이렇게 머리가 안 돌아가서야. 현재 중원에서 폭주하는 마경을 다스릴 능력이 있는 집단은 저 중원 마교의 후신인 일월문뿐이라고. 무림맹은 옮기는 것은 고사하고 이제 마경의 근처에도 접근하지 못할걸? 만일 오늘 부서진 제마령을 초연흠에게 빼앗기지 않고 이 자리를 뜰 수만 있다면 한수보에게 오늘의 거래는 결코 손해 보는 장사가 아니지. 나중에 위치를 파악한 마경을 회수하고, 조각난 제마령까지 다시 조립할 수 있다면 두 성물을 모두 손아귀에 넣는 셈이 될 테니."

"흐흠, 그런 수가 있었군요. 근데 그게 그리 쉽지는 않을 듯하네요. 적의 저항이 만만치 않아요."

여인의 말마따나 일층과 삼층에서는 치열한 격전이 지속되고 있었다. 특히 삼층에서는 초연흠에게 섭혼강시가 밀리고, 함토리에게 한수보가 밀리고 있었다. 결국 일층의 천강시 두 구가 더 삼층으로 합류하고서야 팽팽한 균형이 맞춰졌다. 이제 일층에는 천강시가 세 구밖에 남지 않았지만 일월문의 원군이 계속 대청으로 진입하고 있었기 때문에 일층의 형세는 조금씩 일월문 쪽으로 기울어지고 있었다.

"쯧, 삼층이 문제로군. 저렇게 되면 함정으로 내몰기는커녕 미끼 노릇을 해야 할 것 같군."

그때 방문 밖에서 목소리가 들려왔다.

"마지막 손님이 거의 다 도착했다고 합니다."

"자네 손님이 오신 모양이군."

제소운은 여인의 허리를 두르고 있던 팔을 풀었다.

여인은 풀어헤쳐졌던 옷을 추스르며 침상에서 몸을 일으켰다.

그녀는 탁자 위에 놓여 있던 길쭉한 물건을 집어 품 안에 넣고는 방을 나섰다.

그녀가 나간 잠시 후, 방문이 다시 열리며 검은색 복장 일색의 사나이가 들어왔다. 무상의 부하였다가 지금은 제소운의 심복이 되어 있는 암중혼이었다.

그가 들어오자 제소운이 물었다.

"척마대는?"

"열 명이 대기 중입니다."

"좋아, 척마대 열이면 초연흠 하나 잡기에는 충분하겠지. 한데……."

제소운은 갑자기 말을 중단했다. 암중혼은 의아한 얼굴로 고개를 들었다. 제소운은 창밖을 뚫어져라 쳐다보고 있었다.

"무슨 문제라도 있으신지요."

"좀 이상하군. 아까부터 원군이 계속 대청 안으로 들어가고 있는데 도통 싸움이 끝날 기미가 보이질 않아. 계산대로라면 벌써 일층의 전투가 끝나고 삼층으로 밀고 올라갔어야 할 시간인데……."

"새외의 저항이 만만치 않나 봅니다."

"초연흠이 전투가 일어날 것에 대비해 정예 수하들을 데려온 것은 이미 계산에 넣고 있었네. 새외의 정예 고수는 고작 오십 명 정도야. 반면 우리 쪽은 일월문도 오십과 천강시 다섯 구, 그리고 지금 계속 본관으로 쳐들어가고 있는 원군까지 합치면 삼백 가까이 되는 숫자이지. 반면 저들을 도울 무림맹은 열댓 명 정도 될까? 전력의 차이가 심각한데도 아직까지 전투가 끝나지 않고 있어."

그는 비스듬히 보이는 본관 일층 대청을 내려다보았다. 삼층 방에서 보는 각도상 대청의 입구 부근밖에 보이지 않았다. 어른거리는 철혈방 무사들의 모습이 보였다. 그들의 움직임은 밀고 들어가는 모습으로 보이기보다는 치열한 접전을 펼치는 몸짓이었다.

"아무래도 이상하군. 자네가 한번 가보게. 삼층으로 바로 가지 말고, 일층에 들러서 왜 이런 현상이 벌어지고 있는지 알아보도록."

"존명!"

대답한 암중혼은 방을 나섰다. 빠르게 계단을 내려가는 그의 뒤로 열 개의 그림자가 따라붙었다. 건물 밖으로 나설 즈음 다섯 그림자는 후원 쪽으로 방향을 틀어 흩어졌고, 나머지 다섯은 본관을 향해 가는 그를 따라 계속 전진했다.

연설연과 그녀의 일행은 칠성진을 형성하고 있었다. 일층의 무림맹 소속은 그녀 일행뿐이었기 때문에 다른 세력과 맞서고 자시고 할 여력이 없었다. 그저 똘똘 뭉쳐 다가오는 적으로부터 몸을 보호하기에 급급할 따름이었다.

일층은 지금 혼전이 계속되고 있었다. 초반에는 천강시를 앞세운 일월문 쪽이 유리했다. 그러나 어느 순간부터인지 천강시의 모습은 보이지 않았고, 현재 새외와 일월문은 팽팽히 맞서고 있었다.

그녀가 신기하게 느끼고 있는 것은 대청 입구에서 일월문의 원군이 계속 꾸역꾸역 들어오고 있음에도 새외 측이 백중세를 유지하고 있다는 것이었다. 아니, 오히려 마구잡이로 덤벼드는 일월문 측에 비해 조직적인 대응을 하고 있는 새외 측이 보다 우위를 취하고 있는 형세였다.

'새외의 고수들이 알려진 것보다 훨씬 뛰어나거나, 일월문이 알려진 것보다 훨씬 형편없거나 둘 중 하나겠군.'

생각을 정리하던 그녀는 문득 짜증스러운 표정으로 주변을 살폈다.

"그러나저러나 이 인간은 대체 어디 있는 거야? 설마 도망갔나? 아니면 죽었나?"

그녀가 찾고 있는 것은 맹정우였다. 분명 아까까지만 해도 함께 있었는데 혼전의 외중에 어딘가로 사라져 버렸던 것이다.

본관에 도착한 암중혼의 눈앞에는 그야말로 난전이 펼쳐지고 있었다. 새외의 고수들과 일월문, 철혈방의 무사들이 일대 접전을 펼치고 있었다.

암중혼은 눈을 번득이며 빠르게 장내의 곳곳을 관찰했다. 그런 그의 눈에 의아한 빛이 떠올랐다.

　분명 아군의 숫자가 상대에 비해 압도적으로 많았다. 그런데도 치열한 접전 양상으로 흐르는 이유는, 아군의 움직임이 비효율적이기 때문이다. 수적 우위를 살리지 못하고 중구난방으로 뭉쳐져 있기에 적은 수의 적을 제대로 공략하지 못하고 있었다. 새외 쪽은 대여섯 명씩 한 조를 이루어 작은 진의 형태로 조직적인 방어와 공격을 연계하고 있는 데 반해, 이쪽은 그런 조직력이 전혀 보이지 않고 있었다.

　암중혼은 이해할 수 없었다. 이번에 투입된 무사들은 고르고 골라 뽑은 최정예였고, 이곳 대청에서 전투가 벌어질 것을 대비해 모의 훈련까지 수차례 거친 자들이었다. 그런데 이런 오합지졸의 행태를 보이다니?

　이해할 수 없는 기색으로 전장을 두리번거리던 그의 눈이 이채를 띠었다. 아군의 고수들을 찾으려 이리저리 눈을 돌려봐도 아는 얼굴을 찾기 힘들었기 때문이다.

　'어떻게 된 거지? 각 조를 지휘하는 조장들이 보이질 않는군!'

　지휘부가 없으니 오합지졸의 행태를 보이는 것이 당연했다. 부지런히 눈을 돌리던 암중혼의 시선이 처음으로 고정되었다. 안면이 있는 부장 한 명이 자신의 조를 데리고 주춤주춤 물러서고 있었다.

　그는 빠르게 움직여 그곳을 향해 다가갔다. 그 부장의 조는 고작 세 명이 남아 있었고, 네 명의 새외 무인에게 밀려 뒷걸음치고 있었다. 암중혼은 새외 무인들의 뒤로 돌아 들어가 네 명의 목을 가볍게 베어버리고 놀라는 부장 조의 앞에 섰다.

　"어떻게 된 거냐?"

　부장은 지친 표정으로 입을 열었다.

　"글쎄, 뭐가 뭔지 저도 잘 모르겠습니다. 저희 조가 처음 들어왔을 때만 해도 우리 측이 일방적으로 몰아가고 있었습니다. 특히 천강시가 앞에서 마구 날뛰어 주며 방패막이 역할까지 해주니 몰아붙이기도 쉬웠죠. 그런데 막상 전투가 시작되자 이상하게 각 조의 손발이 맞지 않고 엉키기 시작했습니다. 시간이 지날수록 점점 밀리면서 아군의 시체가 쌓여가고… 그런데 정말 이상한 것은 각조 조장의 시체가 유독 자주 눈에 띄었습니다. 그것도 목이 잘린 시체가…….”

“목이?”

“예, 그것도 아주 깨끗하게 일검에 잘린 듯한 형상이었습니다.”

암중혼은 상황이 심상치 않음을 직감했다.

사람의 목을 일검에 깨끗이 잘라내는 것은 어려운 일이다. 저항하는 무림인의 목을 잘라내는 것은 더욱 어려운 일이다. 더구나 이런 협소한 공간에서 수백 명이 엉겨 붙은 난전의 와중에 상대의 지휘부만을 골라서 일검에 목을 잘라내는 일은 거의 불가능에 가까운 일이었다.

그런데 상대편에 그 일을 가능하게 만드는 초고수가 숨어 있는 거라면, 정교하게 짜여진 문상의 계획이 자칫 흐트러질 수 있는 변수가 될 수 있다.

“천강시는 다 어디 갔지? 전부 삼층으로 올라갔나?”

“아닙니다. 분명 세 구 정도 남아 있었는데… 좀 전에 본 목 잘린 시체 중 한 구가 천강시 같았습니다. 다른 두 구의 모습도 보이지 않는 것으로 보아 아마도…….”

암중혼의 얼굴이 더욱 굳어졌다. 일반 고수뿐 아니라 천강시까지 목이 잘렸다면 적 가운데 초고수가 숨어 있다는 가정은 이제 기정사실로 받아들여야 했다.

암중혼은 일층의 상황을 돌변시킨 숨은 초고수를 끄집어내고픈 마음이 굴뚝같았다. 그러나 그렇게 하기에는 시간이 너무 촉박했다. 지금은 삼층으로 올라가 일월문주를 도와줘야 할 때였다.

그는 입구의 맞은편 끝에 있는 계단을 바라보았다. 자신이 있는 곳에서 그 위치까지는 수많은 무인들이 치열한 접전을 펼치고 있었다.

“길을 뚫을까요?”

척마대원 한 명의 말에 암중혼은 고개를 저었다.

“엉뚱한 곳에서 힘쓸 필요 없다.”

그는 오른손을 내밀어 수인을 맺었다.

“여기서 이 수법을 펼치리라고는 생각 못했는데… 우리 편이 되레 불리한 상황이니 할 수 없지."

그의 입에서 진언이 흘러나왔다. 서서히 오므라들던 오른손이 쫙 펴지는 순간, 대청 안이 칠흑처럼 어두워졌다.

갑자기 시야가 가려지자 여기저기서 비명이 터져 나왔다. 수비하던 자는 날아오는 적의 무기를 막을 수가 없었고, 또 공격하던 자도 상대의 반격을 막아낼 수가 없었다. 심지어 상대를 분간할 수 없는 어둠 속에서 동료를 찌르는 자들도 있었다.

잠시 후, 암흑에 뒤덮였던 대청에 서서히 빛이 다시 들어왔다. 장내는 아비규환으로 변해 있었고, 철무련의 부장은 곁에 있던 암중혼과 척마대가 어느새 사라졌다는 것을 깨달았다.

장원의 굳게 닫힌 대문이 장력 한 방에 산산조각나 버렸다.

산산이 부서진 대문의 잔해를 밟으며 장원 안으로 들어서는 자는 육 척 장신에 다부진 체구의 중년인이었다. 적어도 오십은 넘는 듯해 보였지만, 각진 얼굴과 황소같이 우람한 어깨, 옷 밖으로 터져 나올 듯한 상반신의 근육은 그의 인상을 매우 강인하게 만들고 있었다.

장원으로 들어선 중년인은 전투의 소음이 한가득 울려 퍼지고 있는 본관 쪽으로 시선을 돌렸다. 그의 뒤를 사천당가 가주인 당우와 몇몇 일행이 따라 들어왔다.

"안에서 사단이 일어난 모양이군요."

당우가 심각한 표정으로 말했다. 중년인은 말없이 본관 쪽으로 뚜벅뚜벅 걸어가기 시작했고, 당우와 나머지 일행도 그 뒤를 따랐다.

중년인과 당우 일행이 채 몇 발짝 걷지도 않았을 무렵, 홀연히 한 여인이 그들의 앞에 나타났다.

"잠깐만요. 무적철권 임 대협이시죠?"

중년인, 임천도는 자신을 알아보는 여인을 의아한 눈으로 바라보았다.

"지연이 아니냐?"

임천도의 뒤에서 다가온 당우가 여인을 알아보았다.

"당가주, 아는 여자요?"

"제 여식입니다. 비룡회주님과 함께 이곳으로 왔습니다."

임천도에게 대답한 당우는 당지연에게로 고개를 돌렸다.

"대체 무슨 소동이냐? 협상이 이루어질 시간에 왜 싸우는 소리가 장원을 울리는 게지?"

당지연은 초조한 표정으로 말했다.

"새외 측이 말을 뒤바꿨어요. 성물을 힘으로 빼앗으려고 일월문과 저희 측에 공격을 감행했어요."

"그런 일이! 어찌 협상을 제안해 놓고 그렇게 뒤통수를 칠 수 있단 말이냐!"

당우는 경악한 표정을 지었다.

"역시 새외 놈들은 어쩔 수가 없군. 초연흠, 이번만은 용서하지 않겠다! 십 년 전 못다 한 승부의 끝을 오늘 내주지!"

임천도는 강렬한 어조로 말을 내뱉으며 본관 쪽으로 발을 뗐다.

그런 그를 당지연이 다급히 만류했다.

"잠깐만요, 임 대협. 함 노사님의 전언이 있었어요. 대협과 아버지가 오시면 후위를 맡아달란 얘기였어요. 만일 저들이 성물을 빼앗거나 혹은 세가 불리하여 도망치려 한다면 틀림없이 그쪽으로 올 것이기에, 그 길목을 차단하란 전언이에요."

"길목을 차단하라고?"

임천도는 다소 의아한 표정을 지었지만 곧 당지연의 말에 수긍하여 그녀의 안내를 따라 후원으로 이동했다. 그는 비룡회주 함토리의 진신 능력을 아는 몇 안 되는 사람 중 하나였기에, 그가 그렇게 지시한 거라면 틀림없이 이유가 있을 거라 믿었다.

본관 일층이 어둠에 잠겼다 밝아진 지 얼마 안 된 시각, 고수들의 접전이 벌어지고 있던 삼층에도 불현듯 시야를 가리는 어둠이 들이닥쳤다.

삼층의 고수들은 일층의 무사들보다 한 차원 높은 고수들이었기 때문에 일층 같은 아비규환이 되지는 않았다. 다만 다시 빛이 밝아졌을 때 삼층에 있던 몇 사람이 사라져 있었다.

탁탁탁탁탁탁—

한영영은 나무함을 들고 이층 계단을 급하게 뛰어내려 왔다. 이층에는 일층으로 통하는 계단 말고도 후원 방향으로 내려가는 비상 계단이 따로 있었다. 그 쪽으로 달려가던 그녀는 일층에서 막 올라와 이층 계단으로 다가오던 누군가와 맞닥뜨렸다.

"아니, 한 소저!"

깜짝 놀라며 전투 태세를 취하던 한영영은 낯익은 목소리에 고개를 들었다. 상대는 그녀가 너무도 잘 아는 인물이었다.

"매, 맹 공자님?"

맹정우는 환한 표정으로 그녀에게 다가왔다.

"이게 얼마 만입니까! 마령지에서 그렇게 헤어진 후 제가 얼마나 걱정했는데요!"

"사, 살아 계셨군요?"

한영영은 얼떨떨한 표정으로 말했다.

"그럼요. 제가 그런 칙칙한 곳에서 생을 마감했을 리가 있겠습니까? 그런데 한 소저, 대체 무슨 일입니까? 협상하러 왔다는 사람들이 서로 싸우기나 하고. 아래가 그래서 올라왔는데 위도 그러나요?"

맹정우는 삼층으로 올라가는 계단을 빼꼼히 보며 말했다.

그가 상황을 제대로 파악하지 못하고 있다는 투로 얘기하자, 잠시 눈을 굴리던 한영영은 재빨리 표정을 바꾸며 말했다.

"맹 공자, 저 좀 도와주세요! 새외 측이 배신을 했어요. 협상에 나선 모든 사람들을 죽이고 성물을 빼앗으려 하고 있어요!"

"예? 그런 일이 있었나요?"

그때 삼층 계단 쪽이 소란스러워지더니 몇 사람이 뭉쳐 싸우면서 계단 아래로 내려오는 것이 보였다.

"맹 공자, 어서! 전 아래로 내려가서 원군을 부를게요!"

한영영은 어리둥절한 표정인 맹정우의 등을 계단 쪽으로 떠밀었다. 그때 뭉쳐 싸우던 자들 중 한 명이 계단 아래로 구르듯 내려왔다. 그는 맹정우를 보자마자 다짜고짜 살수를 전개했다.

덤비는 상대의 복색은 일월문의 그것이었다. 맹정우의 눈이 번득였고, 그의 허리춤에서 전광석화같이 뽑혀진 팔성검은 상대의 목을 가볍게 몸통에서 분리해 버렸다. 단 일 격이었다.

그 순간 그의 등 뒤로 날카로운 살기가 파고들었다. 맹정우는 마치 기다리고 있었다는 듯 빙글 몸을 돌리며 파고드는 유엽도를 쳐 두 토막을 내버렸다.

몸을 완전히 돌린 그의 시선에 칼을 놓친 손을 감싸 쥔 채 뒷걸음질치고 있는 한영영이 걸려들었다.

"어, 어떻게 그렇게 가볍게 내 공격을……."

한영영은 질린 표정으로 중얼거렸다.

"네년이 뒤에서 칠 것을 알았기 때문이지."

맹정우는 눈에서 서릿발 같은 안광이 뻗어 나왔다.

"마령지에서 그렇게 당해서 천장 절벽 아래로 추락한 뒤에 곰곰이 생각해 보았지. 너한테 이리저리 이끌려 다니다가 번번이 사고를 당했었거든? 과연 그 사고들과 네가 전혀 상관이 없는지, 아니면 어떤 연관이 있는지 고민해 보았지만 당시에는 결론을 내릴 수가 없었어. 그렇게 삼 년이 흐르고 다시 밖으로 나온 후 무림맹 사람들한테 물어보았지. 그때의 우리 추적대원들이 어떻게 되었는지를. 연설연이란 소저가 잘 알고 있더군. 너에게 내가 맡겼던 현진이 죽었고, 또 너와 마지막에 같이 있었다는 소림의 혜량도 큰 상처를 입고 죽었다고 들었다. 그 말을 듣고 확신할 수 있었다. 네년이 철혈방과 모종의 관계가 있고, 당시 알 수 없는 많은 사고가 야기된 까닭이 너에게 있다는 것을. 그래도 한때 너를 마음에 두었기에 지금 이 순간 마지막 시험을 해본 것이다. 넌 거기 걸려든 거고."

맹정우는 전에 볼 수 없었던 분노한 얼굴로 한영영에게 다가갔다. 한영영은 겁에 질려 뒷걸음쳤다. 그런 그녀의 등에 벽이 맞닿았고, 더 이상 뒷걸음질칠 공간이 없어졌다.

맹정우의 검이 한영영의 어깨에 걸쳐졌다. 한영영은 이미 그의 눈빛에 압도당해 어찌 저항할 생각을 못하고 있었다. 그녀의 아름다운 봉목은 겁에 질려 처연하게 떨리고 있었다.

"날… 죽일 셈인가요?"

"난 여인을 좋아하지. 그중에서도 아름다운 여인을 좋아한다. 그런데 넌 지금 아무리 봐도 전혀 아름답다는 느낌이 들지 않는구나. 그건 아마 네 사갈 같은 마음이 내 눈에 보이기 때문인가 보다."

맹정우는 무미건조한 음성으로 말했다. 그의 검이 천천히 옆으로 눕혀졌다. 손목만 까딱하면 한영영의 목이 몸에서 분리될 상황이었다.

그때 맹정우의 등 뒤에서 강렬한 기세가 파고들어 왔다.

찌이이익!

단지보를 사용하는 맹정우의 신형이 측면으로 급격히 이동하면서 한 치 앞까지 접근한 적의 칼을 아슬아슬하게 비켜갔다. 스쳐 지나간 적의 칼이 그의 옷자락을 길게 찢어버렸다.

적의 예봉을 피했으나 맹정우는 속으로 조금 놀라고 있었다. 그는 지금 눈으로 보지 않아도 주변의 모든 기운을 파악할 수 있는 수준에 올라 있었다. 그런데 이번의 적은 등 뒤로 접근할 때까지 알아차릴 수가 없었던 것이다.

모습을 드러낸 적은 안면이 있는 얼굴이었다.

"너는 진소천!"

한영영의 앞에서 그를 향해 묵빛의 칼, 천신도를 겨루고 있는 것은 진소천이었다.

진소천은 아무 말 없이 다시 덤벼들었다.

맹정우도 그를 피하지 않고 뛰어들었다. 그의 손에 들린 팔성검이 빛살 같은 속도로 회전하기 시작했다.

깡! 깡! 까가가가가강!

번득이는 팔성검의 광채가 둘 사이의 좁은 공간을 화려하게 수놓았다.

맹정우의 표정이 조금 침중해졌다. 처음 두 번의 충돌을 빼놓고 그 뒤의 스무 번의 공격은 전부 진소천의 요혈에 격중했다. 그러나 상대의 몸은 마치 무쇠라도 되는 양 그의 검을 튕겨내고 있었다.

"역시 네놈은 사람이 아니군. 한영영, 무슨 수작을 한 거지, 대체?"

맹정우는 한 발 물러서며 중얼거렸다. 영민한 그의 귀에 진소천의 호흡이 전혀 들리지 않고 있었다. 방금 전의 격돌 같은 격하고 빠른 움직임을 유지하면서 숨을 내쉬지 않을 수 있는 인간은 존재하지 않았다. 그런데 진소천은 전혀 숨을 쉬지 않고 있었다. 그가 아까 전에 손본 천강시와 같은 현상이었다. 고로 진소천 역시 산 사람이 아님이 분명했다.

진소천이 물러서는 그를 향해 다시 덤벼왔다. 달려드는 진소천의 어깨 너머로 도망치는 한영영이 보였다. 그녀는 후원으로 통하는 비상 계단으로 달려가고 있었다.

"어딜 가려고!"

맹정우는 파고드는 진소천을 측면으로 흘린 후, 검기를 날려 그를 반대편 벽으로 처박아 버렸다. 도검불침의 신체를 훼손할 정도의 공격은 아니었으나 시간을 벌기에는 충분한 대처였다.

진소천을 따돌린 맹정우는 도망치는 한영영을 쫓았다.

삐이이익!

한영영은 도망치면서 입에 문 피리로 이상한 소리를 내고 있었다.

맹정우는 전광석화 같은 신법으로 한영영을 따라붙었다. 그는 비상 계단 입구에서 그녀의 머리채를 틀어잡을 수 있었다.

"꺅!"

머리채가 잡힌 한영영은 비명을 지르며 들고 있던 나무함을 떨어뜨렸다. 땅에 떨어진 나무함은 뚜껑이 살짝 열려졌고, 그 안에서 황금색 광채가 새어 나왔다. 제마령의 잔해가 내뿜는 빛이었다.

맹정우는 한 손으로 그녀의 머리를 잡은 채 다른 손을 뻗쳐 나무함을 집어 올리려는 동작을 취했다. 그 순간 다시 쫓아온 진소천과 맹정우 머리 위의 천장을 부수고 삼층에서 뛰어내린 천강시 두 구가 그를 향해 동시에 달려들었다.

"치잇!"

세 방향에서 강력한 공세가 들어오자 맹정우도 할 수 없이 몸을 피해야 했다. 그는 한영영을 내치고 나무함마저도 내버려 둔 채 공세를 피해 측면으로 몸을 날렸다. 진소천과 천강시 두 구는 한영영의 지시를 받으며 물러서는 맹정우를 향해 압박해 들어왔다.

한영영은 맹정우를 구석으로 몰아붙이는 진소천과 천강시들을 일별한 후 땅에 떨어진 나무함을 집어 들었다. 그때 천강시가 부수고 내려온 천장을 통해 삼층에서 싸우고 있던 자들이 우수수 떨어져 내려왔다. 그중에 한 명이 한영영을 보고는 몸을 날렸다.

"네 이년! 제마령을 내놓아라!"

한영영은 다급히 나무함을 껴안고는 그를 피해 비상 계단으로 달려갔다. 한영영을 쫓던 새외 측 무인은 뒤따라온 일월문주 한수보에 의해 몸이 두 동강나 버렸다.

한수보는 한영영을 쫓아가려 했으나 삼층에서 쫓아 내려온 초연흠의 공격으로 인해 다시 발이 묶였다.

이제 삼층에 있던 거의 모든 자들이 이층으로 내려오고 있었다. 한수보는 초연흠과 몇 초를 전개한 후 후원 쪽 비상 계단으로 몸을 날렸다. 나머지 일월문도들도 싸움을 전개하다가 모두 후원으로 통하는 창문과 계단을 통해 도망쳤고, 초연흠을 비롯한 새외 무인들이 그들의 뒤를 쫓았다.

뒤늦게 내려온 함토리 등 무림맹원들도 앞서 간 자들을 쫓아 후원 계단으로 내려가려 했다. 그때 함토리를 애타게 부르는 목소리가 있었다.

"어이, 함 노사님! 나 좀 도와줘요!"

함토리는 의아한 눈으로 소리난 쪽을 돌아보았다. 그러자 한쪽 구석에서 진소천과 천강시 두 구를 상대로 홀로 치열한 전투를 벌이고 있는 맹정우의 모습이 눈에 들어왔다.

"헥헥! 이것들 보통 질긴 게 아니네. 나 좀 도와달라니까요!"

함토리의 눈에 감탄의 빛이 어렸다. 섭혼강시 진소천은 초연흠과도 거의 막상막하의 승부를 펼치던 괴물이었다. 그런데 맹정우는 지금 그에다가 다른 천강시 두 구까지 상대하면서도 함토리에게 말을 거는 여유를 보이고 있었다.

"맹 소협, 못 보던 새에 많이 늘었군!"

"누가 칭찬받고 싶답니까! 빨랑 와서 좀 거들어요!"

함토리는 짐짓 안타까운 표정으로 외쳤다.

"나도 그러고 싶네만 상황이 상황인지라… 한시라도 빨리 제마령을 갖고 달아난 자들을 잡아야 하네! 그 괴물들은 자네가 잘 좀 붙잡고 있어주게! 아, 여유가 있거들랑 일층의 싸움도 좀 거들어주고. 그럼 부탁하네!"

함토리는 뻔뻔스러운 청탁만을 남긴 채 당후를 비롯한 다른 무림맹원들과 함께 후원 방향으로 사라졌다.

"이봐요, 이봐! 함 노사님! 어이, 함토리! 이 빌어먹을 영감아!"

맹정우의 애타는 대꾸만이 이층 대청을 공허하게 메아리쳤다.

장원의 후원 끝에는 장원 밖으로 통하는 작은 후문이 하나 있었다. 당지연의 안내를 받아 후원으로 이동한 임천도와 당우 등은 활짝 열려 있는 후문의 뒤쪽에 있는 은밀한 구석에 숨어 언제 다가올지 모를 적을 기다리고 있는 중이었다.

멀리 보이는 본관 건물에서는 여전히 치열한 전투가 벌어지고 있는 듯 병장기 충돌음과 고함 소리, 비명 소리가 그들이 있는 곳까지 전해져 왔다.

"걱정이군요. 본 맹의 무인 숫자가 다른 세력에 비해 적은 편인데 다들 무사할런지……."

당우가 걱정스러운 투로 말했다.

"걱정할 필요 없소. 비룡회주가 있으니 그쪽은 염려하지 않아도 되오. 우린 그저 이곳으로 도망쳐 올 초연흠과 그의 졸개들을 처리할 준비만 단단히 하고 있으면 되오."

임천도는 함토리에 대한 단단한 신뢰감을 내비쳤다. 멋쩍은 표정이던 당우는 화제를 돌려 말했다.

"그러나저러나 임 대협, 이번에 좋은 기회가 왔군요. 십 년 전의 패배를 되갚을 기회 아닙니까."

그 말에 다른 동료들은 기겁한 표정을 지었고, 담담하던 임천도의 눈에서 순간적으로 불이 뿜어져 나왔다.

십 년 전 초연흠과의 대결에서의 패배는 무적을 자랑하던 임천도 일생의 유일한 패배였다. 사실 엄밀히 말해서 둘의 대결은 무승부였다. 단지 초연흠이 도를 쓰는 자임에도 자신과 맨손으로 맞붙어 무승부가 되었다는 것에 자존심이 상한 임천도가 스스로 패배를 자인한 것뿐이었다. 그렇다 해도 '임천도의 패배'라고 명확히 말한 것은 임천도 혼자일 뿐, 강호의 그 누구도 그날의 승부가 초연흠의 승리라고 말하지 않았다. 심지어 대전 상대인 초연흠까지도.

그런데 당우는 지금 너무도 자연스럽게 임천도에게 패배자라 말하고 있는 것이었다.

임천도는 아무 말이 없었지만 심기가 불편한 기색이었다. 그 누구보다 자존심이 강한 그이기에 패배를 환기시키는 당우의 말에 적지 않게 화가 난 듯했다.

분위기가 냉랭해지자 그들과 함께 온 동료인 화산파의 옥현자가 겸연쩍은 헛기침을 하며 끼어들었다.

"당가주, 무슨 말씀을 그리하시오? 십 년 전의 결전이 무승부임은 온 천하가 아는 사실인데. 임 대협에게 사과하시오."

그제야 당우도 실수를 깨달은 듯 아차 싶은 표정으로 말했다.

"아, 제가 실수했군요. 그날 무승부였지요? 말이 과했습니다, 임 대협."

그러나 때늦은 사과는 임천도의 화를 더욱 부채질하는 듯했다. 그는 냉랭한 표정으로 차갑게 대꾸했다.

"사과할 필요 없소. 누가 무승부라 하건 그날의 승부는 내 패배요. 물론 오늘은 다르겠지만."

십 년 전 패배에 대한 되새김이 그의 승부욕을 불타오르게 한 듯, 본관을 바라보는 임천도의 두 눈은 이글거리고 있었다.

잠시 후, 가벼운 발걸음 소리와 함께 누군가가 본관 방향에서 달려오는 것이 숨어 있는 자들의 눈에 걸렸다. 모인 자들은 제각기 병기를 잡고 전투 태세를 갖췄다.

"여인인 것 같은데… 누구지?"

옥현자의 말이 끝나기도 전에 당지연이 여인을 알아본 듯 말했다.

"일월문의 한영영 소저예요! 모두 검을 거두세요!"

후원 끝까지 달려온 여인이 막 후문을 통해 나오자, 당지연이 모습을 드러내며 그녀를 불렀다.

"한 소저, 여기예요!"

잠시 깜짝 놀란 표정을 짓던 한영영은 곧 당지연을 알아본 듯 그녀와 임천도 들이 있는 쪽으로 다가왔다.

"대체 어떻게 된 상황이오?"

옥현자의 물음에 한영영은 놀람이 가시지 않은 표정으로 대답했다.

"협상 도중에 초연흠과 새외 세력이 갑자기 무력을 쓰기 시작했어요! 저희 문주님과 비룡회주님 등이 그들을 막는 사이 저 혼자 제마령을 가지고 빠져나온 거예요! 곧 그들이 이쪽으로 쫓아올 거예요!"

그 순간 본관 쪽에서 소란스러운 소리가 들리더니 다수의 사람들이 달려오는 것이 보였다. 일월문 복색을 한 무리가 앞서 오고 있었고, 그들의 뒤로 한 무리가 쫓아오며 일월문도들에게 공격을 가하고 있었다.

임천도와 당우, 당지연 등은 한영영을 뒤로 물리고 전투 준비를 갖췄다. 잠시 후 한수보를 비롯한 일월문도들이 쫓기듯 후원 끝에 도달했고, 뒤를 쫓아온 초연흠과 새외의 고수들도 모습을 드러냈다. 가장 앞서서 추격해 온 초연흠은 막 후문을 빠져나가는 일월문도들을 따라잡고, 강력한 도격을 구사하여 일월문도 한 명을 쓰러뜨렸다.

마침내 모습을 드러낸 초연흠을 향해 먼저 달려든 것은 당우였다. 그는 숨어 있던 공간에서 튀어나와 저돌적으로 초연흠에게 덤벼들었는데, 기습임에도 불구하고 초연흠은 일월문도에게 향하던 칼끝을 돌려 다가온 당우를 쳤다.

콰직!

"윽!"

초연흠을 공격하던 당우의 칼을 휴지처럼 구겨져 버렸고, 당우는 피를 토하며 뒤로 날아갔다. 당가의 가주가 한 암습치고는 너무도 허무한 실패였다.

"네 이놈 초연흠!"

호적수를 상대로 암습을 하기 싫어 머뭇거리던 임천도가 노호성을 터뜨리며 초연흠에게 달려들었다. 좀 불편한 대화가 오고 가긴 했지만 어쨌든 동료인 당우가 단 일 격에 쓰러져 버리자 가뜩이나 한창 불타오르고 있던 그의 승부욕이 폭발했다.

임천도는 필생의 호적수이자 무림맹을 위기에 빠뜨리고 있는 숙적을 향해 필살의 절기를 발출했다. 초연흠과의 재승부를 위해 십 년간 갈고닦아 온 뇌룡권(雷龍拳)의 절초가 그의 주먹에서 뿜어져 나왔다.

닥쳐드는 경력을 감지한 초연흠의 눈에 놀람의 빛이 스쳐 지나갔다.

"임천도? 어째서 내게……."

그는 무림맹에 속해 있는 임천도가 자신을 향해 살수를 펼치는 것을 이해할 수 없었다. 그러나 이미 뇌룡권의 엄청난 기세는 그를 덮쳐 오고 있었다.

꽈르릉— 쾅!

"우욱!"

우레 같은 공명음과 함께 닥쳐온 권풍을 초연흠은 다급히 도기로 맞받아 쳤다. 그러나 임천도 필생의 절초인 뇌룡권은 대비가 없는 상황에서 맞서기에는 너무도 강한 공격이었다. 초연흠은 내상을 입은 채 피를 흘리며 뒷걸음질쳤고, 승기를 잡은 임천도는 그를 쫓아가며 뇌룡권의 연타를 퍼부었다.

쾅쾅쾅쾅쾅!

임천도의 쌍권에서 폭죽같이 터져 나오는 뇌룡권의 절초는 안간힘을 쓰며 방어하는 초연흠을 향해 여지없이 꽂혀들었고, 권력과 도기가 한 번 충돌할 때마다 초연흠의 입에서 흘러나오는 피의 색깔은 짙어졌다.

"무슨 짓이냐!"

초연흠이 위기에 처하자 새외 측 무인들이 너나 할 것 없이 임천도에게 달려들었다. 그러나 그의 손에서 뻗어 나오는 뇌룡권에 채 삼 초 이상을 버티는 자가 없었다.

"죽어라, 초연흠!"

새외 고수들을 모두 물리친 임천도는 다시 초연흠을 향해 살초를 전개했다.

꽈르릉!

뇌성이 울리고 뇌룡권의 폭풍 같은 기세가 초연흠을 향해 파고들었다. 그러나 이번에는 초연흠도 대비하고 있었다. 상황이 상황인지라 초연흠도 필생의 절초를 사용했다. 신강을 들었다 놨던 탈명십삼도(奪命十三刀)의 마지막 초식, 비도무종(飛刀無終)이 발휘되었다. 그의 칼에서 뿜어져 나온 일 장에 다다르는 도강이 뇌룡권의 기세와 충돌했다.

콰앙!

지축이 뒤집히는 듯한 굉음이 울리고 경풍이 몰아쳤다.

충돌 직후 임천도는 다섯 걸음 뒤로 후퇴했고, 초연흠은 그 자리에 풀썩 주저앉았다.

절대고수 간의 혼신을 다한 충돌은 둘 모두에게 상해를 입혔다. 초연흠의 입에서는 핏물에 내장 조각이 섞여 쏟아져 나왔고, 임천도 역시 입가에 혈흔이 비치고 있었다. 둘 다 내상을 크게 입은 형상이었고, 초연흠은 치명적인 상처를 입은 듯 보였다.

임천도는 입 밖으로 나오는 피를 꿀꺽 삼키고는, 주저앉아 있는 초연흠을 향해 뚜벅뚜벅 걸어갔다. 초연흠은 더 이상 저항할 힘이 없는 듯 미동이 없었다. 마지막 일격을 가하려는 듯 임천도가 주먹을 들었을 때다.

"임 대협, 안 되오!"

뒤늦게 후원을 넘어온 함토리가 달려와 둘 사이에 끼어들었다.

"무슨 짓이오, 함 회주?"

뜻밖의 방해자에 임천도는 놀라며 손을 거뒀다.

"임 대협이야말로 무슨 짓이오? 어째서 초 대인을 공격하는 거요?"

"새외 측이 배반했다기에… 함 회주가 이곳에서 매복하고 있으라고 했다면서 요."

"아니, 대체 누가 그런 말을……!"

함토리의 말을 중간에서 끊은 것은 후원 담장에서 낭랑히 들려온 웃음소리였다.

"앗하하하하! 잘들 놀고 계시는군!"

담장 위에 모습을 드러낸 자는 함토리도, 임천도도 안면이 있는 얼굴이었다.

"네놈은 제소운……."

함토리는 이를 갈았다. 이제야 어찌 된 상황인지 파악된 것이다.

철혈방의 활제갈이라 불리는 놈의 계략에 모두 넘어간 것이 분명했다.

"이 모든 게 네놈의 흉계였나?"

"흉계라기보다는 그대들의 협잡에 대한 발 빠른 대응책이라고 봐야겠지. 무림맹이 새외를 꼬셔서 우리의 전력을 약화시키려 하는 술책을 내 어찌 눈 뜨고 볼 수 있겠소?"

함토리는 허탈한 표정을 지었고, 임천도는 눈을 돌려 주변을 살폈다. 그는 부상당한 당우를 찾았으나 어디에도 당우의 모습은 보이지 않았다. 그를 부축하고 있던 당지연도 사라진 상태였다.

"제소운 네놈! 당가를 포섭한 거로구나!"

가짜 제마령을 운반하던 그와 그의 동료들을 이곳 장원까지 이끈 것은 이 근방의 지리를 잘 알고 있다는 당우였다. 그가 이끄는 대로 움직이다 보니 예정된 시간보다 훨씬 늦게 여기에 도착한 것인데, 자신들을 기다리고 있다가 그릇된 정보를 전달한 당지연 역시 한패임이 틀림없었다. 게다가 당우는 십 년 전 패배를 들먹이며 임천도 자신의 승부욕을 건드렸고, 스스로 부상을 당한 척하여 자신이 초연흠을 급히 공격하도록 만들었다. 이 모든 게 제소운의 머리 속에서 나온 무섭도록 치밀한 작전이었던 것이다.

임천도의 말에 상황을 깨달은 함토리도 자신을 따르던 당후를 찾아보았지만 그 역시 어느새 사라져 있었다.

"제소운 이놈, 이런 수작을 부리고도 모습을 드러내다니! 오늘 살아 돌아갈 생각은 말아라!"

이를 갈며 말한 임천도는 담장 위에 우뚝 서 있는 제소운에게로 뚜벅뚜벅 걸어가기 시작했다.

"쯔쯔, 내가 설마 아무 대책도 없이 당신 앞에 모습을 드러내리라고 생각한 건가, 임천도?"

제소운의 혀를 차며 담장 안으로 뛰어내려 숨어버렸고, 그의 모습이 사라짐과 동시에 임천도의 좌우에서 여섯 개의 인영이 튀어나왔다. 일월문도들 사이에 껴 있었던 암중혼과 척마대였다.

함토리와 부상당한 초연흠 쪽에서도 매복자들이 공격을 개시했다. 미리 나와 있던 척마대 다섯이었다. 앞서 빠져나갔던 일월문의 고수들도 되돌아와 남은 새외 고수들과 임천도의 동료들을 공격하기 시작했다. 다만 한수보와 한영영의 모습은 보이지 않았다.

"건방진 놈들이!"

암중혼과 척마대로 인해 제소운에게 다가가는 것을 방해받자 임천도는 분노하며 뇌룡권을 날렸다.

꽈르릉!

뇌성이 울리고 권풍이 난무했다.

그러나 그가 상대하고 있는 척마대는 무림맹의 최고수들을 상대하기 위해 위지관천이 심혈을 기울여 키워낸 암살대로, 개개인이 대문파의 장로급 무공을 갖춘 고수들이었다. 이들은 오행관로진(五行關路陣)이라는 철혈방 비전의 진법을 사용했다. 방어에 관해서는 타에 추종을 불허하는 오행관로진이 작동하자 내상을 입은 임천도가 발휘하는 뇌룡권은 큰 위력을 발휘하지 못했다.

"이놈들이!"

임천도는 상처 입은 호랑이처럼 길길이 날뛰었지만 그가 급하게 손을 쓸수록 척마대의 진법은 더욱 위력을 발휘했다. 그들이 임천도의 공세를 완벽히 차단하는 사이, 주변을 돌며 기회를 노리던 암중혼은 내상을 입은 임천도가 주춤할 때마다 빠르게 치고 물러서길 반복하여 그를 곤혹스럽게 만들었다.

함토리도 힘겨운 대결을 펼치고 있었다. 그는 혼자 싸우는 게 아니라 부상당한 초연흠을 보호해야 했기에 제 실력을 발휘할 수가 없었다. 다섯 명의 척마대는 빠른 신법으로 함토리의 주위를 빙빙 돌며 수시로 그가 부축하고 있는 초연흠을 향해 암기와 독을 날려 함토리의 손과 발을 묶어놓고 있었다.

시간이 갈수록 상황은 점점 어려워졌다. 수적으로 우세한 일월문의 고수들은 이제는 몇 명 남아 있지 않은 새외 고수들과 무림맹원들을 몰아붙였다. 내상을 입은 임천도를 맡고 있는 척마대는 오행진을 자유자재로 변환시키며 그를 밀어붙였고, 초연흠을 떠안고 있는 함토리도 척마대에 고전을 면치 못하고 뒷걸음쳤다.

밀리던 무림맹원들이 담장 근처까지 후퇴했을 때였다. 제소운이 소리없이 담장 위로 모습을 다시 드러냈다. 그는 자신 쪽으로 뒷걸음질치는 무림맹원들과 새외 무인들을 흡족하게 바라본 후 천천히 손을 들었다. 그러자 담장 밑의 흙이 들썩이더니 열 개의 인영이 땅 밑에서 천천히 몸을 일으켰다. 마치 지옥에서 기어올라 온 듯한 형상이었다.

그들은 제소운의 손동작에 따라 뻣뻣하게 두 팔을 치켜 올렸다.

그때 뒤의 낌새가 이상함을 감지한 함토리가 고개를 돌렸다. 그의 두 눈에 자신들을 향해 두 팔과 열 손가락을 뻗고 있는 강시 열 구가 들어왔다.

함토리의 눈에 경악의 빛이 흘렀다. 저 강시들의 움직임은 삼 년 전 마령지에서 본 바로 그것이었다.

"혈강시! 모두 피해!"

그러나 그의 말을 듣고 몸을 뺄 여력이 있는 사람은 장내에 아무도 없었다. 함토리의 고함이 채 꺼지기도 전에 혈강시의 열 손가락은 뻣뻣이 펴졌고, 무림맹원들을 응시하는 두 눈에서는 혈광이 쏟아져 나왔다. 그들의 쫙 펴진 손가락에서 막 광혈시가 뿜어져 나오려 하는 순간이었다.

번쩍!

그 빛은 후원 담장의 왼쪽 모서리에서부터 흘러나왔다. 담장 왼쪽 측벽에서 뿜어져 나온 빛은 담장을 가로로 가르며 힘차게 뻗어갔다. 벽을 가르며 전진하던 빛은 담장 바로 앞에 서 있던 혈강시들의 허리 어림을 스쳐 지나가며 순식간에 담장 오른쪽 끝까지 내달았다.

제소운은 갑자기 흘러나온 빛과 그리고 그 빛이 스쳐 지나간 후 광혈시를 내뻗으려던 동작에서 정지해 버린 혈강시들을 의아한 눈으로 쳐다보았다. 그때, 우릉거리는 소리와 함께 그의 발밑이 무너져 내리기 시작했다.

"뭐, 뭐야, 이거?"

제소운은 당황한 얼굴로 훌쩍 뛰어내렸다. 착지한 후 담장 쪽으로 고개를 돌린 그의 눈이 크게 치떠졌다. 후원 담장의 위쪽 절반이 무너져 내리고 있었다.

우당탕탕!

무너진 절반의 담장은 멀거니 서 있는 혈강시를 덮쳤다. 그러자 치떠진 제소운의 눈이 찢어지게 만드는 상황이 발생했다. 무너진 담장과 부딪친 혈강시의 상체가 담장과 같이 땅바닥으로 무너져 내린 것이었다. 열 구의 강시 모두가 허리께가 반듯이 잘린 채 이미 두 동강이 나버린 상태였다.

"어, 어떻게 이런 일이⋯⋯.!"

제소운은 그제야 이 믿어지지 않는 상황이 어떻게 된 일인지를 깨달을 수 있었다. 좀 전의 빛은 담장 바로 뒤에서 누군가가 날린 검기였고, 그 검기가 후원 담장 전체와 그 바로 앞에 있던 혈강시 열 구를 두 동강 내버린 것이다!

담장이 무너지며 자욱이 솟아올랐던 먼지가 서서히 흩어지고, 반 토막 난 담장 뒤에서 다가오는 인물의 모습이 드러났다.

제소운은 도검불침의 혈강시 열 구를 단 일 격에 날려 버린 초고수의 얼굴을 제자리에 서서 확인하고 있을 용기가 없었다. 그는 황급히 몸을 돌려 달아나기 시작했다.

"콜록콜록⋯ 먼지가 이렇게 날려서야⋯ 새로 산 옷 다 더러워지겠군."

투덜거리며 무너진 담장을 여유로운 걸음걸이로 넘어오는 사람은 바로 맹정우였다.

맹정우는 전방에서 부리나케 달아나고 있는 제소운을 힐끔 쳐다보았다.

"저놈이 혈강시 부리던 놈인가?"

그때 척마대와 싸우고 있던 함토리가 그를 향해 외쳤다.

"그놈이 바로 철무련의 군사 제소운일세! 놈을 잡아!"

"노사님이 잡으라 하니 어째 잡기가 싫어지는군요."

맹정우는 투덜거리면서도 팔성검을 곧추세우고 움직이기 시작했다.

"놈을 막아!"

맹정우가 따라붙으려 하자 제소운은 발작적으로 외치며 도망쳤다. 임천도를 막고 있던 척마대 네 명이 방향을 돌려 일제히 맹정우에게로 달려들었다.

"이놈들은 뭐야?"

맹정우의 검이 번쩍였다. 그는 일격에 척마대 한 명의 목을 따버렸지만 나머지 셋이 독을 살포하는 통에 그것을 피하느라 발이 묶이고 말았다.

한편 암중혼과 척마대 한 명만을 상대하게 된 임천도는 제소운을 이대로 달아나게 할 마음이 없었다.

그는 내상에도 불구하고 억지로 공력을 끌어올려 암중혼과 다른 한 명을 강하게 압박하여 물러서게 만들었다. 그리고는 도망치는 제소운을 향해 몸을 날렸다.

"기다려라, 제소운!"

임천도는 노호성을 터뜨리며 제소운을 쫓았다. 순식간에 따라붙은 그는 달아나는 제소운의 앞길을 가로막았다.

"이놈, 감히 나를 우롱하고 달아날 생각을 해?"

제소운은 새파랗게 질려 뒷걸음질쳤다.

"뭐, 뭐 하고 있는 거야, 아직까지?"

제소운의 뜻 모를 중얼거림에 눈살을 찌푸리면서도 임천도는 주먹을 번쩍 치켜들었다. 한주먹에 때려죽일 참이었다.

그의 주먹이 제소운의 명치를 향해 떨어져 내리는 순간, 뒤에서 미세한 파공음이 들려왔다.

위이이이잉—

마치 모기가 귀를 울리는 듯한 작은 소리, 임천도는 그 소리가 귀에 거슬림을 느끼면서도 제소운을 죽이려 내지르는 주먹을 멈추지 않았다.

스팟!

임천도는 내지르던 주먹을 끝까지 뻗을 수 없었다. 모깃소리를 내며 근접한 검은색 물체가 스쳐 지나간 후, 그의 목이 머리와 분리되었기 때문이다.

"임 대협!"

멀리서 함토리가 피를 토하는 고함을 내질렀다.

제소운은 죽다 살아난 얼굴로 헛웃음을 토해냈다.

"하하! 하하! 후하하하! 계집 참 빨리도 손을 쓰네! 하마터면 죽을 뻔했잖아!"

그는 벌떡 일어나더니 신법을 구사하며 번개처럼 달아났다.

"네 이놈, 제소운!"

분노가 극에 달한 함토리는 자신과 초연흠의 안위를 돌보지 않고 살초를 전개했다. 그의 검이 빠르게 회전하며 자색의 강기가 척마대를 휘감기 시작했다.

상대의 기세가 심상치 않음을 감지한 척마대는 즉시 오행관로진을 짜기 시작했지만 이미 때는 늦었다. 순식간에 세 명이 자색 강기에 휩쓸렸고, 곧 온몸에 피 칠갑을 한 채 바닥에 쓰러졌다.

나머지 두 명까지 연이어 쓰러뜨린 함토리는 초연흠을 새외의 고수에게 넘기고 멀리 사라지고 있는 제소운을 쫓으려 했다. 그때 다시 미세한 파공음이 그의 귀로 파고들었다.

함토리는 제소운을 쫓으려던 걸음을 멈추고 신속하게 몸을 돌렸다. 초연흠과 그를 부축하고 있는 새외 고수를 향해 검은 물체가 빠르게 접근하고 있는 것이 눈에 들어왔다.

"조심하오!"

함토리는 일갈하며 물체를 향해 검기를 날렸다. 물체는 검기에 맞았지만 놀랍게도 전진을 멈추지 않았고, 초연흠과 새외 고수를 향해 파고들었다.

"빌어먹을!"

함토리가 다급히 몸을 던져 둘을 잡아끌었지만 이미 물체는 새외 고수의 머리를 날려 버린 상태였다. 다행히도 함토리가 먼저 끌어낸 초연흠은 물체의 회전 반경을 비켜갔다.

위이이이잉!

멀리 숲 속으로 사라진 검은 물체는 곧 다시 나타났다. 나타난 물체는 더욱 빠른 속도로 함토리와 초연흠에게로 접근했다.

함토리는 검기를 계속 날렸지만 물체는 마치 생명체라도 되는 듯 좌우로 이동하며 날아오는 검기를 모두 피했다. 그리고는 함토리의 검마저 피해 가며 그의 뒤에 있는 초연흠에게로 파고들었다.

팟!

물체는 초연흠의 오른팔을 자르고 지나갔다. 그나마 함토리의 검 때문에 궤도가 수정되었기에 그 정도로 그친 것이었다. 물체가 숲으로 돌아갈 무렵 함토리는 맹정우에게 다급히 외쳤다.

"맹 소협, 숲 속에 있는 조종자를 처치해! 초 대인이 여기서 죽으면 새외 세력이 철무련에 고스란히 넘어가게 되네!"

"젠장! 이쪽도 바쁜 상황인데 이래라저래라 하지 좀 마십쇼!"

맹정우는 지금 원래 상대하고 있던 세 명에다가 나중에 가세한 암중혼과 다른 한 명 등 총 다섯 명과 교전 중이었다.

다섯 명은 움직임이 민첩한 데다 까다로운 진법을 쓰고 있어서 아무리 맹정우라 해도 단시간에 처치하기 어려웠다.

'그렇다면 방법이 있지.'

맹정우는 휘두르던 검을 거둔 후 재빨리 궁보 자세를 취하며 양팔을 구부렸다 폈다. 그러자 살상력은 없지만 미는 힘은 천하제일인 퇴산장이 그의 양장에서 뿜어져 나왔고, 암중혼 등 세 명이 퇴산장에 밀려 오 장 밖으로 나가떨어졌다. 맹정우는 재빨리 검을 다시 뽑아 당황해하는 나머지 둘을 해치운 후 숲을 향해 달려갔다.

그때 숲 쪽에서 다시 검은 물체가 튀어나왔다. 검은 물체는 맹정우를 향해 곧장 날아왔다. 맹정우는 검을 곧추세운 후 날아오는 물체를 향해 은빛의 검기를 일직선으로 날렸다.

물체는 꿈틀거리며 검기를 피했다. 그러나 맹정우는 처음부터 물체를 노린 것이 아니었다. 검기는 한없이 뻗어나가 물체가 튀어나온 숲 속까지 파고들어 갔다.

"윽!"

숲 속까지 뻗쳐 간 검기의 빛이 사라진 직후, 숲에서 짧은 신음성이 흘러나왔고, 날아가던 검은 물체는 힘을 잃고 땅바닥으로 떨어져 내렸다.

땅으로 떨어진 물체는 맹정우의 발밑으로 굴러왔다. 맹정우는 물체를 물끄러미 내려다보았다.

기묘한 모양의 물체였다. 거무튀튀한 원반의 형상이었고, 좌우에 길쭉한 뿔이 두 개 달려 있었다. 무심히 물체를 보던 맹정우의 눈이 갑자기 크게 확대되었다. 원반에 달린 두 개의 뿔은 그에게 너무도 익숙한 물건이었다. 그것은 그가 처치했던 무영환혼신망의 뿔이었다.

맹정우는 잠시 머리가 어지러워졌다. 그는 그것을 가져다 주기를 부탁한 당지연에게 주기 위해 지하에 있는 삼 년 내내 그 뿔을 보관하고 있었고, 마령지에서 나온 후 그녀를 만나면 주라며 방구병에게 건넸었다. 만일 방구병이 무림맹 활동을 하면서 당지연에게 정확히 전달했다면 이 뿔은 지금쯤 당지연의 손에 있어야 하는 물건이다. 그런데 왜 이 정체를 알 수 없는 물체에 달려 있는 것일까?

맹정우의 머리 속에 불길한 가정이 스쳐 지나갔다. 그는 날듯이 뛰어 숲 속으로 달려갔다.

불길한 가정은 정확히 맞아들었다. 숲 속에서 피를 흘린 채 쓰러져 있는 것은 당지연이었다.

"당 소저! 당 소저!"

맹정우의 품에 안긴 당지연은 힘없이 눈을 떴다. 그녀는 맹정우를 알아본 듯 환하게 웃었다.

"맹 공자, 정말 공자님이로군요."

맹정우는 침통한 표정을 지었다. 그녀와 딱히 큰 정리가 있었던 것은 아니지만, 늘 만날 때마다 자신을 향해 활짝 웃던 그녀에게 호감을 가지고 있었기에 자기 손으로 그녀를 상해했다는 것이 너무도 가슴 아팠다.

"미안합니다. 소저인지 모르고 제가……."

당지연은 고개를 가로저었다.

"아니에요. 어차피 오늘 이 자리에서 죽을 것을 각오하고 있었는데, 그래도 공자님 손에 목숨을 거두게 되니 오히려 기쁘네요."

맹정우의 눈에 괴로운 빛이 흘렀다. 어떻게든 희망적인 말을 해주고 싶었지만 때가 이미 늦었다는 것을 그도 알고, 그녀도 알고 있었다.

"대체 왜 이렇게 된 것입니까. 당가가 무림맹을 배신한 이유가 뭐고, 또 소저 혼자 남아서 이런 위험한 일을 한 이유는 또 뭡니까."

"어쩔 수 없었어요. 제가 자청한 일인걸요. 할아버지가 초연흠의 손에 쓰러진 그 순간부터 제 인생의 목표는 오로지 원수를 갚는 거였으니까요."

"그렇다면 초연흠에게만 살수를 쓰면 될 일이지, 엉뚱한 사람은 왜 죽인 겁니까."

임천도에게 먼저 살수를 쓴 것을 묻는 말이었다. 아예 초연흠에게 먼저 그 무기를 구사했으면 실패가 없었을 것이 아닌가?

당지연은 처연한 얼굴로 대꾸했다.

"저도 어쩔 수 없는 여자인가 봐요. 그에게 그렇게 휘둘리고도… 아직도 미련이 남아 있었나 봐요. 속으로 원수를 갚으면 가장 먼저 죽이겠다고 생각하던 자였는데……."

맹정우는 그녀가 말하는 '그'가 도망친 제소운임을 직감했다.

"맹 공자, 초연흠은… 죽었지요?"

그녀는 함토리의 뒤에 있던 초연흠에게 가한 공격이 성공했다는 것을 알았지만 정작 초연흠이 어떻게 되었는지는 모르고 있는 모양이었다. 맹정우는 차마 진실을 말할 수가 없었다.

"예, 죽었습니다."

당지연은 환하게 웃으며 말했다.

"이제 됐어요. 맹 공자, 염치없는 부탁이지만, 안 들어주셔도 할 수 없지만 부탁 하나 하고 떠날게요. 무림맹이 승리한다 해도 저희 당가를 멸문시키진 말아주세요. 큰 벌은 피할 수 없겠지만… 당가나 다른 삼대세가나 한때 무림맹을 지키던 사람들이잖아요. 다 나름대로 어쩔 수 없는 사정이 있어서 철무련에 붙어 있지만… 그들의 진정한 실체를 깨닫게 되면 분명 무림맹으로 다시 돌아올 거예요. 그들이 회개할 기회를 한 번만 허락하세요."

맹정우는 진지한 표정으로 고개를 끄덕였다.

"알겠습니다. 제가 힘닿는 데까지 애써보겠습니다."

당지연의 호흡은 이미 멈춰 있었다. 맹정우의 마지막 대답을 들었는지 못 들었는지 모르지만, 잠든 듯한 그녀의 표정은 참으로 평안했다.

맹정우는 당지연의 사체를 안아 들고 숲 밖으로 걸어 나왔다.

밖의 상황도 거의 종료된 상태였다. 척마대는 함토리의 손에 모두 쓰러졌고, 암중혼은 어디론가 사라졌다. 구심점을 잃은 일월문도들은 새로이 나타난 무림맹의 원군에 속절없이 무너지고 있었다.

맹정우는 원군에 아는 얼굴들이 섞여 있음을 알아보았다. 혜공과 최운, 그리고 방구병 등이었다. 철무련을 혼란시키느라 멀리 돌아갔다가 이제야 이곳에 도착한 모양이었다.

장내는 본관에서 패퇴하고 도망쳐 나오는 일월문도들까지 끼어들어 매우 혼잡한 상황이었다. 그러나 승기를 잡은 무림맹은 공세에 박차를 가하고 있었고, 특히 방구병은 동에 번쩍 서에 번쩍 움직이며 적을 섬멸했다. 잠시 후 전투는 무림맹의 승리로 종료되었다.

전투가 종료된 장원은 시체를 치우고 부상자를 치료하는 등의 마무리 작업이 한창이었다.

숲 속의 임시로 만든 가묘(假墓)에 당지연을 안장하고 돌아오던 맹정우는 후원 앞 공터에 큰 구덩이를 파고 주변에 널린 시체를 그 안에 던져 넣고 있는 무림맹 무사들 옆을 지나쳤다. 그러다가 갑자기 걸음을 멈춘 그는 막 시체 하나를 집어 던지려고 하는 무사의 팔을 붙잡았다.

"왜 그러십니까?"

"잠깐 그 시체 좀 봅시다."

무사는 의아해하면서도 자리를 비켜주었다. 맹정우는 피 칠갑이 되어 있는 시체를 유심히 바라보았다. 그 시체는 아까 함토리에게 당했던 척마대의 시체였다.

"흐흠, 그거 신기하군."

맹정우는 시체의 옷을 찢어 피 범벅이 된 상처를 잘 닦고 그 흔적을 꼼꼼히 살폈다. 그리고는 근처에 있던 다른 척마대의 시체들도 살펴본 후 몸을 일으켜 자리를 떴다.

후원 안으로 들어온 맹정우는 마당 한쪽에서 여러 청년들에게 둘러싸여 있는 방구병을 발견하고는 눈을 빛냈다.

"안 그래도 찾아가려던 참인데, 너 오늘 잘 걸렸다."

그는 방구병을 향해 곧장 걸어갔다. 근처에 다다르자 방구병을 둘러싼 채 왁자하게 떠들고 있는 청년들의 목소리가 들렸다.

"방 대협, 오늘도 정말 대단했습니다!"

"저희가 조금이라도 늦게 도착했다면 자칫 아군이 전멸했을 수도 있는 상황이었다는군요. 정말 시기적절한 방 대협의 활약으로 무림맹이 위기를 벗어난 것입니다!"

"저희와 방 대협이 조금만 일찍 도착했다면 놈들을 싸그리 일망타진 할 수도 있었을 텐데요!"

네 명의 청년은 너도나도 입을 모아 방구병의 얼굴에 금칠을 해대고 있었다. 방구병은 겸연쩍은 듯 그들을 만류하고 있었으나 얼굴 표정을 살펴보면 결코 싫어하는 기색이 아니었다. 내심 더 크게 떠들어주기를 바라는 듯도 보였다.

"아주 잘 노는군."

맹정우는 혀를 차며 청년들 사이를 비집고 들어가 방구병의 뒷덜미를 잡아챘다.

"어이, 방 대협! 나 좀 보지?"

갑자기 누군가에게 목덜미가 잡히자 화들짝 놀라며 고개를 돌린 방구병은 자신을 낚아챈 대상이 누구인지를 확인하고는 뜨악한 표정을 지었다.

"너… 네가 여긴 웬일이냐?"

"설마 몰라서 묻는 것은 아니겠지, 방 대협?"

맹정우는 질린 표정의 방구병에게 얼굴을 바싹 들이댔다.

방구병은 버벅이며 대꾸했다.

"모, 모르니까 묻는 거지 아, 알면 왜 묻겠냐? 무림에서 은퇴한다던 애가 이 결전의 현장에는 어인 일로……."

"여기 온 까닭은 알 필요 없고, 우리 사이에 해결해야 될 일이 있다는 것만 네놈이 알고 있으면 되는 거다. 자, 어서 내놓으시지."

맹정우는 한 손을 방구병의 코앞에 내밀었다.

"뭐, 뭘 내놓으라는 거야?"

"이 자식이 정말, 끝까지 시치미 뗄래? 내가 만금전장에서 무슨 창피를 당한 줄 알아? 좋게 말할 때 빨리 안 내놔?"

맹정우의 언성이 높아졌다. '만금전장'이란 단어가 나오자 방구병은 얼굴이 새파래졌다.

'올 것이 왔구나!'

삼 년 전 은소예가 크게 다쳐 당가에서 치료받고 있을 당시, 방구병은 맹정우에게 위탁받은 돈 십만 냥을 만금전장에서 인출하여 당가의 비전 현심단을 제조할 수 있는 옥목섬와의 내단을 구입했다. 그런데 탕평촌에 갔던 맹정우의 추적대는 옥목섬와의 내단보다 더 품질이 좋은 무영환혼신망의 내단을 구할 수 있었고, 그로 인해 옥목섬와의 것은 필요가 없어졌다. 당시 방구병은 옥목섬와의 것으로 만든 현심단을 다시 고액에 팔아 인출했던 십만 냥을 메우려 했다.

그러나 그 후 사건 사고가 계속 터지는 바람에 방구병은 그것을 팔 기회를 잡지 못했고, 그러다가 마령지의 지하 계곡으로 맹정우와 함께 추락하는 사고까지 당하게 된다. 거기서 만난 남해노조의 제자가 되기 위해 방구병은 갖은 애를 다

썼는데, 당시 내공이 부족하단 소리에 품속에 고이 간직하고 있던 옥목섬와의 내단으로 만든 현심단을 몰래 꿀꺽했던 것이다.

그가 그렇게 순식간에 환골탈태에 이를 수 있었던 것은 미리 익혔던 아수라 파천신공의 덕도 있고 나중에 먹은 만상구금실 덕도 있었지만, 몰래 먹은 현심단의 덕도 결코 무시 못할 것이었다.

방구병은 눈앞의 기세등등한 맹정우를 바라보며 속으로 기나긴 한숨을 내쉬었다. 지난 삼 년간 마령지에서 함께 있으면서도 말할까 말까 하다가 결국 하지 못한 말이었다. 십만 냥을 홀라당 까먹었다는 말을 하면 놈이 기가 막혀 자지러지든지, 아니면 자신이 놈에게 맞아죽든지, 둘 중에 한 명은 골로 갈 것이 분명했기에—그중에서도 자신이 죽을 확률이 매우 높기에—차마 말을 할 수가 없었다.

그러나 이제 만금전장에서 사라진 십만 냥을 맹정우가 확인한 듯하니 이 난관을 어찌 헤쳐 나가야 할지 방구병은 앞이 캄캄했다.

"왜 말을 못하느냐, 설마 네놈이 떼어먹은 것은 아니겠지?"

맹정우는 정곡을 찌르고 있었다. 앞이 아득해지던 방구병의 머리 속에 문득 기가 막힌 해결책이 생각났다.

"떼어먹기는, 무슨! 사실 그 돈, 사천당가에 놔두고 왔어."

"사천당가?"

"그래, 그때 네가 보낸 무형환혼신망의 내단이 좀 늦게 왔잖니. 그래서 옥목섬와의 내단을 사려고 미리 십만 냥을 인출해 놓고 있었지. 그러다가 네가 보낸 내단이 오고 다시 입금을 해야겠다, 하는 차에 마령지 사건이 터져서 모두 그쪽으로 간 것 아니냐. 나도 그때 함께 갔고, 그리고는 너와 함께 마령지로 떨어졌던 거잖아."

"그럼 그 십만 냥이 지금도 당가에 있단 얘기야?"

"그자들이 쓰지 않았다면 그렇겠지."

맹정우는 난감한 표정을 지었고, 방구병은 내심 안도의 한숨을 내쉬었다. 순간적으로 떠올린 변명치고는 기가 막혔다. 당가가 무림맹을 배신하고 도망친 것이 방금 전 일이니, 십만 냥이고 백만 냥이고 덤터기 씌워도 별 탈이 없는 상황인 것이다.

"정말 확신하냐, 혹시 네놈이 떼먹고 오리발 내미는 것은 아니겠지?"

맹정우의 말에 크게 반발한 것은 가슴 뜨끔한 방구병이 아닌 그의 주변에 있던 신룡사협이었다. 자신들의 우상인 방구병의 목덜미를 잡아채고, 계속 불손한 태도로 그를 대하는 맹정우에게 분노하고 있던 그들은 방구병을 불신하는 투로 말하는 맹정우의 말에 더 이상 참지 못하겠다는 듯 들고 일어섰다.

"당신, 보자 보자 하니 말이 너무 건방지군. 방 대협에게 그게 무슨 불손한 태도인가!"

신룡사협 중에서도 특히 성미가 급한 청성의 고준영이 가장 먼저 나서서 목소리를 높였다.

맹정우는 이건 또 뭐야 하는 눈초리로 고준영을 내려다보았다. 고준영은 방구병 못지않게 키가 작아서 눈높이를 맞추자면 눈을 한참 내리깔아야 했다. 조그마한 고준영이 얼굴을 붉게 물들이며 방방 뜨자 맹정우는 귀찮은 기색으로 방구병에게 말했다.

"널 닮은 이 땅꼬마는 뭐야? 그새 자식이라도 낳은 거냐?"

평상시 자신이 고준영보다는 훨 잘생겼다고 생각하고 있던 방구병은 맹정우의 말에 버럭 화를 냈다.

"누가 누굴 닮았다는 거냐? 어딜 봐서 닮았는데?"

"신장이 닮았잖냐. 그러고 보니… 여기 너 닮은 애들 천지로구나. 그새 잃어버린 형제들이라도 찾은 게냐?"

맹정우가 보아하니 방구병을 둘러싸고 있던 청년들이 모두 키가 엇비슷했다.

엄밀히 말하자면 이들은 모두 방구병보다 아주 약간이라도 키가 작았다. 무공이 강해지고 환골탈태로 얼굴도 번듯해져서 더 이상 아쉬울 게 없는 방구병이었지만, 환골탈태에도 불구하고 작은 키만큼은 고쳐지지 않았다. 그러한 이유에서인지 몰라도 무림맹의 활동을 하면서 유독 자기보다 반 치라도 작은 청년 무인들을 각별히 총애했는데, 그러한 습관의 영향으로 결성된 것이 바로 이 신룡사협이었다.

한편 땅꼬마란 맹정우의 한마디에 크게 분개한 고준영은 검을 뽑아 들며 버럭 소리를 질렀다.

"땅꼬마라니! 이 청성의 제자 고준영, 이십 평생을 살면서 이런 불손한 말은 처음 들어본다! 당신이 누군지는 모르겠으나 이런 모욕을 받고도 그냥 지나친다면 나뿐 아니라 청성의 명예를 더럽히는 것! 도저히 묵과할 수 없으니 어서 이리 나오라! 검으로 사과를 받겠다!"

고준영 외의 나머지 삼협도 화가 난 듯 너도나도 목소리를 높여 맹정우를 성토했다.

신룡사협이 지나치게 흥분하고 맹정우가 슬슬 불편한 기색을 비치자 방구병이 황급히 진화에 나섰다. 신룡사협은 둘째 치고 맹정우가 성질을 부리기라도 하면 자칫 일이 커질 수가 있었다.

"자자, 진정들 하시구려. 이 사람은 내 친구요. 다들 이름을 들어봤을 거요, 일검탈명 맹정우라고."

"일검탈명 맹정우요?"

신룡사협은 다들 얼굴을 마주 보았다. 어디선가 많이 들어본 이름이었다.

"아! 삼 년 전에 섬서무림을 구했다는 그 사람 아냐?"

"맞아! 강북칠웅이라 불리던 폭풍마번 편강을 물리쳤고."

"그렇네. 그때 맹의 추적대를 맡고 마교 잔당과 철혈방의 음모까지 파헤쳤던 실력자잖아?"

맹정우에 대한 기억을 너도나도 얘기하고 나자, 그가 강호를 좌지우지했던 절정고수였다는 것을 신룡사협은 뒤늦게 깨닫게 되었다. 그런 직후 사람들의 시선은 여전히 검을 빼 든 채 비무할 품새를 잡고 있는 고준영에게로 향했다.

맹정우가 엄청난 고수란 것을 알게 되자 고준영은 얼굴이 새파래져 있었다. 그러나 비무를 하겠다고 한 번 선포한 이상 명문정파의 제자 자존심에 이대로 칼을 거두고 물러설 수도 없는 노릇이었다.

"어, 어서 덤비지 않고 뭐 하고 있느냐? 무사는 모욕을 참지 않는다! 내 이 자리에서 죽은 한이 있어도……."

그는 없는 용기를 쥐어짜내며 열심히 떠들고 있었지만 그의 상대는 애초부터 그가 안중에 없었다. 맹정우는 지금 저 멀리 본관 쪽에서 걸어 나오고 있는 한 여인에게 시선이 박혀 있었다.

"볼일이 있어서 이만 가보마. 자세한 얘기는 나중에 마저 하자고."

그는 방구병에게 한마디를 남기고 자리를 벗어났다.

맹정우 휘적휘적 걸어가 버리는 모습을 바라보던 방구병과 삼협이 다시 시선을 고준영에게로 돌리자, 안도한 표정으로 슬그머니 검을 거두려던 고준영은 화들짝 놀라며 다시 검을 치켜 올렸다. 그의 얼굴은 안도하는 모습을 들킨 것에 대한 수치심으로 벌겋게 달아올랐다. 그는 돌연 떠나가는 맹정우를 향해 고래고래 고함을 지르기 시작했다.

"네 이놈! 내 말이 말 같지 않느냐! 당장 이리 와서 내 칼을 받든지, 땅꼬마라 한 것을 취소하든지 양자택일을 하거라!"

다른 사협이 열심히 뜯어말렸지만 안심하며 물러서려던 모습을 들킨 것이 죽을 만큼 창피한 고준영은 더욱 열을 내며 방방 떴다. 붙잡지 않으면 단숨에 달려가 맹정우와 끝장을 볼 기세였다.

보다 못한 방구병이 나섰다.

"고 소협, 참아요. 저놈 무공이 보통 강한 게 아니오. 물론 나보다야 쬐끔 못하긴 하지만 엄청나게 강한 놈이오. 고 소협이 도전하기에는 벅찬 상대요."

"방 대협, 저는 명예를 지키기 위해서라면 목숨이 아깝지 않습니다!"

"게다가 저놈은 나와는 달리 성깔이 아주 더럽소. 지더라도 결코 깔끔하게 끝나지 않을 거요. 무슨 명목을 붙여서라도 소협과 소협의 문파에서 돈을 짜내려 할 거요. 자꾸 붙으려 하면 소협뿐 아니라 청성파에도 큰 피해가 갈 텐데……."

고준영은 점점 갈등하는 빛이 역력했지만 끝까지 고집을 꺾지 않았다.

"그러나 방 대협, 무사는 모욕을 참지 않습니다. 전 결코 뽑은 이 검을 이대로 거둘 수는 없습니다!"

듣다 못한 방구병이 한숨을 푹 내쉬며 말했다.

"정 못 참겠으면 내일부터 글공부라도 하구려. 문사(文士)가 되면 모욕을 좀 참아도 되지 않을까?"

본관에서 나오던 연설연은 후원 방향에서 걸어오는 맹정우와 마주치자 반가워하는 표정으로 말했다.

"어머, 살아 있었군요?"

"살아 있다마다요. 소저에게 받을 거리가 있는 제가 어찌 벌써 세상을 뜰 수 있겠습니까."

맹정우의 넉살에 연설연은 어처구니없다는 표정으로 말했다.

"정말 말은……. 대관절 한 게 뭐가 있다고 저한테 받을 거리가 있다는 거죠?"

그 말에 맹정우는 펄쩍 뛰었다.

"한 게 없다니! 분명 계약 조건이 이행되지 않았습니까? 물건을 이곳까지 안전하게 운송해 왔으니 볼짱 다 본 것 아닙니까?"

"저기요, 우리가 가져온 제마령은 새외 측에 전달되지 않았어요. 일월문도들이 빼앗아갔다고요. 지금 그것 때문에 전투에서 이기고도 분위기 안 좋은 거 못 느껴요?"

"아니, 측간 들어갈 때 다르고 나올 때 다르다더니 말이 이렇게 바뀌나? 내가 협상 탁자에 앉았던 것도 아닌데 협상이 결렬되었든, 중재자가 중간에 먹고 튀었든 내 알게 뭐요? 여기까지 안전하게 가져왔으면 그것으로 된 게 아니오?"

"되긴 뭐가 돼요? 처음 약속할 때 분명 '물건을 안전하게 새외 측에 넘기는 것을 이행 요건으로 한다' 고 했는데."

연설연의 어림도 없다는 태도에 맹정우는 이를 갈았다.

"무림맹 사람들은 늙은이고 여자고 신용 거래를 할 인종이 못 되는군! 소저가 그러지 않아도 삼 년 전에 함 노사에게 부단히 뒤통수를 맞았던 나요. 정말 이렇게 나올 거요?"

"좋아요. 거래 조건이 성사된 것은 아니지만 제 고집만 내세우기에는 공자님이 억울한 점이 있다는 걸 인정해요. 그래도 그렇지, 여기까지 올 동안 공자님이 변변하게 우리에게 도움 준 게 뭐 있었나요? 기껏해야 장강변에서 칼 한 번 휘두른 것 말고는 한 게 없잖아요? 한 것도 없으면서 신용 거래 운운한다는 건 너무 뻔뻔하지 않아요?"

맹정우는 답답한 마음에 가슴을 쳤다. 하긴 연설연이 직접 본 그의 활약이란 그녀의 말마따나 장강변에서 칠성진을 상대하기에 급급한 구궁보 무사 한 놈을 등 뒤에서 찔러 죽인 것 외에는 없었으니, 그런 말을 할 법도 했다.

"저기요, 아까 본관 대청에서 일월문 패거리의 두목급들을 몰래 해치워 버린 게 저걸랑요? 설치던 천강시들도 제가 다 처리했고요. 그리고 이층에서는 섭혼강시와 천강시 두 구도 물리쳤고, 후원까지 가서 적의 수뇌진까지 다 해치우고 전투를 끝낸 것도 접니다. 이 정도면 정말 할 만큼 한 것 아닙니까?"

맹정우의 항변을 멍하니 듣던 연설연은 잠시 후 폭소를 터뜨렸다.

"호호호호! 어쩜 그리 입술에 침 한 번 안 바르고…… 맹 공자, 허풍이 너무 심하잖아요."

맹정우는 환장하겠다는 표정을 지었다. 연설연이 못 믿는다고 하면 도리가 없었다. 대청에서는 워낙 은밀하게 움직였기 때문에 누가 보지도 못했을 테고, 이층에서 섭혼강시와 싸울 때도, 혈강시 열 구를 동강 내고 후원 결전을 마무리할 때도 그의 활약을 제대로 본 것은 함토리 한 명뿐이었다. 그렇다면 이 여자를 끌고 함토리한테 갈 수밖에 없는데, 차라리 내용 증명을 안 하고 말지 다른 사람도 아닌 함토리에게 아쉬운 소리 할 생각은 추호도 없었다.

"후우— 그래서 지금 내 말을 못 믿겠다는 겁니까?"

"좀 믿을 만한 얘기를 해야죠. 관제묘에서는 염조와 장천자 두 명한테 쩔쩔매던 공자였잖아요. 근데 여기 와서는 절대고수도 못할 활약을 했다고 하니 제가 믿겠어요?"

"젠장, 그때는……."

상대를 고자로 만들어 버린다는 장천자의 호조절호수를 지나치게 신경 썼기 때문이었다. 구구절절한 변명을 하기도 귀찮아진 맹정우는 상황을 간단하게 마무리하기로 마음먹었다.

"그러니까 계약 조건인 '제마령을 새외 측에 안전하게 전달한다' 는 항목이 못 지켜졌으니까 약속 이행이 성립 안 된다는 얘기죠, 소저의 말은?"

"그렇죠. 게다가 공자님이 별로 한 것도 없는데 자꾸……"

"아아, 여러 소리 할 것 없소. 그러니까 이제라도 제마령을 새외에 전달하면 끝나는 얘기 아니오?"

연설연은 얼떨떨한 표정으로 고개를 끄덕였다.

"그렇… 죠. 그런데 제마령은 일월문에서 가져가 버린걸요. 설마 지금 쫓아가서 그걸 되찾아오시게요?"

"아니, 그럴 필요 없소. 왜냐하면 이미 되찾았으니까."

맹정우는 한쪽 소맷춤을 흔들었다. 그러자 금속성의 쩔그렁 소리가 연설연의 귀에 들렸다.

"그게 무슨 소리예요?"

맹정우는 왼팔을 기울여 그녀에게 소매 안쪽에 담긴 것을 보여주었다. 그 안에는 부서진 제마령의 조각들이 황금빛을 발하고 있었다.

"이, 이걸 어떻게 공자님이……?"

"이층에서 도망쳐 나오는 일월문도들과 싸울 때 얻은 거요. 그들은 아마 내가 가져간 것도 모를걸. 지금쯤 나무함을 열어보고 깨달았겠지."

맹정우는 이층에서 한영영을 붙잡았을 때 이 조각들을 얻어냈다. 당시 한영영이 떨어뜨린 나무함이 조금 열렸을 때 맹정우는 제마령의 잔해를 알아보았고, 재빨리 손을 뻗쳐 허공섭물의 수법으로 함 안에 있던 잔해들을 모두 끌어내어 소맷춤에 넣어뒀던 것이다.

"어머, 정말 대단해요! 어서 이걸 새외 측에 전달해야겠네요!"

연설연이 손을 뻗치자 맹정우는 재빨리 소매를 걷어 올렸다.

"어허, 급하시긴. 그전에 우리 계약부터 해결하자고. 난 소저를 믿을 수 없으니 물건 넘기기 전에 소저가 먼저 약속을 이행해 줘야겠어."

연설연은 질린 표정을 지었다. 공이 이제는 맹정우에게로 넘어간 것이다.

"그, 그래요, 그럼. 원하는 게 대체 뭐예요?"

맹정우는 씩 웃으며 그녀 앞으로 한 발 다가섰다.

"뭔지 모르겠나?"

연설연은 하하 웃으면서 한 발 뒷걸음질쳤다.

"그, 글쎄요? 제가 공자 속에 들어가 본 것도 아닌데 어떻게 알 수 있겠어요."

맹정우가 다시 한 발 앞으로 나섰다.

"사실 그대 같이 아름다운 여인이라면 보통은 한번 사귀어보자는 말을 할 텐데, 내가 지금은 그럴 기분이 아냐."

연설연은 다시 한 발 뒷걸음질치면서 조금 안도한 표정을 지었다.

"그거 다행이군요. 그럼 뭘 원하세요?"

연설연은 등 뒤에 벽이 닿는 것을 느꼈다. 맹정우는 그녀에게로 더욱 바싹 다가서서는 한 팔을 벽에 짚고 그녀의 귀로 입을 가져갔다. 그리고는 속삭였다.

"당장 근처의 주루에 가서 코가 삐뚤어지도록 마셔보자고. 그러고도 정신이 남아 있으면 함께 뜨거운 하룻밤을 치르는 거지. 그리고 아침에 깨끗이 헤어지는 거야."

"그런 말도 안 되는!"

연설연이 맹정우와 만난 후 처음으로 발끈해하는 표정을 지었다. 이건 사귀자는 말보다 훨씬 파렴치한 제안이 아닌가. 하룻밤 즐기는 여자로 행동해 달라니.

"왜, 싫어? 뭐든지 들어준다더니 계속 말이 바뀌는군. 이번에는 또 무슨 말로 변명을 할 셈인가?"

잠시 말이 없던 연설연은 길게 숨을 내쉬었다.

"좋아요. 정 그게 소원이라면 들어드려야죠. 대신 제마령은 전달하고 가는 거예요. 초연홈의 상세가 지금 심상치 않으니 한시라도 빨리 전달하고 협상을 다시 좋은 쪽으로 끌고 가야 해요."

승리는 거뒀지만 지금 무림맹과 새외 측의 분위기는 좋지 않았다. 새외의 고수들이 무림맹의 임천도에 크게 당한 데다가, 초연홈마저 치명적인 상처를 입은 상황이었다. 그렇기 때문에 오늘의 회동은 결렬 직전이었다.

"좋소, 이번만은 소저를 믿어보지. 앞장서시오."

연설연은 맹정우를 무림맹과 새외의 수뇌진이 있는 별관 건물로 안내했다.

별관으로 들어서니 초입에 있던 최운과 혜공이 그들을 반겼다.

"정우야! 이게 얼마 만이냐!"

"대주님! 다시 돌아오셨군요!"

맹정우는 오랜만에 만나는 그들과 반갑게 해후했다.

"회주님에게 얘기 들었다, 네가 정말 큰 공을 세웠다면서."

최운의 말에 눈이 동그래진 것은 연설연이었다.

"어머, 가가, 정말이에요? 이분이 활약이란 걸 했단 말이에요?"

최운은 고개를 끄덕였다.

"그럼. 회주님 말로는 맹과 새외의 요인들이 공멸할 위기를 구했다고 하더군."

"세상에! 그런 일이……!"

연설연이 계속 못 믿겠다는 표정을 짓자 최운은 의아한 표정으로 말했다.

"연 매는 뭘 그렇게 놀라지? 연전에 함께 일하면서 이 친구 실력 충분히 보았잖아. 일검탈명이라면 능히 하고도 남을 일이지 뭘 그래."

"가가? 연 매?"

맹정우는 의아한 표정을 지었다. 최운과 연설연의 어투가 어째 심상치 않았기 때문이다.

그가 의아해하자 혜공은 너털웃음을 터뜨렸다.

"하하하, 대주님, 이 두 사람의 관계를 모르시나 보군요."

"관계요?"

혜공은 쑥스러운 얼굴을 하고 있는 최운과 생긋 웃고 있는 연설연을 가리키며 말했다.

"이 둘이 삼 년 전부터 아웅다웅대더니 결국 눈이 맞아버렸지 뭡니까. 남들 모르게 혼약까지 한 모양입다. 전쟁 끝나면 식을 올리자고."

"어허, 이 친구 중이 입이 이렇게 싸서야……."

최운이 꾸짖었지만 그의 얼굴은 결코 화를 내는 표정이 아니었다.

"뭐, 뭐시라? 이 여자가 운이 약혼녀라고?"

맹정우는 어처구니없는 듯 말을 더듬었다.

"죄송해요, 맹 공자. 진작 말하려고 했는데 번번이 기회를 놓쳐서……."

연설연은 최운의 팔짱을 끼며 미안한 투로 말했다. 그러나 그녀의 웃는 눈은 결코 미안해하는 빛이 아니었다.

맹정우는 골치가 아파와 머리를 감쌌다. 여우 한 마리한테 단단히 홀린 기분이었다.

"가만가만… 근데 아까 뭐라고 했소, 혜공 스님? 연전에 나와 함께 일했다고? 이 여자가 말이오?"

그에 대한 대답은 혜공 대신 최운이 했다.

"아, 너는 잘 몰랐겠구나. 나중에 밝힌 거지만, 이 친구가 그 당시에는 아미 제자로 변장하고 있었거든. 추적대 내부의 간자를 색출하기 위한 불가피한 작업이었지."

"아미 제자라면 설마……."

"예, 맞아요, 대주님. 저 이비향이에요. 목소리 기억 못하시겠어요?"

연설연의 목소리를 듣던 맹정우는 그제야 왜 그녀를 처음 보았을 때 어디선가 본 듯한 느낌을 받았던가를 깨달을 수 있었다.

맹정우는 하도 기가 막혀 실소를 흘리며 말했다.

"이제 모든 것을 알겠군. 애초부터 소저가 자신만만하게 소원 운운했을 때 알아보아야 했는데. 내가 소저의 정체를 알게 되면 절대 이상한 부탁을 못하리라는 것을 알았기 때문이었겠지."

아무리 여자를 좋아하는 그라도 친구의 정혼녀를 건드리는 짓은 결코 하지 않는다. 연설연은 그것을 믿고 그에게 뭐든지 들어주겠다는 소원을 들먹인 것이었다.

"이상한 부탁? 대체 무슨 소리들이야?"

대화의 뜻을 모르는 최운이 어리둥절해하며 물었다.

"가가는 알 것 없어요, 대주님과 나만의 비밀이니."

최운에게 장난스럽게 쏘아붙인 연설연은 생글생글 웃으며 맹정우에게 말했다.

"죄송해요, 대주님. 대주님을 믿었기 때문에 그런 부탁도 한 거예요. 용서해 주실 거죠?"

"용서하다마다. 우리 이 소저 부탁인 걸 알았다면 내 그냥이라도 들어줬을 터인데 말이오."

맹정우는 이를 박박 갈며 말했다.

"자, 그럼 어서 위층으로 가시죠. 회주님이 계실 테니 그분한테 일단 물건을 드리면 될 거예요."

맹정우는 팔짱까지 끼며 재촉하는 연설연에게서 슬쩍 팔을 뺐다.

"어허, 잠깐. 성미가 너무 급하오. 뭘 잊어버린 것 아니오?"

"뭘요?"

"이건 엄연히 소저와의 거래 때문에 내가 목숨 걸고 구한 물건이오. 그런데 내 제안이 원천무효화된 마당에 어째서 내가 이걸 건네줘야 하지?"

그 말에 웃음기 가득하던 연설연의 얼굴이 조금 굳어졌다.

"그럼… 제가 다른 소원이라도 들어드릴까요? 뭐든지 말만 하세요."

"글쎄… 소저 능력 하에서 날 만족시킬 소원은 없을 듯하오. 이만 가보겠소."

맹정우가 떠나려 하자 연설연은 다급히 그를 잡았다.

"왜 이러세요, 정말? 좋아요. 제가 못 들어줄 소원이라면 맹에서라도 들어줄 거예요. 이건 무림맹의 사활이 걸린 문제니까요. 처음 공자님께 도움을 제안했을 때부터 맹 차원에서 제안한 것이니, 뭐든 일단 말씀해 보세요."

"호오, 무림맹 차원에서의 제안이었단 말이지요?"

맹정우의 눈빛이 갑자기 돌변했다. 마치 뜻하지 않은 먹잇감을 발견한 굶주린 호랑이의 눈빛 같았다.

“그렇다면 얘기가 달라지지. 다시 한 번 이 물건의 처리에 대하여 고심해 봐야겠구려. 그러면 일단 이 자리에 있는 맹의 최고 책임자를 불러주시오. 소저 말고 그분과 직접 얘기해 봐야겠으니.”

둘의 대화가 무슨 내용인지 알지 못하는 최운과 혜공은 서로 얼굴만 바라보고 있었고, 연설연은 돌변한 맹정우의 눈빛에 왠지 모를 한기를 느끼며 몸을 떨었다.

제7장

영웅은 원망을 잊고 은혜를 기억한다

"맹 소협, 정말 잘했네. 이러니저러니 해도 역시 믿을 건 자네뿐이로군. 그 혼란한 와중에도 제마령을 취하다니, 예나 지금이나 자네는 역시 강호의 기린아일세!"

이곳의 무림맹 최고 책임자는 당연히 함토리였다. 그는 죽다 살아난 얼굴로 간이라도 빼줄 듯이 맹정우에게 찬사를 보내고 있었다.

"노사님 칭찬을 들으면 예나 지금이나 기분이 좋기보다는 마음이 불안해지기만 하는군요, 또 어떤 식으로 날 이용해 먹으려나 하는 마음에."

맹정우의 퉁명스런 대꾸에 함토리는 펄쩍 뛰었다.

"어허, 무슨 그런 말도 안 되는 소릴! 자자, 자네의 오해를 풀어주고 싶네만 지금 상황이 좀 급하네. 초 대인의 상세가 위중해. 게다가 제소운 놈의 간계로 인해 본 맹과 새외 측의 분위기가 좋지 않은 상태일세. 한시라도 빨리 제마령을 보여주고 새외 측을 달래야 할 성싶은데……."

함토리는 간절한 표정이었으나 맹정우는 여전히 느긋했다.

"이 소저, 아니, 연 소저한테 설명은 들으셨죠? 이걸 넘기는 대가로 맹에서 저의 소원을 들어주기로 한 거."

함토리는 켕기는 표정이었지만 고개를 끄덕였다.

"들었네. 연 소저도 엄연히 맹의 요직을 맡고 있는 사람이니 그가 그렇게 약조했다면 당연히 맹에서 사네의 소원을 들어주기 위해 힘닿는 데로 애를 써야겠지. 자, 말해 보게. 뭘 원하나? 돈? 직위?"

함토리는 맹정우의 입에서 나오는 조건은 당연히 돈일 거라고 생각했다. 그러나 그의 대답은 의외였다.

"맹의 벼슬 자리 하나를 저에게 주십쇼."

"자리? 자네가 본 맹에 몸을 담겠다면야 우리도 더할 나위 없지. 그런데 무슨 자리를 원하기에? 설마 맹주 직을 달라는 건 아니겠지? 아무리 자네라 해도 여건상 그건 무리이고……."

"그딴 귀찮은 자리 줘도 안 갖습니다. 제가 원하는 자리는 쌍창각주(雙槍閣主)입니다."

"쌍창각주?"

함토리는 뜻밖의 답에 미간을 찌푸렸다.

쌍창각의 쌍창은 돈 전(錢) 자에 포함된 창[戈] 두 개를 가리키는 말이다. 무림맹의 전반적인 재무 관리를 하는 각료와 부서는 따로 있었고, 금전에 관해 조금 노골적인 이름이 붙어 있는 이 쌍창각이란 부서는 맹의 부수적인 사업을 주관하고 있었다. 무림맹이 방만하게 운영될 당시에는 상당히 번영했던 부서였으나 청천 진인의 맹주 부임 이후로는 비리의 온상이 되는 사업들을 많이 줄여서 지금은 작은 규모로 축소되어 있었다. 심지어 무림맹에 그런 부서가 있는지도 모르는 사람들도 많았다.

"쌍창각주라… 그 자리가 지금 공석이긴 하지. 그런데 다른 곳도 아니고 왜 하필 쌍창각인가? 예전에는 잘 나갔지만 지금은 맹 산하 표국을 관리하는 것 외에는 별다른 업무도 없는 곳인데. 자네 정도라면 사당의 한 곳이나 맹의 호법으로도 추천할 수 있네만."

"아니오, 그 자리면 충분합니다. 맹 산하 표국의 관리가 바로 제가 하고 싶은 일이거든요."

함토리는 의미심장한 미소를 짓고 있는 맹정우를 불안한 표정으로 바라보았다.

"이봐, 자네가 당장 쌍창각주로 부임한다 해도 지금 할 수 있는 일은 아무것도 없다고. 맹이 있는 하남성에서 격전이 한창인지라 표국업이고 뭐고 벌일 상황이 아니야. 하남과 호광 각지에 퍼져 있던 산하 표국들도 장사 다 때려치우고 모두 격전지인 개봉 인근으로 투입된 상태라고."

"그 정도야 익히 알고 있는……."

맹정우는 말하다 말고 화들짝 놀라 목소리를 높였다.

"가만, 지금 뭐라고 하셨습니까. 호광성의 산하 표국들도 개봉으로 갔다고요?"

"전부 개봉으로 간 건 아니고… 아무튼 지금 호광성의 무림맹 산하 표국, 지부, 여타 맹에 가입된 방파들 모두 하남으로 전력을 옮겨가고 있는 상태일세. 오늘 이후로 그 이동이 더욱 가속화될 걸세."

"어째서 그런 일이… 설마 무림맹이 호광성을 포기하려는 겁니까?"

"어쩔 수 없지. 호광성 북부의 방어진이 무너진 지 이미 오래야. 그나마 방소협의 뜻밖의 등장으로 무당산이 방어되면서 어찌어찌 버텨왔으나, 이제는 한계일세. 호광성과 하남성의 넓은 지역을 모두 지켜내기에는 맹의 힘이 너무 미약해. 게다가 계속 중립을 표방하던 하남의 강자 일월문이 오늘부로 무림맹의 가장 강력한 적이 되어버렸네. 그들이 이제 철무련과 손을 잡게 되면 맹으로서는 더욱 방비가 힘들어지지."

"그러나 이제 새외 세력이 철무련에서 갈라져 나왔지 않습니까. 들어온 만큼 나간 셈이니 사정이 그렇게 악화된 것은 아닌 듯한데……."

"새외가 떨어져 나갔기 때문에 더 더욱 힘을 한군데로 모으려 하는 걸세. 이제 더 이상 하남성의 북쪽은 신경 쓸 필요가 없어졌거든. 반면 일월문의 가세로 남쪽의 호광성은 더욱 방비가 어려워졌지. 지금은 과감히 호광성을 버리고 하남에서 힘을 비축한 뒤, 상대적으로 점령지가 넓어져 방만해진 적의 약점을 노리겠다는 것이 맹의 의도일세."

"그러면 전쟁이 장기전이 될 텐데요."

함토리는 괴로운 표정으로 말했다.

"어쩔 수 없지. 우리의 힘이 부족하니 피치 못할 선택일세. 다만, 오늘 회동이 성공적으로 마무리된다면 분명 전세 반전의 기회를 잡을 수 있을 걸세. 자, 그러니 이제 제마령을 넘겨주지 않겠나? 초연흠이 이곳을 떠나기 전에 한시라도 빨리 그걸 넘기고 협약을 맺고 싶네만."

"어허, 아직 얘기 안 끝났는데 자꾸 보채지 마십쇼. 쌍창각주 자릴 줄 겁니까, 말 겁니까?"

"아까 말했듯이 지금 그 자리 차지해 봐야 자네가 할 일이 별로 없다니까. 표국이 운영되고 있는 것도 아니고, 기껏해야 표국 무사들 끌고서 다른 맹원들과 같이 전투에 참여하는 일밖에는 없을 걸세. 그러느니 아예 사당 중에 공석인 백호당주 같은 자리로 부임하는 것이 자네에게 훨씬 이득일 걸세."

함토리는 맹정우에게 좀 더 그럴듯한 지위를 부여하려 안간힘을 썼지만 맹정우는 꿈짝도 하지 않았다.

일각여에 걸친 말싸움 끝에 결국 맹정우는 무림맹 산하 표국에 대한 모든 권한이 보장된 쌍창각주의 자리를 보장받았고, 함토리는 그에게서 건네받은 제마령의 부서진 조각들을 들고 부랴부랴 초연흠에게로 달려갔다.

방구병, 최운, 혜공 등의 비룡회원들이 모여 초조하게 기다리고 있는 방의 문이 열리고, 함토리가 들어왔다. 기다리고 있던 사람들은 모두 벌떡 일어서서 그를 반겼다.

"어떻게 되었습니까?"

함토리는 지친 기색이었으나 한시름 던 표정으로 상석에 털썩 앉으며 말했다.

"초 대인의 생명에는 지장이 없는 듯하더군. 다만 원래의 무공을 되찾기는 어려울 듯하고, 몸이 정상으로 돌아오기까지도 많은 시일이 걸릴 게야. 어쨌거나 제마령의 조각을 건네니 그쪽 사람들도 모두 죽다 살아나더라고."

"정말 다행입니다. 여차하면 새외와 다시 싸울 뻔했는걸요."

최운이 안도한 표정으로 말했다. 그도 그럴 것이 제소운의 간계로 인해 임천도 등이 새외의 고수들을 공격하여 쓰러뜨리고, 심지어 초연홈에게까지 큰 상해를 입혔으니 오해였다고는 해도 새외 측에서 무림맹을 보는 시선이 고울 리가 없었다.

"그나마 빼앗긴 줄 알았던 제마령을 되찾았기에 망정이지, 그게 없었다면 최향주 말대로 새외와 따로 전쟁을 벌여야 했을지도 모르지."

함토리는 방 안에 모인 사람들을 앉혀놓고 향후 대책을 논의했다.

"새외 측과의 협상이 잘 마무리되었지만 우리 측의 타격이 만만치 않네. 무엇보다 절대고수였던 임천도 대협의 사망은 너무도 안타까운 일이야."

혜공이 걱정스러운 얼굴로 고개를 끄덕였다.

"맞습니다. 당장 철권문이 든든한 활약을 보여주던 무창 지역에서 약세를 면치 못할 듯합니다."

"무창은 포기해야 할 것이네. 호남의 터주대감이던 일월문까지 철무련에 가세할 테니 호광성에서 좀 더 후퇴할 수밖에 없는 실정이네. 이제 무창과 악양은 포기하고, 무당산과 북부 방어선을 보다 공고히 하는 수밖에 없네. 특히 무당산 북쪽 경계에 있는 송왕산은 절대적으로 사수해야 할 지역이 되었네."

송왕산이라는 의외의 지역을 갑자기 함토리가 강조하자 모인 사람들은 모두 의아한 기색을 비쳤다.

함토리는 그들에게 맹의 최고위층만 알고 있는 비밀을 밝혔다.

"이제 모두 알게 될 사안이니 미리 말해 줌세. 맹에서 은밀하게 숨겨두고 있는 마경의 행방 말인데, 그것이 바로 송왕산에 숨겨져 있었다네."

"마경이 송왕산에……! 하지만 회주님, 일급 비밀을 어째서 저희에게 가르쳐 주시는 것인지……?"

함토리는 방금 전 새외의 요인들에게 듣고 온 이야기를 전해주었다.

"다들 백 년 전의 형산 괴사에 대해서 들어본 기억이 있을 걸세. 당시 마교를 제압하고 세 성물을 빼앗아온 무림맹에서는 정체 모를 힘을 간직한 성물들을 두려워하여 그것들을 파괴하는 작업을 시도했지. 그런데 처음 제마령을 파괴하자마자 형산파에 간직하고 있던 마경이 폭주하는 바람에 형산 전체가 큰 위험에 빠졌었지. 당시 형산파는 그 사고로 인해 거의 멸문지경에 이르렀었네. 나중에야 부서진 제마령을 재조립하여 간신히 마경의 기운을 잠재웠지. 그런데 이번에 일월문주가 다시 제마령을 부숴 버림으로써 송왕산 깊숙이 잠재워 놓았던 마경이 또 한 번 폭주하는 사태가 발생했을 걸세. 보나마나 요기가 산 밖으로 뻗쳐 나왔을 테고, 지금쯤 그곳은 난리도 아닐걸세. 그로 인해 비밀히 숨겨왔던 마경의 위치가 노출될 테고, 곧 이러한 송왕산의 상황을 알게 될 중원 마교의 후신인 일월문에서는 그 마경을 수거하려 하겠지."

중인들은 그제야 상황이 심각함을 깨닫게 되었다. 미증유의 힘을 간직하고 있다는 마경, 그것이 일월문과 철무련의 손에 들어간다면 전쟁의 무게추는 급격히 철무련 쪽으로 넘어가게 될 것이다.

"그럼 그쪽에서 가지러 오기 전에 마경을 다시 숨겨 버리면 되지 않겠습니까?"

최운의 물음에 함토리는 고개를 저었다.

"폭주한 마경은 지금 당장은 그 누구도 손댈 수 없네. 부서진 제마령이 다시 조립되기 전까지는 말일세. 방금 새외 측에서 들은 얘기로는 아무리 빨라도 두 달은 걸려야 제마령의 완전한 재조립이 가능하다더군. 그때까지는 적의 침공을 철두철미하게 막아야 하겠지."

"그럼 그때까지는 우리도 크게 걱정할 필요 없겠군요. 폭주하는 마경을 아무도 손댈 수 없다면 일월문 역시 손을 못 대기는 매한가지 아니겠습니까?"

방구병의 지적에 함토리는 다시 고개를 가로저었다.

"새외 측 술법사들의 말로는 중원 마교에는 마경을 보다 원활히 다룰 수 있는 전대의 비기가 전수되었을 거라 하더군. 고로 그들의 송왕산으로의 접근을 향후 두 달 동안은 목숨을 걸고 막아야 한다네. 이것이 우리 비룡회가, 나아가 전체 무림맹이 가장 중요시해야 할 일이네."

함토리는 비룡회원들에게 각자의 임무지로 돌아가 해야 할 여러 가지 일들을 지시하고 임시회의를 끝냈다.

출발 준비를 하러 회원들이 전부 방을 나가고 함토리 혼자 남게 되었을 때, 방문이 다시 열리더니 맹정우가 쓱 들어왔다.

"아니, 신임 쌍창각주께서 어인 일이신가? 혹시 마음이 바뀌어서 백호당주를 겸임하겠다거나 하는 생각이라도 드신 겐가?"

맹정우는 코웃음을 치며 대꾸했다.

"절대 그런 일은 없을 테니 걱정 마십시오. 노사님을 만나면 물어볼 일이 하나 있었는데 아까 깜박하는 바람에 다시 찾아온 겁니다."

"말해 보게."

맹정우는 품 안에서 희끄무레한 가죽 하나를 꺼냈다. 그리고 그것을 함토리에게 건넸다.

무심코 그것을 받아 든 함토리는 그 가죽이 인피면구임을 알아보았다. 인피면구를 펼쳐 생김새를 확인한 그의 눈이 크게 확대되었다.

"아니, 이것은……!"

함토리는 크게 놀란 얼굴로 인피면구와 맹정우를 번갈아 보았다.

"이, 이것을 어떻게 자네가?"

"화산파의 장문인실에서 찾아낸 것입니다. 우리가 잘 아는 얼굴이더군요."

맹정우는 전에 없이 놀란 기색의 함토리에게 시선을 맞추며 말을 이었다.

"말씀해 보시죠. 함 노사님의 친구 분인 간담 노사님이 화산 장문인입니까?"

인피면구의 얼굴은 바로 간담의 그것이었다. 맹정우는 화산파에서 이것을 발견하여 얼굴에 써보고는 크게 놀랐다. 간담이 바로 옥운자였다면, 그는 자신의 아버지를 이미 만났었다는 얘기 아닌가.

한동안 말을 잇지 못하던 함토리는 서서히 안색을 회복하며 입을 열었다.

"자네, 화산 장문인실에는 어떻게 가게 된 건가?"

"묻는 질문에 먼저 대답하셔야죠. 간 노사가 화산 장문인 옥운자입니까?"

함토리는 무거운 표정으로 고개를 끄덕였다.

"그렇네. 그가 바로 옥운자일세."

맹정우의 눈이 순간적으로 크게 흔들렸다. 짐작하고 있었지만 사실을 확인하자 더욱 마음이 복잡해짐은 어쩔 수 없었다.

"이제 내 질문에 대답해 주게. 화산 장문인실에는 왜 간 건가?"

머리 속이 어지러워진 맹정우는 둘러대기도 귀찮고 하여 사실을 얘기했다.

"지난 삼 년 동안 무공을 수련하면서 고비를 넘어설 때마다 여러 가지 정신적 체험을 했습니다. 그중에 아주 어렸을 때 기억을 되살린 적이 몇 번 있는데, 죽은 줄 알았던 아버지가 멀쩡히 살아 있더군요. 게다가 화산파의 장문인이었다는 기억까지 떠올랐습니다. 그래서 마령지에서 나오고 나서 얼굴이나 볼까 하고 가봤던 것이지요."

함토리는 아무 말 없이 눈을 감고 있었다. '그래, 그랬던 것이군' 하며 조그맣게 중얼거리는 소리가 맹정우의 귀에 들렸다.

"노사님도 알고 계셨습니까? 그가 바로 내 아버지란 걸?"

함토리는 긴 한숨을 내쉬며 대꾸했다.

"알고 있었네. 자네가 마령지에서 떨어진 후 나에게도 얘기하더군. 이럴 줄 알았다면 진작 정체를 드러냈을 텐데, 하면서 말일세. 자네가 가진 검을 보고 즉시 알아챘다는군. 그 검은 그가 전해준 물건이었으니 말일세."

잠시 말이 없던 맹정우의 입에서 웃음소리가 새어 나왔다.

"크크크큭, 듣고 있자니 더욱 어이가 없군요. 화산하고 서안이 뭐 그렇게 떨어진 거리라고, 이십 년간 한 번을 찾지 않아놓고서 고작 한다는 소리가 그거였습니까? 나중에 만나면 이렇게 전해주십쇼. 당시 정체를 밝히지 않은 건 참 잘한 일이었다고요. 앞으로도 그런 태도, 계속 유지하길 바란다고요. 행여 우연히라도 마주쳐도 절대 모른 척해주길 바란다고 말입니다."

말을 씹어뱉어 낸 맹정우는 벌떡 일어나 방문 쪽으로 몸을 돌렸다.

"잠깐 기다리게. 그걸로 족한가? 이제라도 부모 자식 간의 정을 쌓아보겠다는 생각은 단 한 번도 안 해봤나?"

"그런 생각, 그런 노력은 저보다 그 사람이 먼저 했어야죠."

"만일 그가 그런 생각, 그런 노력을 지금이라도 시작한다면?"

맹정우는 피식 웃음을 터뜨렸다.

"됐다고 하십쇼. 제가 십 년 만 어렸어도 눈물을 뿌리며 감동했을지 모르지만, 이미 때가 너무 늦었습니다. 아비 없이도 잘 자랐고, 앞으로도 그렇게 잘살 겁니다. 뒤늦게 제 삶에 끼어들 생각일랑 아예 집어치우라고 전해주십쇼."

맹정우는 말을 마치고 다시 발걸음을 뗐다. 그런 그의 뒤로 함토리의 말이 따라붙었다.

"그에게도 나름의 고충이 있었음을 이해해 주게. 당시 그의 어깨에는 너무 많은 짐이 짊어져 있었네. 그리고 그가 자넬 결코 잊고 있었던 게 아니야. 때때로 몰래 가서 자네가 자라는 모습을 지켜보곤 했다네. 단지 자네 앞에 나설 용기가 없었을 뿐……."

함토리의 얘기는 중간에서 가로막혔다. 맹정우가 방 밖으로 나서며 문을 꽝 닫아버렸기 때문이다.

건물 밖으로 나온 맹정우는 긴 심호흡을 내쉬며 밤하늘을 바라보았다. 함토리에게는 계속 신경질을 냈지만 그는 성격상 분노를 마음 깊이 담아두는 편이 아니었다.

밤하늘에 빛나는 별을 보며 마음을 가라앉히자 지나치게 화를 낸 것 같다는 생각이 들었다. 아주 어릴 때야 없는 아버지, 어머니를 원망한 적도 있었지만 자라고 나서는 생각을 고쳐 먹었다. 일찍 죽어버리는 바람에 자신을 제대로 못 키워준 게 아쉽긴 하지만, 어쨌거나 낳아준 은혜라도 있지 않나? 게다가 먼 친척 노인들이라도 있어서 자신이 멀쩡하게 자라게 해주었으니 마냥 원망할 것 없겠다고 생각했다.

그러다가 이번에 아버지가 살아 있다는 것을 알게 되면서 어릴 적의 원망이 불현듯 다시 살아나 화를 냈던 것인데, 마음이 가라앉고 보니 굳이 그럴 필요 없다는 생각이 들었다.

"그래, 태어나게 해준 것만 해도 고맙지 뭐. 신경 안 쓴 것 같아도 왕 노인도 보내주고 이래저래 신경 써준 듯도 하고. 앞으로 얼굴 아예 안 볼 것도 아닌데 원망해 봐야 뭐 하겠냐."

생각을 돌리니 아버지에 대한 원망도 긴 한숨에 날려 버릴 수 있을 성싶었다. 그는 크게 심호흡을 하며 상념을 떨쳐 버렸다.

좋게 마음을 돌려먹은 맹정우였지만 가슴 한구석이 여전히 아련한 것은 어쩔 수 없었다. 진짜 아버지를 마주치게 된다면 또 어떤 감정이 들지 그 자신도 알 수 없었다.

맹정우는 다시 머리를 흔들었다. 결론도 안 나는 생각, 계속 끙끙거리고 붙잡고 있을 시간이 없었다. 이제부터 할 일이 태산 같은 그였다.

제8장

영웅은 타인의 상상을
불허하는 사고를 하는 자다

호광성 양양.

무림맹 양양 지부에 이른 아침부터 고급스러운 마차들이 속속 도착하고 있었다.

마차에서 내린 풍채 좋은 중년인들은 위사들의 안내를 받으며 지부 본관의 대회의실로 모여들었다.

서로 아는 처지인 듯 반가이 인사를 나눈 다섯 명은 곧 목소리를 낮춰 수군거리기 시작했다.

"마 국주, 대체 맹에서 내내 공석이던 쌍창각주를 뜬금없이 임명한 저의가 뭐랍디까?"

삼릉표국의 국주인 마태봉은 그다지 덥지 않은 날씨임에도 수건으로 연신 땀을 훔치며 대꾸했다.

"저도 나름대로 여기저기 수소문해 봤습니다만 급작스런 이번 인사의 내막까지는 파악을 못한 상태입니다. 다만 믿을 만한 소식통에게 들은 바로는, 이번 신임 각주가 의욕이 펄펄 넘친다고 하더군요. 벌써 쌍창각의 모든 업무를 파악하고 앞으로의 행동 지침까지 마련한 상황이라 하더이다."

"의욕이 펄펄 넘치는 것은 확실한 듯하오, 각 전투지로 파견되어 있던 우리

표국주들을 모두 소집한 것을 보면.”

마태봉 다음으로 뚱뚱한 천마표국의 이두원이 툴툴거리며 말했다.

“행동 지침을 벌써 마련했다고? 듣자 하니 불쾌하구려. 대체 언제부터 쌍창각주가 우리 오표국에게 행동 지침을 하달하는 권위를 가졌단 말이오? 시킨다고 알아서 길 거라고 생각하는 건가?”

성깔 더럽게 생긴 신우표국의 우솔이 목소리를 높였다.

“말 잘했소, 우 국주! 우리가 비록 맹 산하에 있긴 하나 엄연히 상부상조하는 공생 관계이지 결코 상명하복의 관계가 아니오. 이 기회에 신임 각주에게 본때를 한번 보입시다! 우리를 함부로 대했다가는 향후 맹의 수익에 막대한 지장을 초래할 수 있다는 것을 오늘 이 자리에서 확실하게 교육시킵시다!”

만수표국 오원소의 말에 너도나도 찬동했다.

“옳소!”

“두말하면 잔소리!”

이들 맹 산하 다섯 표국의 표국주들이 한자리에 모여서 흥분하는 까닭은 신임 쌍창각주의 갑작스러운 소집에 따른 불안감 때문이었다.

이들도 한때는 각 문파의 촉망받는 제자였으나 맹의 산하 표국주로 발령받고 오랜 기간 재임하면서 배에 기름때가 단단히 끼어 있었다. 무림맹이라는 든든한 배경이 있는 데다가 목 좋은 개봉 인근이라는 사업 영역을 가진 터라 직접 몸을 쓸 기회가 별로 없고, 또 수입이 워낙 좋은지라 웬만한 갑부 못지않은 생활을 하게 되는 자리가 바로 맹의 산하 표국주 자리였다.

무림맹이 전시 체제가 되면서 활동이 정지된 산하 표국의 무사들은 맹의 사당에 복속되어 각지로 재배치가 되어 있는 상태였다. 표국주들 역시 사당 예하로 배치가 되었으나 연배와 기름때 낀 몸 상태를 고려하여 이들에게는 후방의 지원 직 같은 편한 자리가 배당되었다. 편한 요직에서 세월아 네월아 하고 있던 차에 갑작스러운 직속 상관의 임명과 함께 소집령까지 내려지자 다들 불안한 마음이 아니 들 수 없었던 것이다.

잠시 후, 회의실 문이 벌컥 열리고 훤칠하게 생긴 청년 한 명이 걸어 들어왔다.

저놈 누구야? 하는 시선으로 다섯 표국주가 바라보는 가운데 청년은 씩 웃으며 포권을 취했다.

"만나뵙게 되어 영광입니다. 신임 쌍창각주인 맹정우라 합니다."

"맹정우?"

"어디서 많이 듣던 이름인데?"

국주들은 서로 얼굴을 마주 보며 웅성거렸다.

"일검탈명이라고 하면 기억이 나실 겁니다. 몇 년 전에는 꽤 유명했죠."

"아! 일검탈명 맹정우!"

오원소가 무릎을 쳤다. 그는 벌떡 일어서서 맹정우에게 잘 구부러지지도 않는 허리를 냅다 구부렸다.

"만나뵈어 영광입니다, 각주님! 각주님같이 강호를 위진시키던 영웅을 이렇게 직속 상관으로 모시게 되어 참으로 영광입니다! 속하는 만수표국의 오원소로서, 이제부터 분골쇄신하야 각주님을 보필하게 될 사람이옵니다!"

"하하, 그렇습니까. 반갑습니다."

맹정우는 만면에 웃음을 띠며 인사를 받았고, 나머지 네 국주들은 어처구니가 없다는 표정으로 여전히 허리를 구부린 채 더욱 머리를 조아리는 오원소를 바라보았다. 신임 각주가 오면 본때를 보여주겠다고 가장 목소리를 높이던 사람이 어떻게 저리 태도가 돌변할 수가 있을까?

그러나 다들 어이없어할 때만은 아니었다.

"각주님의 용안을 뵙게 되니 감격하여 눈물이 앞을 가립니다! 천마표국주 이두원입니다!"

"천상천하 유아독존의 무공을 갖추셨다는 각주께서 저희를 계도해 주신다 하니 천만 대군이 두렵지 않습니다! 삼릉표국주 마태봉입니다!"

나머지 표국주들도 앞 다투어 허리를 조아리며 맹정우에게 갖은 찬사를 다 늘어놓았다.

말은 기세등등하게 했어도 실상 맹의 요인 앞에서는 설설 기는 것이 이들이었다. 무림맹의 보호막에서 벗어나면 당장 큰 타격을 입는 것은 자신들이란 것을 잘 알기에, 어떤 표국주도 쌍창각주를 깍듯이 대하지 않을 수 없었다. 이들의 과장된 아부의 밑바닥에는 현재의 편한 삶을 계속 향유하고자 하는 심리가 깔려 있었다.

정신없는 인사치레가 끝난 후, 맹정우는 다섯 표국주에게 기이한 명령을 하달했다.

"그러니까, 다시 표국 사업을 시작하란 말씀이십니까?"

"그건 현실적으로 무리가 따릅니다만… 우선 맹의 각 당에 배치된 표사들을 다시 불러 모아야 하는데, 전쟁이 한창인 외중에 그 어느 당에서 자기 무사들을 빼주겠습니까."

"게다가 접전 지역인 호광성에서 무림맹 산하 표국인 우리가 표행을 하게 되면 적의 가장 좋은 목표가 될 텐데요."

맹정우는 손을 들어 표국주들을 진정시켰다.

"자자, 제 말을 끝까지 들으십시오. 저도 바보가 아닌 이상 이 지역에서 여러분에게 표행을 시킬 생각은 없습니다. 지금 하남과 호광의 표국업은 침체일로에 있습니다. 여러분은 저보다 더 잘 아실 테지만요."

표국주들은 다들 고개를 끄덕였다.

"알다마다요. 지금 호남의 곡물이 썩어간다는 말이 나오고 있는 실정입니다. 소항에서 나오는 직물과 호광에서 나오는 곡물이 전국 각지로 유통되는 통로가 바로 이곳인데, 철무련과 본 맹의 격전이 이어지고 있는지라 양쪽 계열의 무림인들이 포함된 표국들이 상대편 진영을 의식하여 도통 이 지역에서 활동을 못하고 있는 실정입니다. 물론 무림과 상관없는 상인들이 부지런히 물산을 운송하고 있습니다만, 이마저도 각지에서 창궐하는 도적 떼로 인해 큰 피해를 입는 일이 많아 제 역할을 못하고 있는 실정이지요. 한창 나라 경제가 활황세인 이때 정작 유통을 주도해야 할 하남과 호광성의 표국업이 무림대전으로 인해 침체되고 있는 것은 참으로 아쉬운 일입지요."

맹정우는 고개를 끄덕이며 말했다.

"여러분께 제가 부탁하고 싶은 것이 바로 그 문제입니다. 지금 호광성 각지에는 손을 놓고 있는 표국들이 많습니다. 철무련, 혹은 무림맹과 그다지 큰 연관이 없음에도 된서리를 맞을까 두려워 몸을 사리고 있는 표국들이 대부분이고요. 여러분은 이러한 표국들을 찾아다니면서 보증을 서시면 됩니다, 무림맹의 이름으로."

"보증을요?"

"예, 무림맹에서는 호광성 내의 무림맹 관할 지역에서 절대 안전을 보장하겠다. 그러니 안심하고 화물을 운송하라고 말입니다."

국주들은 맹정우의 말에 부정적인 의견을 피력했다.

"저희가 안전을 보장한다 해도 그들이 과연 안심하고 운송을 할 수 있을는지요. 지금 본 맹이 점거하고 있는 지역은 장강 이북 정도이고, 그나마도 곧 정리하고 하남으로 후퇴할 것이라는 소문이 돌고 있는 형편인데요."

"게다가 그렇게 한다 해도 표국업이 활성화되리란 보장이 없습니다. 지난 삼 년간의 전쟁으로 인해 영업률이 떨어지는 바람에 이 지역 표국들이 대규모의 장거리 운송을 할 능력이 부족합니다. 기껏해야 각 성 경계까지 운송하는 중계 무역을 하는 정도인데… 가장 운송량이 많은 북방 지역으로 가자면 하남성에서 이들의 물건을 받아줄 업체가 필요합니다. 그런데 그 역할을 해야 할 우리 오대 표국은 활동을 중지하고 맹에 복속된 상태입지요. 그런 고로 북방 운송의 맥이 하남에서 뚝 끊어지게 되지요. 북방 운송이 제대로 진행되지 않는 한 이 지역 표국업이 활성화되는 것은 난망한 일입니다."

표국주들의 부정적인 말에도 맹정우는 표정이 변하지 않았다.

"그런 걱정들은 다 놓으셔도 됩니다. 우선 북방 운송에 관하여 말씀드리자면, 일단 하남성 경계까지 가면 물건을 받아줄 표국이 나타날 겁니다. 이 점에 대해서는 각 표국에 가서서 안전 보장에 대해 설명하실 때 확실히 강조해 주십시오."

"하남성에 이 지역 표국들의 운송량을 모두 감당할 표국이 남아 있다고요? 그럴 리가 없는데……."

"새로 생겼습니다. 영웅표국이라고 하는 곳이지요."

"영웅표국? 처음 듣는 이름인데… 낯선 이름을 이곳 표국들이 신용할 리가 없는데요."

"장평상단과 협력하고 있다고 하면 얘기가 통할 겁니다."

"장평상단! 포정의 장평상단 말입니까?"

표국주들은 모두 크게 놀란 기색이었다. 천하이대상단 중에 하나인 장평상단과 협력하고 있는 표국이라면 그 누구도 경시 못할 것이다.

"참으로 금시초문이군요. 절강의 터주대감인 포정이 언제 하남성까지 손을 뻗친 것인지……?"

다들 궁금해하는 기색이었지만 맹정우는 자세히 설명해 줄 마음이 전혀 없었다. 그는 화제를 돌렸다.

"어쨌든 그렇게만 알아주시고, 이러한 제반 과정을 모두 무림맹이 보장한다는 것만 각 표국에 공고해 주시면 됩니다. 그리고 호광성에서의 안전 문제를 제기하셨지요?"

"예, 저희가 듣기로도 본 맹이 호광성에서 철수한다는 소문이 단순히 소문이 아닌 맹의 향후 정책이라고 알고 있습니다만. 맹이 호광성에서 떠나는데 어떻게 안전 보장이란 말이 먹힐 수 있겠습니까?"

"그 점 역시 걱정하실 것 없습니다. 맹은 호광성에서 떠나지 않습니다. 오히려 호남까지 치고 나가 철무련을 몰아낼 것입니다."

맹정우의 말에 표국주들은 다시금 눈을 휘둥그레 치떴다. 철무련에 계속 힘이 부치고 있는 이 판국에 대국을 반전시킬 힘이 맹에 아직 남아 있었단 말인가?

"예? 그게 가능한 일입니까?"

"당연히 가능한 일이지요."

맹정우는 자신만만하게 말했다.

"제가, 그리고 여러분이 그렇게 만들 것이니까요."

"저, 저희가요?"

맹정우의 뜻을 가늠할 수 없는 말에 오대표국주들은 다들 어리둥절해할 수밖에 없었다. 그들은 의미심장한 웃음을 머금은 맹정우를 보며 왠지 모를 오한에 몸을 떨어야 했다.

제9장

영웅은 타인의 상상을 불허하는 행동을 하는 자다

호광성 무창의 북쪽 외곽에 있는 한 장원.

이 장원에는 지금 무창의 무림맹 소속 문파들이 기거하고 있었다. 이들은 철무련의 공세에 밀려 호북 끝까지 쫓겨갔다가 최근 경천객 방구병의 활약에 힘입은 무림맹의 반격의 흐름을 타고 다시 무창까지 돌아온 상태였다.

무창 외에도 악양, 무산 등 호광 중부 지역에서는 일진일퇴의 공방이 지속되고 있었다. 그러나 철무련의 재반격이 거세지고 호남 최대의 문파인 일월문이 철무련에 가세할 것이라는 소문이 퍼지면서 호광성의 정세는 다시 철무련 쪽으로 기울고 있었다. 무창 수복을 위해 결집한 이곳 문파들도 이러한 분위기를 감지한 듯 침울한 분위기가 흐르고 있었다.

이러한 어두운 분위기는 이른 아침 비룡회원들이 장원에 도착한 직후 극도의 분노로 탈바꿈됐다.

"그걸 지금 말이라고 하는 거요!"

무창 제일의 문파인 나한문의 문주이며 장원에 모인 문파 연합의 수장 노릇을 하고 있는 나한신장 금두관은 회의실의 다탁을 부서질 정도로 세게 내려쳤다.

"우리가 여기까지 어떻게 다시 왔는데! 무창 수복을 눈앞에 두고 철군하라니, 그게 고작 무림맹 최고의 조직인 비룡회의 사람들이 전할 소식인가!"

"죄송합니다. 이럴 수밖에 없는 맹의 입장도 이해해 주십시오."

비룡회원 자격으로 온 최운은 정중히 머리를 조아렸다.

"이해할 수 없소! 맹주께 전하시오, 우리는 후퇴하느니 차라리 여기에 뼈를 묻을 거라고!"

금두관은 분을 참지 못하고 고함을 질렀다. 철혈방에 아들을 잃은 양의문의 공손엽이나 다른 무창 문파 사람들도 분노하긴 매한가지였다. 다시 되찾게 되리라 기대했던 삶의 터전을 눈앞에 두고 또 한 번 하남성까지 후퇴해야 한다는 말은 이들에게는 지나치게 잔인한 명령이었다.

그러나 최운과 혜공, 방구병 등이 백하에서 일어났던 일과 앞으로 일월문의 철무련 가세와 함께 불리하게 돌아갈 정세 등을 자세하게 설명하자 결국 이들도 뜻을 꺾을 수밖에 없었다.

회동이 끝난 후 장원에 모인 문파들은 북쪽으로 떠날 채비를 갖추느라 분주해졌다.

간신히 수뇌진을 설득하고 한숨 돌리던 방구병은 침울한 표정의 금태희를 발견하고 반색을 하며 달려갔다.

"금 소저, 여기 계셨군요."

금태희는 그를 보자 애써 웃으며 반겼다.

"방 대협, 오셨군요. 백하에서 활약이 대단하셨다고요."

방구병은 미안한 기색으로 말했다.

"죄송합니다. 나한문에게나 다른 문파들에게나 이번 후퇴는 참으로 잔인한 결정이겠지요."

"어쩔 수 없는 일이겠지요. 현 정세가 워낙 불리한 걸요."

금태희는 애써 담담한 표정으로 대꾸했다.

"그래도 전 믿어요, 반드시 잃어버린 고향을 다시 찾게 될 거라고. 그때가 언제일진 몰라도."

"암, 그럼요. 반드시 다시 찾게 될 겁니다!"

다짐하듯 동의하는 방구병을 보며 금태희는 생긋 웃었다.

"방 대협, 전 어릴 때부터 늘 그런 꿈을 꿨어요."

금태희는 문득 아련한 표정을 지으며 말했다.

"제가 악한들에 의해 갇힌 공주가 되어 있으면, 어디선가 홀연히 나타난 강호의 영웅이 그 악한들을 무찌르고 저를 집으로 데려오는, 그런 꿈이요. 후훗, 저 철부지 같죠?"

"아뇨, 여성분들이라면 어릴 적에 누구나 다 한 번쯤 꾸는 꿈 아닙니까?"

"후후, 그래도 어느 정도 자라면 그 꿈은 다 잊어버리기 마련이죠. 제가 철이 없다고 생각하는 것은, 여전히 그 꿈이 이뤄지리라고 믿기 때문이에요."

금태희는 시선을 돌려 방구병을 바라보며 말했다.

"지금이라도 어떤 영웅이 나타나 저희 집을 점거하고 있는 악한들을 무찌르고 절 집으로 데려갔으면 하고 있으니 말예요. 방 대협, 지금은 어렵겠지만, 나중에라도 절 집에 데려다 주실 수 있나요?"

그녀의 시선을 받은 방구병은 가슴이 뭉클해짐을 느꼈다.

두서없는 얘기처럼 말하고 있었으나 금태희의 시선은 간절했다. 방구병은 가슴이 뜨겁게 달아오름을 느끼며 힘차게 말했다.

"그럼요! 금 소저, 절 믿으십쇼! 반드시 철무련 놈들을 무찌르고, 소저를 다시 집에 데려다 주겠습니다!"

금태희는 생긋 웃으며 고개를 끄덕였다. 어두웠던 그녀의 얼굴은 눈에 띄게 밝아져 있었다.

그때였다.

우당탕탕!

"뭐야, 저 여자!"

"본관으로 간다! 길을 막아!"

정문 쪽이 소란스럽더니 한 여자가 바람같이 본관을 향해 달려오고, 위사들이 그녀를 뒤쫓는 것이 보였다.

"아이 참, 쫓아올 것 없다니까! 난 무림맹 사람이에요!"

여자는 뒤를 향해 신경질적으로 외치며 걸음을 더욱 빨리했다.

본관 쪽에 모여 있던 무인 몇 사람이 그녀의 앞길을 가로막았다.

"당신 대체 누구요?"

여인은 막아선 무인들에게 비키라는 듯 손을 휘두르며 말했다.

"이러고 있을 시간 없어요. 어서 빨리 나한문주님이나 양의문주님께 안내해요."

"정체부터 밝히시오!"

"아이 참, 지금 그럴 시간 없어요! 적이 쳐들어오고 있다고요!"

"그게 무슨……?"

무인들이 어리둥절해하는 찰나, 방구병이 다급히 그녀에게로 다가섰다.

"아니, 은 소저 아닙니까?"

방구병이 알아본 여인은 바로 은소예였다. 그녀는 방구병을 보고는 반색을 했다.

"방 공자, 이 사람들한테 뭐라고 말 좀 해줘요. 그리고 여기 수장들을 빨리 불러주세요! 적이 지금 쳐들어오고 있다고요!"

"예?"

그녀의 말에 놀란 방구병은 다급히 무인들에게 은소예가 비룡회의 일원임을 설명하고, 그녀를 이끌어 무창연합의 수장들이 있는 곳으로 안내했다.

"적이 쳐들어온다고?"

은소예는 해연히 놀라고 있는 무창연합의 수장들에게 다급한 상황을 설명했다.

"무창에 있는 철혈방 혈도대의 움직임을 정탐하러 그들이 점거 중인 나한문의 본타를 찾아갔더랬죠. 그런데 경비하고 있는 몇몇을 제외하고 그곳은 텅 비어 있었어요. 철무련 소속의 청사방 본장 역시 마찬가지였어요. 무창에 상주하고 있는 정보원의 말에 의하면, 오늘 새벽 다수의 무인들이 무창의 북문을 나서는 것을 목격했다고 해요. 그렇다면 그들이 움직여 공격할 대상이 바로 이곳밖에 더 있을까요?"

"그럴 리가… 우리가 심어놓은 경계 무사들에게서는 연락이 없었는데……."

수장들은 딱딱하게 굳은 안색으로 서로를 마주 보았다. 경계 무사들이 어찌되었든 간에 은소예의 말이 사실이라면 적의 습격이 목전에 닥쳤다는 얘기였다.

"당장 출발합시다. 지금 충분히 준비를 하고 공격해 오는 적과 맞서 싸우기에는 우리 힘이 벅차오. 빠른 시간 안에 이곳을 벗어날 수 있다면 적의 예봉을 피해 큰 손실 없이 후퇴가 가능할 거요."

금두관의 말이 떨어진 직후, 장원의 문이 활짝 열리고 무창연합은 하남성으로의 이동을 시작했다.

*　　　　*　　　　*

"여기가 바로 청사방이란 말이지요?"

맹정우는 커다란 대문을 가리키며 말했다. 그의 뒤에는 오대표국주들이 불안한 기색을 감추지 못하며 서성이고 있었다.

"저기, 각주님. 저희끼리 저곳을 친다는 생각은 좀 더 고려해 보심이 어떨는지요?"

"맞습니다. 정 다른 지원 병력 차출이 어렵다면 각지에 퍼져 있는 우리 표사들이라도 다시 끌어 모은 다음에 공격해도 늦지 않을 듯한데요."

간절하게 말하는 표국주들이었지만 맹정우는 그다지 심경의 변화가 없는 표정이었다.

"처음 만났을 때 국주님들께서 입을 모아 말씀하셨지 않습니까? 이미 모든 표사들이 맹의 사당에 일원으로 배치가 되어 있어서 함부로 빼낼 수가 없다고. 그래서 결국 가용 가능한 우리끼리 거사를 진행하자는 것이지요."

표국주들은 당황한 표정을 감추지 못했다. 맹정우가 쌍창각의 전력만으로 무창의 전세를 반전시키겠다는 황당한 제안을 하자 이들은 입을 모아 표사들을 동원할 수 없다고 반대했다. 표사들을 동원할 수 없으면 가용 가능한 전력이 없으니 당연히 뜻을 꺾을 거라 생각했건만, 맹정우는 더 더욱 황당한 명령을 내렸다. 가용 가능한 그 자신과 다섯 표국주끼리 가서 무창의 철무련을 몰아내자는 말이었다.

"자자, 이러고 있을 시간이 없습니다. 여기 말고도 우리가 가봐야 할 곳이 한두 곳이 아니니 빨리 끝내기로 하죠."

말이 끝남과 동시에 맹정우는 대문 앞으로 다가가서는 발을 들어 문을 힘껏 걷어찼다.

우당탕, 퉁탕!

오 장은 됨 직한 솟을대문은 두 동강이 나며 날아가 버렸고, 안에서 하인들이 튀어나왔다.

"뭐 하는 놈들이냐?"

맹정우는 뒤를 힐끔 돌아보며 말했다.

"그렇게 계속 손 놓고들 계실 겁니까?"

오대표국주들은 어찌할 바를 몰라 서로의 얼굴을 마주 보았다. 그러나 벌써 엎질러진 물, 무림맹을 탈퇴하고 표국을 때려칠 각오가 아니라면 죽으나 사나 쌍창각주를 따를 수밖에 없는 그들이었다.

"네 이놈들, 아라한신권을 받아랏!"

한때 소림 속가의 기재로 꼽혔던 마태봉이 우렁찬 고함과 함께 잘 돌아가지도 않는 양 주먹을 휘두르며 뛰어들었고, 뒤이어 이두원이 여기저기 녹이 슨 쌍검을 꼬나 쥐고, 우솔이 칼집에서 잘 뽑아지지 않는 장도를 간신히 뽑아 들고, 오원소가 십 년 만에 손에 쥔 대곤을 휘두르며, 양국이 잘 기억도 나지 않는 양가창법을 어설피 구사하며 청사방 내로 진입했다.

일각여 후 청사방은 그들의 손에 접수되었다.

이 믿겨지지 않는 승리에 취해 오대표국주들이 승리의 찬가를 부르고 있을 즈음, 맹정우는 그들에 의해 곤죽이 되어버린 하인들을 심문하여 청사방의 전무사들이 이른 아침 성문 밖을 나섰다는 정보를 얻었다.

“성문 밖으로? 흐흠……..”

맹정우는 뭔가 알겠다는 듯 고개를 끄덕였다.

그는 승리의 노래를 부르고 있는 국주들을 불러 본장 내에 있는 모든 현금, 전표와 재물과 관련된 서류를 쓸어 담을 것을 명했다.

“비, 빈집 털이를 하란 말씀입니까?”

의아해하는 표국주들의 질문에 맹정우는 고개를 가로저었다.

“그 무슨 섭섭한 말씀! 어차피 이놈들이 지금 가지고 있는 재산은 무창의 무림맹 소속 문파들 것을 훔쳐 온 걸 겁니다. 그러니 당연히 우리가 회수해야죠!”

그의 말에 설복당한 표국주들은 재빨리 본장 내를 뒤져 재물거리들을 닥닥 긁어모았다. 지난 몇십 년간 병장기보다 주판 잡는 것에 익숙했던 그들이기에, 이번 일은 좀 전에 문을 박차고 들어와 병기를 휘두를 때보다는 훨씬 능숙하고 숙련된 진행을 보였다.

“자! 다 됐으면 다음 상대를 찾아가야죠!”

맹정우는 짐을 바리바리 싸들고 나오는 표국주들을 독려하여 철혈방의 혈도대가 점거 중이라는 나한문 본타로 이끌었다.

혈도대의 무서움을 잘 알고 있는 표국주들은 이제는 정말 죽었구나 하며 벌벌 떨었지만 그곳에서도 역시 같은 상황이 재현되었다. 문을 박차고 들어가니 나오는 놈들은 하인 아니면 위사 나부랭이였고, 제아무리 칼은 녹슬고 몸에 근육 대신 지방이 들어찼다고 해도 한때 명문의 기재로 추앙받던 오대표국주들은 그들을 가볍게 제압할 수 있었다. 또다시 승리의 찬가가 나한문에 울려 퍼졌고, 맹정우는 오대표국주들에게 갖은 찬사를 내비쳤다.

“자, 이제 떠납시다!”

맹정우의 말에 표국주들의 얼굴은 전에 없이 환해졌다.

“드디어 무창을 뜨는 겁니까?”

“적의 본진을 초토화시켰는데 더 할 일이 무에 있겠습니까?”

맹정우는 나한문에 있던 마차를 하나 빼앗아 오대표국주와 함께 성밖으로 향했다.

"그런데 이제 어느 쪽으로 갈까요?"

고삐를 잡은 마태봉이 묻자, 맹정우는 북쪽을 가리켰다.

"북문 밖에 무림맹의 진지가 있다고 들었습니다. 그쪽에 잠시 들러서 인사나 하고 가는 게 어떨까요?"

"그거 좋죠! 듣던 중 반가운 말씀입니다!"

이 믿기지 않는 승리를 누구에게라도 자랑하고 싶은 오대표국주는 입을 모아 동의했다.

"그렇게 마냥 좋을 일은 아닐 텐데."

씩 웃으며 중얼거린 맹정우의 마지막 말은 하도 작아서 들떠 있는 표국주들의 귀에는 들리지 않았다.

*　　　　*　　　　*

장원을 빠져나온 무림맹 무창연합은 일대 위기를 맞고 있었다. 이동을 시작한 지 불과 이각이 못 되어 양쪽에서 적에 둘러싸이게 된 것이다.

그들의 뒤에서 따라온 것은 너무도 익숙한 적인 혈도대와 청사방 등이었고, 그들의 앞을 가로막은 것은 낯선, 그러나 누구인지는 알아볼 수 있는 적이었다.

"일월문……."

앞을 막아선 적들의 복색을 알아본 금두관이 무거운 음성으로 뇌까렸다. 소문이 마침내 현실화되고 말았다. 호남 최대 세력인 일월문이 중원 마교의 후신으로 본색을 드러내고 철무련에 합류한 것이다.

곧바로 전투가 시작되었다. 속절없이 당할 수만은 없다고 판단한 무창연합이 앞을 막고 있는 일월문을 향해 공세를 시작했다. 진격하는 무창연합의 선두에 선 방구병의 태양신검이 빛을 발하면서 선기는 무창연합 쪽이 잡았다. 그러나 곧 뒤의 혈도대가 진격해 오면서 상황은 점점 무림맹 쪽에 불리해지기 시작했다.

전투가 시작된 지 이각이 지날 즈음, 무창연합의 후위가 혈도대의 공세에 버티지 못하고 무너지기 시작했다.

혈도대와 청사방 등을 지휘하고 있는 무상 안량은 언덕진 곳에 위치한 본대의 후위에서 느긋하게 전투 상황을 주시하고 있었다.

"후위가 완전히 무너졌군요. 이제 무창연합이 궤멸에 이르는 것은 시간문제인 듯합니다."

안량의 옆에 찰싹 붙어 간사한 목소리로 말하고 있는 것은 청사방주 척광이었다.

"완전히 무너졌다고 보긴 이르군. 저 땡중은 제법인걸?"

말하는 자는 광동쌍로 중의 대곤이었다. 악양에서 허탕을 쳤던 광동쌍로가 이곳에 합류하여 있었다.

"땡중은 소림사 앤가 보군. 저 계집도 만만치 않아. 명문의 제자인가 본데."

양청군이 말했다. 그들이 보고 있는 것은 비룡회의 혜공과 은소예였다. 그들은 빼어난 활약을 보이며 혈도대의 공세를 막아내고 있었다.

"쌍로께서 손이 근질근질하신가 보오. 한 번 나가 보실 테요?"

안량의 농에 양청군은 그럴까? 하고 나섰지만 대곤의 만류로 제자리에 앉았다.

"다 부질없는 저항입니다. 곧 혈도대의 무적의 칼날 앞에 피를 흘리며 쓰러질 놈들입지요. 헤헤헤."

척광은 간드러진 웃음과 함께 연신 손을 비벼댔다. 안량은 그의 웃음소리가 귀에 거슬려 인상을 썼지만 어쨌든 틀린 말은 아니었다. 몇몇 고수의 힘으로 뒤집기에는 중과부적의 상황이었다.

그때 뒤에서 청사방의 무사 한 명이 그들에게로 다가왔다.

"저… 방주님, 문제가 좀 생겼습니다."

"무슨 일이냐?"

안량과의 대화가 끊기게 되자 불편해진 얼굴로 척광이 물었다.

부하는 움찔하면서도 보고를 계속했다.

"후위대 쪽에서 말썽이 생겼습니다. 상인으로 보이는 자들이 마차를 몰고 와서는 통과하겠다고 하기에 막았더니… 후위대 몇 명을 공격하여 쓰러뜨렸습니다."

"뭐야?"

척광의 얼굴이 일그러졌다. 본진의 후위대는 청사방으로만 구성되어 있었다. 어차피 적은 앞에만 있으므로 별 필요가 없는 후위대이기에 청사방도 중에서도 무력이 떨어지는 무인들로만 구성이 되어 있었다. 그렇다고 해도 고작 상인 나부랭이한테 나가떨어지다니, 안량 앞에서 이런 망신이 없었다.

"네놈들은 대체 방의 얼굴에 얼마나 먹칠을 해야 성이 차겠느냐? 그래서 그놈들은 어떻게 되었느냐? 물론 처치하고 와서 보고하는 거겠지?"

"저… 아직까지 처리 못했기에 말씀드리는 겁니다. 의외로 손이 세서… 벌써 십여 명이 당했습니다. 나머지도 쩔쩔매고 있습니다."

"이런 멍청한 놈들이……!"

핏대를 세우던 척광은 안량을 힐끔 보고는 잽싸게 목소리를 낮췄다.

"본진에서 두 오를 빌려주겠다. 당장 끌고 가서 재빨리 처리하고 도로 이쪽으로 보내!"

쌍로는 그와 부하가 나누는 대화가 우스운지 연신 킥킥거렸고, 웃음소리에 화가 난 척광의 얼굴은 벌게졌다.

그러나 잠시 후, 그의 얼굴은 더욱 벌게져야 했다. 청사방의 정예 두 오를 이끌고 간 부하가 곧 다시 돌아온 것이다.

"크, 큰일입니다! 두 오가 모두 당했습니다!"

"뭐야, 이 자식아!"

척광은 껍질 벗긴 석류처럼 달아오른 얼굴로 부하를 잡아 패대기쳤다.

"척 방주, 무슨 일이오?"

안량이 짐짓 모른 체하며 물었다.

"아, 아무것도 아닙니다. 뒤에 조금 말썽이 있어서……."

다급히 말을 돌린 척광은 근처에 있던 청사방의 고수 두 명을 부하에게 붙였다.

"망신도 이런 망신이 없군. 쥐도 새도 모르게 해치우고 빨리 돌아오도록."

척광의 명을 받은 두 고수는 굳은 얼굴로 고개를 끄덕이고는 정에 수하 열 명을 이끌고 후위로 향했다.

그러나 그들은 돌아오지 않았고, 다시 그 부하만이 돌아오고 말았다.

"두 분 다 당했습니다! 어마어마하게 강한 상인들입니다!"

"이 빌어먹을 놈들이!"

척광은 피를 토할 듯 소리를 질렀다. 하도 소리가 커서 안량이 자리에서 벌떡 일어설 정도였다.

"청사방주, 대체……."

"아무것도 아닙니다. 자리 지키고 계십쇼!"

안량이 뭐라 말할 사이도 없이 척광은 부하의 멱살을 쥐어 잡은 채 근처의 모든 청사방도를 이끌고 후위로 달려갔다.

그렇게 간 척광은 다시 돌아오지 않았다. 얼마 후 그 부하만이 홀로 돌아와 안량에게 보고했다.

"방주님이 유명을 달리하셨습니다. 크흐흑……."

"도대체 무슨 일이야?"

이번에는 안량이 목소리를 높였다. 조금 전까지만 해도 무능한 청사방을 비웃던 광동쌍로의 표정도 달라졌다. 어어, 하는 사이에 전력의 제법 큰 비중을 차지하고 있던 청사방이 초토화되어 버린 것이다.

"우리가 가보리다. 이거 가벼이 볼 사안이 아닌 모양이군."

광동쌍로가 일어섰다. 안량은 그들에게 혈도대 스무 명을 붙여주었다.

언덕배기를 내려간 광동쌍로는 후위대가 있는 곳까지 다다랐다. 그곳에서는 전투가 벌어지고 있었는데, 청사방도들의 시체가 즐비하게 널린 한가운데에서 이제 몇 남지도 않은 청사방도들과 뚱뚱한 상인으로 보이는 자들이 접전을 벌이고 있었다.

쌍로의 눈이 이채를 띠었다. 상인들의 무공은 제법 명문의 기세가 보였지만 상대하고 있는 열 명 남짓한 청사방도를 압도할 만한 무위가 아니었다. 땀을 비질비질 흘리며 등을 맞대고 자신들의 몸을 지키는 데 열중하고 있는 꼴을 보면 결코 상대를 압도하고 쓰러뜨릴 무공을 갖춘 놈들로는 보이지 않았다. 한데 이 주변에 널린, 청사방주가 포함된 수많은 시체들은 대체 뭐란 말인가.

의문의 답은 곧 나왔다. 어디선가 홀연히 나타난 청년 하나가 휘적휘적 싸움터로 접근하더니 장난하듯 툭툭 내지르는 검에 청사방도가 한 명 한 명 쓰러져 갔다. 그가 일곱 번을 더 휘두르자 일곱 명의 청사방도가 쓰러졌고, 나머지 두엇은 똘똘 뭉쳐 있는 다섯 뚱뚱이에게 집단 폭행을 당하고 쓰러져 버렸다.

청년을 유심히 보던 광동쌍로는 그의 정체를 알아차렸다.

"아니, 저놈은!"

"그때 악양에서 보았던 미꾸라지!"

맹정우를 알아본 쌍로는 부랴부랴 혈도대를 이끌고 그의 앞으로 달려갔다.

"너 이놈, 잘 걸렸다!"

돌연 닥쳐온 두 노인을 맹정우도 알아본 기색이었다.

"아이고, 얼마 전에 제 무공을 보고 겁에 질려 미친 듯이 갈대밭을 헤집고 다니던 광동쌍로 아니신지요?"

염장을 지르는 맹정우의 말에 쌍로는, 특히 양청군은 대노했다. 대곤은 길길이 날뛰는 양청군을 뜯어말리며 우선 혈도대에게 주변을 포위할 것을 명했다.

혈도대가 절도있게 움직여 팔방을 점해 버린 후에야 광동쌍로는 한 발 앞으로 나섰다.

"이러면 다시 미꾸라지 짓은 못하겠지. 꼬마야, 전에 말한 대로 오늘 네 뼈를 갈아 마셔야겠다."

쌍로의 무시무시한 발언에도 맹정우는 표정 하나 변하지 않았다.

"글쎄, 그게 당신들 마음대로 될까?"

그는 함성이 커지고 있는 언덕 너머를 힐끔 바라본 후 말을 이었다.

"더 이상 여기서 지체할 시간은 없는 것 같군. 피차 바쁜 사람들이니 한 수에 끝내자구."

그의 검이 어느새 중단에 가 있었고, 서서히 검이 떨리며 연기 같은 기운이 피어오르기 시작했다.

ㅊㅊㅊㅊㅊㅊ—

피어오르는 기운은 세 갈래로 갈라져 하늘로 솟구치기 시작했다.

"흥! 또 가짜 삼룡출세라도 할 셈이냐?"

맹정우는 실소하는 쌍로를 향해 차갑게 웃으며 대꾸했다.

"삼룡출세는 패천방의 무공의 정수로 꼽히는 수법이긴 하지만 사실 지나치게 겉멋이 든 무공이지. 상대를 죽이면 그만인 걸 굳이 용을 구체화시킬 이유가 뭐가 있었을까?"

아지랑이 같던 기운은 일전처럼 용 머리 크기로 퍼지지 않고 도리어 서서히 응축되며 날 선 검의 형상을 만들기 시작했다.

상대의 기세가 심상치 않음을 직감한 쌍로는 맹정우를 향해 동시에 몸을 날렸다. 대곤의 붉은 곤봉이 맹정우의 정수리로, 그보다 먼저 양청군의 권력이 그의 상반신으로 짓쳐들었다.

"삼룡출세의 완성형, 검진파천황(劍進破天荒)의 최초 제물이 되는 것을 영광으로 알아라."

말이 끝남과 동시에 맹정우의 검이 번득였고, 팔성검의 위에 뚜렷이 구체화되어 있던 세 개의 검기는 섬전 같은 속도로 쌍로에게 파고들었다.

콰앙!

양청군이 피를 뿌리며 날아갔다. 그의 내지르던 오른팔은 박살이 난 상태였다.

콰직!

보검 스무 개를 녹여 만들었다는 대곤의 병기 적철곤(赤鐵棍)이 산산조각나 버렸고, 조각난 적철곤은 대곤의 온몸 속으로 파고들었다.

두 개의 검기가 절정고수 두 명을 처리하는 사이, 나머지 한 개의 검기는 생명이 깃든 듯 꿈틀거리며 주변을 포위하고 있는 혈도대를 휘감아갔다.

"와앗!"

“우와악!”

혈도대는 저항하려 했지만 소용이 없었다. 검기는 더욱 또렷하게 빛을 발하며 그들 하나하나를 휘감았다.

비명이 잦아지고 빛이 사라질 즈음 벌판에 서 있는 사람은 맹정우와 얼이 빠진 오대표국주뿐이었다.

“이야아압! 태양신검 오초 이식 천룡출세!”

방구병의 초식 명과 순번까지 알려주는 친절한 고함이 울려 퍼지고 그의 검이 번득이자 여지없이 다수의 일월문도가 피를 흩뿌리며 쓰러졌다.

일월문은 무림맹 무창연합의 강력한 저항에 밀려 서서히 뒷걸음질치고 있었다.

사실 이들은 그저 무창연합의 발을 묶는 것에 목적이 있었지 연합을 직접 치러 온 주력 부대가 아니었다. 철무련의 작전은 일월문에서 온 전력이 연합의 길목을 막는 사이 뒤에서 따라온 혈도대와 청사방 등의 정예가 맹공을 펼쳐 무창연합을 쓰러뜨린다는 의도였다. 그런데 의외로 연합 후위에 대한 혈도대의 공격이 점점 부진해지면서 방구병을 필두로 한 연합 선봉대의 강력한 저항에 부딪친 일월문 쪽마저 힘들어지고 있었다.

“방 소협, 최 향주, 이 정도면 되었소! 저들은 이제 진격해 올 힘이 남아 있지 않은 듯하오. 여기는 우리가 맡을 테니 후위로 가서 혈도대를 막아주시오!”

금두관의 말에 방구병과 최운은 고개를 끄덕이며 후위로 빠졌다. 그들이 생각해도 신기한 일이었다. 안량이 이끄는 혈도대는 철무련의 주력 중의 주력이었다. 그런 그들을 무창연합 정도의 전력, 그것도 반으로 나뉜 전력으로 여태껏 막아냈다는 것은 불가사의한 일이었다.

후위로 간 그들은 더 더욱 놀라움을 금치 못했다. 후위의 무창연합은 이제 방어하는 정도가 아니라 진격을 하고 있었다. 혈도대는 주춤주춤 언덕 쪽으로 물러서고 있었다.

최운과 방구병은 앞으로 나섰다. 진격의 선봉에 선 혜공과 은소예와 어깨를 나란히 한 그들은 어찌 된 상황인지를 물었다.

"대체 어떻게 된 겁니까? 혈도대의 수가 왜 저렇게 줄었지요?"

방구병의 질문에 은소예는 어깨를 으쓱했다.

"글쎄요, 이상하게 혈도대의 후위가 계속 전력에서 이탈하더군요. 아까부터 언덕 뒤에서 뭔가 번쩍거리는 빛이 보이고, 그럴 때마다 다수의 혈도대가 언덕 뒤로 빠져나갔어요."

은소예의 대답에 방구병과 최운은 더 더욱 궁금함을 감추지 못했다. 그때 혜공이 외쳤다.

"다들 조심해요! 드디어 안량이 직접 나섰군!"

그의 말이 끝나기도 전에 언덕 위의 혈도대 본진이 물밀듯 내려오기 시작했다. 그 선봉에는 팔 척의 키와 다부진 체격이 돋보이는 철혈방의 무상 안량이 있었다.

비룡회원들은 다들 긴장한 표정으로 무기를 고쳐 잡았다. 여유만만한 방구병까지도 안색이 굳어졌다. 무상 안량은 천하오성에 필적하는 절대고수로, 이전까지의 적들과는 차원이 다른 존재였다.

안량이 이끄는 혈도대의 본진과 비룡회가 이끄는 무창연합이 언덕 중간에서 마침내 충돌했다.

난전이 벌어지는 가운데 안량은 대감도를 연상시키는 큰 칼을 휘두르며 무림맹원들을 주살했다. 양 떼를 덮친 호랑이처럼 날뛰던 그의 앞에 방구병이 나타났다.

"안량, 네 명성도 오늘 이 자리에서 끝이다!"

"개소리 마라, 애송이!"

안량의 대도와 방구병의 장검이 충돌하며 불똥을 튀겼다.

방구병은 강호출도 후 처음으로 힘이 달리는 것을 느꼈다. 자신의 내공이 상대보다 못하다고 생각하지는 않았다. 그러나 안량은 내공에다가 외공까지 절정에 달해 있었기 때문에, 내외공이 조화를 이루면서 뿜어져 나오는 강력한 경력이 방구병의 것을 압도하고 있었다. 방구병은 병장기가 충돌할 때마다 속에서 비릿한 뭔가가 올라오는 것이 느껴졌다.

그렇게 이십여 초가 흐를 즈음, 방구병이 조금씩 뒷걸음질침을 알아챈 최운이 도움을 주러 뛰어들었다. 그가 가세하니 안량이 이번에는 조금씩 밀리기 시작했다. 그러자 방구병이 화를 벌컥 내며 그를 가로막았다.

"뭐 하는 거야! 당장 물러나!"

친구의 자존심을 건드렸다는 것을 알면서도 최운은 고개를 가로저었다.

"이건 비무가 아니라 전쟁이다! 이기기 위해서는 어쩔 수 없어."

그러나 둘의 논쟁이 결론을 맺기 전에 이미 그들의 상대는 그 자리를 피하고 있었다. 안량은 그들을 피해 주변으로 움직이며 무창연합의 무사들을 주살했다.

"네 이놈, 안량!"

방구병과 최운이 뒤늦게 따라붙었지만 일단의 혈도대가 둘의 앞을 가로막았다.

한숨을 돌린 안량은 빠르게 고개를 돌려 주변의 정세를 살폈다. 난전이 계속되고 있었지만 어찌 된 일인지 빠르게 혈도대의 수가 감소하고 있었다. 처음에는 혈도대의 숫자만 해도 무창연합에 필적할 수준이었는데, 지금은 거의 절반 이하로 떨어져 있었다. 사방을 돌아보는 그의 눈에 언덕배기 쪽에서 번쩍이는 검광이 들어왔다.

"제기, 또 그놈이……."

안량은 입술을 깨물었다. 그는 언덕 위에서 광동쌍로가 일합에 쓰러지는 것을 똑똑히 목격했다. 상대가 누구인지 몰라도 자신을 넘어서는 절대고수임을 파악한 안량은 다수의 혈도대를 뒤로 돌렸다. 혈도대가 정체 모를 고수를 붙잡는 사이 자신이 직접 나서서 속전속결로 무창연합을 쓰러뜨리겠다는 복안이었다. 그러나 맞부딪친 결과, 비룡회가 가세한 무창연합은 호락호락하지 않았다. 게다가 지금 언덕배기에서 번쩍이는 광채는 틀림없는 정체를 알 수 없는 고수의 검기였다. 놈이 그 많은 혈도대마저 쓰러뜨리고 본진에 다다른 것이 분명했다.

'패배는 이미 기정사실이다. 그렇다면 최대한 피해를 주고 빠져나가야 한다.'

상황을 재빨리 정리한 그의 눈에 나한문주 금두관의 모습이 들어왔다. 무창 연합의 구심점인 그를 쓰러뜨리고 간다면 오늘의 패배가 아주 아쉽진 않을 것이다.

그는 대도를 마구잡이로 휘둘러 길을 내며 금두관에게로 다가섰다.

금두관은 그를 피하지 않고 맞부딪쳤다. 나한신장이라고 불리우는 금두관이었기에 힘에서는 가히 안량에 밀리지 않았다. 그러나 세기에서 달린 그는 곧 위기에 처했고, 안량의 대도에 결국 찔려 쓰러지고 말았다.

"죽어라, 금두관!"

안량의 대도가 쓰러진 금두관을 향해 내리 꽂혔다. 금두관은 상처를 입은 상태에서도 다급히 몸을 굴려 치명상을 피했다. 그러나 다시 발에 상처를 입었고, 더 이상 움직일 수 없게 된 그의 앞을 딸인 금태희가 막아섰다.

"아버지한테 접근하지 마라, 이 악적!"

"부녀가 사이좋게 죽는 것도 그리 나쁜 선택은 아니지."

안량은 비웃으며 대검을 쳐들었다. 그때 등 뒤에서 기분 나쁜 파공성과 함께 누군가의 비명이 안량의 귀로 파고들었다.

안량은 반사적으로 몸을 돌리며 다가오는 기운을 대검으로 후려쳤다.

콰앙!

다가온 빛과 부딪친 대검은 두 동강이 나버렸고, 안량은 피를 토하며 한쪽 무릎을 꿇었다.

안량은 피를 흘리며 앞을 바라보았다. 빛은 누군가가 쏘아 보낸 강기화된 검기였다. 섬전처럼 다가온 검기는 혈도대원 한 명을 꿰뚫은 후 충돌한 것인데, 만일 중간에 혈도대원이 끼지 않았다면 검기에 꿰뚫린 것은 바로 그였을 것이다.

그의 눈에 저 멀리에서 슬슬 움직이며 그에게로 다가오는 한 청년이 들어왔다. 그는 난전이 벌어지고 있는 싸움터를 산보라도 하듯 움직이고 있었는데, 그가 스쳐 지나갈 때마다 근처에 있던 혈도대원들이 차례로 무릎을 꿇고 있었다.

'저놈은 어디선가……!'

낯이 익은 얼굴임이 느껴졌지만 이름이 생각나지는 않았다. 안량은 다급히 몸을 일으키며 움직이지 않는 다리를 억지로 움직였다. 놈과의 거리는 아직 있었다. 한시라도 빨리 달아나서 놈의 존재를 칠무련에 알려야 한다.

안량은 반 토막 남은 대검을 휘두르며 부지런히 다리를 놀렸다. 그러나 불과 십여 발짝도 못 가 등 뒤에서 다시 날아온 검기는 그의 두 발을 정지하게 만들었고, 쓰러진 그를 향해 무창연합 무사들의 칼이 마구잡이로 꽂혀들었다.

안량이 최후를 맞고 얼마 지나지 않아 전투는 종료되었다. 혈도대는 전멸했고, 일월문은 도망쳤다. 무창연합의 예상치 못한 완승이었다.

"하하하! 무창연합의 믿어지지 않는 승리에 저희 쌍창각이 한 팔을 거들 수 있었던 것이 이렇게 뿌듯할 수 없군요!"

"아하하하하! 저희 쌍창각의 후면 지원이 전세 역전에 큰 보탬이 된 듯하여 참으로 기쁩니다!"

언뜻 들으면 무창연합의 승리를 칭찬하는 것 같지만 듣다 보면 쌍창각의 자화자찬으로 귀결되는 공치사를 남발하고 다니는 것은 오대표국주였다. 다년간의 표국주 생활로 웬만한 문파 수장들과는 모두 안면을 트고 있던 이들은 전투가 끝난 후 여기저기를 돌아다니며 아는 체를 하고 자기들의 업적을 떠벌리느라 정신이 없었다.

무창연합의 무인들은 전투가 끝나고도 승리를 실감하지 못했다. 수적으로나 질적으로나 자신들을 압도했던 혈도대의 수수께끼 같은 부진을 이해하기 어려웠던 것이다. 그러나 전투가 끝난 후 찾아와 듣는 사람 귀에 못이 박힐 정도로 부지런히 떠들고 다니는 오대표국주들로 인해, 이제는 그것이 쌍창각의 활약 덕분이라는 것을 모르는 사람이 단 한 명도 없게 되었다.

전투가 끝난 후 더욱 바빠진 오대표국주들과는 달리 맹정우는 번잡한 자리에서 벗어나 있었다. 인사치레를 끝내고 오대표국주들이 돌아오면 곧바로 출발할 요량으로 마차를 점검하고 있는 그에게 한 여인이 다가왔다.

"저기요, 잠깐만요."

아름다운 목소리에 반사적으로 고개를 돌린 맹정우의 눈이 휘둥그레졌다. 기품이 넘치는 미인이 등 뒤에서 서 있었기 때문이다.

"쌍창각 분이시죠?"

"예… 그렇습니다만."

"전 나한문의 금태희라고 해요. 존성대명을 물어도 될까요?"

"아하하하, 존성대명은 무슨… 맹정우라 합니다."

맹정우란 말에 금태희의 눈이 커졌다.

"어머, 일검탈명 맹정우란 말씀인가요?"

간만에 자신을 바로 알아보는 사람, 그것도 미인이 나타나자 맹정우의 입이 헤벌쭉 벌어졌다.

"하하, 그렇습니다. 그런데 어인 일로?"

금태희는 수줍은 미소를 머금으며 눈을 내리깔고 말했다.

"감사 인사를 드리려고요. 쌍창각이 도와주지 않았다면 저희는 이곳에서 모두 뼈를 묻어야 했을 거예요. 그런데 삼 년 동안 소식이 없으셨는데, 그동안 뭘 하셨는지 물어도 될까요?"

삼 년간 소식이 없었다는 것까지 기억하고 있다니, 이건 관심이 있다는 증거 아닌가.

맹정우는 재빨리 목소리를 깔며 대꾸했다.

"지닌 바 무공이 부족하다고 생각되어 폐관수련을 했었지요. 그래서 소기의 성과를 거두고 나와 쌍창각을 맡게 된 것입니다."

"그랬군요. 안랑을 꺾는 무위를 보고 나니 그 말씀을 더욱 이해할 수 있겠네요. 참으로 감사드려요, 저와 저희 아버지의 목숨을 구해주셔서."

금태희는 깍듯이 허리를 굽혔고, 맹정우는 연신 하하거렸다. 그때 어디선가 득달같이 달려오는 그림자가 하나 있었다.

"금 소저, 여기서 뭘 하시는 겁니까!"

헐레벌떡 뛰어와 둘 사이에 끼어든 것은 방구병이었다.

"방 대협, 여기는 일검탈명 맹정우 공자님이세요. 저희에게 큰 도움을 주신

신임 쌍창각주이시랍니다."

그녀가 소개하지 않아도 방구병은 신임 쌍창각주를 너무도 잘 알고 있었다.

그는 경계심 가득한 눈빛으로 맹정우를 보며 말했다.

"네가 여긴 웬일이냐? 그리고 쌍창각주는 또 뭐야?"

"자식이, 간만에 만난 친구한테 말투가 왜 그리 공격적이야? 이 형님이 쌍창각을 맡아 부족한 너희들을 도와주려 여기까지 온 것 아니냐."

방구병은 코웃음을 쳤다.

"헛수작 마라. 무림에는 발도 들여놓지 않겠다던 네놈이 다른 꿍꿍이가 없고서야 이런 데 와서 힘쓰는 일을 할 리가 없지. 게다가 다른 부서도 아니고 쌍창각이라니, 음모의 구린내가 모락모락 풍기는걸?"

방구병의 말은 맹정우의 실체를 너무도 정확히 파악한 묘사였으나 곁에 있던 금태희는 생각이 달랐다. 그녀는 발끈하며 입을 열었다.

"방 대협, 저희를 크게 도와주신 분한테 말씀이 너무 심하세요! 꿍꿍이라뇨. 이분은 누가 뭐래도 저희에게 무창을 되찾게 만들어준 가장 큰 공헌자세요. 아무리 방 대협이라 해도 맹 공자님의 업적을 폄하하는 말은 듣기가 거북하군요."

"금 소저, 이놈의 교언영색에 속아 넘어가시면 안 됩니다. 이놈이 세상에 태어난 목적은 오로지 돈과 여자로서……."

금태희는 듣기 싫다는 듯 방구병의 말을 딱 잘랐다.

"그렇게 안 봤는데 방 대협, 정말 실망이에요. 듣자 하니 서로 절친한 사이이신 듯한데 아무리 격의없다 해도 제삼자인 저에게 이런 식의 험담은 정말 듣기 불편하군요."

방구병은 금태희의 냉담한 발언에 큰 충격을 먹은 듯 비틀거렸다.

"금 소저, 전 오로지 소저를 위하여… 이 색한 놈의 꼬드김에 넘어가는 것을 막기 위한 충정으로 그런 것입니다."

간절한 표정의 해명에도 불구하고 금태희의 얼굴은 더욱 냉랭해졌다.

"방 대협이 뭐라 하든, 전 맹 공자님께 진심으로 감사하고 있어요. 제가 아침에 말했었죠, 전 저를 무창으로 이끌어줄 영웅을 찾고 있다고. 맹 공자께서 그런 일을 해주셨는데, 제가 어찌 감사의 마음이 들지 않겠어요?"

방구병은 절망 어린 표정을 지었다. 그녀의 지금 발언은 그녀가 어릴 적 꿈꿔 왔던 영웅을 맹정우와 동일시하고 있다는 말 아닌가!

"금 소저! 싸움을 저놈 혼자 한 것은 아니지 않습니까? 저도 열심히 싸웠습니다. 저놈보다 적을 더 많이 쓰러뜨렸으면 쓰러뜨렸지 결코 활약이 덜하지는 않았습니다."

"그래도 적의 주축인 혈도대를 와해시킨 것은 맹 공자님의 쌍창각이에요. 안량을 쓰러뜨린 것도 저분이고."

"아, 안량을 저놈이 쓰러뜨려요?"

방구병은 눈이 휘둥그레졌다. 그도 그럴 것이, 사실 맹정우의 진면목을 본 것은 금태희뿐이었다. 워낙 신출귀몰하게 쑤시고 다니며 적의 요소요소에만 공격을 가했기에 그가 어떤 활동을 했는지 제대로 아는 사람이 없었다. 금태희는 안량을 검기로 쓰러뜨리는 맹정우를 직접 봤기 때문에 아는 것이고, 워낙 난전 중에 일어난 일인지라 검기가 안량을 치는 걸 본 사람이 그녀 외에는 거의 없었다.

"네놈이 정말 안량을 쓰러뜨렸냐?"

방구병은 맹정우 쪽으로 고개를 돌렸다. 삼 년간 수련하면서 맹정우를 다 따라잡았다고 생각했건만, 자신이 쓰러뜨리지 못한 안량을 그가 제압했다는 것을 믿을 수가 없었다.

그러나 대답해 줄 맹정우는 자리에 없었다. 둘이 열띤 대화를 나누는 사이 그는 어디론가 사라져 버렸던 것이다.

맹정우는 앞에서 걸어가고 있는 은소예의 뒤를 좇고 있었다. 그는 방구병과 금태희의 열띤 토론을 무심히 바라보다가 저 멀리서 그를 바라보고 있는 은소예와 눈이 마주쳤다. 그와 눈이 마주친 은소예는 즉시 몸을 돌렸고, 그는 빠른 걸음으로 사라지는 그녀를 재빨리 좇아갔다.

"어이, 기다려!"

은소예를 따라잡은 맹정우가 앞길을 가로막았다. 은소예는 걸음을 멈추고 냉랭한 눈으로 그를 보았다.

"무슨 일이야?"

맹정우는 웃으며 그녀에게로 다가섰다.

"무슨 일이긴. 오랜만에 만났는데 너무 차갑군. 이제 좀 살갑게 대해줘도 되지 않아?"

"어째서?"

"어째서는. 네 말대로 무림맹에 가입했고, 오늘 활약하는 것도 봤을 것 아니냐. 우리 쌍창각이 큰 공헌을 세운 걸 너도 눈으로 확인했을 텐데."

"그랬어? 수고했네."

은소예는 차가운 한마디를 남기고 다시 그를 지나치려 했다. 그는 옆으로 걸어가는 그녀의 팔을 잡았다.

"대체 뭘 더해줘야 마음이 풀리겠… 윽!"

방심하고 있던 맹정우의 명치로 은소예의 주먹이 꽂혔다. 맹정우는 켁켁거리며 쓰러졌다.

"콜록콜록… 너, 대체 왜 그래?"

맹정우는 주저앉은 채 기침을 하며 말했다.

은소예는 싸늘한 표정으로 그를 내려다보며 말했다.

"말했지, 다시 내 앞에 나타나면 죽일 거라고. 오늘은 좀 달라진 것 같아 이 정도로 끝내는 것이니 다행인 줄 알아. 다음번에 또 계집애한테 집적대는 꼴을 보면 정말 죽여 버릴 수도 있어."

말을 끝낸 은소예는 휑하니 사라져 버렸다.

그녀가 가버린 뒤로도 한참 콜록거리다가 일어선 맹정우는 쓴웃음을 지었다. 금태희와 사이좋은 것을 보고 화가 난 모양이었다.

"질투하는군. 은근히 귀여운걸?"

그때 그가 있는 쪽으로 오대표국주가 다가왔다. 자랑으로 목이 쉰 그들은 맹정우를 끌고 가 무창연합 수장들에게 소개하려 했다. 그러나 맹정우는 고개를 저었다.

“그럴 시간이 없습니다. 우리에겐 아직 할 일이 태산 같거든요. 당장 출발해야 합니다.”

“예? 승리의 피로연이 곧 열릴 터인데…….”

오대표국주들의 얼굴이 실망으로 흐려졌으나 맹정우는 개의치 않았다. 그는 미적거리는 그들을 마차로 끌어넣고 출발시켰다.

“다음 행선지는 어딥니까?”

마부석의 마태봉이 툴툴거리며 물었다.

“서쪽으로 갑시다. 저쪽 길로 가면 되겠군요.”

맹정우가 가리킨 쪽을 바라본 마태봉은 머뭇거리며 말했다.

“그쪽은 일월문이 도망친 쪽인데요. 좀 천천히 가야겠군요.”

“아니오, 빨리 가도 상관없습니다. 어차피 악양에서 만날 애들인데, 조금 일찍 만난다고 달라질 것은 없으니까요.”

그 말을 들은 오대표국주들의 얼굴은 껍질 벗긴 양파처럼 새하얘졌다. 무창도 모자라 일월문이 버티고 있는 악양까지 쳐들어가겠다는 말인가! 고작 이 구성원으로!

영웅은 앞길을 모르는 자들을 선도한다

영웅은 앞길을 모르는 자들을 선도한다

호남 악양의 동정호변.

호반의 경치 좋은 자리에 들어선 호화로운 고급 주루. 고관대작들이나 거상들만을 받는다는 오층의 전망 좋은 창가에는 네 사람이 마주 보고 앉아 있었다.

천하이대상단의 주인이며 절강 제일의 거부로 꼽히는 포정은 진한 향취가 나는 술잔을 입으로 가져갔다.

"음, 과연! 황상께 바칠 만한 술이구려."

그의 맞은편에 앉아 있는 당대 남궁세가주, 일심검(一心劍) 남궁성은 흐뭇한 표정으로 고개를 끄덕였다.

"역시 포 대야께서는 술맛을 아시는구려. 이번 공납에 황상께 올린 최상질의 고정공주(古井貢酒)와 같은 술입니다. 그때로부터 몇 달 더 숙성시켰으니 오히려 맛은 더욱 좋지요."

만족스러운 표정으로 고정공주를 음미하던 포정은 문득 같이 앉아 있는 세 사람의 얼굴을 살피고는 말했다.

"어째 세 가주께서는 술맛이 안 나시는가 보오. 이 포 모는 참으로 맛이 좋소이다만."

“하하, 그럴 리가 있습니까?”

제갈세가주인 제갈첨과 모용세가주 모용공부는 얼른 웃음을 흘리며 술잔을 입에 가져갔다.

어색한 그들의 행태를 엷은 미소를 띤 채 바라보던 포정은 다시 말했다.

“하긴 술맛이 아무리 좋아도 마음이 편치 않으면 그 맛을 음미할 수 없는 것이 당연지사이지요. 요즈음 강호의 정세가 혼탁하여 세 가주께서도 마음 고생이 심하시겠소이다.”

그 말에 세 가주는 반색을 하며 맞장구쳤다.

“역시 포 대야는 우리 마음을 잘 아시는구려.”

“이러지도 저러지도 못하고 요즘 아주 죽을 맛이오.”

“포 대야께서 이런 우리 처지를 잘 좀 헤아려 주십시오.”

세 가주의 아우성 아닌 아우성을 들으며 포정의 미소는 조금 더 짙어졌다.

무림맹을 배신하고 철무련으로 간 삼대세가는 지난 삼 년 내내 바늘방석에 앉은 형국이었다. 우선 생각보다 내외의 여론이 아주 좋지 않았고, 무림맹에 등을 돌린 가장 큰 이유인 경제적인 문제에 있어서도 상황이 크게 나아지지 않고 있었다.

강남에서 많은 사업을 벌이고 있는 삼대세가는 중원 물자의 유통이 가장 활발한 하남성에 기반을 둔 무림맹의 사업을 부흥시켜 자신들의 사업과 연계를 시키려고 맹의 일원으로서 꾸준히 여론 몰이를 해왔다. 그러나 깐깐한 무인인 청천 진인이 무림맹주로 발탁되면서 삼대세가와는 반목하는 경우가 많아졌다. 청천 진인은 무림맹의 지나친 부가 사업 확장이 맹을 방만하게 하고 비리를 발생시켜 강호의 정의를 지킨다는 무림맹 설립의 본래 취지를 흐린다고 판단, 부가 사업을 줄이려 애를 썼다. 그러다 보니 사업 확장에 열을 올리던 삼대세가와 반목이 심해졌고, 결국 삼 년 전 갈라서게 되는 가장 큰 이유가 되었던 것이다.

한편 무림맹을 떠난 삼대세가는 안팎의 비난에 직면했다. 백 년 이상을 동고동락했던 무림맹을 배신하고 마교의 잔당이 포함되어 있다는 의혹이 있는 철무련에 가입한 것 자체가 협의를 숭상하는 무림인들에게 용납될 수 없었던 것이다. 게다가 삼대세가와 새외 세력, 칠패 중의 사패를 끌어들인 철무련이 단숨에 하남성에서 무림맹을 쫓아낼 것이라는 초기의 예상과는 달리, 무림맹은 위태위태한 상황을 넘겨가며 지난 삼 년 동안 하남성을 수호했다.

오직 유통의 중심인 하남성을 노리고 철무련을 택했던 삼대세가로서는 참으로 통탄할 노릇이었다. 결국 하남성을 거쳐 갈 수 없게 된 삼대세가의 사업은 지난 삼 년간 악화일로를 거듭했다. 이들이 절강의 터주대감이며 상계의 실력자인 포정에게 목을 메는 이유도, 그가 거느리고 있는 장평상단의 해상 운송력에 기대는 바가 많았기 때문이다.

포정은 창밖으로 시선을 건넸다. 주루에서 백 장쯤 떨어진 곳에는 호남의 지배자로 꼽히고 있는 일월문의 본타가 위압적인 모습을 드러내고 있었다. 높이 십층의 거대한 본관 건물은 오후의 햇살을 가리며 긴 그림자를 주루 바로 앞까지 드리우고 있었다. 웅장한 본관 건물의 위용은 대도시 악양은 물론 호남 전체의 패자로 인정받고 있는 일월문의 커다란 존재감을 잘 대변해 주고 있었다.

"그래도 듣자 하니 이번에 호남의 패자 일월문이 철무련에 가세하게 되었다면서요. 가주들께서 바라시는 철무련의 승리에 한 걸음 더 다가가게 된 것 아니오?"

남궁성은 창밖의 일월문을 힐끔 바라보며 한숨을 내쉬었다.

"일월문이 가세한 것은 대단한 호재입니다만, 새외 세력이 빠져나갔으니 그게 그겁니다. 오히려 북쪽에서 하남성을 압박하던 새외 세력이 빠져나간 빈자리가 더 커 보입디다."

제갈첨도 근심 어린 투로 말을 덧붙였다.

"게다가 철무련이 승기를 잡는다 해도 걱정입니다. 저희 삼대세가는 중요한 전투에서 계속 소외되고 있습니다. 그저 후방에서 물자 지원만 열심히 하고 있지요. 그야말로 밑 빠진 독에 물 붓기입니다."

모용공부도 목소리가 높아졌다.

"투자 가치가 확실하다면 얼마든지 물을 부어도 상관없습니다. 그러나 전투의 큰 공적이 없는 삼대세가가 과연 철무련의 승리 후에 얼마나 많은 공로를 인정받을 것인지……. 이러나저러나 걱정이 태산입니다.”

‘그건 너희들이 스스로 자초한 것이 아니냐?’

포정은 속으로 그들을 비웃었다. 삼대세가는 세 가주들의 말대로 무림맹과의 전투에 나서는 일이 거의 없었다. 그것은 삼대세가의 무력보다는 돈을 바라는 철무련의 속셈 탓도 있었지만 삼대세가 자신들이 우선 그런 걸 선호했다. 좋지 않은 강호의 여론을 감안하여 무림맹을 직접 치는 것에 미온적인 태도를 보였고, 그러다 보니 무력 대신 돈을 선호하는 철무련의 요구를 계속 순순히 들어주었던 것이다.

‘양손에 쥔 먹을 것 중 어느 것을 먼저 먹을까 계속 망설이다가 힘센 아이에게 몽땅 빼앗겨 버리는 어린아이, 네놈들이 딱 그 짝이다.’

속으로 세 가주를 비웃던 포정은 표정을 바꾸며 입을 열었다.

“오늘 세 가주님들을 이곳으로 모신 까닭은, 구미가 당기는 사업 한 가지를 제안하기 위해섭니다.”

포정의 말에 세 가주의 눈빛이 일제히 반짝였다.

“그게 뭡니까?”

“아시다시피 최근 호광과 하남의 유통망이 긴 강호대전으로 인해 아주 엉망입니다. 강남에는 지금 풍년이 들고 저희 절강의 직물 산업도 활황세입니다만 물자가 돌지 않아 상품 값이 폭락하고 있지요. 여러분께서도 손해를 많이 보고 계실 겁니다. 이러한 문제점이 해소되려면 한시라도 빨리 전쟁이 끝나야 하는데, 방금 전에 말씀들 하셨다시피 전쟁의 향방은 점점 미궁 속에 빠져들고 있으니 언제 종결될지는 그 누구도 모르는 상황이지요.”

세 가주는 다 아는 얘기를 왜 포정이 저리 장황하게 늘어놓는지 알 수가 없다는 눈빛이었다.

“저희 장평상단의 해상 운송으로도 강남의 물자를 모두 나르기에는 한계가 있습니다. 유통의 심장부라 할 수 있는 하남성을 어떻게든 이용해야 이 운송 문제가 해결될 수 있는 것이지요. 그래서 고심하던 차에 무림맹의 요인 한 명을 만나게 되었습니다. 그러다 그와 얘기가 잘 통하여 중대한 정보를 얻을 수가 있었지요. 하남성에서 표국업이 지금 재개되었고, 그가 그 사업을 무림맹의 승인 하에 주도하고 있다는 것을요. 그는 또 저에게 이런 말을 했습니다. 호광이나 안휘 쪽에서 오는 모든 물품을 북방까지 중계 무역할 준비가 되어 있다고요.”

“전쟁하기도 바쁜 무림맹이 그럴 여력이 없을 텐데…….”

세 가주는 포정의 말을 듣고도 의혹 어린 시선을 떨치지 못했다.

“그는 벌써 호광성의 표국들과 거래를 맺고 그들을 움직이기 시작했습니다.”

포정의 말은 세 가주를 놀라게 만들기 충분했다.

“호광에서요? 이런 격전지에서 표사들을 이끌고 돌아다닐 바보 같은 표국주 가 어디 있답니까?”

“그는 자신만만했습니다. 세 분도 최근 무림맹의 무창에서의 승전보를 들으 셨을 겝니다.”

세 가주는 고개를 끄덕였다. 불과 오늘 아침에 들은 소식이었다. 무창연합 정 도의 전력으로 무상 안량이 이끄는 혈도대를 무찌른 무림맹의 믿어지지 않는 승 리는 그들의 머리를 복잡하게 만들었다.

“그게 바로 그가 운영하는 쌍창각이 주도한 승리였습니다.”

“그게 정말입니까?”

“이 포 모가 여러분께 거짓말을 할 이유가 뭐가 있습니까? 그는 또 저에게 말 했습니다, 수일 내로 여세를 몰아 악양을 치겠다고.”

“악양을 친다니, 설마 일월문을 쓰러뜨리겠다는 얘긴가요?”

세 가주는 말도 안 된다는 듯 코웃음을 쳤다.

“세 가주께서 믿지 못하시는 모양인데, 그는 조만간 악양을 수복하고 호남까 지 평정하여 호광성에서 철무련을 완전히 몰아내겠다고 하더이다.”

“허허, 듣자 하니 포 대야께서는 무림지존이라도 만나셨나 봅니다?”

제갈첨의 우스갯소리에 나머지 두 가주는 박장대소를 터뜨렸다.

포정은 이러한 반응을 개의치 않는 듯한 표정으로 말했다.

“세 가주께서 믿지 못하는 것도 무리가 아니지요. 저도 처음에는 그랬으니까 요.”

"아닙니다, 포 대야. 저도 믿겠습니다. 다만 무림지존께서 저 건물을 일장에 날려 버리는 것을 제 눈으로 보게 되면 그때부터 믿기로 하지요."

창밖의 거대한 일월문 본관 건물을 가리키며 하는 제갈첨의 말에 다른 가주들은 또다시 배꼽을 잡았다.

그때였다. 갑자기 창밖에 번개라도 친 듯 휘황찬란한 광채가 스쳐 지나가며 사람들의 눈을 부시게 만들었다.

콰앙!

청천벽력 같은 굉음이 모두의 귓전을 때렸다. 앉아 있던 사람들의 시선은 굉음과 광채가 난 쪽으로 일제히 돌아갔다.

ㄷㄷㄷㄷㄷㄷ—

그들의 눈앞에는 믿기 어려운 광경이 펼쳐지고 있었다. 십층에 다다르는 일월문 본관 건물이 서서히 무너지고 있었다. 본관 건물은 마치 천신이 하강하여 거대한 도끼로 찍어내린 듯, 중앙부가 움푹 파인 채 반으로 갈라지고 있었다. 잠시 후 갈라진 부위가 무너져 내리며 건물은 폭삭 주저앉아 형체가 없어져 버렸고, 창밖으로 그 광경을 내내 바라본 세 가주의 벌어진 턱이 다시 다물어지기까지는 그 후로도 오랜 시간이 걸렸다.

"이보게, 양 국주. 정말 이상하지 않나?"

일월문 총관 집무실의 책상 서랍을 뒤지며 열심히 전표를 긁어모으던 우술이 물었다.

"뭐가 말인가?"

일월문의 재산 서류를 한 장 한 장 들춰보던 양국이 대꾸했다.

"어떻게 방문하는 적의 진지마다 빈집이 되어 있을 수가 있단 말인가? 무창의 청사방, 나한문, 그리고 여기 일월문까지. 들이닥칠 적마다 적의 주력은 전부 자리를 뜨고 하인 나부랭이만이 우리를 반기지 않았나?"

"그래도 여기서는 꽤 기어 나오던걸? 한 삼십 명쯤은 튀어나와서 덤벼들었잖아."

"그래 봐야 각주님의 단 세 수에 몽땅 날아가 버리던걸 뭐."

"각주님이 세 수를 쓰게 한 정도면 제법 센 놈들이라고 봐야 해. 우리 표국 표사들 삼십 명이었으면 딱 한 수에 끝냈을걸? 아까 일검에 십층 건물을 날려 버리는 거 봤잖아?"

"그건 그렇지."

잠시 맹정우의 말도 안 되는 신위를 떠올리며 몸서리치던 우솔은 다시 말을 이었다.

"어쨌거나 이상해. 하다못해 우리에 앞서서 무창에서 도망쳤던 그놈들이라도 마주쳤어야 되는 것 아닌가? 걔네들은 여기로 귀환하지 않고 대체 어디 간 걸까? 또 일월문의 진짜 전력은 어디로 간 거고?"

"듣고 보니 이상하긴 하네."

양국도 의아한 듯 고개를 갸웃거렸다.

일월문은 칠패 중에서도 세 손가락 안에 꼽히는 강력한 방파였다. 게다가 중원 마교의 후신이라 하니 숨겨진 힘은 더욱 강력할 것이었다. 그런 거대 전력이 본타에서 흔적도 없이 사라져서 어디론가 이동했다면, 이건 무림맹 차원에서 연구해 봐야 할 문제였다.

이들은 돈 될 거리를 닥닥 긁어낸 후 맹정우에게 가서 보고하면서 자신들이 생각한 것을 얘기했다. 일월문의 거대 전력이 소리없이 이동 중이라면 맹 차원에서 걱정해야 할 문제가 아니냐고.

맹정우는 걱정 할 것 없다는 투로 대꾸했다.

"어디로 갔을지는 뻔합니다. 그들은 송왕산으로 갔을 겁니다. 그곳에 마경이 있기 때문이지요."

"그래요? 그럼 각주께서는 여기가 비어 있을 거란 것을 처음부터 예측하셨군요?"

"그랬지요. 이렇게 완전히 비워놓으리란 것까지는 예상 못했습니다만… 아무튼 잘되었습니다, 빈집이 된 덕분에 구경꾼들에게 확실한 구경거리를 보여준 셈이 되었으니."

　구경꾼이 누구고 구경거리가 뭔지 알아들을 수가 없는 오대표국주들은 어리둥절한 표정을 지었다. 맹정우는 그들을 이끌고 '구경꾼' 들이 있는 곳으로 향했다.

　"바, 방금 전의 것이 대체 뭐였을까요?"
　모용공부의 음성은 떨리고 있었다.
　"아마도… 검기인 듯합니다."
　검술의 대가인 남궁성이 믿을 수 없다는 표정으로 대꾸했다.
　"검기라… 저 정도 위력의 검기는 천하제일검으로 꼽히는 무림맹주 청천 진인이라도 구사하기 어려울 듯한데……."
　제갈첨은 고개를 절레절레 흔들며 말꼬리를 흐렸다.
　"검기의 주인이 궁금하신 듯하구려. 여기로 불러 드릴까요?"
　포정의 말에 세 가주의 눈은 휘둥그레졌다.
　"포 대야, 설마…… 저 검기가 바로 대야가 말한 그 사람이 날린 것이란 말입니까?"
　"그렇소이다. 그는 여러분을 매우 뵙고 싶어합니다. 어떻소이까? 한번 얼굴이라도 보시는 것이."
　모용공부의 얼굴은 공포로 질렸고, 제갈첨은 거친 호흡을 토해냈으며, 남궁성의 얼굴은 딱딱하게 굳었다. 자신들이 배신한 무림맹의 초고수가 만나자고 하는데 두려움이 생기지 않을 리 없었다.
　남궁성이 굳은 안색을 풀려 애쓰며 물었다.
　"우선 그의 정체부터 좀 압시다. 대체 그는 누구이며, 맹에서 어떤 위치입니까?"
　"그의 이름은 맹정우입니다. 이제 약관을 지난 지 몇 년 되지 않은 청년이지요."
　"이십대 중반의 청년이라고요?"
　모용공부와 제갈첨이 믿기 어렵다는 듯 목소리를 높이는 가운데, 남궁성은 머리를 갸웃거렸다.

"맹정우, 맹정우라… 어디서 많이 들어본 이름인걸?"

"별호가 일검탈명이라 하더군요."

"맞아, 일검탈명 맹정우! 우리 딸아이한테 들어본 적이 있소. 폭풍마번 편강을 무찌르고 무림맹에서 큰 활약을 했었지!"

남궁성은 그제야 기억이 떠오른 듯 고개를 끄덕였다.

"딸아이와 나이가 비슷한 청년으로 알고 있는데… 무슨 기연을 만났기에 단시일 내에 저런 절대고수가 된 것일까……."

제갈첨이 남궁성의 말을 끊고 끼어들었다.

"지금 그의 나이가 문제가 아니지요, 포 대야. 그의 맹에서의 직책은 뭐고, 그가 왜 우리를 만나고 싶어하는 것인지요?"

"그는 맹의 신임 쌍창각주입니다."

뜻밖의 대답에 세 가주의 얼굴에는 다시 의혹이 떠올랐다.

"쌍창각주요?"

"그건 산하 표국을 관리하는 직책 아닌가?"

포정은 고개를 끄덕였다.

"그렇소이다. 그래서 그가 하남성과 호광의 표국들을 움직일 수 있다고 한 것입니다."

"그건 그렇다 치고… 그가 어째서 우리를 만나고 싶어하는 것인지요?"

"그건 그가 여러분과 거래를 하고 싶어하기 때문입니다."

"거래를요?"

세 가주는 입을 모아 되물었고, 포정은 술 한 잔을 들이킨 후 고개를 끄덕였다.

"예. 그는 삼대세가와 무림맹이 오해로 인해 등을 돌린 것을 몹시 안타까워하고 있습니다. 또한 전쟁으로 인해 강남의 물자가 묶여 강북까지 전달되지 않아 많은 양민이 피해를 보는 것 또한 심려하고 있고요. 그래서 여러분과 한 번 만남의 시간을 가지고 이러한 문제들을 해결하기 위한 허심탄회한 대화를 나누고자 하는 것이 그의 소망입니다.”

삼대세가주는 서로의 눈치를 보며 머리 속을 굴리기 시작했다. 서로 간의 오해니 양민의 고통 해결이니 하는 것은 신경 쓸 것도 없는 말들이고, 중요한 것은 맹정우란 절대고수가 무림맹의 대표로서 화해의 손을 내밀었다는 것이다. 이 내민 손을 덥석 잡느냐 뿌리치느냐, 잡아도 어떤 모양새로 잡느냐에 따라 세가의 운명이 갈리는 선택이 될 수 있다.

좀 전까지만 해도 무림맹의 어느 누가 와서 손을 내민다 해도 이런 고민은 하지 않았을 것이다. 철무련의 우세가 지속되고 있는 현 상황에서 삼 년 전 그렇게 심하게 반목하고 결별한 무림맹과 다시 손을 잡을 이유가 없었다. 그러나 방금 전 무너진 일월문의 십층 건물로 인해 모든 상황은 돌변했다. 새외 세력과 철무련의 결별, 무창과 악양의 돌발 사태, 그 배후로 짐작되는 절대고수의 출현, 이런 모든 정황은 무림맹의 전세 반전의 기미를 그들에게 느끼게 해주고 있었다. 만일 정말 무림맹이 불리한 전세를 뒤집을 패를 잡았다면, 지금 내미는 손은 그들에게 허락된 마지막 기회일 수도 있다.

세 가주가 이러지도 저러지도 못하고 장고를 거듭하고 있을 즈음, 그들이 있는 객실문을 점소이가 두드렸다.

“손님이 오셨습니다.”

“누구시라더냐?”

“일검탈명 맹정우 소협이라 전하시랍니다.”

일검탈명 맹정우란 말에 세 가주는 화들짝 놀란 표정을 지었다.

“포, 포 대야, 그를 벌써 이리로 부른 것이오?”

포정은 웃으며 고개를 끄덕였다.

“그렇소이다. 어차피 언젠가 만나야 할 사람이니 부담 갖지 마시구려들. 그저 얘기만 나누러 온 것이니까 말이오.”

그가 뭐라 하건 삼대세가주의 얼굴은 이미 경직되어 있었다. 십층 건물을 박살 내는 적대 세력의 고수가 찾아왔는데 어찌 긴장하지 않을 수 있겠는가!

잠시 후 문이 열리고 맹정우가 들어왔다. 그는 정중히 삼대세가주와 인사를 나누고는 포정의 옆에 착석했다.

그는 삼대세가주의 눈이 휘둥그레질 파격적인 제안을 꺼내들었다. 삼대세가주는 그의 제안을 듣고 고심에 고심을 거듭했다.

"어떻습니까? 이제 대답을 내려주시지요."

맹정우의 재촉에도 불구하고 삼대세가주는 여전히 망설였다.

"미안하지만 조금만 더 시간을 주지 않겠소? 세가에 가서 가신들과 의논해보고 결정하겠소."

제갈첨의 말에 맹정우는 눈을 찌푸렸다.

"그 말씀은, 앞으로 돌아가는 상황을 봐서 어느 편에 붙을지 결정하겠다는 말로 들립니다만?"

"그, 그런 것은 결코 아니오. 다만 본 가주 혼자 결정하기에는 너무도 중요한 사안인지라……."

"가주님들, 이런 기회는 자주 오는 것이 아닙니다."

맹정우는 가주 한 명 한 명과 눈을 맞추며 힘주어 얘기했다.

"여러분이 사정 봐서 회심하는 것을 받아줄 만큼 본 맹이 여유가 있지 않습니다. 일월문과 철무련이 다른 곳에 정신 팔려 있는 사이 호광성을 점거하여 적을 내쫓겠다는 것이 제 의도이고, 오늘 보셨겠지만 일월문 본타를 무너뜨림으로써 그 목표의 구 할이 달성되었습니다. 이제 여러분만 합류하시면 나머지 일 할이 충족되고 철무련을 쓰러뜨릴 기회를 잡게 됩니다. 그러나 여러분이 여기서 마음을 정하지 못하시면, 철무련의 반격이 시작되고 또다시 지리한 공방이 시작되겠지요. 전쟁은 하염없이 길어질 것이고 철무련에 밑 빠진 독처럼 쏟아 붓고 있는 삼대세가의 자금은 점점 고갈될 것입니다. 가주님들, 정녕 그리하고 싶으십니까? 잃어버린 명분도 찾고, 지금까지 손해 본 재산을 만회하며, 그 이상의 이득까지 얻을 수 있는 이 기회를 헌신짝처럼 버리시겠습니까? 그러시겠다면 더 이상 여러분을 붙잡고 있지 않겠습니다. 얘기 이만 끝내기로 하죠."

맹정우는 벌떡 일어섰다. 그러자 포정도 같이 일어섰다.

"나갈 거면 같이 가세. 결단력이 없는 분들과 계속 이러고 있는 것은 시간 낭비 같구먼."

포정의 그 말이 결정타였다. 삼대세가주는 나가려는 둘의 손목을 붙잡고 제자리에 눌러 앉혔다. 그런 연후 객실에는 보다 화기애애한 분위기가 형성되기 시작했다.

*　　　　*　　　　*

송왕산은 하남과 섬서, 호광의 삼성이 맞닿는 경계 지역에 있는 산이었다. 나무가 별로 없고 산세가 험악하여 사람이 찾지 않아 세간에 널리 알려지지 않은 이 산에 얼마 전부터 괴이한 현상이 일어나고 있었다.

어느 날 밤 산 전체가 뒤흔들리더니 온 산에 요사한 기운이 뻗어 나오기 시작했고, 산짐승들이 요괴처럼 변하여 근처의 민가를 습격하는 사고가 발생했다. 근처 마을의 주민들은 이러한 변괴를 보고 도사들을 초빙해 왔으나 어떠한 영험한 도사도 산 근처에만 가면 픽픽 쓰러지고 실성하기까지 하는 사태가 발생했다. 이러한 사고가 반복되자 산 근처에는 사람이 얼씬도 안 하게 되었다.

산에서 요기가 뻗어 나온 지 닷새 후, 수많은 강호인들이 송왕산을 찾아왔다. 그들은 산으로 향하는 전방위의 길목을 가로막고 그 누구도 산에 접근하지 못하도록 감시하기 시작했다. 인근 사람들은 그들이 강호의 정의를 수호한다는 무림맹임을 알아보고 안심하기 시작했다. 무림맹의 무사들은 날이 갈수록 그 수가 점점 늘어갔다.

송왕산에서 약 십 리쯤 떨어진 곳에 위치한 큼지막한 어느 표국 건물.

대규모의 표행이 표국 문을 활짝 열고 들어왔다. 그러나 표물을 싣고 다니는 마차에서 내린 것은 표물이 아닌 다수의 무림인이었고, 마차를 호위하고 온 표사들의 몸가짐도 여느 표사들과는 달라 보였다. 이 표국 건물에는 이 근래 이러한 표행 행렬이 수차례 방문하고 있었다.

"도대체 무슨 일을 이따위로 하는 게야!"

표국 건물 내에서 쩌렁쩌렁한 고성이 흘러나왔다.

표국의 취의청 태사의에 앉아 있던 일월문주 한수보는 탁자를 주먹으로 후려쳤다.

"무림맹은 지금 송왕산을 방어하기 위해 가용할 수 있는 모든 전력을 끌어들이고 있다! 그런데 철무련에서는 고작 삼류문파 나부랭이들이나 보내고 있으니 본 교주가 너희의 이러한 작태를 어떻게 해석해야 하는 것이냐?"

그의 앞에 시립해 있던 철혈방의 암중혼은 고개를 조아리면서도 또렷한 음성으로 대꾸했다.

"황룡문은 칠패의 한 일원입니다. 그리고 만해방도 광동에서 손꼽히는 문파이지요. 결코 삼류문파라 치부할 수 없습니다."

"이런 건방진……! 문주가 죽어버려 몰락한 황룡문과 절강에서 해적질이나 해먹던 쓰레기들이 삼류가 아니면 대체 뭐가 삼류란 말이냐! 네놈들이 감히 일신교의 일원으로서 본 교주에게 이런 태도를 보일 수가 있단 말이냐!"

한수보는 백하에서 일월문의 정체가 드러나고 철무련에 가입한 이후 철혈방 쪽에 자신이 중원 일신교의 교주라 공표한 상태였다. 그것은 철혈방이 중원 마교의 한 지맥이라는 것을 알게 되었기 때문인데, 교주의 정통성을 내세워 철무련 내에서 힘의 우위를 점하고 있는 철혈방을 견제하기 위함이었다.

의외로 철혈방에서는 교주임을 자처하는 그에게 정통성에 대한 시비를 걸지 않고 있었다. 그 덕분에 한수보는 그들이 자신을 교주로 인정한 거라 믿고 상당히 기고만장한 상태였다. 그러나 일월문이 현재 가장 중요시하고 있는 마경의 회수에 철혈방이 미온적인 태도를 보이고 있어 화가 단단히 난 상태였다.

"그대는 당장 철혈방에 가서 방주에게 전하라. 철검대 이하 가동할 수 있는 모든 전력을 이끌고 이곳으로 달려오라고! 일신교의 최고 성물을 회수하는 것 말고 더 중요한 일이 대체 어디 있단 말인가?"

암중혼은 곤혹스러운 표정으로 대꾸했다.

"요즘 호광성의 정세가 심상치 않습니다. 새외 세력이 발을 때는 바람에 전력 분배가 용이하지 않은 상황에서 지나치게 자기 주장을 하시는 것은……"

“뭐라? 자기 주장?”

한수보의 두 눈에서 불이 뿜어져 나왔다. 단순히 화를 낸 것이 아니었다. 그의 눈에서 뿜어져 나온 붉은 광채는 점점 짙어지고, 그의 입에서는 작은 소리의 주문이 흘러나오기 시작했다.

그러자 갑자기 암중혼이 목을 움켜쥐고 바닥에 주저앉았다.

“으… 으으으으……”

암중혼은 바닥에 쓰러진 채 버둥거렸다. 잠시 후, 한수보의 눈이 제 빛을 찾고 입에서 나오던 주문이 멈추고 나서야 암중혼의 고통도 멈출 수 있었다.

한수보는 간신히 몸을 일으키고 있는 암중혼에게 차갑게 웃으며 말했다.

“후후후. 처음부터 그런 기미가 보이더라니, 역시 배교의 인물이었군. 철혈방에 배교의 후예가 많다는 얘기를 익히 들었지. 전임 방주였던 위지혼 역시 배교도라는 소문이 있었는데, 혹시 현 방주께서도 그런 것 아닌가?”

“아니오!”

암중혼은 강하게 부정했다. 한수보는 만족스러운 표정으로 말을 이었다.

“본 교주 앞에서 더 이상 망발하지 마라. 너희 배교 놈들을 제압할 수 있는 본교 비전의 수법이 우리에게 있는 것을 똑똑히 기억하라.”

암중혼은 아무 대꾸도 하지 못했다.

환술과 기문둔갑술에 능통한 배교는 백 년 전 마교가 한창 번창할 때 마교의 하위 조직으로 속해 있었다. 당시 마교에는 배교도들의 심령을 자유자재로 제압할 수 있는 수법이 전해지고 있었는데, 마교가 흩어지고 실전된 줄 알았던 그 수법을 중원 마교의 후예인 한수보가 익히고 있었던 것이다.

“자, 이제 가서 철혈방에 전서구를 띄워라. 한시라도 빨리 가동 가능한 전 전력을 이끌고 이곳으로 오라고. 무창에 갔던 우리 무사들이 도착하는 대로 송왕산을 막고 있는 무림맹과 전면전을 벌이겠다. 그때까지 반드시 시기를 맞추라고 말이다!”

한수보는 눈을 빛내며 말했다. 암중혼은 깊숙이 고개를 조아린 후 밖으로 나왔다.

암중혼은 자신의 수하들이 있는 행랑채 건물로 돌아왔다. 임시 거처로 들어온 그를 반긴 것은 텁수룩한 턱수염이 인상적인 표사 차림의 사내였다.

"수고 많았네. 한수보가 뭐라던가? 당장 철혈방 본진을 끌고 오라 하던가?"

"역시 문상이십니다. 보지 않고도 그가 한 말을 정확히 예측하시는군요."

턱수염을 붙이고 표사로 변장하고 있는 제소운은 별것 아니라는 투로 대꾸했다.

"한수보 정도의 돌대가리의 마음을 못 읽어서야 어디 철혈방의 문상이라 할 수 있겠는가. 그런데 자네 옷차림이 좀 흐트러져 있군. 무슨 일이 있었나?"

"놈이 마교의 심령금제술을 펼치더군요. 이미 본 교에서 그 술법을 파훼한 것을 모르는 듯했습니다만, 일단 걸린 척해줬습니다."

"후후, 그거 잘했군. 걸린 척하니 놈이 뭐라던가?"

"전대 방주님이 배교도라는 소문을 들었나 보더군요. 현 방주님이 배교도 아니냐고 물었습니다. 이미 그렇게 믿는 눈치더군요."

제소운은 만족한 듯 웃음을 터뜨렸다.

"하하핫! 아주 좋아. 기고만장하고 있을 꼴이 눈에 훤하군. 자신이 철무련을 지배하고 있다고 생각하는 것도 나쁘지 않지. 자아도취가 심해질수록 스스로 수렁에 빠지고 있다는 것을 망각하게 될 테니까."

미소를 머금고 있던 암중혼이 뭔가 떠오른 듯 말했다.

"그런데 혈도대의 소식은 아직 안 들어왔는지요? 무창연합과의 전투가 벌이진 지도 이틀이 지났으니, 전서구라도 도착할 법한데요."

"글쎄, 나도 그게 좀 의아하군. 전서구가 이곳으로 직접 오는 것이 아니라 양양에서 받은 다음 인편으로 전해 오는 것이니 시간이 좀 더 걸릴 수가 있지."

제소운은 몸을 일으키며 말을 이었다.

"주군을 영접하러 가야 하니 무창 소식은 자네가 먼저 듣겠군. 받는 즉시 내가 있는 곳으로 전갈을 보내게."

"알겠습니다."

고개를 조아리는 암중혼을 뒤로하고 제소운은 표국을 나섰다.

그가 포함된 조그마한 표행은 이틀이 걸려 사천성과 호북의 경계에 이르렀
다.

표행은 사천에서 넘어오고 있는 철혈방의 대규모 군단과 조우했다. 철검대와
폭풍대, 청, 홍, 흑, 백, 황의 오당이 포함된 철혈방의 전 전력이 하남성 방향으
로 진군하고 있었다.

제소운은 군단을 친히 이끌고 온 위지관천을 영접했다.

"주군을 뵈옵니다."

위지관천에 부복하는 제소운의 얼굴에는 핏기가 가셔 있었다. 군단과 만나기
직전 무창 전투의 결과를 전달받았기 때문이다.

"안량이 당했다고?"

위지관천도 소식을 접한 듯, 그 문제부터 거론했다.

"예, 뜻밖에도…… 무창에서의 전투가 무림맹 무창연합의 승리로 돌아갔다
고 합니다."

"한심하군."

고저없이 내뱉는 위지관천의 말에는 어떤 감정도 실려 있지 않았다. 그러나
그 말의 밑바닥에 깔린 분노의 기운을 감지한 제소운은 더욱 고개를 조아렸다.

"죄송합니다. 다 속하의 불찰입니다."

"네가 잘못했다고 해봐야 달라질 것 없으니 그쯤 해둬라. 무창 건의 상황 파
악은 되었나?"

"그게 아직… 곧 무창의 정보망이 상세한 소식을 인편으로 가져올 것입니
다."

"알겠다. 무림맹의 움직임은?"

"지금 송왕산 쪽에 전 전력을 기울이고 있습니다. 가동 가능한 모든 전력이
그쪽으로 모이고 있다 합니다. 그들 역시 본 련이 송왕산에서 승부를 걸어올 것
이라 보고, 전면전을 준비하는 것 같습니다."

"흐흠, 싸움을 길게 끌 것 없이 그곳에서 마무리 짓자는 의도로군."

"그렇습니다. 마경이 급한 것은 우리 쪽이라고 보고 있는 것이지요."

"알겠다. 도전해 오는데 구색은 맞춰줘야겠군."

"혈도대를 대신할 정도의 병력은 내줘야겠지요. 청당과 홍당 정도면 충분할 듯합니다."

"흑당과 삼대장로까지 포함시켜. 안량도 없는데 삼당 정도는 보내줘야 일월문주도 껌벅하겠지."

"알겠습니다."

"사대세가는 어떻게 되었나?"

"사천당가는 내일 합류하기로 했습니다. 나머지 삼대세가는 안휘성을 통해 올 것입니다."

"무림맹을 치는 데 병력을 보내달란 말을 잘 듣더냐?"

"후후, 저어하는 바가 있어도 이번만큼은 어쩔 수가 없지요. 철무련에 병력을 보내지 못해 초조해하고 있는 것은 그들 삼대세가입니다. 이대로 가다가는 자금만 지원하고 정작 전공이 없게 되니, 나중에 전쟁이 끝나고 나서 배당이 적게 떨어질까 매우 두려워하고 있던 차에 우리의 제안을 거절할 까닭이 없지요. 삼대세가 모두 각 세가의 전 무사들을 이끌고 달려온다고 했습니다."

"알겠다."

제소운은 다른 보고를 계속했다.

"무림맹주의 소재는 정확히 파악되지 않고 있습니다. 본 방의 전 전력이 송왕산 쪽으로 이동할 것이라는 소문을 흘려놨으니, 그가 친히 송왕산으로 올 가능성도 있습니다."

"송왕산이라… 한수보랑 둘이 싸우면 볼 만하겠군. 물론 청천자가 이기겠지만."

"아, 그리고 무림맹주와 비룡회주를 잡을 무기가 마침 준비되었습니다."

"호오, 그래?"

제소운은 뒤에 대기하고 있던 무사 한 명을 수신호로 다가오게 만들었다.

위지관천은 다가온 검은 칼을 든 무사를 흥미있게 바라보았다.

"호흡이 느껴지지 않는군. 강시 계통인가?"

"맞습니다. 삼 년 전 마령지에서 만든 놈 중 유일하게 살아남은 섭혼강시이지요. 일월문 쪽에서 데리고 있던 녀석인데, 백하에서 도망쳐 나오던 중 상처를 입고 근처를 배회하고 있는 것을 다시 데려왔습니다."

"백하라…… 그곳에서 보았던 초고수의 정체는 아직 못 밝혀냈나?"

위지관천의 지적에 제소운의 얼굴이 다시 굳어졌다. 그가 일월문과 합작하여 새외와 무림맹의 요인들을 초토화시키려 한 백하에서의 시도가 완벽히 성공하지 못했던 것은 어디선가 나타난 정체를 알 수 없는 초고수 한 명 때문이었다. 그는 백하에서 도주한 이후 그 고수의 정체를 알아내려 안간힘을 쓰고 있었지만 아직껏 그자가 누군지 알지 못하고 있었다.

"죄송합니다. 그건 아직……. 다만 무창에서 안량을 죽인 것이 그자가 아닐까 추정하고 있습니다."

"흠… 그래, 그럴 수도 있겠군. 그 정도 수준의 자가 아니라면 안량을 죽일 수 없지. 구파일방의 저력이 그래서 무서운 게야. 몰락하고 있는 듯 보여도 무림맹의 위기가 닥치면 꼭 그를 구할 인물이 한 명씩 튀어나오거든. 십오 년 전엔 청천자, 십 년 전에는 비룡회주, 이제는 또 다른 놈인가."

"그 전통도 조만간 끝날 것입니다. 우선 무림맹을 받치고 있는 가장 큰 기둥인 청천자부터 그렇게 되겠지요. 바로 이놈이 그렇게 만들 것입니다."

제소운이 강시를 가리키자 위지관천은 눈살을 찌푸렸다.

"고작 섭혼강시 정도로 청천자를 죽이겠다고?"

"단지 섭혼강시라면 제가 이렇게 자신하지 않습니다. 놈의 손에 들린 칼을 봐주시지요."

섭혼강시의 손에 들린 묵빛의 칼을 지그시 보던 위지관천은 눈에 이채를 띠었다.

"예사롭지 않은 칼이군. 겉으로 드러나지는 않고 있지만 엄청난 마기가 내재되어 있어."

"맞습니다. 이 칼은 내력이 깊은 칼입니다. 석년의 대력신도 탁비가 가지고 있던 천신도란 칼인데, 사실 정확한 이름은 명왕신도입니다. 바로 백 년 전 마교

교주였던 초관웅의 칼이지요."

"초관웅의 칼이라고?"

"그렇습니다. 지금 이 칼에는 그 당시 행해졌던 불완전한 명왕현신대법으로 인해 초관웅의 영의 일부가 봉인되어 있습니다. 깃든 영과 명왕현신대법의 공능으로 인해 칼 내부에 엄청난 마기가 잠재되어 있습니다. 한데 이 강시를 발견했을 당시에 보니 칼에 도력 높은 도인들이 봉인을 해놨더군요. 내재된 마기가 폭주하지 않게 하기 위해. 그래서 저희 술사들을 동원해 그 봉인을 파괴시켰습니다."

위지관천은 다시 한 번 강시의 칼을 주시했다. 섭혼강시가 쥐고 있는 명왕신도는 예전의 은빛 무늬는 사라지고 검은 광택만이 불길하게 번들거리고 있었다.

"섭혼강시 본래의 위력에다가 내재된 마기가 폭주하는 명왕신도라면 천하오성이라도 능히 잡고도 남음이 있을 겁니다. 기대하셔도 좋습니다."

제소운의 마지막 말에 위지관천은 만족스러운 표정으로 너털웃음을 터뜨렸다.

잠시 후 철혈방의 군단은 다시 출발했고, 곧 두 패로 갈리었다. 송왕산 쪽으로 향하는 한 패는 위풍당당하게 전진했고, 다른 한 패는 어디에서부턴가 소리 없이 자취를 감췄다.

제11장

영웅은 최후의 강적을 쓰러뜨리는 자다

송왕산 앞 무림맹 진지.

폭풍 전야의 고요함만이 지배하고 있던 이곳은 전날 무창에서 도착한 비룡회와 무창연합의 무사들이 전해온 승전보로 인해 모처럼 활기가 돌고 있었다.

특히 무창에서의 대승의 주역인 신임 쌍창각주에 대한 맹원들의 호기심이 크게 증폭되고 있었다. 무사들은 삼삼오오 모여서 너도나도 쌍창각주에 대한 대화를 나누고 있었다.

이러한 사정은 수뇌진이 모여 있는 막사에서도 다르지 않았다.

"그 신임 쌍창각주가 일검탈명 맹정우 소협이라면서요!"

막 도착하여 소식을 들은 무림맹 좌호법 법현 대사가 감탄한 어조로 말했다.

"대단하십니다, 맹주님! 그를 적재적소에 배치하여 저희도 예상 못한 승리를 이끌어내시다니요."

그의 찬사를 받은 청천 진인은 손을 내저었다.

"본 맹주가 발령한 인사가 아니니 그런 말씀 마시구려. 칭찬을 하시려거든 직접 쌍창각주를 부임시킨 이쪽의 비룡회주에게 하시면 되오."

수뇌진의 시선은 일제히 함토리에게로 향했다. 다시 찬사가 이어지자 함토리도 겸연쩍은 표정으로 손을 저었다.

"저 역시 별로 한 것도 없습니다. 쌍창각주를 맡겠다고 자처한 것도 그고, 또 무창을 친 것도 그가 단독으로 벌인 일이니까요."

"예에?"

법현 대사를 비롯한 간부들의 눈이 휘둥그레졌다.

"그렇다면 비룡회에서 무창연합을 쓰러뜨리려는 적의 움직임을 간파하고 그를 보낸 것이 아니란 말입니까?"

함토리는 쓴웃음을 지으며 고개를 저었다.

"아닙니다. 비룡회는 당시 그럴 여유가 없었습니다. 맹의 하남성 집결 전략에 따라 호광의 전력을 하남으로 옮기는 작업에 몰두하고 있었으니까요."

"그렇다면 그가 혼자서 적의 움직임을 간파하고 그런 대처를 했단 말씀입니까?"

"글쎄요. 간파를 한 것인지, 아니면 어쩌다 보니 운이 좋아 그렇게 걸린 것인지는 알 수가 없군요."

함토리는 난감한 표정을 지으며 말했다.

그때였다. 갑자기 밖이 왁자하게 소란스러워졌다.

잠시 후 막사의 휘장이 걷히더니 위사 한 명이 뛰어들어 왔다.

"그, 급전입니다!"

"무엇이냐? 놈들이 쳐들어온 건가!"

대다수의 간부들이 놀라 벌떡 일어섰다.

"아, 아닙니다. 방금 악양에서 맹원 한 명이 도착했는데, 오 일 전에 악양을 수복했답니다!"

"뭐, 뭐라?"

수뇌진은 이 뜬금없는 소식에 반신반의할 수밖에 없었다.

"악양에서 온 맹원을 들여보내라!"

잠시 후 악양에서 온 무림맹의 무사가 막사로 들어섰다. 그는 일원문 본타가 초토화되고 무림맹의 깃발이 올려졌다는 믿기 어려운 소식을 전했다.

"대체 누가 그런 일을 했단 말이냐?"

"저희 분타가 가보니, 그곳에 쌍창각에서 온 무사들이 있었습니다."

"또… 쌍창각이……?"

간부들이 입을 딱 벌렸다.

"하하하하하!"

호탕한 웃음을 터뜨린 것은 청천 진인이었다.

"보면 볼수록 굉장한 친구로군. 일월문이 이곳으로 모든 전력을 기울이고 있는 것까지 간파하고 비어 있을 그들의 본타를 친 것이로구먼. 정말 대단하지 않소, 비룡회주?"

청천 진인의 동의를 구하는 말에 함토리는 떨떠름한 표정을 지으며 고개를 끄덕였다.

"그, 그렇군요. 대단… 합니다."

＊   ＊   ＊

"정말 대단하네요!"

금태희는 활짝 웃으며 목소리를 높였다.

그녀의 주변에 있던 신룡오협은 동의를 구하는 듯 시선을 맞추는 그녀의 눈빛에 못 이겨 떨떠름한 표정으로 고개를 끄덕였다.

"으음… 신임 쌍창각주가 좀 하나 보군요."

개방 송욱의 말에 금태희는 발끈했다.

"좀 이라뇨! 송 공자는 살이 뒤룩뒤룩 찐 표국주 몇 명 데리고서 악양은커녕 촌동네 하나라도 수복할 수 있어요?"

"아니, 꼭 비유를 해도… 저는 못해도 우리 방 대협이라면 그 정도쯤은……."

그러자 옆에 있던 무당파의 영운이 고개를 가로저었다.

"아니, 그런 가정은 무의미해. 물론 방 대협이야 충분히 그럴 무력을 갖추고 있다고 생각하지만…… 무력은 둘째 치고라도 적의 뜻하지 않은 습격을 정확히 예측한 무창 전투, 그리고 적의 움직임을 간파한 악양 전투, 모두 빼어난 통찰력과 놀라운 무위가 완벽히 조화되어 이루어낸 쾌거라고밖에 할 수 없어. 어쩌면 지금 우리는 강호를 구할 영웅의 탄생을 지켜보고 있는 건지도 몰라.”

매사에 진중한 영운이 동의하는 말을 하자 금태희는 기뻐서 어쩔 줄 몰라 했다.

“그죠, 그죠, 쌍창각주님은 정말 대단해요!”

점창의 장태도 금태희와 영운의 말에 맞장구를 쳤고, 청성의 고준영은 문사가 되기 위해 한쪽에서 열심히 글공부를 하고 있었다.

이런 그들의 모습을 어두운 구석에 숨어 바라보며 이를 바드득 갈고 있는 이가 한 명 있었으니……

‘이 배은망덕한 놈들! 그렇게 총애를 해주었더니만 뭐 어쩌고 어째? 통찰력과 무위의 조화? 그럼 나는 머리가 나빠서 안 된다는 거야 뭐야?’

바득바득 이를 갈던 방구병은 신이 나서 맹정우에 관해 떠들고 있는 금태희에 시선이 이르자 가슴이 찢어지는 듯 아파왔다.

‘금 소저, 어떻게 저럴 수가! 아무리 여인의 마음이 갈대라 하지만……’

머리털 나고 처음으로 자신에게 먼저 다가왔던 여인이다. 그런 그녀가 맹정우에 홀딱 빠진 모습을 보이고 있자 그의 마음에는 질투와 분노의 불길이 활활 타올랐다.

“맹정우 이놈! 대관절 언제까지 내 발목을 부여잡을 것이냐!”

방구병은 그 자리를 벗어나 자신의 막사로 달려갔다.

막사까지 한달음에 질주해 간 방구병은 자신의 막사 바로 옆에 있는 큼지막한 막사로 성큼 들어갔다.

막사 안은 약 냄새로 가득 차 있었고, 백발이 성성한 노인 하나가 뒤로 돌아앉아 있었다.

“무슨 일이냐?”

방구병은 그의 앞으로 다가가 털썩 무릎을 꿇었다.

“사부님!”

"나 귀 안 먹었다."

돌아앉아 약초를 달이고 있던 노인은 남해노조였다. 남해노조는 방구병과 함께 무림맹에 들어와 꾸준히 내상을 치료하고 있었다. 그러나 워낙 오래된 내상인지라 아무리 좋은 약을 써도 쉬이 낫질 않았다. 몸 상태는 마령지에 있을 때에 비해 많이 좋아졌지만 내공은 거의 회복되지 않고 있었다. 그러나 강호대전의 최종전이 될 수도 있는 이번 전투를 구경하겠다며 고집을 부려 이곳까지 온 것이다.

"맹정우란 놈이 안량을 때려잡았습니다."

"그래서?"

"그런데 전 안량에게 조금 밀렸습니다."

"그래? 그 안량이란 놈이 대단한 놈이었나 보군."

"지금 그게 중요한 게 아니지 않습니까! 사부님의 하나뿐인 수제자가 밀린 상대를 정우란 놈이 가볍게 제압했다고요! 분명 사부님께서 태양신공을 전수하실 때 이것이 천하제일의 무공이라고 하시지 않았습니까! 그런데 어찌 정우한테 제가 밀릴 수 있난 말입니까!"

방구병의 외침이 끝나고 나서야 남해노조는 귀를 막았던 손을 뗐다.

"원 그놈도, 귀 안 먹었대도 말귀를 못 알아듣는군. 그러니까 네 말인즉슨 맹가 애송이가 너보다 강한 게 납득이 되지 않는다 이거냐?"

"그렇습니다!"

"쯧쯧쯧, 예나 지금이나 너는 머리가 나빠서 큰일이다."

"왜 또 머리 얘기를……."

"내가 태양신공을 전수할 때 누누이 얘기하지 않았느냐. 이 무공은 네가 어떻게 수련하느냐에 따라 천하제일의 무공이 될 수도 있고, 닭 잡기에도 아까운 졸공이 될 수도 있다고. 그런데 너는 어찌 뒷말은 쏙 빼먹고 앞말만 그리 열심히도 기억하고 있는 거냐?"

"그럼 제 수련이 놈에 비해 부족하기 때문이란 말씀이십니까?"

"그럼. 부족해도 많이 부족하지. 그놈은 어릴 적에 고인이 머리 속에 무공을 입력해 놓은 덕에 무의식 중에 평생을 수련하며 살아왔다고 봐도 무방하거든. 게다가 그 무공이란 것이 혈패왕이라는 절대고수가 자신의 모든 능력을 집대성해 만든 최고의 신공이니, 네가 아무리 날고 기어봐야 단시일 내에 그놈을 따라잡긴 어렵다."

"그, 그럼 이대로 놈이 잘 나가는 꼴을 보고 있으란 말입니까?"

"자식, 속 좁긴. 친구가 잘되는 꼴을 그렇게 못 봐주겠느냐?"

"아니, 꼭 그렇다기보다도… 전 그저 놈보다 좀 더 나은 활약을 보이고 싶은 마음에……."

남해노조는 더 듣기 귀찮다는 듯 손을 저었다.

"알았다, 알았어. 나도 내 애제자가 혈패왕의 제자보다 활약이 미진한 것을 원치 않는다. 안 그래도 네놈을 부르려던 참이었다."

"절요?"

"그래. 무림맹에서 상처를 치료하는 동안 한 가지 절기를 연구했다, 네놈이 쓸 수 있는 가장 적합한 절기를."

"사, 사부님… 이 불민한 제자를 위해……."

"쓸데없이 감격할 필요 없다. 다 우리 일문의 명예를 위한 것이니까. 잘 들어라. 이 절기를 강호에서 쓸 수 있는 사람은 오직 너 하나뿐이다."

"그래요?"

"그래. 네놈의 몸에 깃든 내공은 전례가 없는 특질을 가지고 있다. 순음지체인 태음선요망의 내단을 섭취하고 음유한 아수라파천신공을 기초로 내공을 닦은 반면, 구사하고 있는 기술은 양강한 성격의 태양신검이거든. 물론 내가 네놈의 체질에 맞게 태양신공을 변형해 네놈이 익히도록 하긴 했으나, 태양신검이 가지고 있는 기본적인 성격이 네놈의 내공과 맞지 않아 네 무공이 손해를 보는 면이 없지 않았다. 그래서 이번에는 네놈 몸속의 내공을 완벽하게 사용할 수 있는, 음양이 조화된 절기 하나를 만들어냈다. 이름하여 일월성신기(日月星辰氣)!"

"일월성신기요?"

"그래, 이 절기에는 기이막측한 묘용이 숨겨져 있다. 일월성신기와 상대하는 상대의 기운이 양강하면 이 절기는 태음선요망과 아수라파천신공의 음유한 기운을 극대화시켜 상대를 제압하고, 또 상대의 기운이 음유하다 싶으면 태양신공의 양강함으로 그 기운을 파괴한다. 간단히 말해 이 절기를 검에 실어 사용하면 세상의 그 어떤 호신기공도 단번에 파괴시킬 수가 있다는 말이다."

"그거 대단하군요!"

"다만 단점이 하나 있는데, 공력의 소모가 지나쳐 내공이 뛰어난 너라도 하루에 한 번 사용하기가 벅찰 게야."

"예에? 그럼 그걸 어따 써먹습니까? 우리가 지금 비무하는 것도 아니고, 지금 하고 있는 전쟁이 하루에 칼 한 번 휘두르고 마는 싸움이 아니지 않습니까?"

"멍청하긴. 머리를 쓰라고 누누이 얘기하지 않느냐. 까놓고 말해서 네놈이 지금 가장 원하는 게 세간의 명성 아니냐."

정곡을 찔린 방구병은 머뭇거리며 고개를 끄덕였다.

"그런… 면이 없지 않아 있죠."

"세상 사람들이 기억하는 것은 전쟁 중의 자잘한 전투에서의 활약이 아니다. 결정적인 순간에 과연 누가 적에게 마지막 일검을 날렸느냐, 적의 최고수를 누가 쓰러뜨리고 승리를 쟁취했느냐, 이게 바로 후세에 대대손손 남겨질 업적이 되는 거거든. 그럼 네가 이 일월성신기로 쓰러뜨려야 할 사람이 누구겠니?"

방구병은 그제야 깨달은 듯 고함을 질렀다.

"철혈도제 위지관천!"

"그래, 바로 그놈이지. 다른 놈을 다 맹가 애송이가 쓸어 담아도 네가 그놈만 죽일 수 있으면 만사형통인 게 되는 거야. 그러니까 지금처럼 쓸데없이 나대고 다니지 말고, 진중하게 무게를 잡고 은인자중하다가 결정적인 순간에 나타날 철혈도제 놈을 노리란 말이다. 내 말 알겠느뇨?"

"잘 알겠습니다, 사부님! 감사, 감사합니다!"

방구병은 바닥에 머리를 찧으며 연신 절을 해댔다. 그런 연후 사부와 제자는 마지막 반전을 노리며 일월성신기의 수련에 박차를 가했다.

*　　　　　*　　　　　*

청천 진인이 안으로 들어서자, 막사 안에 모여 있던 도사들이 깜짝 놀라며 모두 일어섰다.

"아, 나는 신경 쓰지 말고 하던 회의 계속하세요."

가장 가까이 있던 도사 한 명이 머리를 조아리며 말했다.

"아닙니다. 이제 막 끝난 참입니다."

청천 진인은 머리를 조아리는 도사의 얼굴을 알아보았다.

"화산파의 선학 도장이시구려."

"맞습니다. 알아주시니 영광입니다."

"별말씀을. 그런데 화산 장문께서 어디 계신지 혹시 알고 계시오?"

선학자는 주변의 도사들을 힐끔 바라본 후 대답했다.

"비룡회주님과의 업무로 자리를 비우셨습니다."

그러자 청천 진인은 미묘한 미소를 머금으며 고개를 끄덕였다.

"그래요? 알겠소. 그런데 선학 도장, 잠시 시간 좀 내주셔도 괜찮겠소?"

"물론입니다."

청천 진인과 선학자는 막사 밖으로 나와 걷기 시작했다.

"함께 계시던 분들 중에 새외 사람들이 있더구려."

"맞습니다. 맹에서 초빙해 온 새외 일신교의 술법사들이지요. 저희 비룡회의 기문둔갑에 정통한 도인들과 함께 적이 구사할 가능성이 있는 마교의 수법에 대해 토의하고 있었습니다."

"그렇구려. 아, 제마령의 조립은 잘 되어가고 있답니까?"

"예, 지금 한창 작업이 진행되고 있답니다. 아마도 닷새 내에는 모든 조각들을 완벽히 결합할 수 있을 듯합니다."

"닷새라… 적도 그 안에 분명히 공격해 올 것이오. 그들 역시 제마령이 그 안에 조립될 것이라는 걸 알고 있을 테니까."

어두운 표정으로 철무련의 진영이 있는 쪽을 보던 청천 진인은 말을 이었다.

"그래, 이번 전투에서 저들이 마교의 사술을 쓸 수 있다고 보오? 사실 내 생각에는 강호의 여론을 우리 못지않게 중시하는 저들이 무리하게 마교의 모습을 드러내지 않으리라고 보는데……."

"저희도 그렇게 생각합니다만, 최악의 상황이라는 것을 가정해야 한다고 저희 장문인께서 강조하시더군요. 전투가 본 맹의 승리로 기울어지면 궁지에 몰린 저들이 무슨 일을 벌일지 모르는 것이니까요."

"옳은 말이오. 역시 옥운 장문인다운 대비구려."

청천 진인은 멀리 송왕산에 걸린 해를 바라보다 문득 긴 한숨을 내쉬었다.

"본 맹이 화산과 옥운 장문인에게 진 빚이 참으로 많소."

"무슨 그런 말씀을……."

"아니, 공치사가 아니오. 지난 세월 몰락해 가는 무림맹을 다시 일으켜 보겠다고 동분서주해 오긴 했으나 그의 도움이 아니었다면 일찌감치 내가 먼저 쓰러졌을 것이오. 그가 비룡회를 조직하고, 강호의 분란을 소리없이 처리하며 이런 대적을 맞아 싸울 수 있는 정예 무인들을 키워내지 않았던들, 강호대전은 삼 년 전에 철무련이 발발한 즉시 그들의 승리로 끝났을 것이오."

"……."

"이제 생각해 보면 그에게 너무도 큰 짐을 지웠소. 무당파야 나 아니어도 문파를 돌볼 사람이 많이 있었지만, 그는 무너지는 화산파를 한 어깨로 떠받치면서도 무림맹을 위해 온갖 희생을 마다하지 않았소. 그러고도 무림맹의 부흥에 대한 모든 영예는 내가 다 뒤집어쓴 꼴이니…… 그에게 참으로 죄스러운 마음 적지 않소."

"사부께서 원하신 일입니다. 그리고 본 파가 원한 일이고요. 사부께서는 강호 정의를 위하여 자신의 능력을 가장 제대로 발휘할 수 있는 일을 해오신 것입니다."

청천 진인은 넉넉한 미소를 지으며 고개를 끄덕였다.

"그렇소. 그만이 할 수 있는 일이었지. 내가 그의 처지였다면 결코 하지 못했을 일이었소."

두 사람은 잠시 말없이 걸었다. 청천 진인은 화제를 돌려 선학자에게 물었다.

"그런데 옥운 장문과의 관계가 좀 복잡하시다고 들었소만?"

선학자는 쓴웃음을 지으며 말했다.

"좀 그렇습니다. 사실 저는 화산에서 나고 자란 정식 제자가 아닙니다. 느지막한 나이에 의형을 한 명 사귀었는데, 그 양반이 덜컥 화산파로 들어오라고 강권하는 바람에… 막상 입문해 놓고 보니 그 의형이 바로 제 사부가 되어 있더군요."

"하하하, 역시 그답소. 그 엉뚱함이 고스란히 아들에게 물려진 모양이로군."

"예? 아들이오?"

뜻밖의 말에 선학자는 눈이 휘둥그레졌다. 도사인 옥운 장문인이 아들이 있단 말인가?

청천 진인은 더 이상 아무 대꾸 없이 미소만 짓고 있었다.

그로부터 삼 일 후, 마침내 철혈방의 본진이 송왕산 인근에 다다랐다.

그날 오후, 그들과 일월문과 황룡문, 해사방 등 철무련 제하 세력들이 가세한 거대 군단이 무림맹의 진지가 있는 벌판에 모습을 드러냈다.

철무련 측의 총 무인 수는 천오백, 그에 맞서는 무림맹의 천이백 무인들도 진지 밖으로 나왔다.

마침내 대격돌이 시작되었다. 처음에는 백 년간 감춰왔던 마교의 신공들을 선보인 일월문도들의 기이막측한 무공에 힘입어 철무련 쪽이 기세를 잡았다. 그러나 무림맹의 비룡회가 지난 십 년간 고련하여 키워낸 구파일방의 정영들로 조직된 비룡대가 등장, 조직력이 완전치 않은 철무련의 측면을 파고들면서 국면이 전환되기 시작했다. 비룡대가 사방팔방으로 휘젓고 다니며 맹위를 떨치고 차츰 마교의 무공에 익숙해진 무림맹의 대대적인 반격이 가해지자, 지휘 체계가 통일되지 않은 철무련 측은 우왕좌왕하기 시작했다.

군사들이 벌이는 전쟁이든 강호의 싸움이든 대규모의 전투는 통솔 능력의 차이가 승패를 결정짓기 마련이다. 한 번 질서가 흐트러진 철무련은 곧 일방적으로 밀렸다. 비룡대를 필두로 한 무림맹은 승기를 잡아 쾌진격을 거듭했고, 철무련의 본진은 사분오열되어 뿔뿔이 흩어지기 시작했다.

"대체 철혈방의 삼당은 어디로 간 것이냐!"

벌판 한쪽으로 몰린 일월문의 한수보는 분노에 찬 고함성을 고래고래 질렀다. 전투 시작 시 본진의 후미를 지키던 철혈방의 청, 홍, 흑의 삼당이 어느샌가 모습을 감춘 상태였다. 현재 본진이 와해되어 철무련의 각파가 뿔뿔이 흩어지고는 있었지만, 탁 트인 벌판에서 유독 철혈방 삼당의 모습이 보이지 않는 것은 이해할 수가 없는 일이었다.

그리고 이상한 점이 더 있었다. 전위를 지키고 있던 나머지 백, 황 이당은 여전히 그의 눈에 들어오고 있었지만 철혈방의 무인들치고는 지나치게 약했다. 무림맹 무사들의 공격에 감히 맞서지 못하고 우왕좌왕하는 꼴이 도저히 일류무인들로만 구성되어 있다는 철혈방의 오당 무사로는 봐줄 수가 없었다.

"뭔가 이상해. 위지관천 놈이 설마……?"

그가 낌새가 이상함을 눈치챘을 때는 이미 때가 늦어 있었다. 황룡문과 해사방 등은 이미 궤멸 상태였고, 일월문 역시 육백 문도의 절반 이상을 잃고 있었다.

황룡문을 전멸시킨 비룡대가 마침내 일월문에게로 닥쳐왔다. 무림맹의 최고수들이 비룡대와 합류하여 일월문도들을 쓰러뜨리기 시작했다. 청천 진인의 일검에, 법현 대사의 일장에 문도들이 추풍낙엽으로 쓰러지는 것을 보며 한수보는 피눈물을 뿌렸다.

"이, 이렇게 허망하게 본 교가 무너지다니……! 위지관천 이 노옴! 절대 용서할 수 없다!"

그는 칠대호교사자를 불렀다.

"본 교가 여기서 멸망할 수는 없다. 호법사자 두 명은 신녀를 보필하여 이 자리를 탈출하라!"

중원 일신교의 신녀이며 그의 외동딸인 한영영은 고개를 가로저었다. 죽어도 같이 죽자며 그를 떠나려 하지 않았다.

"너는 아직 할 일이 남아 있다. 기필코 위지관천 놈을 찾아라. 놈은 배교의 후예가 분명하다. 본교 비전 심령금제술의 마지막 술법을 구사하면 배교 놈들의 혼백을 파괴할 수 있다. 반드시 놈을 쓰러뜨려라!"

복수를 강요하는 한수보에게 설득당한 한영영은 결국 호법사자의 호위를 받으며 자리를 떴다. 한수보는 그녀가 도망칠 시간을 벌기 위해 오대호교사자와 함께 금기된 수법을 시도했다.

일월문의 본진 깊숙이 침투한 청천 진인과 함토리, 그리고 최운과 혜공, 연설연과 은소예 등 비룡회의 정예는 마침내 적의 수뇌진이 있는 근처까지 진입했다.

몰려드는 일월문도들을 최운, 은소예와 함께 차례차례 쓰러뜨리던 연설연의 눈에 뜻밖의 광경이 들어왔다. 일월문의 맨 후미에 있는 오대호교사자와 한수보의 모습이었다. 그들은 전투는 신경 쓰지 않는 듯 빙 둘러앉아 좌정한 채 서로의 손을 맞대고 있었다.

"회주님, 저자들의 움직임이 수상해요!"

그녀의 부름을 들은 함토리는 눈을 돌려 수뇌진의 형상을 보고는 눈을 크게 떴다. 둘러앉은 여섯 명의 중앙에서는 푸른 연기 같은 기운이 공중으로 솟구치고 있었다. 마치 땅 밑에서 요괴라도 끌어내는 듯한 형상이었다.

"저, 저것은 마교의 강신술(降神術)! 맹주! 저걸 막아야 합니다!"

근처에 있던 청천 진인 이하 무림맹의 수뇌진도 그걸 보았다. 그들은 수뇌진이 손을 놓고 있어 오합지졸화되어 버린 일월문도들을 빠르게 처리하며 좌정하고 있는 여섯 명에게로 다가갔다.

무림맹과 비룡회의 무사들이 거의 접근했을 무렵, 땅에서 솟구치던 푸른 기운이 번쩍 하며 하늘로 사라져 버렸다.

"크크크크크······."

모여 앉아 있던 여섯 명은 기이한 괴성을 내며 천천히 몸을 일으켰다. 그들에 가장 먼저 근접한 비룡대의 무사 몇 명이 달려들어 검을 날렸다.

쨍!

놀랍게도 무사들의 검은 호교사자들이 장난처럼 휘두른 손짓에 수수깡처럼 부러져 버렸고, 뒤이은 손짓에 무사들은 피를 흘리며 쓰러졌다.

"이놈들!"

젊은 무사들의 피가 흩뿌려지자 분노한 법현 대사가 노호성을 터뜨리며 항마번천장을 폭발시켰다. 항마장에 얻어맞은 두 사자는 주춤했으나 나머지 세 사자가 법현 대사를 향해 믿기 어려운 속도로 뛰어들었다.

미처 방어세를 갖추지 못한 법현 대사가 위기를 맞을 즈음, 청천 진인이 뛰어들어 검을 휘둘렀다.

번쩍!

눈부신 검강이 튀어나와 사자들의 몸통을 휘감았다.

"크아아아!"

사자들은 괴물의 포효 같은 괴성을 지르며 뒤로 물러났다. 검강을 정면으로 맞은 사자는 몸통이 반 이상 끊어져 있었지만 여전히 움직이고 있었다.

"강시라도 된 것인가? 어떻게 저리 단단할 수가……!"

청천 진인은 할 말을 잃었다. 검강에도 완전히 끊어지지 않는 괴물이라니, 불과 잠시 전만 해도 자신과 같은 인간이었던 자들이 순식간에 금강불괴지체처럼 변한 것이 믿어지지 않았다.

"저들은 지금 명왕을 수호하는 오대신장의 영을 자신의 몸에 강신시킨 겁니다. 지금은 동작이 굼뜨지만 시간이 지날수록 더욱 몸이 빨라지고 더 강해질 겁니다."

함토리가 그의 옆으로 다가와 말했다.

"그럼 한시라도 빨리 처리해야겠구려."

"우리 무사들이 다치지 않게 조금만 시간을 끌어주십시오. 그럼 해결책이 있습니다."

함토리의 든든한 발언에 힘을 얻은 청천 진인은 다가온 비룡대의 무사들을 후퇴시키고 법현 대사와 혜공, 최운 등의 고수들만을 데리고 호교사자들을 상대하며 시간을 끌었다. 처음에는 동작이 굼떠 날랜 무림맹의 고수들을 잡기 힘들어하던 호교사자들은 함토리의 말대로 점점 기민해지기 시작했다. 거기다가 이때껏 침묵하던 한수보가 등장하면서 상황은 무림맹 측에 불리해지기 시작했다.

"크하하하! 명왕의 기운을 전수받은 본 교주가 오늘 이 벌판에서 무림맹과 철혈방을 응징하리라!"

그는 호교사자들과는 달리 이지를 잃지 않은 모습이었다. 눈에서 푸른 광망을 이글거리며 무림맹의 무사들 앞으로 나선 한수보는 장력을 난사하기 시작했다.

콰쾅! 콰콰콰쾅!

폭죽처럼 터지는 그의 장력에 비룡대의 무사 십여 명이 박살나 버렸고, 간신히 받아낸 법현 대사는 피를 토하며 주저앉았다. 청천 진인이 다급히 나섰지만 그마저도 한수보의 장력에 밀려 뒷걸음질쳤다.

청천 진인을 밀어버린 한수보는 최운과 연설연, 은소예에게로 덤벼들었다.

"제길! 모두 물러서!"

최운은 두 여인을 물러나게 한 후 직접 한수보의 공력을 맞받지 않고 빠른 신법으로 그의 배후를 돌았다. 그리고 일검을 그의 목에 적중시켰다. 그러나 그의 장검은 한소보의 목을 끊는 대신 유리처럼 부서져 버렸고, 한수보의 장력이 무방비 상태가 된 그의 가슴으로 파고들었다.

"까악!"

연설연이 자지러지는 비명을 질렀다.

콰앙!

귀를 울리는 충돌음과 함께 최운은 쿨럭거리며 물러섰다. 입가에 피가 흐르고 있었지만 크게 다치지는 않은 듯, 빠르게 뒤로 후퇴했다.

최운의 가슴으로 파고드는 장력을 막아낸 것은 함토리였다. 그는 재빨리 최운과 한수보 사이에 끼어들어 한수보에게 맹공을 퍼붓기 시작했다. 보이지 않을 정도로 빠르게 휘두르는 그의 검이 한수보의 요혈에 마구 꽂혀 들어갔다. 함토리의 쾌격에 밀려 한수보는 연신 뒷걸음쳤으나 옷만 너덜거릴 뿐 그의 몸은 여전히 멀쩡했다.

무수한 함토리의 공격을 견뎌낸 한수보는 우뚝 서서 반격을 준비했다. 그가 우렁찬 고함을 내지르자 호교사자들도 나란히 함성을 질렀다. 한수보의 번쩍 들린 손에서 푸른 광망이 일렁이자, 호교사자들 역시 같은 동작을 취하며 손에 기운을 모으기 시작했다.

그들의 손에서 모인 푸른 기운이 서서히 무림맹을 조준할 무렵, 함토리의 낭랑한 휘파람이 전장을 꿰뚫었다. 그러자 비룡대의 비호를 받으며 일월문도들을 헤치고 온 선학자 이하 구파일방의 술법사들이 일제히 다가와 준비해 온 부적을 그들을 향해 날렸다.

쏜살같이 날아간 부적들은 한수보와 호교사자들을 건드리는 대신 그들이 밟고 있는 대지에 차례차례 달라붙으며 여섯 명을 둘러싼 큼지막한 원을 형성했다.

선학자와 도인들은 다 함께 수인을 그리며 법언을 외우기 시작했다. 그러자 여섯 명을 둘러싼 원에서 붉은 기운이 솟아오르며 한수보와 다섯 호교사자를 감싸기 시작했다.

"크아아아아―!"

붉은 기운에 휩싸인 호교사자들은 머리를 쥐어뜯으며 발광하기 시작했다. 그의 몸에서 서서히 푸른 기운이 붉은 기운에 섞여 나오고 있었다.

"됐어! 이제 신장의 기운이 몸속에서 빠져나오면 저들은 온전히 살아남지 못할 겁니다!"

선학자가 득의한 표정으로 외쳤다.

그때 한수보가 힘겹게 움직이며 호교사자 한 명에게로 다가갔다. 그는 발버둥 치는 호교사자를 붙잡더니 번쩍 들어 원 밖으로 집어 던졌다.

원 밖으로 떨어져 나온 호교사자는 비틀거리며 정신을 차리는 듯했다. 그러나 그에게는 함토리의 지시를 받은 비룡대의 맹공이 이어졌다. 여전히 강철 같은 피부였으나 신장의 기운이 반 이상 빠져나간 호교사자는 계속되는 공격을 감당하지 못하고 결국 목이 달아나 버리고 말았다.

또 다른 호교사자 한 명이 한수보에 의해 원 밖으로 던져졌지만 역시 몸을 가

누기 전에 비룡대의 공격을 받고 같은 꼴이 되고 말았다. 호교사자가 전부 죽어 버리는 것을 바라본 한수보는 광기 어린 눈빛을 발하며 원 밖으로 직접 기어 나왔다.

"이놈들! 본 교의 역사는 결코 끝나지 않는다!"

그의 손에서 푸른 기운이 일렁였다.

"본 교의 역사는 우리가 이을 테니 걱정 마라."

선학자와 다른 도인들 사이에 섞여 있던 새외 일신교의 술사들이 대꾸하며 그에게 부적을 날렸다. 수십 장의 부적이 사지에 붙어버렸음에도 한수보는 계속 움직였다. 마침내 번쩍 쳐들린 그의 두 손에서 푸른 광채가 뿜어져 나와 무림맹 원들에게로 쏟아졌다.

콰쾅—!

마교의 신기 청살마인장(靑殺魔印掌)을 받아낸 것은 청천 진인과 함토리였다. 동시에 쏘아져 간 두 사람의 검기가 두 줄기의 청살마인장을 와해시키고 더 나아가 한수보의 양손까지 파고들어 그의 두 팔을 박살 내버렸다.

"크아아아!"

양팔을 잃은 한수보는 고통에 몸부림치면서도 양발을 박차고 뛰어올랐다. 함토리와 청천 진인 사이를 스쳐 지나가며 몸을 날린 그는 눈이 뒤집힌 채 무림맹 원들 한가운데로 뛰어들었다.

무슨 일이 벌어질지 모르는 순간, 맹원들 사이에서 한 명이 번개같이 튀어나오며 검을 한수보의 가슴에 꽂아 넣었다. 그의 검은 금강불괴같이 단단하던 한수보의 가슴을 뚫고 들어가 등까지 삐져 나왔다.

"어라? 저거 방 소협 아냐?"

한수보를 쫓아오던 함토리가 말했다.

방구병은 가슴에 꽂았던 장검을 뽑아서 항거 불능 상태에 도달한 한수보의 목을 쳐올렸다. 한수보의 목은 몸통과 분리되어 공중으로 떠올랐다.

떠올랐던 목이 땅에 떨어지는 순간, 근처의 무림맹 무사들이 큰 소리로 외쳤다.

"일월문주가 죽었다!"

“이겼다!”

그 소리가 전파되자, 승리를 직감한 전 무림맹원들의 힘찬 함성이 온 벌판을 뒤덮었다.

“와아아아아―!”

전황은 이제 일방적으로 기울어졌다. 황룡문과 해사방 등은 일찌감치 투항했고, 마지막까지 저항하던 일월문의 무사들은 문주이자 교주인 한수보의 죽음에 충격을 받아 더 이상 저항할 힘을 잃은 채 패퇴하고 있었다.

주변을 돌아보던 함토리는 기쁜 낯으로 옆의 청천 진인에게 말했다.

“이겼군.”

청천 진인도 상기된 얼굴로 고개를 끄덕였다.

“그렇네. 드디어 우리가 이겼어.”

옆에서는 방구병이 최운과 혜공의 찬사를 받고 있었다.

“구병아, 잘했다!”

“잘했습니다, 방 소협.”

방구병은 신룡오협이 어디 있을까 눈으로 찾으며 호탕한 웃음을 터뜨렸다.

“아하하하! 이 정도 가지고 뭘. 이제 위지관천의 목이 떨어졌으니 바야흐로 강호의 평화가 도래하겠군!”

뜬금없는 그의 말에 최운과 혜공은 어리둥절한 표정을 지었다. 최운이 고개를 갸웃거리며 물었다.

“그게 무슨 소리야? 위지관천이 죽다니.”

방구병은 무슨 소리냐는 듯 한수보의 시체를 가리켰다.

“이놈이 적의 수괴라는 얘기를 듣고 여기로 온 건데? 적의 수괴니까 철혈도제 위지관천 아냐?”

“……적의 수괴는 맞습니다만 위지관천은 아닙니다. 일월문주인 한수보이지요.”

혜공의 대꾸에 방구병은 뜨악한 표정을 지었다.

“이런 제기! 아끼고 아껴서 구사한 일월성신기인데, 엉뚱한 놈을 죽인 거야?”

그는 전투가 개시되어서도 남해노조가 시킨 대로 나대고 다니지 않고 최대한 힘을 아끼고 있었다. 그러다가 적의 수괴가 있다고 외치는 소리를 듣고 여기까지 달려와 한수보를 쓰러뜨린 것이었다.

최운이 웃으며 그의 어깨를 다독였다.

"엉뚱하긴. 이자는 중원 마교의 교주라고. 이자를 쓰러뜨렸으니 구병이 넌 이 전투에서 최고의 전공을 세운 거야."

"정말 그런 거야?"

시무룩해졌던 방구병의 표정은 눈에 띄게 환해졌고, 최운과 혜공은 마주 보며 쓴웃음을 지었다.

그때 마침 신룡오협이 인파를 헤치며 이쪽으로 다가왔다.

개방의 송욱이 먼저 한수보의 시체를 보고는 눈을 크게 뜨며 외쳤다.

"아니, 이자는! 일월문주이자 중원 마교의 교주인 한수보잖아! 결국 우리 무림맹이 해치운 모양이군!"

다른 사협들도 우르르 몰려왔다.

"이자를 누가 죽였을까?"

다들 궁금해하고 있을 때, 근처에 있던 방구병이 큰 기침을 해댔다.

"에헴, 에헴!"

워낙 크게 기침을 한 터라 오협들의 시선이 그쪽으로 쏠렸다. 그런데 그때, 그들의 뒤에 있던 비룡대원 한 명이 말을 해주었다.

"그자는 맹주님이 해치웠소."

그러자 방구병으로 향하던 오협의 시선이 그 무사에게로 쏠렸다.

"그래요?"

"역시 맹주님이군!"

'무, 무슨 소릴 하는 거야, 저 작자가!'

방구병이 손을 부들부들 떨고 있을 때, 마침 그 무사의 옆에 있던 다른 무사가 이의를 제기했다.

"무슨 소리야, 자네? 맹주님이 해치운 것은 아니지."

‘역시, 언제 어디서나 진실을 얘기하는 용기있는 자가 있는 법이거든!’

방구병이 내심 두 번째 무사에게 감사하고 있을 때, 그 무사는 그의 기대와는 전혀 다른 대답을 이어 붙였다.

“비룡회주님도 한칼 거드셨잖아. 두 분이서 사술을 쓰는 놈의 양팔을 박살 내셨으니까.”

“하긴 그렇군. 두 분이서 함께 처리했다고 보면 될 거요.”

두 무사의 종합적이고도 친절한 대답에 신룡오협은 일제히 고개를 끄덕였다.

“아하, 그랬군. 역시 맹주님! 역시 비룡회주님이야!”

그들이 감탄사를 발하며 자리를 떠버리자, 방구병은 털푸덕 무릎을 꿇고 주저앉았다.

“왜, 왜 그러니, 구병아?”

영문을 몰라 하는 최운의 물음에 방구병은 아무 말 없이 눈을 감고 고개를 저을 따름이었다.

‘젠장맞을. 최소한 양팔이 잘리기 전에 덤볐어야 하는 건데.’

시기적으로 지나치게 늦었던 등장을 애통해하는 방구병이었다.

전투가 종결된 후, 시체를 묻고 포로를 이송하는 등의 뒷마무리가 한창일 즈음 무림맹의 수뇌진에게는 뜻밖의 보고가 전달되고 있었다.

“전투에 참여했던 철혈방도들이 가짜라고?”

청천 진인의 물음에 무림맹의 정보 담당인 비영각주 교헌이 대답했다.

“그렇습니다. 생포한 철혈방의 백당과 황당의 무사들을 조사해 본 결과, 불과 얼마 전에 철혈방에 임시로 고용된 낭인들이었습니다.”

보고를 듣던 청천 진인 이하 수뇌진들은 서로 얼굴을 마주 보았다.

“그런 일이… 어쩐지 철혈방의 무력이 지나치게 약하다고 했건만……. 그럼 전투에 참여했던 철혈방의 칠백 무사가 모두 가짜였단 말인가?”

“아닙니다. 낭인들을 심문해 보니 나머지 청, 홍, 흑의 삼당 무사들은 모두 진짜였답니다. 그런데 그 삼당의 무사 중에는 생포된 자가 거의 없습니다.”

보고를 듣던 함토리가 물었다.

"삼당이라… 도망친 철혈방도들의 숫자가 얼마쯤 되오?"

"약 사백 명입니다."

"그 정도면 그 삼당 무사들을 합친 숫자와 비슷하군. 그렇다면……."

함토리는 말꼬리를 흐렸지만 다른 간부들도 그의 생각을 알아차렸다.

"설마 달아난 놈들이 진짜 철혈방의 무인이고, 도망친 이유는 작전상 후퇴라는 것인가요?"

법현 대사의 말에 함토리는 무겁게 고개를 끄덕였다.

"현재 드러나는 정황상 그럴 가능성이 높습니다."

교헌이 의문을 제기했다.

"작전상 후퇴란 말은 이해가 가지 않습니다. 그들이 시기적으로 지나치게 일찍 도망쳤고, 그로 인해 우리가 승기를 잡은 것은 사실입니다만… 새외 세력과의 관계가 끊어진 지금 절대적인 힘이 될 수 있는 일월문을 내칠 이유가 없지 않습니까?"

"지금 당장 그 내막을 알 수야 없지요. 하지만 분명한 것은 철무련의 근간을 이루는 철혈방의 전력은 전혀 손실된 것이 없고, 그들의 이 의외스러운 행동은 분명 우리가 모르는 뭔가를 노리고 있는 것이 틀림없다는 것입니다."

함토리의 말에 모두의 안색이 굳어졌다. 전쟁의 승패가 갈릴 수 있는 전투에서 승리한 것이라고 믿었건만 철혈방의 뜻하지 않은 행보가 마음에 걸릴 수밖에 없는 상황이었다.

그때였다. 벌판 끝에서 먼지가 일더니 수기의 기마가 맹렬히 이쪽으로 질주해 왔다.

기마는 순식간에 무림맹이 있는 지점까지 도달했고, 말에서 내린 무림맹 비영각의 대원들은 다급히 수뇌진이 있는 곳으로 달려왔다.

"무슨 일이냐?"

교헌의 물음에 대원은 긴박한 표정으로 외쳤다.

"급전입니다! 지금 철혈방이 소림을 치고 있답니다!"

"뭐, 뭐라고?"

청천 진인 이하 모든 수뇌진은 벌떡 일어섰다. 소림사는 하남성 숭산에 위치하고 있다. 그렇다면 철무련, 아니, 철혈방이 지금 하남성에 진입했다는 말인가!

"그뿐이 아닙니다! 하남성의 곳곳에 위치한 분타들에서도 전서구가 날아왔습니다. 철혈방의 본진이 개봉으로 향하면서 그 길목에 있는 분타들을 모두 초토화시키고 있습니다!"

"안휘성에서도 보고가 왔습니다! 삼대세가의 대규모 군단이 한꺼번에 개봉으로 움직이고 있다 합니다!"

"아뿔싸! 놈들이 조호이산지계를!"

함토리는 분통을 터뜨렸다. 놈들은 일월문을 이용하여 무림맹의 전 전력을 이곳으로 끌어들인 다음, 무림맹의 전력이 빠져나간 하남성을 치러 간 것이다.

"당장 개봉으로 출발합시다. 하남성을 빼앗기고 개봉도 빼앗긴다면 이 전쟁의 추는 급격히 기울 것이오."

청천 진인은 교헌에게 물었다.

"현재 하남성에 남아 있는 병력은 어느 정도인가?"

"하남성의 전력은 소림사와 각 분타를 제외하면 맹을 지키고 있는 이세천 호법 휘하 천호대 이백 명뿐입니다."

"절망적인 수치로군."

청천 진인은 탄식을 발하며 말했다.

교헌은 문득 생각난 듯 말을 이었다.

"아! 그리고… 악양을 수복한 쌍창각이 개봉으로 귀환 중입니다. 아마 내일쯤 개봉에 도착할 겁니다."

"쌍창각이?"

일순 수뇌진의 얼굴에 한 가닥 희망의 빛이 떠올랐다. 현재 쌍창각의 전력이 변변찮다는 것은 모두가 알고 있었다. 그러나 신임 쌍창각주는 그러한 전력으로 곳곳에서 기적을 일궈냈다. 물론 이번에는 무창이나 악양과는 현격히 다른 상황이었지만, 모두의 마음에는 왠지 모를 기대감이 떠오르고 있었다.

두두두두두두—

수백 기의 기마가 초원을 질주하고 있었다. 기마의 위에 탄 무사들은 비룡회와 비룡대원들이었다. 그들은 개봉을 향해 질주하고 있었다. 무림맹은 우선 최정예 고수들만 선별하여 말에 태워 개봉으로 향하게 했고, 비룡회와 비룡대는 그 선봉에 있었다.

"조금 의아한 것이, 철혈방에서는 어째서 마경을 포기한 것일까요? 저희가 얻어낸 정보에 의하면 그들 역시 일월문처럼 중원 마교의 한 지맥으로 알고 있는데요."

한참을 질주하던 말들을 조금 쉬게 하느라 속도를 늦추는 와중에 최운이 함토리에게 물었다.

"그게 우리의 큰 판단 착오였다고 봐야겠지. 우리는 그 정보를 지나치게 신봉했네."

"그 정보는 확실한 것이었잖습니까."

"정보의 진위가 중요한 게 아닐세. 설사 중원 마교와 관련이 있다 하더라도 아예 일월문과 같이 마교의 후신을 자처하는 게 아닌 다음에야 그들이 반드시 일신교란 종교를 절대적으로 맹신하란 법은 없거든."

"그 말씀은……."

"철혈방은 일월문과 같이 마경이란 성물에 큰 비중을 두지 않았다는 거지. 우리는 마경의 중요성과 그 성물이 가지고 있는 요사한 공능에 지나치게 현혹되어 일월문과 같은 우를 범한 걸세. 전쟁에서 가장 중요한 목표는 물건이 아니라 영역이라는 것을 망각한 게야. 결국 쓸데없는 것에 집착한 두 집단이 박 터지게 싸우는 사이, 철혈방은 하남성이라는 알맹이를 먹어버린 거지."

최운과 다른 대원들은 무거운 표정이 되었다. 아직 하남성이 완전히 함락된 것은 아니지만 소림사가 무너지고, 개봉이 함락되면 그때는 무림맹이 더 이상 발 디딜 곳이 없게 된다. 쌍창각이 의외의 활약을 보인 호광성이 있긴 하나 이제 갓 점령한 지역인지라 자기 영역화가 되지 않아 하남과 사천의 양면 협공을 받으면 금방 무너질 공산이 컸다.

대원들 모두 말이 없어진 가운데, 갑자기 방구병이 입을 열었다.

“노사님, 근데 정우란 녀석이 이끄는 쌍창각이 개봉으로 가고 있습니까?”

맹정우란 말이 나오자 근심 어린 기색이던 함토리의 표정이 조금 밝아졌다.

“그렇네. 최악의 상황이긴 하지만 그가 우리가 갈 때까지 어떤 반전의 기회를 만들어주지 않을까 하는 일말의 기대를 걸고 있다네.”

함토리의 대답에 주변의 다른 비룡회원들도 모두 고개를 끄덕였다.

“정우라면 잘해줄 겁니다. 언제나 우리를 놀라게 하던 친구 아닙니까?”

최운의 말에 연설연도 웃으며 동의를 표했다.

“맞아요. 우리 대주님이라면 잘 해내실 거예요, 안 그래?”

연설연은 옆에서 나란히 달리는 은소예를 쿡 찌르며 물었지만 은소예는 ‘흥!’ 하고 코웃음을 칠 뿐이었다.

한편 방구병은 심각한 얼굴로 골똘히 생각하고 있었다.

‘분명 이번 철혈방의 행보를 주도하고 있는 것은 철혈도제 위지관천일 거란 말이야. 행여 정우란 놈이 내가 도착하기도 전에 그놈을 죽이기라도 하는 날에는!

생각만 해도 끔찍한 가정에 방구병은 몸을 부르르 떨었다. 말을 달리고 있는 비룡회 중에는 신룡오협도 끼어 있었고, 특히 금태희도 끼어 있었다. 삼 년 전처럼 눈 뜨고 앉아서 맹정우가 영웅 되는 꼴을, 그것도 금태희 앞에서 그러는 꼴을 다시 볼 수는 없었다.

“제길! 절대, 절대 그럴 순 없어!”

방구병은 일갈하며 고삐를 세게 찼다. 그의 말이 울부짖으며 앞으로 달려나갔다.

“어이, 방 소협! 어디 가나?”

뒤에서 함토리가 불렀지만 망상의 극에 달한 방구병은 더욱 말에 박차를 가할 따름이었다.

제12장

영웅의 신산(神算)은
때와 장소를 가리지 않고 빛을 발한다

개봉 북문 밖. 무림맹 총단.

"적이 삼십 리 앞까지 접근했습니다."

척후병의 보고를 듣고 있던 무림맹 우호법 이세천은 지그시 입술을 깨물었다.

"영릉 분타에서는 아직 소식이 없나!"

"예, 전서구가 도착한 것이 없습니다."

영릉은 개봉의 동쪽, 안휘성 방향에 있는 분타였다. 개봉의 서쪽, 사천 쪽의 분타들에서는 전서구가 많이 도착해 있었다. 그 내용이 지원 병력을 보냈다는 연락이 아니라 철혈방의 급습을 받고 있으니 지원 병력을 보내달라는 연락이긴 했지만 말이다.

하남성에 출현한 철혈방은 무서운 속도로 진군해 왔다. 순식간에 성의 동편 분타들을 모두 쓸어버리고 소림사가 있는 숭산까지 점거해 버린 상태였다. 그리고 이제 개봉에 거의 다 도착한 참이었다. 그런데 그들이 하남성을 가로질러 오는 동안 이세천은 단 한 명의 지원 병력도 끌어 모으지 못했다. 맹에 있는 가용 전력이라곤 천호대 이백 명뿐이었다.

"어쩔 수 없다. 우리끼리 맞서 싸우는 수밖에. 모두 죽음을 각오하고 결전에 임하도록."

천호대장과 조장들은 굳은 표정으로 고개를 끄덕였다.

이세천은 의관을 갖춰 입고 연무장에 시립해 있는 이백 천호대 앞으로 나갔다.

"본 맹의 자랑스러운 대원들이여, 지난 백오십 년간 강호의 정의를 수호해 온 무림맹의 총단을 향하여 사교의 무리들이 쳐들어오고 있다. 우리가 이것을 용납할 수 있겠는가!"

"없습니다!"

"모두 죽을 각오로 싸워 이길 자신이 있는가!"

"있습니다!"

천호대는 연무장이 떠나갈 듯 소리를 질렀다. 기백에 찬 함성이라기보다는 대적을 눈앞에 둔 공포감을 떨쳐 버리려는 발악성에 가까웠지만, 이세천은 발악이라도 해서 두려움을 극복하는 것도 좋다고 생각했다.

"하남 경계에서 출발한 본 맹의 본진은 오늘 밤에나 도착할 것이다. 그때까지 버틸 자신이 있는가!"

"있습니다!"

"그때까지 단 한 명의 지원 병력도 없다. 그래도 좋은가!"

"좋습니다!"

"우리끼리 싸워 이길 수 있지 않나!"

"그렇습니다!"

"좋아! 정의를 지키려는 혼과 기백만 있다면, 그 어떤 도움 없이도 승리할 수 있다! 모두 이것을 명심하여……."

끼이이익—

갑자기 정문이 육중한 소리를 내며 열리는 바람에 이세천의 말이 끊어졌다.

이세천 옆에 있던 부장이 인상을 찡그리며 위사들에게 버럭 호통을 쳤다.

"무슨 일이냐, 대체!"

"지원 병력이 도착했습니다."

한창 독립심을 강조하던 이세천의 표정이 잠시 머쓱해졌다. 그러나 어쨌거나 지원 병력이 왔다는 것은 매우 다행한 일이었다.

"당장 들라 해라!"

대문이 활짝 열렸다. 시립해 있던 천호대도 기대감 가득한 표정으로 열려진 대문을 주시했다. 정오의 환한 햇살을 받으며 보무도 당당히 들어서는 여섯 명의 모습이 보였다.

눈부신 햇살에 눈을 찡그리며 그들을 바라보던 천호대의 얼굴에 차츰 황당한 기색이 떠올랐다.

"저게 누구야?"

"삼룡표국주 마태봉 아냐?"

"천마표국주도 있는데."

"저 뚱뚱한 사람 어디서 많이 봤는데……."

"신우표국주 아냐. 그 옆은 만수표국주고. 저 치들이 지원 병력이란 말이야?"

천호대는 무림맹 총단을 지키는 부대였기 때문에 총단에 왕래가 잦은 오대표국주를 너무도 잘 알고 있었다. 재력 빵빵한 산하 표국을 맡고 있다 보니 몸속에 내공보다는 기름기가 들어찬, 무인이라기보다는 상인에 가까운 인물들이 아닌가. 그런 인물들 다섯 명에 호위 무사로 보이는 청년 한 명이 지원 병력이라니, 잔뜩 기대를 하고 있던 천호대로서는 김이 새도 단단히 새는 일이었다.

"아이구, 이거 우 호법님 아니십니까! 참으로 오랜만입니다."

"가끔 저희 표국에 좀 들르시라 그렇게 얘기했건만… 이렇게 직접 찾아뵈어야 얼굴을 뵙는군요."

연무장을 가로질러오던 오대표국주는 반색하며 이세천에게 아는 체를 했다.

이세천은 일그러진 얼굴을 감추기 위해 한 손으로 이마를 문지르고 있었다.

왜 하고 많은 사람들 중에 저 치들이 지원 병력으로 온 단 말인가. 그것도 하필 지금 이 순간에! 이세천은 천호대의 사기를 한창 끌어올리고 있는 이때에 그들을 들여보낸 수문 위사를 따로 불러 두들겨 패고 싶은 마음이 굴뚝같았다.

어쨌거나 대청 위까지 올라와 포권을 취하는 오대표국주를 나 몰라라 할 수는 없는 일, 이세천은 마주 포권을 취했다.

"오대표국주께서 다 함께 어인 일이신지요? 모두 맹의 사당에 고루 분배되어 직책을 맡고 계신 것으로 압니다만."

오대표국주는 이세천의 말이 뜻밖인 듯 서로 얼굴을 마주 보았다.

"이 호법, 저희는 지금 신임 쌍창각주를 뫼시고 활동 중인데, 그걸 모르셨나 보군요."

"신임 쌍창각주요?"

이세천으로서는 금시초문이었다. 그도 그럴 것이, 맹정우가 함토리에게 억지로 각주 직을 위임받은 게 얼마 되지 않은 일이라 송왕산 쪽에 있던 무림맹 본진에만 소식이 전달된 상태였다. 무창과 악양에서의 승전보도 이쪽으로는 자세한 정보가 전달되지 않아 이세천은 결과에 대해서만 간략히 알고 있을 따름이었다.

"쌍창각이 활동을 하고 있었군요. 본 맹의 본진이 다른 곳에 있어서 총단 쪽에서는 오히려 정보 습득이 늦는 편입니다. 그런데 모시고 있는 쌍창각주님은 어디 계신지?"

"여기 계시지 않습니까."

오대표국주가 가리킨 인물은 그들 뒤에서 서성이고 있던 청년이었다.

이세천은 아차 싶은 표정으로 말했다.

"이거 이런 결례를… 뒤에 그렇게 서 계셔서 호위 무사인 줄 알았소이다."

맹정우는 한 걸음 앞으로 나와 가벼운 미소를 머금은 채 인사했다.

"별말씀을. 맹정우라 합니다."

"가만 맹정우라… 혹시 삼 년 전의 그……?"

"맞습니다. 일검탈명이라 불리던 사람입니다."

"아하, 그랬구려."

이세천은 일검탈명 맹정우를 똑똑히 기억하고 있었다.

"어쨌거나 쌍창각에서 지원을 오셨으니 마음이 한결 든든하오. 그러나 전황이 무척 좋지 않소. 지금 철혈방의 본진이 코앞으로 다가왔고, 게다가 안휘에서 온 삼대세가의 대군까지 그들과 합류한 상태요. 그들은 이천 명이 넘는 데 반해 여기에는 고작 이백 명이 있을 따름이오. 이 인원 가지고 버티는 것은 고사하고 전멸을 당하지 않으면 다행인 상황이오."

"걱정하실 것 없습니다."

너무도 태평한 맹정우의 말에 이세천은 영문을 몰라 했다.

"무슨 좋은 수라도 있소?"

"딱히 좋은 수가 있다기보다는… 이 인원 정도면 충분히 놈들을 쓰러뜨릴 수 있습니다."

"……?"

이세천은 이 친구가 살짝 돈 것 아닌가 하는 의구심이 들기 시작했다.

마침내 철혈방이 이끄는 대군단이 무림맹 총단 앞에 모습을 드러냈다.

철혈방의 검은 무복으로 통일된 철검대 사백 기가 선두에서 진격해 오고 있었고, 그 좌우로 백당 이백과 황당 이백 등 총 사백 무사가 각 당의 이름에 걸맞는 복색을 한 채 열을 맞춰 전진했다.

철혈도제 위지관천은 철검대의 진지 중앙에 마련된 가마에 올라타고 있었고, 문상 제소운이 그 옆에서 흑마를 타고 그를 보필하고 있었다.

후위는 삼대세가가 맡고 있었다. 남궁세가, 모용세가와 제갈세가는 청백황의 각 세가 고유의 무복을 입고 철혈방의 뒤를 따라오고 있었다. 사천당가도 포함되어 있었지만 이들은 워낙 숫자가 적어 눈에 띄지 않았다.

거칠 것 없이 전진하던 철혈방의 진군은 총단 정문 앞 백 장 앞에서 일단 정지했다.

제소운이 한 발 앞으로 나와 우렁차게 외쳤다.

"강호 정의를 수호하는 정도무림맹이여! 손님이 왔는데 접대를 해야 하지 않겠나!"

제소운은 총단에 있는 무인이 불과 이백 명이라는 것을 알고 있었다. 이럴 경우, 이미 도망쳤거나 아니면 총단 건물 깊숙이 매복하고 있다가 조금의 피해라도 주려 하거나, 둘 중 하나일 것이 분명했다. 따라서 자신의 말에 대꾸하는 이는 없을 거라 생각했다.

그러나 그의 예상은 보기 좋게 빗나갔다.

"아, 물론 대접을 해드려야지. 그게 주인 된 도리 아니겠나!"

정문 위에서 낭랑한 목소리가 철혈방의 대군을 향해 울려 퍼졌다. 어느새 올라가 있었는지 백의를 멋들어지게 차려입는 청년이 정문 지붕 위에 우뚝 서 있었다.

제소운은 눈에 이채를 띠었다. 표홀한 움직임과 대군이 모두 들을 수 있을 정도로 크게 울리는 음성, 고수임이 틀림없었다.

"형제는 누구신가? 존성대명을 알려주겠나?"

정문 위의 청년은 어림없다는 듯 대꾸했다.

"남에게 이름을 물으려면 자기 이름부터 말하는 게 예의 아니겠느냐?"

제소운은 쓴웃음을 지었다. 입심도 제법 센 상대였다.

"철무련의 제소운이다. 됐나!"

"네가 철혈방의 잔머리꾼인가 보구나. 그럼 네 옆에 가마 탄 늙은이는 위지관천이렷다?"

청년은 자기 이름은 얘기 안 하고 엉뚱한 소리를 했다. 제소운의 눈에서 불똥이 튀었다.

"이런 건방진 놈! 예의를 갖춰졌건만 제 분수를 모르는구나! 놈의 입을 막아 줘라!"

그의 호령이 떨어지기가 무섭게 본진 선두의 철검대 다섯 명이 전광석화처럼 정문으로 달려갔다. 정문에 다다른 그들은 일제히 청년을 향해 뛰어올랐다.

일제히 뽑아 든 다섯 명의 검이 햇빛이 반사되어 반짝였다.

번쩍!

반사된 햇빛보다 더욱 눈부신 광채가 순간적으로 정문을 뒤덮었다. 번쩍인 광채가 사그라질 즈음, 뛰어올랐던 철검대 다섯의 몸체는 열 개로 늘어난 채 바닥으로 떨어져 버렸다. 청년의 단 일 검에 다섯 철검대원이 모두 두 동강 나버린 것이었다.

"저, 저런 일이……!"

제소운의 벌어진 입이 채 다물어지기도 전에 청년은 정문 아래로 뛰어내렸다. 그러더니 검결지로 정면의 철검대를 가리키며 오른손의 검은 가로 세워 귀 뒤까지 끌어당겼다.

"오랜만에 구사해 보는 검광만암천이다. 좀 아플 게다."

청년, 맹정우는 한쪽 입가를 말아 올렸다.

"전원 공격!"

상대의 기세가 심상치 않음을 직감한 제소운은 급히 공격 명령을 내렸다. 멈 칫하던 선두의 철검대는 일제히 발을 구르며 맹정우를 향해 돌진했다. 그 순간, 맹정우의 뒤로 당겨졌던 검이 힘차게 뻗어 나왔고, 휘황한 은빛의 광채가 철검 대의 복판을 뚫어버렸다.

콰콰콰콰쾅!

철혈방 본진 중앙을 꿰뚫은 은광은 철검대의 후위에 있던 제소운과 위지관천 에게까지 도달했다.

"우아아앗!"

제소운은 말에서 몸을 날렸고, 위지관천은 무심히 다가오는 은광을 바라보다 가볍게 칼을 뽑아 내밀었다.

콰앙!

거칠 것 없이 전진하던 은빛 광채는 위지관천의 칼에 막혀 저지되었다. 그러 나 맹정우의 단 일 격에 철검대의 중앙부에 있던 수십 명의 철검대원들은 횡액 을 면치 못했다.

"크하하하하! 천하제일패를 바라본다는 세력의 무사들이 왜 이리 오합지졸이 냐!"

맹정우는 호탕하게 웃으며 뻥 뚫린 철검대의 중앙으로 파고들어 위지관천을 향해 곧장 달려갔다.

"놈을 막아! 반드시 죽여 버려!"

말에서 굴러 떨어졌다가 이제야 몸을 일으키고 있던 제소운이 다가오는 맹정우를 보며 발작적으로 외쳤다. 그러자 맹정우의 좌우에 있던 철검대가 일제히 그를 둘러싸며 공격을 시작했다.

휘익—

맹정우는 다가오는 철검대를 주시하며 힘차게 휘파람을 불었다. 그러자 좌우 방벽에 은신하고 있던 이백 천호대가 일제히 튀어나왔다. 천호대는 철혈방의 양 측면의 백당과 황당을 향해 돌진해 갔다.

"당황하지 마라! 놈들의 수는 고작 이백이다!"

제소운은 흑마 위로 엉금엉금 기어오르며 외쳤다.

맹정우는 철검대의 중앙에서 종횡무진하며 적을 섬멸했다. 그가 내지르는 검기에 맞은 철검대원들을 추풍낙엽처럼 나가떨어졌다.

"침착하라! 천하없는 고수라 해도 검기 발출을 무한정 해댈 수는 없다! 놈은 금방 힘이 떨어진다! 공격의 고삐를 늦추지 마라!"

제소운은 철검대를 독려하면서도 상황이 만만치 않음을 직감했다.

맹정우의 개세적인 초반 활약으로 인해 천호대의 사기는 크게 올라가 있었고, 반면 철혈방의 사기는 바닥으로 추락해 있었다. 아무리 수적으로 큰 우위에 있다고 해도 이런 식으로는 긴 소모전이 될 우려가 있다. 이놈들을 쉽게 제압하지 못하면 오늘 밤쯤 이곳에 도착할 무림맹의 본진을 제대로 상대하지 못할 우려가 있다.

'그렇다면 속전속결로 끝내야지!'

마음을 굳힌 제소운은 후위의 삼대세가에 수신호를 했다. 전진하여 철혈방과 합세해 천호대를 공격하라는 명령이었다.

그의 신호가 떨어지자 후위의 삼대세가가 느릿하게 움직이기 시작했다. 삼대세가는 각 세가가 삼백 명 이상의 무사를 끌고 참여한 상태였다. 삼대세가를 전부 합치면 천 명의 대군이었다.

제소운은 그들의 움직임을 보며 답답한 표정을 지었다. 무림맹 총단 앞의 공간이 아무리 넓다 해도 수천 명이 함께 움직이기에는 비좁다. 굳이 삼백이 넘는 세가 정원을 다 이끌고 나올 것이 아니라 정예 무인 오십 명씩만 투입하여 빠르게 황당과 백당에 섞여들면 좋지 않겠는가.

그러나 삼대세가주는 제소운처럼 영민하지 못한 듯, 수백 명의 세가 무사들이 다 함께 진군하여 황당과 백당, 그리고 철검대에 천천히 섞여들었다.

그때였다. 철검대의 한가운데에서 고군분투하던 맹정우가 다시 낭랑한 휘파람을 불며 공중으로 치솟았다. 철검대의 모든 시선이 일제히 그에게로 향했다.

'뭐야, 또 매복이 있는 거냐?'

맹정우의 움직임이 이상하다는 낌새를 알아챈 제소운은 황급히 좌우와 뒤를 살폈다. 어디에도 나타나는 매복은 없었다. 그러나 그의 귀에는 철혈방 무사들의 비명성이 가득 들려오기 시작했다.

"이, 이것은……!"

제소운의 눈이 찢어질 듯 크게 확대되었다. 철혈방의 무리에 섞인 삼대세가의 무인들이 일제히 백당과 황당, 철검대를 공격하고 있었다. 철혈방의 무사들은 삼대세가가 동료인 줄 알고 있었기 때문에, 안심하고 등 뒤를 경계하지 않고 있다가 칼을 맞고 쓰러지고 있었다. 삼대세가의 단 한 번의 공격에 철혈방 무사의 태반이 쓰러져 버렸다.

"이, 이놈들! 배신을 하다니!"

제소운은 경악하여 치를 떨었다. 너무나도 완벽했던 계획이 너무나도 허망하게 무너지고 있었다. 허수아비 물주로만 알고 있었던 삼대세가가 자신의 뒤통수를 치다니!

"문상, 이게 어떻게 된 거요!"

함께 있던 철혈방의 장로가 그에게 분통을 터뜨렸다.

"일단 퇴각합시다. 이대로는 승산이 없소."

또 다른 장로가 재촉했지만 제소운은 넋을 잃은 듯 아무 말도 하지 못했다.

장로는 혀를 차며 근처의 철검대에게 지시했다.

"퇴각의 북을 울려라! 주군의 가마를 후퇴시켜라!"

퇴각 신호가 울렸지만 이미 때는 늦어 있었다. 삼대세가의 뜻밖의 배신으로 인해 공황 상태에 빠진 철혈방의 무사들은 사기충천한 천호대와 삼대세가의 공격에 맥을 못 추고 쓰러져 갔고, 맹정우는 전장을 휘저으며 철혈방의 고수들만을 골라 쓰러뜨렸다.

쾌도난마로 질주하던 맹정우는 철검대를 가로질러서 철혈방의 후미까지 진입했다. 그의 눈에 서둘러 후퇴하고 있는 철혈방 수뇌진의 모습이 들어왔다.

"이제 대가리를 사냥할 시간인가?"

그는 일보장천의 신법으로 바람처럼 그들에게로 돌진했다.

스팟!

일검에 간부 두 명의 목이 날아갔다.

"그놈이다!"

"간이 부은 놈! 예가 어디라고!"

접근해 온 것이 맹정우임을 알아챈 간부들은 분노하며 맹정우에게 일제히 덤벼들었다.

팟! 팟! 팟!

맹정우의 팔성검이 육안으로 느낄 수 없을 정도로 쾌속하게 세 번 그어졌고, 그때마다 간부 한 명씩이 차디찬 바닥에 몸을 뉘었다.

맹정우의 무위가 상상 이상임을 다시금 깨달은 간부들은 한데 뭉치기 시작했다. 철혈방의 다섯 장로는 철혈방의 비전 오행관로진(五行關路陣)을 펼쳐 맹정우에 맞섰다.

오행관로진은 수비에 있어서 타의 추종을 불허하는 진법이었다. 진법이 일단 발동하자 다섯 장로는 맹정우의 보이지 않은 쾌검을 그럭저럭 막아내기 시작했다.

"어쭈? 시간 끌면 네놈들만 불리할 텐데?"

맹정우의 말을 듣던 다섯 장로의 얼굴에는 초조한 기색이 어렸다. 그의 말마따나 지금 발이 묶인 채 수비나 하고 있을 시간이 없었다. 벌써 백, 황 이당은 초토화된 상태였고, 주변을 둘러싸고 있는 철검대도 삼대세가와 천호대의 공세에 밀려 후퇴할 기회도 잡지 못하고 무너져 가고 있었다. 철검대가 무너지고 나면 그들 역시 몸을 뺄 여유가 없어지게 된다.

오대장로가 주변에 시선을 돌리며 잠시 머뭇거리는 사이, 맹정우의 신형이 어디론가 사라졌다.

"이놈이 어디 갔……."

두리번거리던 진의 가장 왼쪽 금좌(金座)의 장로가 입을 열었다. 그러나 말이 채 끝나기도 전에 그의 목은 하늘로 치솟고 있었다.

장로들이 잠시 집중력을 잃은 사이 단지보를 두 번 펼쳐 금좌의 사각으로 이동한 맹정우가 상대가 방비할 틈도 주지 않고 목을 쳐버린 것이다.

금좌가 무너지자 오행진도 무너지기 시작했다. 돌진하는 맹정우의 삼검에 목좌와 수좌의 장로가 쓰러졌다. 맹정우는 나머지 두 명에게 다가섰고, 두 장로는 새파랗게 질려 뒷걸음질쳤다.

끝장을 내려 검을 다시 치켜 올리던 맹정우는 뒤쪽에서 전에 없이 강력한 기운이 닥쳐오고 있음을 감지했다.

그는 반사적으로 몸을 돌리며 다가오는 기세를 맞받아 쳤다.

콰앙!

"웃!"

맹정우는 하마터면 놓칠 뻔한 팔성검을 부여잡고 뒤로 몇 걸음 물러섰다. 오른 손바닥이 찢어질 듯 아파오고 내상이 약간 있는 듯 속이 울렁거리기까지 했다.

'이번 놈은 진짜로군!'

가벼이 대할 상대가 아니었다. 첫 격돌에서 우위를 점한 상대는 다시 그에게로 돌진해 오고 있었다.

스팟!

맹정우는 단지보로 측면 이동하면서 상대의 두 번째 공격을 피했다. 피하긴 했지만 상대의 시선은 그의 빠른 움직임을 놓치지 않고 있었다. 맹정우는 비로소 상대의 모습을 제대로 볼 수 있었다.

"철혈도제! 역시 그렇군!"

그에 필적하는 빠름을 보이고 있는 상대는 역시 위지관천이었다. 그가 드디어 가마에서 내려와 전장으로 뛰어든 것이다.

맹정우는 모처럼 흥분되기 시작했다. 상대는 천하오성 중 일인, 그중에서도 첫째 둘째로 꼽힌다는 절대고수였다. 승패를 떠나서 자신의 진정한 강함을 헤아려 볼 수 있는 좋은 상대였다.

'게다가 쓰러뜨리면 대박을 움켜쥘 수 있는 상대이기도 하지!'

맹정우는 다가오는 위지관천을 향해 마주 덤벼들었다. 위지관천의 검은빛을 발하는 도기와 그의 은빛 검기가 주위의 온 공간을 수놓으며 충돌했다.

콰콰콰콰콰콰쾅!

공전절후(空前絶後)란 말이 어울리는 격돌이었다. 주변의 중인은 그들의 움직임을 전혀 알아볼 수 없었다. 방원 십 장 내에 보이는 것은 검은빛의 검기와 은빛 광채뿐이었다.

맹정우는 주특기인 빠른 신법을 극한으로 끌어올리고 있었다. 그는 팔방에 여덟 개의 잔영을 남기며 상대의 눈을 현혹했다. 단지보와 일보장천, 승룡회운과 우중건신을 자유자재로 시전하며 상대의 사각으로 이동하여 빠른 공격을 전개했다.

그러나 위지관천도 만만치 않았다. 그의 신법은 맹정우처럼 빠르지 않았지만 그의 눈과 칼은 맹정우의 움직임을 계속 좇고 있었다. 그는 눈 깜짝할 사이에 전개된 맹정우의 구십여 차례의 검격을 모두 막아내었다.

"제법인데!"

맹정우는 감탄하며 한 발 물러섰다. 구십팔 연격을 숨도 쉬지 않고 구사한 탓에 한숨 돌리려 물러선 참인데, 그의 상대는 아직 여력이 남아 있는 모양이었다. 위지관천은 선 자세 그대로 몸을 날려 물러서는 그에게로 돌진했다.

"이런 제길! 숨 좀 쉬고 하자니까!"

맹정우는 다시 훌쩍 뒤로 물러섰다. 그러나 일단 선기를 잡은 위지관천은 그에게 몸을 뺄 기회를 주지 않았다. 후퇴하는 맹정우를 향해 돌진하는 위지관천의 도에서 전에 없이 짙은 검은 기운이 일렁이기 시작했다.

위지관천의 도를 바라보던 맹정우의 눈빛이 바뀌었다. 그는 한 번 도약으로 뒤로 십 장을 물러서며 단전의 기운을 검에 주입시키기 시작했다.

급속히 물러서는 맹정우를 향하여 위지관천은 칼을 내밀었다. 뻗어 나온 그의 도에서 흑색 도기가 뿜어져 나와 맹정우를 덮쳐 갔다.

우우우우웅!

칼에서 뿜어져 나올 적에는 한 뼘에 불과했던 도기는 나아갈수록 점점 그 크기가 증가해 맹정우의 근처에 다다라서는 직경 일 장의 크기로 변했다.

'내력 대결로 가자, 이거냐?'

후퇴하던 신형을 정지한 맹정우는 이미 적의 도기 발출에 대비하고 있었다. 그의 좌수 검결지는 태극을 그리고 있었고, 우수의 검은 활처럼 뒤로 당겨졌다가 다가오는 흑색 도기를 향해 힘차게 뻗어나갔다.

검광만암천!

은빛의 광채가 흑색 도기를 향해 섬전처럼 쏘아져 나갔다. 맹정우의 검광은 처음 크기를 유지하되 진행될수록 은빛 색깔이 점점 또렷하고 선명해졌다. 마치 검기가 구체화되어 검강으로 진행되는 과정 같았다.

마침내 도기와 검광이 충돌했다.

콰과과과과과—

검광은 직경 일 장의 도기를 반으로 가르며 나아갔다. 지나치게 크기가 확대된 도기는 응축되어 기운을 집약시킨 검광을 이겨내지 못했다. 계속 전진한 검광은 위지관천의 도신 앞부분을 바숴뜨리며 나아가 그의 가슴을 덮쳤다.

콰앙!

폭죽과도 같은 폭발음이 일어났다. 위지관천은 가슴 부분이 터지며 뒤로 나자빠졌다.

"이겼다!"

근처에서 초조하게 이 싸움을 지켜보던 삼대세가와 천호대 무사들이 환호성을 질렀다. 검광에 정통으로 맞고 가슴이 터졌으니 승패는 결정된 것이다.

그런데 그때였다. 가슴이 뭉개진 것처럼 보이던 위지관천이 벌떡 몸을 일으켰다.

"저, 저럴 수가?"

눈으로 보고도 믿을 수 없는 이 상황에 삼대세가와 전호대원들은 경악을 금치 못했다.

일어선 위지관천은 비틀거리며 나아오는 맹정우를 향해 토막 난 칼을 꼬나쥐고 덤벼들었다. 몸의 움직이는 기세는 멀쩡했을 때와 전혀 달라지지 않았다.

비틀거리며 나아오던 맹정우는 이해할 수 없는 위지관천의 움직임을 보고도 놀라지 않았다. 오히려 한쪽 입꼬리를 말아 올리며 웃었다.

"그래, 그럴 줄 알았다."

그의 오른손에 들린 팔성검은 미세하게 떨리고 있었다. 공진하는 검신에서는 푸른 광채가 빛살처럼 흘러나오고 있었다.

맹정우의 코앞까지 육박한 위지관천의 두 눈은 새까맣게 죽어 있었고, 가슴은 너덜거렸다.

"이제 편히 쉬어라."

맹정우의 검이 허공을 갈랐다. 휘둘러지는 검신에서 뿜어져 나온 푸른 광채는 부채가 활짝 펴지듯 유선형의 얇은 단면으로 퍼져 나갔다. 뻗어나간 광채의 단면은 다가오는 위지관천과 그가 딛고 있는 공간을 갈랐다.

쩌어어어엉!

공간이 갈라지는 소리가 울려 퍼졌다. 팔성검에 수록된 마지막 검식, 검명각인의(劍鳴刻人意)의 소리였다.

위지관천은 맹정우 앞에서 멈춰 있었다. 정지된 그의 몸이 사선으로 갈라지며 서서히 바닥으로 무너져 내렸다.

위지관천이 쓰러진 직후, 잠시 정적이 흘렀다. 그리고 우레와 같은 함성이 온 전장을 덮었다.

"이겼다!"

"무림맹의 승리다!"

함성은 전투의 종결을 의미했다. 승리의 함성이 이어지는 가운데 맹정우는 쓸쓸한 표정으로 팔성검을 들어올렸다. 검신의 중앙에 전에 없던 실금이 살짝 가 있었다.

"역시 가짜로는 한계에 다다른 건가……."

맹정우는 아쉬운 투로 뇌까렸다.

다가닥, 다가닥, 다가닥…….

히히히히힝!

질주하던 말은 마침내 거품을 물고 쓰러져 버렸다. 말이 쓰러지기 직전 말안장에서 뛰어내린 방구병은 미안한 표정으로 누워버린 말의 목덜미를 쓰다듬고는 앞을 향해 냅다 뛰었다. 그의 목적지인 무림맹 총단은 불과 이백 장 앞에 있었다.

사위는 칠흑같이 어두웠다. 그러나 총단에는 불이 환하게 밝혀져 있었다.

방구병은 그 광경을 보며 초조함이 극에 달했다.

맹정우가 무슨 활약을 보일지 몰라 불안한 마음에 다른 대원들을 내팽개치고 홀로 미친 듯이 질주해 여기까지 다다른 그였지만, 총단에 접근할 무렵에는 어느 정도 제정신을 찾은 상태였다. 철혈방의 본진이 고작 이백 명밖에 없는 무림맹의 총단을 쳐들어간 이 시점에서 맹정우가 어떤 활약을 보이고 자시고 하는 것 자체가 불가능한 일이고, 총단이 무너지고 맹정우가 죽지나 않았으면 다행인 상황이라는 것을 비로소 깨닫게 된 것이다.

방구병은 뛰는 가슴을 진정시키려 하며 정문까지 은밀하게 접근했다. 안에서는 취객들의 떠들썩한 고성과 노래가 들려오고 있었다. 술잔치가 벌어지고 있는 모양이었다. 방구병은 가슴이 털컥 내려앉는 것을 느꼈다. 철혈방이 총단을 무너뜨리고 안에서 승리의 축배를 드는 것이 틀림없었다.

'제길! 제길! 제길!'

속으로 분통을 터뜨린 그는 경신술을 전개하여 더욱 조용히 정문 근처로 접근했다. 이렇게 된 이상 적을 염탐하고 아군의 피해가 어느 정도인지를 안 다음 후퇴하여 비룡회에 재합류해 다음 대책을 세우는 수밖에 없었다.

정문에는 위사로 보이는 두 명이 서 있었다. 방구병은 그들의 시선이 미치지 않는 곳으로 이동하여 담을 타고 넘으려 했다. 그러던 그의 걸음이 일순 멈칫했다. 일별한 위사 두 명의 얼굴이 어디서 많이 본 듯했기 때문이다.

다시 가만히 시선을 돌려 위사 둘의 얼굴을 확인한 방구병의 입이 딱 벌어졌다.

'아니, 저놈들은 노삼이랑 문수 아냐!'

그 둘은 방구병이 이곳 무림맹을 처음 방문했을 때 그를 보리타작하듯 패버린 위사들이었다. 당시 방구병은 갑자기 유명해진 맹정우의 유명세를 이용하여 한몫 잡으려 이곳에 왔다가 그의 친구임을 못 알아본 노삼과 문수에게 정신없이 두들겨 맞은 아픈 기억이 있었다. 물론 마령지에서 나와 이곳 무림맹에 다시 왔을 때 그들을 따로 불러 몇 곱절의 보복을 해주었고, 그래서 그들은 요즘 경천객 방구병이라면 이름만 들어도 설설 기는 형편이었다.

'저, 저런 나쁜 자식들 보게. 설마 맹을 배신하고 적의 끄나풀이 된 건가? 이 자식들 그렇게 안 봤는데…….'

방구병은 이를 갈았다. 적이 무림맹 총단에서 술잔치를 벌이고 있는데 그것을 지키고 있는 무림맹 위사들이라니, 그는 도저히 이 부조리의 현장을 묵과하고 넘어갈 수 없었다.

파팟!

그의 신형이 문수와 노삼에게로 쏘아져 갔다.

꿈벅꿈벅 졸며 문 앞을 지키던 문수와 노삼은 갑자기 마혈이 뜨듯해지는 것을 느꼈다. 몸이 마비된 둘은 방구병에게 목덜미를 잡힌 채 어딘가로 끌려갔다.

으슥한 곳까지 질주한 방구병은 목덜미를 잡힌 둘을 바닥에 패대기쳤다.

몸은 마비되었지만 말을 할 수 있는 둘은 방구병을 알아보고는 눈을 크게 떴다.

"아니, 바, 방 대협! 여긴 어떻게…… 그리고 이게 무슨 짓이십니까?"

"설마 아직도 예전의 저희 실수를 못 잊으시고 또 때리려 하시는 겁니까? 대협! 너무하시는 것 아닙니까! 전번에 대협한테 맞아 생긴 딱지가 아직 아물지도 않았습니다!"

"닥쳐라, 이놈들!"

방구병은 일갈로 그들의 입을 다물게 만들었다.

"네놈들이 비록 사람을 가벼이 보는 단점이 있으나 절개가 있는 무인이라고 생각했건만, 어찌 목숨이 아까워 무림맹을 배신하고 적에게 투항할 수가 있단 말이냐!"

노삼과 문수는 어안이 벙벙한 표정을 지었다.

"대체 무슨 말씀이십니까? 투항이라뇨?"

"이젠 시비 걸 게 없으니까 꼬투리를 만들어 때리려 하시는군요. 해도 너무 하십니다!"

"시끄럽다! 무림맹 총단 마당에서 승리의 술판을 벌이고 있는 적도들을 지키고 있는 게 투항이 아니면 대체 뭐가 투항이란 말이냐!"

"예에?"

방구병이 무슨 오해를 하고 있는지 그제야 알아챈 노삼과 문수는 웃음을 터뜨렸다.

"하하하! 대협, 안에서 술판을 벌이고 있는 것은 본 맹의 무사들입니다! 저희가 승리했습니다!"

"뭐, 뭐야?"

노삼과 문수는 방구병을 안내하여 정문 안으로 들어왔다. 총단 앞마당에서는 과연 그들의 말대로 맹의 무사들과 삼대세가의 무사들이 질펀하게 승리의 술잔치를 벌이고 있었다.

"정말 믿어지지 않는 승리였습니다! 이제 끝났구나 하는 순간에 삼대세가가 다시 우리 편으로 투항하는데… 제 평생 그런 반전의 순간이 없었습니다."

노삼의 말에 방구병도 비로소 밝아진 얼굴로 고개를 끄덕였다.

"그래, 삼대세가가 다시 돌아온 거로구나. 그래서 이겼군. 우리가 진짜 이긴 거로군!"

지난 몇 개월간 그 누구보다도 전장에서 고군분투하며 싸워온 그였다. 철혈방의 본진을 무너뜨린 극적인 승리를 눈으로 확인하자 그의 가슴도 벅차올랐다.

"예, 진짜 이겼습니다! 이게 다 신임 쌍창각주님의 맹활약 덕이지요!"

문수가 상기된 표정으로 말했다. 그의 말을 듣는 순간, 갑자기 방구병의 얼굴 표정이 싸해졌다.

"지금 뭐라 했나?"

"예? 진짜 이긴 거라고……."

"아니, 이긴 건 알겠고, 누구의 맹활약 덕이었다고?"

"아아, 신임 쌍창각주님 말씀이군요. 이번 승리는 전적으로 그분 덕이었습니다! 경세적인 신위로 기선을 제압하시고, 철검대를 휘저어 천호대의 암습 효과를 극대화시키시고, 결정적으로 삼대세가를 회유시켜 전세를 역전시키셨지요! 그리고 그 무엇보다도 가장 큰 활약은, 모든 음모의 주재자이자 최강의 적, 철혈도제 위지관천을 반 토막 내버리신 것입니다!"

문수는 말하면서 점점 흥이 나는 듯, 위지관천을 토막 냈다는 부분에 이르러서는 허공에 주먹질까지 해댔다. 방구병은 그런 그의 나불대는 주둥아리를 주먹질하고 싶은 마음이 굴뚝같았다. 까맣게 잊고 있었던 가장 두려운 사태가 현실로 직면한 것이었다.

"어, 어떻게 이런 일이……!"

방구병은 머리를 감싸 쥔 채 털썩 무릎을 꿇었다. 이제 모든 것은 끝났다. 그토록 바라던 영웅이라는 이름은 결국 맹정우란 놈이 가로채 버렸고, 좀 있으면 이곳에 도착할 금태희는 보나마나 놈에게 홀딱 반해 쫓아다니다가 놈의 수많은 노리개 중 하나로 전락해 버릴 것이다.

"오오, 하늘이시여! 어찌하여 나 방구병을 내시고 또 맹정우를 내셨단 말입니까아―"

제갈량을 시기하며 외친 주유의 절규를 오랜만에 다시 흉내 내며 방구병은 무릎을 털썩 꿇었다. 노삼과 문수가 혀를 차며 지켜보는 가운데 그로부터도 한참 더 수선을 피운 방구병은 온몸의 기가 다 빠진 형상으로 몸을 일으켰다.

"그 잘난 쌍창각주에게 일단 안내 좀 해주겠나?"

"저희는 지금 정문을 지켜야 하기 때문에 안내는 못해드리겠습니다만……
지금 수뇌진은 본관 취의청에 계시는 것으로 압니다."

"알겠네. 일들 보게. 내 직접 가면 되지 뭐."

방구병은 기운이 다 빠진 얼굴로 힘없이 손을 내젓고는 홀로 본관을 향해 터
덜터덜 발걸음을 옮겼다.

취의청의 불은 환하게 밝혀져 있었으나 위사들의 말과는 달리 안에는 아무도
없었다.

방구병은 지친 기색으로 맨 구석 의자에 가서 털썩 주저앉았다. 하루 종일 말
을 달리느라 지친 육신의 피로가 비로소 물밀듯이 밀려왔다. 몸도 피곤한 데다
맹정우로 인한 심리적 충격이 더해져 온몸의 기운이 다 빠져나간 느낌이었다.

취의청을 나가 맹정우를 찾아봐야겠다고 생각했지만 늘어지는 몸은 전혀 말
을 듣지 않았다. 만사가 귀찮아진 방구병은 바로 옆 의자를 빼어 두 의자를 나
란히 놓고는 그 위에 몸을 뉘었다. 잘 생각은 없었으나 피곤한 그의 눈은 곧 스
르르 감겨 버렸다.

*　　　　*　　　　*

맹정우는 지하 뇌옥의 한 방으로 들어섰다. 그곳에는 두 팔이 쇠사슬에 묶인
채 기절한 듯 축 늘어져 있는 한 수인이 있었다.

"깨우게."

간수는 고개를 끄덕이고는 물동이를 수인에게 끼얹었다.

수인은 힘없이 고개를 처들었다.

"정신이 드나, 제소운?"

제소운은 동공이 풀린 눈으로 맹정우를 쳐다보았다. 뇌옥에 갇힌 지 고작 다
섯 시진이 지났을 뿐인데 한 오십 년쯤 수감 생활을 한 듯 지친 표정이었다.

"대체 누구냐, 넌?"

“맹정우.”

그러자 제소운의 눈빛이 갑자기 뚜렷해졌다.

“일검탈명 맹정우?”

“그렇다.”

제소운은 눈을 번득이며 맹정우를 똑바로 바라보았다. 그는 눈앞의 맹정우가 전날의 전투에서 마주쳤던 대적이란 것을 그제야 알아본 듯 찢어질 듯 눈을 크게 떴다.

“네, 네놈이 바로 맹정우였구나! 어떻게 이런 일이…….”

“날 좀 아는 눈치군?”

제소운은 돌연 앙천광소를 터뜨렸다.

“하하핫! 잘 아냐고? 암! 잘 알고말고. 일검탈명 맹정우! 아주 잘 알고말고!”

돌연 웃음을 뚝 그친 그는 이글거리는 눈으로 맹정우를 노려보며 말했다.

“네놈은 등장할 적마다 나를 놀래키더니, 결국 최후까지 내 뒤통수를 치는구나. 마령지에서 대체 무슨 수작을 부렸기에 천장절벽에서 떨어진 놈이 이런 절대고수가 되어 돌아온 거지?”

“그런 건 알 거 없고, 너에게 좀 물어볼 게 있다.”

“물어볼 거? 나도 너에게 물어볼 게 있다.”

“그래? 그럼 먼저 물어봐라.”

제소운은 간수를 째려보았다.

“어중이떠중이가 있는 곳에서는 말하기 싫다. 주변에 있는 놈들을 다 치워라.”

간수가 인상을 쓰며 제소운에게 손을 대려 했으나 맹정우는 손을 들어 만류했다.

“나가 보게. 근처의 위사들도 물리고.”

간수는 고개를 숙이고 밖으로 나갔다.

“자, 이제 우리 둘뿐이다. 하고 싶은 말이 뭐냐?”

제소운은 눈을 빛내며 말했다.

"사실 나는 네가 삼 년 전 돌연 강호에 나타나 활약할 때부터 네놈에게 흥미를 가졌다. 출신도 알 수 없는 놈이 팽가를 구하고 편강을 꺾고, 또 무림맹 추적대를 맡아 본 방의 행사를 방해하는 것이 눈엣가시 같았지. 그래서 각지에 사람을 풀어 너를 수소문한 결과, 놀랄 만한 사실을 수집할 수 있었지. 네놈이 원래는 무림인도 뭐도 아니고, 서안의 세명로란 거리에서 포목 장사나 하던 뜨내기 장사치란 사실을 말이다."

맹정우는 조금 놀란 표정을 지었다. 설마 그런 것까지 조사하는 놈이 있었을 줄이야.

"능력이 대단하군. 그래서?"

"인정하는 것이냐? 어쨌든 재미있는 사실을 알게 되었지만 그걸 조사한 보고서가 내게 도착한 것이 네가 이미 마령지에서 사고를 당한 뒤였기 때문에 어떻게 이용할 가치는 없었다. 그저 재미있는 놈이 손을 써보기도 전에 없어진 것이 아쉬울 뿐이었지. 그런데 그 보고서를 보면, 네놈이 무척 좋아하는 게 돈과 여자라던데, 맞나?"

맹정우는 약간 움찔한 표정을 지었다.

"별 시답잖은 것까지 다 조사했군. 그 얘기를 왜 지금 꺼내는 거냐."

"여기 갇히고서 처음에는 아무 생각이 없었다. 그러다가 조금씩 패배를 실감하면서 이렇게 원인이 뭘까 생각하게 되더군. 워낙이 분석하고 재고하는 게 버릇이 돼놔서 이 지경이 되어서도 머리 속에서 저절로 그 과정이 진행이 되더라고. 어쨌거나 이번 패배의 가장 직접적 원인은 삼대세가의 변절이었지. 대체 그들이 왜 변절했을까 이해할 수가 없었다. 분명 전쟁의 승기는 우리가 잡고 있었고, 겉으로는 대의를 외치면서도 속으로는 그 누구보다 이해 타산을 따지는 삼대세가의 가주 놈들이 그런 우리를 외면하고 무림맹 쪽으로 돌아설 이유가 없었거든. 머리가 어지럽던 차에 문득 떠오른 것이, 장평상단주 포정의 최근의 수상쩍은 움직임이었지."

맹정우는 흥미로운 표정으로 제소운의 말을 듣기 시작했다.

"포정은 황해와 남해의 수상 운송을 움켜쥐고 있는 자이지만, 최근 나라의 쇄

국령 강화로 인해 수상 무역의 발이 묶여 곤혹스러워하던 차였지. 그러던 그가 전쟁이 한창인 하남성에 뛰어들어 황하 수적들을 영입하고 군소 표국들을 사들이려 한다는 정보가 내 귀에 들어오더군. 난 그자의 의도를 충분히 읽을 수 있었어. 무림맹을 배신한 후 중원 물산 유통의 심장부인 하남성을 통과할 수 없어 발을 동동 구르던 삼대세가는 그에게 각 세가의 물산 유통을 전적으로 의지하고 있는 형편이었는데, 나라의 쇄국령 강화의 영향으로 수상 운송이 시원찮아지자 그 대안으로 하남성을 노리게 된 거겠지. 때마침 무림맹 산하 표국들이 전쟁 때문에 대거 황하 이남으로 물러서면서 군소 표국들의 발이 묶이던 때라 난 그의 발 빠른 사업 수완에 감탄을 금치 못했어. 그런데 그보다 먼저 누군가가 군소 표국을 전부 사들이고, 황하 수적까지 굴복시켰다는 말에 뛰는 놈 위에 나는 놈 있구나, 하는 생각을 하며 그냥 지나쳤지. 당시에는 장사치들 동향까지 전부 파악할 여력은 없었기에 그 이상 자세히 파고들지는 않았다. 그저 포정의 먹이를 가로챈 놈의 이름이 차사현이라는 것만 알았을 뿐."

제소운은 맹정우를 주시하며 말을 이었다.

"삼대세가의 변절의 원인으로 첫 번째로 떠올린 것은 무림맹이 전향적인 자세로 그들을 용서하고 그들에게 큰 먹잇감을 주지 않았을까, 하는 가정이었다. 지난 삼 년간 삼대세가의 재력을 갉아먹은 것은 우리에 대한 자금 지원보다도, 풍부하게 생산되고 있는 물산이 하남을 걸쳐 서북방으로 판매되지 못하는 것이 가장 큰 원인이었으니까. 아마도 전쟁이 끝나면 무림맹이 주도하여 그들의 사업을 적극적으로 밀어주겠다, 뭐 이런 제안을 했을 거라는 생각이 들었지. 그러나 지나치게 고지식한 무림맹주 청천자가 과연 그런 식의 타협을 했을지 의심이 되더군. 게다가 소심하기 그지없는 삼대세가주가 과연 그 정도 먹잇감에 홀려 우리를 배신할 뱃심이 있을 리 없다는 생각이 들었고. 그렇게 머리가 어지럽던 차에 너를 보니 모든 의문이 해결되었다."

"어째서?"

"네놈의 이름을 듣고 나서다, 맹정우. 난 파자놀이나 낱말풀이 같은 수수께끼를 좋아하지. 그런 나에게 차사현이라는 가명으로 네 이름을 연상하는 것은 유

치할 정도의 장난이었다. 맹정우(孟正愚)란 이름자를 한 자씩 반대말로 대치시
킨 것이 차사현(次邪賢) 아니냐. 으뜸 맹에 버금 차, 바를 정에 어긋날 사, 어리
석을 우에 어질 현."

제소운은 맹정우를 똑바로 보며 말했다.

"바로 네놈이지? 무창에서 안량의 혈도대를 쓰러뜨리고, 악양에서 텅 빈 일
월문을 쑥대밭으로 만든 것이. 삼대세가주가 포정을 만나러 악양에 갔다는 정보
를 들은 기억이 있다. 당시 네놈은 일월문 본관 십층 건물을 검기로 쓰러뜨려
삼대세가주에게 강한 인상을 각인시켰겠지. 그리고 네가 사들인 하남의 군소 표
국과 황하 수적들을 먹잇감으로 던지며 삼대세가주를 유혹했을 것이다. 그들은
갑작스레 들려온 무창과 악양에서의 무림맹 승전보에 현혹되어 전쟁이 반전되
나 보다 하는 착각에 빠져들었고, 때마침 눈앞에 어른거리는 너의 손을 생명줄
로 생각하고 꽉 잡은 거겠지."

맹정우는 감탄한 눈으로 제소운을 보았다.

"야, 너 정말 똑똑하구나. 나도 머리가 꽤 좋다고 자부하지만 너에 비하면 어
림도 없겠다. 어떻게 그렇게 내 행적을 그렇게 손바닥 들여다보듯 읽어낼 수가
있냐?"

제소운은 침울한 표정으로 대꾸했다.

"나온 결과를 유추하는 것은 누구라도 할 수 있는 일이다. 보이지 않는 미래
를 예측하고 과감히 행동하는 자가 정말 똑똑한 것이지."

그가 더 이상 말이 없자 맹정우가 말했다.

"그게 다냐? 더 이상 할 말 없으면 이제 내가 묻겠다."

"아직 하나 남았다!"

제소운은 다급히 고개를 들며 부르짖었다. 그의 눈에는 전에 없는 간절함이
묻어 있었다.

"제안 한 가지만 하자. 너희는 본 방을 완전히 제압했다고 생각하나 본데, 그
건 큰 오산이다. 본 방은 아직도 커다란 힘을 가지고 있다."

맹정우는 코웃음을 쳤다.

“그걸 지금 나보고 믿으란 말이냐?”

“허언이 아니다! 그 숨겨진 힘만으로도 충분히 현 무림맹을 압도할 수 있다. 내가 말하고픈 것은 이거다. 너의 지난 행적으로 유추해 보건대, 너는 정의감이나 의협심의 발로로 무림맹에서 활동하고 있는 것이 아니다. 그저 어쩌다 보니 우연히 무림맹의 행사에 얽혀들었고, 마령지에서 나와서는 무림맹보다는 장사 쪽에 더욱 신경을 썼다. 너는 너의 그 놀라운 무공마저도 삼대세가의 성공적인 거래를 위해 사용했다. 그 사용 의도가 때마침 무림맹과 맞아떨어졌기에 영웅 대접까지 받고 있는 것 아니냐?”

“본론만 얘기해라.”

“내 분석이 틀렸다고 부인하지는 못할 거다. 어쨌든 네가 중시하는 것이 돈과 부라면 내가, 우리 철혈방이 그것을 주겠다. 하남성뿐 아니라 전 중원의 물산을 주무르게 만들어주겠다. 나를 여기서 탈출시킨 다음 우리를 몰래 도와다오! 그렇게 하면 너에게 이 전쟁이 끝나고 원하는 모든 것을 들어주겠다!”

맹정우는 냉소를 흘리며 고개를 저었다.

“얘기 끝났나.”

“내 말을 못 믿어서 그러는 것이냐? 본 방의 숨겨진 전력이 크다는 것을 믿지 못하겠다면 증거를 대겠다. 지금은 말로밖에 못하지만 나를 일단 내보내주기만 하면 금방 그 사실을 알게 될 것이다. 그러니까…….”

맹정우는 제소운의 말을 끊었다.

“그만 해라. 천하의 부를 다 준다 해도 네놈들 밑으로 들어가지는 않아.”

“뭐라고?”

제소운은 일순 멍한 표정을 지었다.

“물론 나는 돈을 좋아한다. 하지만 인생에서 그보다 더 중요한 것들이 있다는 것을 근래 들어 조금씩 깨닫게 되었다. 너희 철혈방이 그것을 가르쳐 준 바도 있지. 강호를 떠나려던 내가 다시 돌아온 계기가 바로 너희였으니까.”

맹정우의 목소리는 조금씩 가라앉았다.

“누가 강호를 어지럽히든, 세상을 말아먹든 나에게 피해만 주지 않는다면 그리 신경 쓸 필요 없다고 생각하며 살아왔다. 그런데 너희는, 네놈들은 나를 사랑했던 여인을 죽였다. 또한 내가 좋아했던 여자가 너희로 인해 죽었다. 난 그들의 죽음을 막지는 못했지만, 적어도 부조리한 죽음을 맞은 그들의 영혼을 위로할 수 있는 힘이 내게 있음을 깨달았다. 그렇게 생각하고 나서는 별로 고민될 게 없었다. 마령지에서 나온 다음 강호를 뜨려고 한 내가 다시 돌아온 이유는, 너희 철혈방을 무너뜨리기 위해서다.”

제소운은 핏기가 가신 얼굴로 외쳤다.

“무, 무슨 개소리냐! 네놈이 본 방을 무너뜨리려 하는 것은 무림맹과 삼대세가를 통해 부를 쌓기 위해서가 아니냐!”

맹정우는 피식 웃었다.

“그런 면도 없지 않아 있지. 아니, 그렇게 한몫 잡으려는 게 사실이다. 그러나 그건 어디까지나 부수적인 문제다. 내가 지금 벌이고 있는 사업의 첫 번째 목적은, 바로 너희 철혈방이다. 원래 마령지에서 나온 후 다른 사업을 하려는 생각도 했었지만, 너희로 인해 죽어간 한 여인 때문에 난 강호로 다시 돌아왔고, 너희를 쓰러뜨리기 위해 내 방식대로의 싸움을 해온 것이다.”

“헛소리! 난 널 알아! 복수는 너같이 이해 타산적인 놈에게 어울리는 단어가 아냐! 일단 나만 풀어다오! 그렇게 하면 네 판단이 옳았다는 것을 나중에 반드시 증명해 주겠다!”

“어리석긴. 너같이 지나치게 머리가 좋은 놈들은 단점이 하나 있지. 자신의 계산을 벗어나는 다른 사람의 행동은 이해를 못하거든. 난 네 말대로 이해 타산적이고 돈도 좋아하지만, 가끔 머리보다 뜨거운 가슴이 이끄는 대로 행동할 때가 있다. 그게 너와 나의 다른 점이겠지.”

맹정우는 밖에 나가 있던 간수를 불렀다. 간수는 기다렸다는 듯 건장한 옥졸 두 명을 이끌고 들어왔다. 옥졸들은 제소운을 쇠사슬에서 떼어내기 시작했다.

“무, 무슨 짓을 하려는 게냐!”

맹정우는 옥졸들에게 붙들린 제소운에 얼굴을 바싹 들이대며 말했다.

“너는 한 여인을 노리개처럼 이용하다 그녀를 헌신짝처럼 버렸다. 난 한때 좋은 감정을 가지고 있던 그녀를 죽음에 이르게 한 너의 그 행동을 용서할 수 없다. 너처럼 똑똑한 놈이 그 좋은 머리를 그릇된 방향으로 쓰면 그보다 더 큰 세상의 해악이 없지. 이제 죽어줘야겠다."

제소운은 잠시 멍한 얼굴이 되었다가 이윽고 체념한 듯 웃음을 흘렸다.

"크크크크. 그래, 죽여라. 네놈의 행적을 계산하지 못하여 삼대세가를 놓치고 이 전투에 패한 이상 방에 복귀해도 무사히 살아남지 못할 게다. 그러나 맹정우, 똑똑히 기억해 둬라. 이 전쟁은 아직 끝나지 않았다는 것을. 본 방이 아직 거대한 힘을 가졌다는 내 말은 결코 허언이 아니라는 것을!"

체념하는 투로 말을 시작한 제소운은 마지막에 악이 받친 듯 소리를 질렀다.

"알고 있다."

맹정우는 의외로 선선히 고개를 끄덕였다. 그의 동의하는 대답에 제소운은 멍청한 얼굴이 되었다.

"알고 있다고?"

맹정우는 아차 하는 표정으로 머리를 치며 말했다.

"이런, 정신 좀 보게. 좀 전에 묻겠다는 말이 있었는데 깜박 잊고 있었군. 죽기 전에 그 대답이나 해주거라. 진짜 위지관천은 지금 어디 있지?"

*   *   *

그의 말을 전적으로 믿어야 하는가 의문이오."

"믿지 않으면 어쩌겠소? 우린 이미 기호지세요. 그에게 매달리는 수 외에는 도리가 없소."

"맞소이다. 그의 무위로 보나, 오늘 행한 업적으로 보나 이제 천하를 호령하는 영웅으로 만인에게 인정받을 것이 불을 보듯 뻔할 터, 그가 우리에게 손을 내민 것은 어찌 보면 크나큰 행운이라 할 수 있소. 그간 패착을 거듭해 온 우리 삼대세가에게 면죄부를 내릴 유일한 사람이 누구냐고 묻는다면 나는 무림맹주가 아닌 그라고 단언하고 싶소이다."

두런두런하는 말소리에 선잠이 깬 방구병은 살포시 눈을 떴다. 말소리는 계속 들려오고 있었다.

"물론 나도 그가 우리의 마지막 기회라는 것은 알고 있소. 다만 한 가지 마음에 걸리는 것은, 그와의 사업이오."

"사업이요? 제갈가주, 지난 삼 년간 쓰지 못했던 하남성의 운송망을 자유자재로 이용하게 해준다는 데 그보다 더 좋은 제안이 어디 있다고 그런 말을 하시는 게요? 우리가 애초에 그에게 혹했던 것이 바로 그 제안 때문 아니었소?"

"그렇긴 하오만 지금 상황은 처음과 많이 달라졌소. 우리는 이제 그에게 전적으로 매달려 무림맹의 처분을 바라야 하오. 그에게 큰 신세를 져야 하니 앞으로의 사업 관계가 결코 동등하지 못할 거요. 고로 그가 어떤 불공정한 요구를 해온다 해도 우리가 거절하기 어렵다는 거요."

방구병은 대화가 진행되면서 대화자들이 서로를 부르는 호칭을 듣고서 그들의 정체를 짐작할 수 있었다. 그들은 철무련에서 탈퇴하여 철혈방을 무찌르고 무림맹으로 다시 들어온 삼대세가의 가주들이 분명했다. 그리고 계속 '그' 라고 표현하는 사람이 맹정우라는 것도 알 수 있었다.

취의청은 무림맹 총단에 어울리게 매우 규모가 컸고, 중앙 탁자 역시 방 규모에 맞게 거대했다. 거대한 탁자의 맨 구석의 의자 두 개를 포개놓고 누워 있는 방구병의 모습은 입구 쪽에 있는 세 가주의 눈에 띄지 않은 모양이었다. 방구병은 뭔가 들을 만한 얘기가 나올 듯하자 탁자 밑으로 좀 더 기어들어 가 숨을 죽이고 계속 귀를 기울였다.

남궁가주로 짐작되는 목소리가 들려왔다.

"그거야 어쩔 수 없지요. 제갈가주의 말마따나 그가 무슨 제안을 하든 우리는 응할 수밖에 없소. 모용가주의 표현처럼 그는 우리에게 무림맹으로의 재가입이라는 면죄부를 주었소. 이제 위지관천도 죽은 마당이니 무림맹의 승리는 확정적이오. 이런 상황에서 그 면죄부를 사기 위해서라면 불공정한 계약 정도는 얼마든지 해줄 수 있소. 제갈가주도 그렇게 생각하지 않소?"

"그, 그렇긴 하지요. 다만 그의 운송 계약의 진행 솜씨가 너무도 주도면밀하여……."

"주도면밀하든 어쨌든 지금은 이해 타산을 따질 때가 아닌 듯하오. 지난 삼 년간 무림맹을 배신해 온 우리를 받아주기만 한다면야 재산의 반을 떼어준들 아쉬울 게 뭐겠소."

제갈가주의 말은 더 이상 들려오지 않았다. 그도 남궁가주의 말에 수긍하는 듯한 눈치였다.

그때 문이 열리더니 가벼운 발걸음 소리와 함께 누군가가 안으로 들어왔다. 이때껏 목소리를 낮추어 말하던 가주들은 갑자기 호들갑을 떨며 그를 맞이했다. 그들이 그를 부르는 호칭은 '맹 각주'였다.

잠시 후, 방구병의 귀에 아주 익숙한 목소리가 들려왔다.

"마침 여기 모두 계셔서 다행입니다. 계약서를 가져왔으니 무림맹 본진이 도착하기 전에 빨리 마무리를 짓지요."

맹정우의 말에 삼대세가주는 적극적인 동의를 했다.

"좋습니다. 어서어서 끝냅시다."

그러고는 서류 뒤적이는 소리가 나더니, 침음성과 감탄성 등의 소리가 들려왔다.

"이거 생각보다……!"

제갈가주의 목소리가 나오다가 멈췄다.

"생각보다 어떠신지요, 제갈가주?"

맹정우의 물음에 제갈가주는 황망히 웃으며 대꾸했다.

"하하, 아니외다. 워낙 조건이 훌륭하여 한 말이라오. 관평상단과의 적극적인 협력 관계가 눈에 띄는구려. 해안과 동북방의 운송은 관평상단이, 그리고 하남과 호광을 거치는 서북 지역으로의 운송 일체는 영웅표국이 주도하게 되는구려."

"그렇습니다. 하남의 무림맹 산하 오대표국에 이어 호광 지역의 표국들도 이미 저의… 아니, 영웅표국과의 연계를 약속한 상태입니다."

"오오, 놀랍구려. 이제 중원 심장부의 유통망이 전부 영웅표국의 손에 넘어가게……."

"제갈가주!"

남궁가주의 꾸짖는 소리가 들리고, 연이어 제갈가주와 맹정우의 헛기침 소리가 들려왔다.

'그래! 역시 그랬어! 바로 그런 거였어! 어쩐지, 무림 쪽으로는 오줌도 안 누겠다며 떠났던 놈이 왜 돌아왔나 했다! 이 천인공노할 놈! 지 지위와 업적을 이용하여 중원 중심부를 통과하는 모든 물산을 제 손아귀에 주무르겠다는 야욕이었군!'

말석의 의자 밑에 숨어 있던 방구병은 경악을 금치 못하여 온몸을 떨었다. 본시 음흉한 놈이란 것을 알고 있었지만 이렇게 황당한 일을 벌이다니!

"뭐 부스럭거리는 소리 안 들립니까?"

맹정우의 목소리가 들려왔다. 방구병은 황급히 떨리는 몸을 진정시켰다.

그러나 맹정우는 낌새가 이상한 것을 눈치챈 듯, 그가 있는 쪽으로 걸어오기 시작했다.

'헉! 안 돼! 지금 들키면 놈에게 살인멸구를 당할 수가 있다!'

방구병은 살금살금 탁자 밑을 기어 이동하기 시작했다. 그러나 맹정우의 예민한 귀를 의식해야 했기에 빨리 움직일 수가 없었다. 그러는 사이 가까이 접근해 오는 맹정우의 발이 보였다. 이제 맹정우가 허리를 구부리기만 하면 그와 얼굴을 마주칠 수 있는 순간이었다.

그때 취의청 문이 활짝 열렸고, 왁자한 소리와 함께 우르르 사람들이 밀려들어 왔다.

"맹주님을 뵈옵니다!"

세 가주의 목소리가 들려왔다.

"남궁가주, 제갈가주, 모용가주, 이렇게 뵙게 되니 참으로 기쁘오!"

청천 진인의 기쁜 음색이 들려왔다.

"맹주님, 이 죄인들을 따뜻이 환대해 주시니 몸둘 바를 모르겠습니다."

세 가주의 비감한 음색이 들려왔다.

"하하하, 이렇게 기쁜 날 지난 얘기는 잠시 잊도록 합시다. 오늘은 승리의 기쁨을 만끽하기에도 시간이 모자라오! 오오, 저기 우리의 영웅이 있구먼!"

방구병의 바로 앞까지 접근했던 맹정우의 발이 다시 입구 쪽으로 움직이기 시작했다.

"처음 뵙겠습니다. 신임 쌍창각주 맹정우입니다."

"정말 수고 많았네, 쌍창각주. 자네의 활약으로 본 맹과 강호를 지킬 수 있었네. 내 뭐라 감사의 말을 해야 할지 모르겠구먼."

"하하, 별말씀을요."

청천 진인에 이어 함토리의 목소리도 들려왔다.

"잘했네, 맹 소협. 난 처음 봤을 때부터 자네가 큰일을 하게 될 인물인 줄 알았다네."

"이제 더 이용해 먹을 일도 없을 테니 이번만은 진짜로 하는 칭찬인 줄 믿겠습니다."

"허허, 이 친구야. 내 칭찬은 언제나 진심이었다고."

그 이후로도 막 총단에 도착한 무림맹의 요인들이 줄줄이 들어와 맹정우를 칭송하기에 여념이 없었다. 취의청에 모인 모든 사람들이 맹정우에 대한 찬사와 더불어 승리의 기쁨을 만끽하는 가운데 오직 방구병만이 어두운 탁자 구석에 쪼그리고 앉아 이를 갈았다.

방구병은 소외감으로 인해 눈물이 쏟아질 것 같았다.

'그래, 일단 기분 만끽할 시간은 주마. 충분히 즐겨라. 네놈의 비리는 내 반드시 폭로해 줄 테다!'

물밀듯 밀려들던 찬사가 잦아들 즈음, 맹정우는 나란히 서 있는 함토리와 청천 진인에게 다가갔다.

"그런데 여기 무림맹의 요인들은 다 오신 모양이군요."

"그렇네만."

"그럼 화산의 옥운 장문인도 와 계십니까?"

그 질문에 함토리와 청천 진인은 얼어붙은 듯 잠시 아무 말을 못했다.

"왜 그러십니까? 혹시 전사라도 하신 건지요?"

"아, 아닐세. 무슨 그런 끔찍한 소릴 하나. 저… 그가 어디 있냐 하면……."

함토리가 머뭇거리자 청천 진인이 재빨리 끼어들었다.

"그는 지금 송왕산에 있네."

"송왕산이오? 왜 여길 안 오고 아직 거기 있는 겁니까?"

"으응, 그쪽에 아직 철혈방의 잔존 세력이 남아 있을지 몰라서 말일세. 그래서 그들을 감시하기 위해 본 맹의 병력 중 일부는 그곳에 남아 있네. 옥운 장문은 그들을 통솔하고 있지."

"그래요? 그렇군요."

맹정우가 수긍하는 눈치를 보이자 청천 진인과 함토리는 눈을 마주치며 안도한 기색을 띠었다.

"그럼 그쪽으로 가봐야겠군요."

뜬금없는 맹정우의 말에 함토리가 화들짝 놀라며 말했다.

"뭐, 뭐가 그렇게 급한가? 게다가 자네 그전에 내게 말하기로는 다시는 마주치지 않았으면 한다더니……."

"그땐 쓸데없이 성질을 부렸는데, 지금은 좀 생각이 바뀌었습니다. 그리고 송왕산으로 가겠다는 것은 그 이유 때문만이 아닙니다. 사실은……."

와당탕, 쿵쾅!

갑자기 취의청 구석이 소란스러워지면서 맹정우의 말이 끊어졌다.

구석 쪽의 의자 몇 개가 날아가 벽에 부딪쳤다. 그리고 의자가 날아간 부근 탁자 구석에서 한 사내가 기어 나오더니 사람들 모인 곳으로 막 뛰어왔다.

"여러분! 여러분은 지금 저놈에게 속고 계십니다!"

소리를 지르며 뛰어오는 사내를 몇 사람이 알아보았다.

"어? 저건 경천객 방구병 아냐?"

방구병이 기어 나온 쪽을 바라보던 맹정우는 속으로 뜨끔했다.

'설마 아까 탁자 밑의 쥐새끼가 저놈?'

어리둥절해하는 청천 진인과 요인들 앞까지 달려온 방구병은 목소리를 드높였다.

“여러분! 저기 저 쌍창각주는 여러분을 기만하고 있습니다!”

함토리가 의아한 얼굴로 말했다.

“대체 무슨 소리야, 방 소협? 혹시 축하주가 덜 깬 건가?”

“아닙니다, 함 노사! 저는 저 안에서 놈의 음모와 궤계를 똑똑히 들었습니다. 지금 이놈은…….”

방구병이 신나게 말을 이으려 할 때, 맹정우의 입에서 내공이 실린 육중한 음성이 흘러나왔다.

“위지관천이 살아 있습니다.”

그리 크게 외치지도 않았으나 그의 웅혼한 내공이 실린 음성은 나불대는 방구병의 목소리를 덮어버리며 취의청에 모인 모든 사람의 귀에 틀어박혔다.

“지금 뭐라고 했나?”

“위지관천이 살아 있다고?”

맹정우는 힘차게 고개를 끄덕였다.

“예, 그렇습니다. 제가 총단 앞에서 죽인 놈은 가짜입니다.”

삼대세가주가 놀란 입을 크게 벌리며 외쳤다.

“어, 어떻게 그런 일이? 맹 각주! 분명 각주가 상대한 놈의 얼굴, 그리고 놈이 구사한 공전절후의 무공은 우리 두 눈으로 똑똑히 보았는데…….”

맹정우는 품속에서 인피면구 한 장을 꺼내어 펄럭였다.

“이 얼굴을 다 알아보시겠지요.”

“위지관천! 그러나 얼굴은 그렇다 쳐도 그 무공까지 흉내 낸다는 것은 있을 수가 없는 일 아니오.”

“이 가죽을 쓰고 있던 놈은 마령지에서 제조한 섭혼강시였습니다. 그 섭혼강시는 백하에서 초연흠을 맞상대할 정도로 강한 놈이었고, 또 제가 익히 손에 넣었다 잃어버린 천신도란 불가사의한 힘을 간직한 칼까지 가지고 있어서 위지관천을 연상시키는 엄청난 무위를 선보일 수가 있었던 것이지요.”

“그럴 수가……! 그럼 대체 위지관천은 지금 어디 있단 말이오?”

"사실 여기 오기 전에 철혈방의 문상 놈을 족쳐 그의 소재를 알아냈습니다. 그는 지금 송왕산에 있습니다."

맹정우의 답에 함토리가 아차 싶은 표정으로 말했다.

"송왕산… 그렇군! 싸우지 않고 도망친 철혈방의 삼당이 남아 있지! 놈이 그들을 데리고 마경을 다시 노릴 수 있다는 생각을 하지 못했어. 맹주, 이러고 있을 때가 아닙니다!"

청천 진인도 무거운 표정으로 고개를 끄덕였다.

"지금 당장 다시 송왕산으로 출발하겠소. 가동 가능한 전 맹원을 불러 모으도록!"

"존명!"

모여 있던 모든 요인들이 우렁차게 대답하고는 취의청 밖으로 썰물처럼 빠져나가기 시작했다.

청천 진인과 함토리도 그들을 따라 밖으로 나섰다.

"저기, 저기, 잠깐만요. 이제 제 말을……!"

이때껏 급박한 분위기에 눌려 하려던 말을 못하고 있던 방구병이 애타는 목소리로 그들을 부르며 쫓아갔다. 그 순간 그의 목덜미를 향해 소리없이 손 하나가 다가왔고, 방구병은 자신의 수혈이 짚이는 것을 느끼며 정신을 잃어버렸다.

덜덜덜덜덜덜…….

마차의 진동이 심함을 느끼며 방구병은 눈을 떴다. 낯이 익은 마차의 천장이 눈에 들어왔다. 남해노조가 이동할 때 몸조리를 하는 대형 마차 안이 분명했다.

왜 잠이 들었는지 기억이 없었다. 그는 몸을 일으키려 했지만 왠지 몸이 말을 듣지 않았다. 아무리 애를 써도 팔다리가 움직여지지 않았다.

'가위인가?

온몸에 내공이 충만한 고수가 된 뒤로 가위 같은 것은 눌려본 일이 없었다. 그는 온몸을 다시 움직여 보았다. 그러자 팔다리가 조금씩 꿈틀대는 것이 느껴졌다. 고개도 움직일 수 있었다. 고개를 돌리고 눈을 이리저리 굴리자 마침내 그는 자신의 상태를 알 수 있었다. 그는 지금 온몸이 꽁꽁 묶여 있고 입에는 재갈까지 물려 있었다.

옆에서 말소리가 들려왔다.

"그래, 꽃이 몇 송이가 그려져 있었나?"

"시체 한 구당 열대여섯 송이쯤 되던데요."

"열대여섯이 세 명이라, 그럼 전부 마흔일고여덟 정도 되겠군. 혹시 검법의 움직임도 기억하는가?"

방구병의 눈이 커졌다. 대화하는 목소리는 귀에 익은 것들이었다. 바로 그의 사부인 남해노조와 맹정우의 목소리였다.

방구병은 소리가 난 쪽으로 고개를 돌렸다. 맹정우가 칼집을 들어 남해노조의 눈앞에서 휘휘 젖는 모습이 눈에 들어왔다.

남해노조는 맹정우의 검의 움직임을 보더니 고개를 끄덕였다.

"틀림없군. 매화만천일세."

"매화만천이면 화산파의 검법이겠군요."

"그렇네. 화산 매화검의 최고 경지라 일컬어지는 수법이지. 놀라운 것은 매화의 개수로군. 극에 달한 매화만천은 스물네 송이의 매화를 피운다 하는데, 일수에 세 명을 죽이며 마흔여덟 개의 매화를 피워냈다면 그 고절한 수법의 경지를 한 단계 더 넘어섰다는 것이거든. 내가 강호에서 한창 활동할 당시에도 그 정도의 고수는 없었네."

"그렇군요."

맹정우는 대답하고서는 골똘하게 뭔가를 생각하는 모습이었다.

방구병은 읍읍 소리를 내며 몸을 꿈틀거리기 시작했다.

"읍읍읍읍읍!"

그는 몸부림을 치며 남해노조에게 어서 풀어달라는 애타는 눈빛을 보냈다.

그런 그를 한심해하는 눈초리로 바라보던 남해노조는 맹정우에게 말했다.

"저놈 좀 풀어줘."

맹정우는 순순히 방구병의 재갈을 풀어주었다.

입이 열린 방구병은 기다렸다는 듯 꽥꽥거리기 시작했다.

"푸하! 너 이 자식! 당장 이 오라를 풀지 못하겠느냐! 내 당장 맹주께 가서 네 놈의 모든 협잡과 음모를 남김없이 파헤치겠다! 어서 이 줄 다 풀어!"

맹정우는 코웃음을 치며 말했다.

"얼어죽을 협잡과 음모는. 야, 이왕 잘 나가는 김에 부수입 좀 잡아보겠다는 게 그렇게 큰 죄냐? 왜 그렇게 날 못 잡아먹어 안달이야?"

"내 정의가 너를 용납 못한다! 쌍창각주라는 자리를 이용하고 정황상 네 말을 들을 수밖에 없는 삼대세가를 협박하여 네 사제 표국이 분명한 영웅표국이란 곳의 재산을 불리려는 네 음모를 기필코 만천하에 드러내 놓고 말겠다!"

달래서는 씨알이 먹힐 것 같지 않자 맹정우는 방식을 바꾸었다.

"흐흥, 그래서? 영웅놀이가 아직도 안 끝났나 본데. 좋아, 우리의 영웅 경천객께서는 얼마나 의로우신 분인지 파헤쳐 볼까나? 너, 현심단 만들려고 인출했던 내 돈 십만 냥 당가에 놔두고 왔다고 했지?"

갑작스런 맹정우의 말에 방구병은 움찔했다.

"그, 그래! 그게 뭐!"

"요번에 개봉에서의 전투가 끝나고 철혈방 측에 있던 당가의 요인들을 모두 생포할 수 있었다. 그래서 난 그들에게 물었지. 네가 십만 냥을 놔두고 갔더냐고. 그랬더니 아주 재미있는 얘기를 해주더군. 그 십만 냥으로 현심단을 만들었고, 네가 그 단약을 가져가 버렸다고 말이다."

방구병의 얼굴에 핏기가 가셨다. 하필 당가 요인들이 그 자리에서 생포되었을 줄이야!

"자, 그 십만 냥 토해내란 얘기는 안 하겠다. 당가에서 가져간 현심단이나 내놓아라."

방구병은 그의 시선을 외면하며 간신히 대꾸했다.

"어, 없어! 마령지에서 난리통에 잃어버렸나 봐! 너한테 말해 준다는 것을 깜박했어!"

"오호, 잃어버렸더라? 노조, 이놈 얘기가 믿어지십니까?"

맹정우가 묻자 남해노조는 코웃음을 쳤다.

"지놈 뱃속에서 잃어버렸겠지. 어쩐지 태음선요망의 내단 하나 가지고 그렇게 단박에 환골탈태한다는 게 이상하다 싶었다. 당가의 현심단이라면 노부도 잘 알고 있지. 지난 삼 년간 놈의 단전을 떡 주무르듯 주물러 본 바, 놈의 뱃속에 뭔가 다른 영약이 있을 거라 확신하고 있었다. 그게 뭔지 오늘에서야 알게 되는군."

방구병은 울상이 되어 남해노조에게 부르짖었다.

"사부님은 대체 누구 편입니까! 사지가 묶인 채 악적에게 당하고 있는 제자를 도와주시지는 못할망정 놈을 도와주시기까지 한단 말입니까!"

"난 그간 누누이 얘기했지만 제자에 대해서는 일절 방임주의다. 일단 제자를 길러놓고 나면 그놈이 어떻게 살아가든 내 알 바 아니지. 이 맹가 애송이가 편강을 죽였지만 내가 그간 그것 때문에 뭐라고 한마디라도 한 적 있디?"

"그렇다 해도 인지상정이란 것이 있는데……."

"등 뒤에서 언놈이 다가와 수혈을 짚는 것도 모를 정도로 부주의한 놈은 제자고 뭐고 신경을 끊는 게 인지상정이지."

남해노조는 그를 아예 외면해 버렸다. 방구병이 연일 멍청한 짓만 하고 다니는 꼴을 보고 단단히 화가 난 듯했다.

대신 맹정우가 그에게로 다가왔다. 그는 비수를 하나 꺼내어 꽁꽁 묶인 방구병의 배를 슬슬 문질렀다.

"뭐, 뭘 하려는 거야!"

"이제 양자택일을 해라. 십만 냥 꿀꺽한 것을 눈감아줄 테니 입을 다물던가, 아니면 삼 년 전 마령지 동굴에서 못 쨈 배를 이 자리에서 째게 하던가."

"나, 날 죽일 셈이냐?"

"아니지이, 세상에 하나뿐인 불알친구를 죽이다니, 그런 끔찍한 말이 어디 있나. 살짝 갈랐다가 뱃속에 있는 영약을 끄집어낸 다음 재빨리 꿰매줄게. 너, 내 바느질 실력 좋은 거 알잖아?"

"미, 미친놈! 그걸 지금 말이라고 하는 거냐?"

"난 그저 잃어버린 십만 냥을 되찾고 싶을 뿐이야. 배 째기 싫으면 지금 당장 십만 냥을 구해오던가."

"내가 그 큰돈이 어디 있냐!"

"그럼 배를 째야지."

맹정우는 다시 비수로 그의 배를 슬슬 문질렀다.

"천고의 영약이 세 개나 이 안에 들어갔는데 그중에 한 개쯤은 아직 덜 녹았을 거야. 그걸 내다 팔면 반값이라도 건지지 않겠어?"

방구병은 침을 꿀꺽 삼켰다. 그저 자신이 비리를 폭로하여 망신 주려는 것을 막을 작정으로 하는 짓이라면 배 째라며 버틸 자신이 있었다. 그러나 일단 돈 문제가 결부되면 정말 배를 쨀지도 모르는 놈이 맹정우였다. 영웅이고 나발이고 일단 목숨은 살고 봐야 하는 것 아닌가.

"아, 알았다! 입 다물겠다! 대신 조건이 있다!"

"뭔데?"

"한 여자는 건드리지 마라!"

"한 여자? 누구? 은소예?"

"은소예가 거기서 왜 나와? 금태희 소저 말이다!"

"금태희? 그게 누구야?"

맹정우는 금태희가 누군지도 모르는 눈치였다.

"왜 있잖아, 날 따르던 눈부신 미인 말이다. 무창 나한문주의 딸."

"아아, 걔. 왜, 너 걔 좋아하나?"

맹정우는 피식거리며 물었다.

방구병은 머뭇거리다가 외쳤다.

"그래, 좋아한다!"

"좋아, 그 조건 접수하지. 이 맹정우, 친구 여자는 건드리지 않는 게 철칙 아니냐."

골백번도 더 어긴 철칙이었지만 현재 반박할 처지가 안 되는 방구병은 어쩔 수 없이 그다지 신빙성없어 보이는 그의 말을 믿어야 했다.

"좋아, 그럼 약속한 거다. 이제 밧줄 풀어줘!"

맹정우는 방구병을 풀어주었다. 간신히 한숨 돌린 방구병은 문득 떠오른 의문에 맹정우에게 말을 붙였다.

"그런데 너, 무슨 돈으로 하남성의 표국을 싹쓸이한 거냐? 꿍쳐 놓은 십만 냥도 내가 다 썼는데."

"아, 그거? 왜 마령지 들어가기 직전에 탕평촌이란 암영상 동네를 쳤었잖아. 거기서 나올 적에 놈들이 쌓아놓았던 재산을 탈탈 털어와서 근처에 파 묻어놨었지. 마령지에서 나온 후에 그걸 되찾은 거고."

"오라, 그랬었군."

방구병이 고개를 끄덕이는 찰나, 마차의 문이 열리더니 청천 진인과 함토리가 안으로 들어왔다. 마차는 지금 송왕산을 향해 전력질주하는 중이었지만 절정 고수인 둘은 그런 것에 구애받지 않는 듯 자연스럽게 타고 있던 말에서 마차 안으로 이동했다.

"자네에게 물어볼 것이 있어서 들어왔네."

"뭡니까?"

"아까 총단에서 문상 제소운이 송왕산에 위지관천이 있노라 실토했다고 하지 않았나?"

"그랬죠."

"그게 정말인가? 자네를 의심하는 것 같아 미안하네만 좀 이해가 안 가는 구석이 있어서 말일세. 철혈방이 마경 회수보다 총단 습격에 훨씬 더 공을 들인 것이 분명한데, 어째서 방주인 위지관천이 개봉으로 오지 않고 송왕산에 계속 있었을까? 게다가 출발 직전에 간수에게 보고 들은 바로는 그 제소운이 자네의 물음에 어떤 답도 거부한 채 스스로 맥을 끊고 자결했다 하던데, 자네는 그 사실을 언제 들었단 말인가?"

맹정우는 약간 난처해하는 표정을 지었다. 사실 그가 그렇게 말했던 것은 방구병의 말을 끊기 위함이었다. 제소운이 그렇게 말했다고 하면 긴 설명이 없어도 사람들이 즉시 취의청을 나서 송왕산으로 출발할 것이 분명하기에 그랬던 것이다.

"아까는 편의상 그렇게 말씀드린 것입니다. 저는 총단 앞에서 제가 쓰러뜨린 위지관천이 가짜임을 알았을 때부터 진짜는 송왕산에 있을 거라 확신했고, 제소운이 직접 실토는 안 했지만 그자를 심문하면서 제 판단이 사실이란 것을 확인했습니다."

"설명을 좀 해주겠나? 어째서 그렇게 확신했는지?"

"그걸 설명하려면 오래전 얘기부터 좀 해야겠군요."

맹정우는 차고 있던 팔성검을 끌러 앞으로 내밀었다.

"이것은 이 갑자 전 천하를 호령하던 혈패왕의 검입니다."

"호오, 이것이?"

"이 안에는 그의 무공이 간직되어 있습니다. 제가 익힌 것이 바로 그 무공이지요."

맹정우는 백삼십 년 전 천하제일 세력이었던 패천방의 수좌인 혈패왕이 화산의 청양자란 도인에게 패해 십 년간 화산 동굴에 갇혀 있었던 사연을 간략하게 설명했다. 그리고는 그가 마령지에서 뽑아낸 마지막 여덟 번째 보석과 함께 나온 양피지에 적혀 있던 혈패왕의 뒷얘기를 연이어 얘기했다.

"단전이 파괴되었지만 십 년간의 고련으로 그는 놀라운 성취를 얻게 됩니다. 무공은 물론 천문지리의 이치까지 깨달은 그는 청양자가 단순히 화산의 무인이 아닌, 배교의 교주란 사실도 알게 되었지요."

"배교?"

"그렇습니다. 당시 마교의 하위 조직으로 억압받고 있던 배교에서 나고 자란 청양은 천부적인 소질을 아까워한 배교도들에 의해 당시 절정기였던 화산파로 신분을 숨기고 보내져 정종무공을 배우게 됩니다. 사부나 사형제들에게는 지닌 바 재질을 숨기고 평범한 제자로 활동했지만 그는 화산의 신공들을 두루 섭렵하여 절정의 고수로 성장하게 됩니다. 그리고 틈틈이 배교의 술법까지 터득하여 오십 줄에 이르러서는 스스로 절대고수라 자부할 수 있는 경지에 다다랐지요. 그래서 그는 자신의 무공을 시험코자 당시 천하제일로 꼽히던 혈패왕을 찾아 화산의 무공과 배교의 환술을 조합하여 그를 무참히 격파해 버렸지요. 이기긴 했으나 혈패왕의 무공에 흥미가 생긴 청양은 기절한 그의 단전을 몰래 파괴해 버리고는 화산의 동굴에 가둔 다음 자비를 베푸는 척하며 그에게 스스로의 무공을 더욱 갈고닦을 기회를 줍니다. 그런데 혈패왕은 그의 예상을 훨씬 뛰어넘는 성취를 동굴에서 터득하고, 마교에서 벗어나 천하를 제패하려는 청양의 야욕까지 눈치채고 만 것이지요."

청천 진인과 방구병, 심지어 남해노조까지도 백이십 년 전에 일어난 놀라운 비사에 흥미가 동한 듯 진지한 얼굴로 맹정우의 말을 경청했다. 다만 함토리만은 약간 어두운 낯을 띠고 있는 것이 맹정우의 눈에 들어왔다.

맹정우는 개의치 않고 계속 말을 이었다.

"혈패왕은 파괴된 단전을 회복시키려 애쓰던 중 청양자가 마교의 세 성물을 훔쳐 와 그 성물들로 명왕현신대법을 쓰려 한다는 것을 눈치챕니다."

"명왕현신대법?"

"저도 간략한 설명만을 읽어 자세히는 모르겠습니다만, 아무튼 청양은 그 대법에 배교의 술법을 가미하여 명왕을 현신시키는 대신 그 힘만을 자기 몸에 끌어 붙이려 했다는군요. 그 힘을 이용하여 배교를 마교에서 독립시키고 나아가 강호를 제패하려는 야심이었지요. 혈패왕은 그 대법이 이루어지도록 그냥 놔두면 인간의 경지를 벗어나는 힘을 가지게 된 청양으로 인해 천하가 혼란해질까 두려워 그의 대법을 방해하기로 결심합니다. 마침 대법의 실행 장소는 화산의 오지였고, 그곳으로 달려간 혈패왕은 대법을 무너뜨리고 청양을 쓰러뜨리는 데까지 성공하지요. 그러나 단전이 파괴된 상태에서 지나치게 무리한 후유증으로, 무너진 동굴에서 나온 지 얼마 안 되어 죽고 말았습니다. 한때 강한 무력만을 추구하며 강호를 힘으로 억누르던 혈패왕이었지만 마지막 순간에는 강호 평화를 위해 위대한 희생을 했던 것이지요."

맹정우의 얘기를 탄복하며 듣고 있던 청천 진인이 입을 열었다.

"놀라운 비사를 잘 들었네만, 그것과 현 상황이 무슨 관련이 있는지?"

대답은 맹정우에 앞서 함토리가 했다.

"관계가 있는 듯합니다. 사실 저도 이 얘기에 대해 조금 들은 바가 있습니다."

"비룡회주도 말이오?"

"예. 저희 비룡회가 조사한 바로는 그 청양자의 후예가 지금까지 철혈방의 방주를 역임해 온 위지 가문으로 알고 있습니다."

"위지가가! 그럼 위지관천 역시 배교의 후예란 말인가!"

"그렇습니다. 저희 비룡회에서는 사실 그간 그가 마교의 후계자인 줄 알고 있었습니다. 그가 청양의 후예인 줄은 알았습니다만, 청양자가 배교의 교주인 것은 오늘 맹 소협에게 듣고 처음 알았군요."

맹정우는 눈을 빛내며 함토리에게 말했다.

"그 얘기들은 대체 어디서 들으셨습니까? 혈패왕의 비사를 아는 사람이 저 외에 또 있을 줄은 예상 못했는데요."

"화산의 옥운 장문인에게 들었네. 그는 자신의 사조한테서 그 얘기를 들었다더군. 그의 사조가 바로 혈패왕의 시신을 발견하고 그 검을 자네에게 건네준 청원 진인일세. 그분은 혈패왕이 죽기 직전 간략하게 남긴 서신을 보고 청양자가 마교의 대법을 쓴 것은 알게 되었지만 그가 배교의 교주인 것까지는 몰랐다네. 그분은 혈패왕을 묻고 그의 검을 갈무리한 후 청양자와 혈패왕이 싸웠던 장소를 찾아갔지. 그 동굴은 완전히 붕괴되어 있었지만 마교의 대법이 진행되었던 흔적이 여기저기 남아 있어서 혈패왕의 말이 진실이었음을 확인할 수 있었다고 하네. 실종되었던 청양자가 마교의 후인이라는 사실은 화산파의 큰 망신이 될 수가 있기에 그분은 그 이후로 그 얘기를 아무에게도 하지 않았지. 다만 청양자의 후예인 위지 가문이 철혈방을 세우고 활발히 활동하는 것만은 늘 예의주시했다고 하네. 그리고 그분은 돌아가시기 직전에 함께 있던 옥운자에게 자신이 알고 있던 사실을 모두 말하고 돌아가셨다고 하네."

맹정우는 자신의 아버지와 왕 노인(청원 진인)의 얘기가 나오자 무공 수련 중에 겪었던 과거의 체험이 떠올랐다. 왕 노인이 죽었다는 얘기를 듣자 몹시 아쉬운 마음이 들었다.

함토리는 청천 진인에게 말을 계속했다.

"맹 소협 말대로라면 위지관천이 마경을 노릴 만한 충분한 근거가 있는 겁니다. 만일 그자가 마경을 얻고, 더불어 송왕산 근처에 있을 제마령까지 얻는다면 이 갑자 전 자신의 조상이 했던 것처럼 배교의 환술로 그 성물들에 숨겨진 미증유의 힘을 끌어낼 수 있을 테니까요."

"제마령이 송왕산 부근에 있습니까?"

맹정우가 깜짝 놀라 물었다.

함토리는 난처한 얼굴로 고개를 끄덕였다.

"그렇네. 마경과 가까이 있을수록 제마령의 조각들을 빨리 맞출 수 있다고 해서 새외의 술사들이 그 조각들을 가지고 우리와 함께 있었네."

"송왕산에 그들 말고 얼마 정도의 무림맹원들이 있습니까?"

"한 백 명 정도 될까……. 개봉이 공격받고 있다는 얘기를 듣고 맹의 전 무사를 끌고 개봉까지 달려오는 통에, 그곳에는 남아 있는 무사가 거의 없네."

"만일 위지관천이 도망쳤던 철혈방을 이끌고 거기에 나타났다면, 제마령은 벌써 빼앗겼겠군요."

함토리가 무거운 표정으로 고개를 끄덕였다.

"그렇지. 게다가 날짜상으로 내일 아침에 제마령이 다 짜 맞춰진다고 했으니… 최악의 경우 우리가 도착했을 때는 이미 놈은 두 가지 성물을 가지고 있겠지."

맹정우는 눈에 띄게 어두워진 안색으로 말했다.

"그렇다면… 그가 청양자가 썼던 명왕현신대법을 쓸 가능성이 있습니다."

"그건 걱정하지 않아도 되지 않을까? 듣기로 명왕현신대법은 세 가지 성물이 모두 갖춰져야 쓸 수 있다고 하던데. 다행히도 건곤검이 없지 않나?"

"어째서 건곤검이 없다고 확신하십니까?"

"그 얘기도 옥운에게 들었네. 청원 진인이 혈패왕의 시신을 수습하면서 알아낸 바로는, 혈패왕이 청양자가 시도하던 명왕현신대법을 실패로 돌아가게 만든 방법이 건곤검을 바꿔치기 한 것이라고 들었네. 건곤검은 백이십 년 전 당시 최고의 장인이 만든 절세보검을 마교에서 주술을 걸어 건곤검으로 만들어놓은 거였다고 하더군. 그런데 절묘하게도 혈패왕의 애검 역시 그 장인이 만들었던 검이었고, 두 검은 생김새가 매우 흡사했다는 거야. 혈패왕은 대법이 진행되는 과정에서 몰래 두 검을 바꿔치기 했고, 그로 인해 명왕현신대법은 실패하고 말았지.”

함토리는 맹정우의 허리에 찬 검을 가리켰다.

“그때 혈패왕이 바꿔치기 해서 들고 나왔던 검이 바로 자네가 차고 있는 팔성검일세. 그게 바로 마교의 세 번째 성물, 건곤검이지. 자네가 건곤검을 갖고 있는 이상, 절대 명왕현신대법은 이루어질 수가 없는 것이야.”

그의 말에 청천 진인과 남해노조, 방구병은 안도한 표정이 되었다. 만일 위지관천의 손에 세 성물이 들어갔다면 송왕산에 도착했을 때 이미 명왕현신대법을 완성했을 수도 있을 상황이 아니던가. 이미 초고수의 경지에 다다른 위지관천이 명왕의 힘까지 얻게 된다면… 생각만 해도 끔찍한 일이었다.

최악의 상황은 일어나지 않은 거라고 생각하는 모두에게 맹정우는 뜻밖의 얘기를 꺼냈다.

“저기… 사실은 이 검은 건곤검이 아닙니다.”

“응? 그게 무슨 소린가? 분명 그건 건곤검이네.”

“아닙니다. 두 검이 또 한 번 바뀌었습니다. 형산에서 진짜 팔성검, 그러니까 건곤검을 잃어버렸거든요. 이건 마령지의 강시 제조실에서 찾아낸 검인데, 나중에 자세히 보니 처음 것과 약간 다르게 생겼더라고요. 그러니까 이것은 원래 혈패왕의 애검이었던, 건곤검과 바꿔치기 했던 그 검인 거죠.”

그 말에 함토리의 입이 딱 벌어졌다. 공동파에서 보관하고 있던 가짜 건곤검이 사라졌을 때만 해도 어차피 가짜인 것을 알았기에 별로 걱정하지 않았었다. 그런데 그게 마령지로 흘러갔다가 다시 맹정우에게로 돌아온 것이다. 그렇다면 진짜 건곤검은?

“진짜는, 진짜는 어디로 간 건가? 형산 어디에서 잃어버렸나?”

“형산에서 마교 잔당으로 가장한 철혈방 놈들이랑 싸우다 잃어버렸는데, 거기 졸개 하나가 주워 갔죠. 멋모르고 주워간 거니까 아마도 위지관천 손까지는 안 들어갔을 거예요.”

맹정우는 낙관적인 예상을 펼쳤지만 함토리의 안색은 좋지 않았다.

“이봐, 경지에 다다른 마교나 배교의 술사들은 건곤검 정도 되는 성물이라면 그 영적 기운을 충분히 감지해 낼 수 있다고. 그러니까 그들이 그 졸개의 손에 있을 건곤검을 알아봤을 가능성은 다분히 높다고 봐야 해.”

“그, 그렇습니까? 그러나 설사 세 성물을 얻었다 해도 혈패왕의 양피지를 보니까 명왕현신대법을 쓸 수 있는 날짜는 한정되어 있다고 하던데요.”

“그건 나도 청원 진인께 들었네. 가능한 날짜는 일 갑자에 한 번밖에 안 온다더군.”

듣고 있던 방구병이 혀를 빼며 말했다.

“헤에, 육십 년에 한 번이면 당분간은 걱정할 필요 없겠군요.”

함토리는 절망 어린 목소리로 대꾸했다.

“청원 진인에게 듣기로 이 갑자 전 명왕현신대법이 행해진 달이 을오년 사월 초였다더군. 올해가 무슨 해인가?”

“작년이 갑사년이니까……!”

방구병은 말하다 말고 입을 크게 벌렸다. 올해가 바로 을오년이었다.

“그래, 올해가 바로 화산에서 명왕현신대법이 행해진 지 정확히 이 갑자가 되는 해일세. 그리고 그제가 사월 초하루였지. 이 갑자 전 대법이 벌어진 정확한 일시는 청원 진인도 몰랐네. 그러나 위지관천은 알고 있겠지. 사월 몇 일, 몇 시에 대법을 행해야 하는지를.”

마차 안은 잠시 무거운 침묵이 흘렀다.

“이럴 때가 아니군. 좀 더 맹원들을 독려하여 속력을 내야겠어. 한시라도 빨리 송왕산에 도착하지 않으면 안 되겠네.”

청천 진인은 그렇게 말하며 함토리와 함께 마차 밖으로 나가려 했다.

“잠깐만요, 맹주님.”

맹정우가 그를 불러 세웠다.

“왜 그러나, 맹 소협.”

“우리, 예전에 만난 적이 있지 않습니까?”

갑작스런 질문에 청천 진인은 다소 당황한 표정을 지었다.

“글쎄? 잘 기억이 나질 않네. 오늘 취의청에서 처음 보지 않았나?”

“그런가요? 예전에 많이 뵌 듯도 한 느낌이 들어서…….”

맹정우는 미묘한 미소를 지으며 말했다.

“다른 사람하고 착각했나 보지. 이만 나가 보겠네.”

청천 진인은 황망히 밖으로 나갔고, 함토리도 그를 따라나섰다.

나가는 청천 진인과 함토리를 유심히 살피던 맹정우는 고개를 끄덕였다.

“흐흠, 이제야 좀 알겠군.”

그는 몸을 기울여 마차의 좌석에 몸을 기대고 눈을 감았다. 그가 타고 있는 마차와 그 주위를 질주하고 있는 수백 기의 기마는 송왕산을 향해 밤새 맹렬히 질주했다.

제13장

영웅의 진심은
얼어붙은 여인의 마음을 녹인다

영웅의 진심은

얼어붙은 여인의 마음을 녹인다

개봉에서 송왕산까지는 구백 리에 가까운 거리였다. 개봉에서 출발한 무림맹 본진은 최대한 목적지까지 빨리 돌아가기 위해 기점마다 한 번씩 말을 갈아타야 했다. 그러나 말을 준비해야 할 각 분타가 철혈방의 공격으로 큰 피해를 입은 상태였기 때문에 천 명에 다다르는 본진의 수에 맞는 갈아탈 말을 다 구할 수가 없었다. 그래서 분타를 거치며 말을 갈아탈 때마다 뒤처지는 인원이 많아졌고, 하룻밤이 지나고서는 선봉으로 달리고 있는 무사의 수는 사백 명 정도로 줄어 있었다. 선봉의 사백 무사는 비룡회와 비룡대를 비롯한 최정예 무인으로 구성되어 있었다.

은소예는 비룡회 소속으로 선봉진에 끼어 있었다. 다른 회원들과 더불어 자신의 말을 채찍질하며 질주하는 그녀의 옆으로 누군가가 말을 달려 접근했다.

"은 소저, 여기 계셨군요."

다가온 자는 방구병이었다. 은소예는 엷은 미소를 머금었다. 그녀와 방구병은 삼 년 전 형산에서 함께 싸운 뒤로 친밀한 관계를 유지하고 있었다.

"얘기 나누는 건 오랜만이네요, 방 공자. 요즘 활약이 대단하세요."

"하하, 별말씀을. 그건 그렇고 은 소저, 혹시 요 근래 외롭다는 생각 안 드십니까? 왠지 옆구리가 허전하다고 느껴지신다던가……."

"예?"

은소예는 방구병의 뜬금없는 말에 어리둥절했다.

"무슨 소리예요?"

"하하, 사실은 제가 소저 중신을 한번 서보려고요. 몹시 괜찮은 남자가 한 명 있는데… 소저와 아주 잘 어울릴 듯해서 이렇게 말씀 올리는 겁니다."

은소예는 방구병이 도통 무슨 소릴 하는 건지 알 수가 없었다. 대적을 앞에 놓고 있는 현 상황에서 이런 한가한 대화를 할 때가 아니지 않은가.

"저어, 지금은 그런 얘기 할 상황이 아닌 것 같은데요."

"어허, 은 소저. 전시라고 해서 혼담 얘기 하지 말란 법 있습니까? 남녀 관계 란 것은 여하한 상황 하에서도 얼마든지 이루어질 수 있는 것 아니겠습니까?"

"그래도 그렇지 왜 하필 이때 그런 얘기를 하시는지 알 수가 없네요."

"때마침 소저가 눈에 띄고, 또 그 남자도 근처에 있고 하여 이런 얘기 하는 것 아닙니까. 송왕산 도착하려면 아직 반나절은 가야 하는데, 말달리기도 심심한데 서로 얼굴이나 익혀보시는 것이 어떻겠습니까?"

은소예는 뭐라고 해야 할지 알 수가 없어 잠시 아무 말을 못했다. 그런데 그 녀의 무언이 허락을 의미하는 것으로 알았는지 방구병은 등 뒤로 냉큼 손짓을 하는 것이었다. 그가 말을 몰아 슬쩍 옆으로 빠지자 바로 뒤에서 달려오던 누군 가가 기다렸다는 듯 말을 몰아 그녀의 옆으로 붙어왔다.

은소예는 다가온 그의 얼굴을 보고 입을 딱 벌렸다.

느끼한 목소리가 그녀의 귀로 파고들었다.

"안녕하십니까. 맹정우라고 합니다."

은소예는 어처구니가 없어 하하 웃었다. 그리고는 싸늘하게 말했다.

"너 뭐야, 색한?"

'이런 제길. 어째 반응이 썩 좋지 않은걸?'

맹정우는 입맛이 썼다. 방구병을 이용하여 그녀에게 말 붙일 기회를 잡자 고 시도한 방법인데, 은소예의 표정을 보아하니 별로 좋게 받아들인 것 같지 않았다.

"이봐, 네가 바라던 대로 무림맹에 들어왔고 또 꽤 열심히 활동했잖아? 이쯤 되면 용서해 줄 수 있지 않나?"

맹정우의 말에 은소예는 잠시 말이 없었다.

맹정우는 내심 기대했다. 사실 열심히 활동한 정도가 아니라 그 누구도 하지 못할 일을 해낸 자신 아닌가.

은소예가 말했다.

"글쎄, 네 행동이 어디까지가 진실이고 어디까지가 거짓인지 도무지 알 수가 없어. 이럴 거였으면 악양에서 만났을 때는 왜 무림으로 다시 돌아오지 않겠다고 한 거지?"

"그건… 사실 그때 이미 여러 가지 일을 벌이고 있었기 때문에 너의 동참하라는 제의를 바로 받아들일 수가 없었다. 당시 그 제의를 받아들였다면 내가 생각하는 방식대로 일을 진행할 수가 없었을 거거든."

은소예가 여전히 믿지 못하겠다는 얼굴을 하고 있자 맹정우는 답답한 표정으로 말했다.

"자세한 설명은 전투 상황이 끝난 후 해줄게. 이쯤 했으면 날 좀 믿어주면 안 되겠냐. 난 분명 예전과는 달라졌다고. 예전에는 무책임한 면이 있었지만, 강호에 나와서 많은 일을 겪으면서 조금은 성장했다고 자부한다. 적어도 벌인 일에는 책임을 지려 애쓰고 있어. 그래서 나에게 소중했던 사람들을 해한 철혈방을 쓰러뜨리고자 하는 거야. 그리고… 너에게 한 큰 실수에 대한 책임 역시 지고 싶어 이러는 거고. 물론 너에 대한 것은 단순히 책임감만은 아니다. 내 말 무슨 말인지 모르겠니?"

말하는 맹정우의 눈은 전에 없는 진실함을 담고 있었다. 그와 시선을 마주하고 있던 은소예는 그의 마지막 말을 듣고는 그의 뜨거운 눈을 외면했다. 그러나 맹정우는 그녀의 표정이 전에 없이 밝아져 있다는 것을 알 수 있었다.

"어이, 은 소저. 그럼 이제 날 좀 봐주는 거지?"

장난기 섞인 맹정우의 말에 은소예는 어이가 없는 듯 '치!' 하는 웃음소리를 냈다. 그러나 그녀의 옆얼굴은 반쯤 웃고 있었다.

'됐어!'

맹정우는 속으로 쾌재를 불렀다. 드디어 얼음장 같던 은소예의 마음을 풀어진 것이다.

그러나 호사다마라 했던가, 좋은 일이 생기면 꼭 초를 치는 놈이 튀어나오는 것이 맹정우의 인생이었다.

"야, 네가 책임감이 투철해졌다고 해서 생각난 건데."

그의 옆에서 달리던 방구병이 갑자기 끼어들었다. 그는 옆에서 내내 둘의 대화를 엿듣고 있었다.

"왜, 있잖아. 우리가 산적들에게 빼앗겼던 표물 찾아오면서 구해준 그 상소하 남매 말이다. 그 남매한테 영웅객잔이란 가게를 차려줬잖냐."

맹정우와 방구병은 상소하 남매에게 영웅객잔을 차려줬을 뿐 아니라 그곳에서 한 달간 일해주기까지 했었다.

맹정우는 뜬금없이 그 얘기를 꺼내는 방구병을 의아하게 쳐다보며 고개를 끄덕였다.

"그랬지. 그런데 왜?"

"객잔 위치를 옮겼나 보더라고. 내가 송왕산으로 처음 이동할 때였는데, 그 근처에 그 이름을 쓴 객잔이 있기에 한번 가봤더니 거기 그 남매가 있는 거야."

"그, 그랬어? 그런데 그 얘기는 나중에 따로 하지?"

맹정우는 왠지 불길한 느낌이 들었다. 상소하랑은 약간의 부적절한 관계가 있었기 때문에 옆에 있는 은소예를 신경 쓰지 않을 수 없었다.

그러나 주책 맞고 눈치없는 방구병은 아랑곳하지 않고 계속 말을 이었다.

"말 나온 김에 끝까지 들어. 아무튼 그 상소하가 애기가 하나 있더라고. 나이가 한 두세 살쯤 돼 보이던데 어째 보면 볼수록 너를 쏙 닮은 거야. 삼 년 전에 같이 일할 때 너랑 상소하랑 관계가 좀 삐리리하지 않았냐? 혹시 그 애가 네가 책임져야 할 애가 아닌가 싶어서 말이야."

맹정우는 황당해하며 외쳤다.

"넌 그게 무슨 말도 안 되는… 악!"

맹정우는 말을 하다 말고 옆구리에 엄청난 통증을 느꼈다. 이때껏 옆에서 둘의 대화에 귀를 기울이고 있던 은소예가 갑자기 안장 위에서 뛰어올라 그의 옆구리를 걷어찬 것이었다. 무방비 상태에서 걷어차인 맹정우는 타고 있던 말 잔등 위에서 튀어나가 반대편의 방구병이 타고 있는 말에까지 날아가 처박혔다.

"아이쿠!"

갑자기 뛰어든 맹정우와 말안장 사이에 깔린 방구병이 외마디 비명을 질렀다.

맹정우는 방구병을 타고 앉은 채 중심을 잡으려 애쓰며 다급히 은소예를 불렀다.

"이봐! 그건 오해야! 내 말 좀 들어봐!"

은소예는 이미 뒤도 안 돌아보고 말에 박차를 가하며 멀어지고 있었다.

맹정우는 타고 있는 방구병의 말이 둘의 무게로 인해 비틀거리는 통에 그녀를 바로 쫓아갈 수 없었다.

"이 필생이 도움이 안 되는 놈!"

성이 난 맹정우는 자신의 밑에 깔린 방구병에게 주먹질을 하기 시작했다.

"이 자식이 일은 지가 벌여놓고 누구 탓을 하는 거야?"

무공이 강해진 방구병도 예전처럼 맞고만 있지 않았다. 한 필의 말 위에서 엉겨 붙은 채로 맹렬히 주먹을 교환하던 둘의 싸움은 결국 무림맹주까지 나서서야 뜯어말려질 수 있었고, 예나 지금이나 전혀 달라진 게 없는 둘에게 무림맹이 의지해야 하는 현실이 서글픈 함토리는 그 광경을 보며 한숨을 푹푹 내쉬었다.

*   *   *

송왕산 앞 벌판.

아침 해가 서서히 산봉우리 위로 올라서고 있었다.

해를 보며 시간을 가늠하던 철혈방의 대장로는 돌로 쌓아 올린 단상 위로 올라섰다.

"때가 다 되었다. 이제 마경이 피를 부르고 원혼을 빨아들일 시간이 왔노라."

그의 앞에는 수십 명의 사람들이 포박당한 채 무릎을 꿇고 있었고, 그들 한 명 한 명의 옆에는 칼을 치켜든 철혈방의 무사들이 대기하고 있었다. 그들의 높이 올려진 칼은 포박당한 사람들의 목을 노리고 있었다.

대장로의 오른손이 하늘로 번쩍 치켜 올려졌다. 이제 그 손이 떨어지면 포박된 수십 명의 목이 일제히 떨어지게 될 것이다.

그때였다. 벌판 저쪽에서 말발굽 소리와 함께 네 필의 기마가 모습을 드러냈다.

대장로와 철혈방도들은 의아한 기색으로 기마를 주시했다. 거침없이 달려오는 것을 보아하니 이쪽을 아는 듯했다.

네 필의 기마는 더욱 속력을 가하며 철혈방 쪽으로 접근했다. 철무련 소속의 다른 방파의 사신인가 싶어 철혈방도들은 머뭇거렸다.

대장로도 들었던 팔을 슬그머니 내리고 그들을 주시했다.

기마는 이제 백 장 앞까지 다가왔다. 마상의 인물들이 눈에 들어오기 시작했다. 백발 성성한 늙은이, 중년인, 그리고 청년 두 명이었다.

멀리 떨어진 사물을 보느라 눈살을 찌푸리고 있던 대장로의 눈이 돌연 크게 확대되었다. 그의 입에서 커다란 고함이 흘러나왔다.

"놈들을 막아! 무림맹주가 있다!"

무림맹주란 말에 화들짝 놀란 철혈방도들이 너도나도 무기를 빼 들었다.

마상의 사 인도 병장기를 꺼내 들었다. 이제 기마는 쏟아져 나오는 철혈방도들의 삼십 장 앞까지 육박했다. 나란히 달리는 청천 진인과 함토리의 검에서 일 장에 달하는 검강이 뿜어져 나왔다. 그것이 신호였다.

"와아아아아아—!"

벌판의 좌우에서 우렁찬 함성과 함께 무림맹의 무사들이 출현했다. 그들은 경신술을 맹렬히 구사하며 양쪽에서 철혈방을 향해 돌진했다.

"놈들이 어떻게 여기를……!"

대장로는 믿을 수 없다는 듯 중얼거렸다. 개봉의 무림맹 총단이 철혈방 본진의 급습을 받는다는 소식을 듣고 무림맹이 이곳을 떠난 것이 불과 나흘 전이었다. 일월문과 싸우는 척하다 도망쳤던 철혈방의 삼당은 무림맹이 떠난 직후 다시 출몰하여 송왕산에 남아 있던 무림맹 무사 백여 명과 새외의 술사들을 생포했다. 그리고 특별한 일시인 오늘에 맞춰 생포한 자들을 한꺼번에 죽이려던 참인데 개봉으로 떠났던 무림맹이 다시 돌아온 것이다.

"설마 본진이 저들에게 패했단 말인가? 그건 있을 수 없는 일이야!"

문상 제소운의 조호이산지계는 완벽했다. 저들이 무림맹 총단으로 갔던 것이 맞다면 총단을 이미 점거하고 있었을 제소운의 함정에 빠져 지금쯤 몰살을 당했어야 이치가 맞는 것이다. 그런데 멀쩡한 모습으로 이 벌판에 다시 나타나다니!

"포박된 놈들을 죽여라! 적당과 흑당은 어서 빨리 가세하라!"

대장로의 호령이 벌판을 쩌렁쩌렁 울렸다.

철혈방 무사들과 가장 먼저 충돌한 것은 말을 탄 네 명의 절대고수였다. 포박된 무림맹 무사들을 향해 다급히 살수를 가하고 있는 철혈방도들을 덮친 네 명은 종횡무진하며 적을 섬멸하기 시작했다.

함토리와 청천 진인의 검강이 전장을 휘저었고, 방구병의 태양신검이 빛을 발하며 다가오는 적들을 쓸어나갔다. 거기에 맹정우의 검진파천황이 발휘되면서 그가 뿜어낸 세 개의 검기가 벌판을 휩쓸자 철혈방도들은 추풍낙엽으로 쓰러져 갔다.

절대고수 네 명의 활약으로 철혈방이 주춤한 사이 좌우에서 달려오던 무림맹 선봉대가 철혈방 진지까지 육박했다. 대장로가 있던 단상 앞의 철혈방도들은 이미 네 고수에게 크게 당해 뿔뿔이 흩어지고 있었다. 승기를 잡았다고 생각하는 순간, 송왕산 쪽에서 와 하는 함성과 함께 적색 무복과 흑색 무복을 입은 철혈방도들이 쏟아져 나왔다. 송왕산의 배후를 지키고 있던 적당과 흑당이었다.

적당과 흑당이 가세하자 철혈방의 수는 순식간에 선봉대의 두 배로 불어났다. 네 고수의 맹활약으로 사기가 충천한 선봉대와 수적 우위를 점한 철혈방 간의 치열한 접전이 벌어졌다.

좌충우돌하며 적을 섬멸하던 맹정우는 소음이 가득한 전장 한가운데에서 자신의 이름을 부르는 가냘픈 목소리를 들었다.

"맹 공자… 맹 공자……."

소리난 쪽으로 고개를 돌린 맹정우는 놀란 표정을 지었다. 일월문의 한영영이 피를 철철 흘리면서 쓰러진 채 그를 부르고 있었다. 그녀는 사지가 결박당해 있었다. 아마도 철혈방에 생포되어 무림맹 무사들과 함께 처형당하는 처지가 되었던 모양이다.

맹정우는 주변의 적을 재빨리 처리한 후 그녀에게로 다가갔다. 그는 검을 휘둘러 그녀의 결박을 모두 끊어버렸다. 한영영은 상반신이 붉게 물들어 있었고, 가슴에서 여전히 피가 흘러나오고 있었다.

"어쩌다 이렇게 되었소?"

맹정우는 혀를 차며 그녀를 부축했다. 한때 죽여 버리려고 했던 그녀지만 이 꼴이 된 것을 보니 측은지심이 먼저 들었다.

"본 문은 위지관천에게 보기 좋게 당했어요. 그가 배교의 교주였다니…… 으윽!"

한영영은 말하다 말고 피를 토했다.

"더 이상 말하면 위험하오."

"나, 난 이미 끝났어요, 맹 공자. 당신을 부른 것은… 미안하단 말을 하고 싶어서였어요. 삼 년 전 추적대를 속이고 현진 스님과 혜량 스님을 해한 것… 제가 한 게 맞아요. 그러나 많이 괴로웠어요. 본 교를 위해서 어쩔 수 없이 한 거였어요. 특히… 공자님한테 미안했어요. 늘 저한테 잘해주셨는데……."

맹정우는 씁쓸한 표정을 지었다.

"서로 가는 길이 달라 이렇게 된 걸 이제 와서 어쩌겠소."

한영영은 엷은 미소를 띠며 말을 이었다.

"가는 길의 방향이 조금이라도 비슷했으면 좀 더 좋은 인연이 되었을 텐데… 안타깝네요. 맹 공자, 지금 위지관천은 송왕산 내부에서 명왕현신대법을 일으키고 있어요. 그것만은 반드시 막아야 해요."

맹정우의 눈이 커졌다. 하필 오늘이었단 말인가, 일 갑자에 한 번 돌아오는 대법 일자가!

"송왕산 내에는 위지관천 직속 친위대인 폭풍대가 대기하고 있어요. 그들을 무찌르고 들어가면 대법이 진행되고 있을 거예요. 대법은 두 시진 정도 걸리지만 이미 반 시진이 지났어요. 적어도 앞으로 한 시진 안에는 대법을 저지해야지, 그렇지 못한다면 그때부터 명왕의 기운을 위지관천이 받게 될 거예요. 그렇게 되면 강호무림은 끝장이에요."

"대법을 어떻게 저지해야 하오?"

"제 품에 천왕부(天王符)라는 부적이 두 장 있어요. 아마 제마령을 조립하다 잡힌 새외의 신관(神官) 중에도 이 부적이 있는 사람이 있을 거예요. 이걸 몸에 지니면 마기로 가득 찬 송왕산에 들어갈 수 있고, 또 대법이 행해지는 동굴 안까지 접근할 수 있어요. 단, 동굴 안으로 들어서는 것은 세 성물이 위치를 바꾸는 시간대에만 가능해요. 반 시진에 세 번 정도 위치를 바꾸는데, 신관을 데려가면 그 때를 알 수 있을 거예요. 동굴 안으로 들어가서는 공자 본신의 능력으로 결계를 깨뜨리는 수밖에 없어요. 늦으면 늦을수록 명왕의 힘은 더욱 강해지니까 한시라도 빨리 가셔야 해요!"

맹정우는 고개를 끄덕였다.

"알았소. 근데 잠깐 윗옷을 풀어도 되겠소? 상처를 보고 혈도를 짚어 지혈해야 할 듯한데……."

한영영은 힘없이 웃으며 고개를 저었다.

"전 이미 틀렸어요. 부탁이니 반드시 대법을 막고 위지관천을 죽여주세요. 그래야 이 벌판에 떠돌고 있을 일월문 문도들의 원혼이 편히 하늘로 올라갈 거예요… 그리고 저 역시……."

한영영의 목소리는 점점 잦아들었고, 잠시 후 맹정우의 손을 잡고 있던 그녀의 손이 스르르 빠져나갔다. 맹정우는 한영영의 눈을 감겨주고 그녀의 차가워진 몸을 가만히 땅에 내려놓았다.

그는 벌떡 일어서서 전장을 빠르게 훑어보았다. 접전이 벌어지고 있었지만 조금씩 무림맹의 우세로 돌아서고 있었다. 무림맹의 선봉대는 비룡회와 비룡대, 그리고 무림맹의 요인 등 최고수들의 집합체였다. 비록 이틀 밤낮을 달려와 지친 감은 있었지만 철혈방의 삼당 정도는 충분히 제압할 힘을 가지고 있었다. 게다가 절대고수인 청천 진인과 함토리, 방구병이 맹활약하면서 이제는 철혈방도의 수가 크게 줄어 거의 동수를 이루고 있었다.

전장을 훑던 맹정우의 눈에 요상한 차림새를 한 사내 한 명이 걸려들었다. 그역시 한영영이나 포박당해 있던 무림맹 무사들 같이 결박당한 상태였다. 그런데 검은색 도관에 초록색 도포 같은 것을 입고 있는 품이 예사롭지 않아 보였고, 게다가 이족 같았다. 좀 전에 한영영이 말했던 새외의 신관임이 틀림없었다.

맹정우는 그에게로 달려가 주변의 적을 해치운 후 그의 결박을 풀었다.

"혹시 새외 일신교의 신관이오?"

이족 남자는 고개를 끄덕였다.

"그렇소. 일신교 대신관 관서극이오."

"좋소, 관서극. 천왕부라는 부적을 갖고 있소?"

"두 장을 가지고 있소."

"더는 없소? 다른 신관들도 있을 것 아니오."

관서극은 무거운 표정으로 고개를 저었다.

"같이 있던 대신관 둘은 다 죽었소. 다른 두 명의 신관은 여기 어딘가 있을 테지만 그들은 천왕부를 아직 만들지 못하는 평신관이오."

"그럼 전부 합해 네 장인데……."

그렇다면 갈 사람은 정해져 있다. 송왕산 내에 포진한 폭풍대를 뚫고 들어가야 하니 장내의 최고수를 데려갈 수밖에 없는 것이다.

맹정우는 관서극을 이끌고 전장을 헤집고 다니면서 청천 진인과 함토리, 방구병을 불렀다. 맹정우는 세 명에게 급박한 상황을 설명했고, 비상시국이라는 것을 깨달은 셋은 전장을 선봉대에게 맡기고 맹정우를 따라 송왕산으로 향했다.

제14장

영웅은 과거에 집착하지 않고,
미래를 두려워하지 않는다

콰콰콰콰쾅!

굉음과 함께 먼지가 일었다. 억눌린 비명이 흘러나오고 피가 사방으로 튀었다.

맹정우와 함토리, 방구병과 청천 진인은 지친 표정으로 검을 늘어뜨렸다. 폭풍대의 마지막 생존자가 쓰러지는 것을 눈으로 확인한 그들은 정면에 입을 벌리고 있는 거대한 동굴로 향했다.

철혈도제 위지관천의 친위대인 폭풍대는 그간 강호에 제 실력을 드러낸 적이 없어 그 실력이 어떤지 아는 자가 없었다. 그런데 오늘 직접 체험한 그들의 실력은 놀라웠다. 절대고수 네 명을 맞아 두려움없이 덤벼든 폭풍대는 오십 명이서 열 개의 오행관로진을 펼치며 강력한 방어진을 형성하여 맹정우들의 발을 묶었다.

네 고수는 그들을 해치우느라고 물경 반 시진 이상을 소비해야 했다. 이제 대법의 종료까지는 반 시진 하고도 그 절반쯤 남은 상태였다. 적어도 이각 내에 동굴 안으로 진입하지 못하면 위지관천에게 명왕의 힘이 들어가기 시작할 것이고, 시간이 흐를수록 그를 쓰러뜨리기 어려워질 것이다.

네 고수와 관서극은 동굴 안으로 진입했다. 동굴은 입구에서부터 강렬한 요기를 뿜어내고 있었지만 네 명은 제각기 천왕부 한 장씩을 가지고 있었기에 그 요기를 감당할 수 있었고, 관서극은 스스로 요기를 이겨낼 영기를 보유하고 있었다.

동굴 내부로 한참을 들어갔을 즈음, 안쪽에서 푸른 빛이 뿜어져 나오는 것이 보였다.

빛을 본 관서극은 흥분하여 외쳤다.

"푸른 빛이 감돌 때 결계 안으로 들어갈 수 있소! 지금 당장 뛰어들어 가야 하오!"

그 말을 들은 네 명은 쾌속한 신법을 구사하여 일제히 안으로 짓쳐갔다. 통로가 갑자기 좁아지는 두 번째 입구가 보였는데, 관서극의 말처럼 푸른 빛이 입구 전체에 막처럼 흐르고 있었다.

네 명은 지체없이 두 번째 입구로 달려갔다. 그러나 입구 근처에서 몇 개의 그림자가 튀어나와 그들을 가로막았다.

"너는 철혈방의 대장로!"

청천 진인이 그중 한 명을 알아보았다. 대장로를 위시한 철혈방의 장로 세 명이 청광(靑光)이 감도는 동굴을 가로막고 있었다.

"속전속결!"

청천 진인이 부르짖으며 검강을 내뿜었다. 대장로는 접근하는 청천 진인을 바라보며 손을 내저었다. 그러자 동굴 내부는 빛이 한 점도 없어지며 칠흑 같은 어둠이 덮였다. 심지어 두 번째 입구를 감싸고 있는 청광도 사라졌다.

"훗, 배교의 차광호암술(遮光呼暗術)인가!"

관서극의 비웃는 소리가 들리고 그의 법언이 이어졌다. 그러자 어둠이 걷히고 다시 청광이 감도는 동굴 입구가 나타났다. 대장로의 얼굴에 크게 당황한 기색이 감돌았다.

잠시 공격 목표의 방향을 잃었던 청천 진인과 맹정우 등이 일제히 장로들을 향해 덤벼들었다. 그러자 장로들은 그들에 저항하지 않고 뒤로 몸을 날려 청광이 감도는 두 번째 입구로 들어가 버렸다. 그러자 관서극이 다급히 외쳤다.

"어서 따라 들어가오!"

맹정우들은 그의 말에 따라 황급히 입구로 달려들었다. 그러나 그들이 근접하는 순간 입구에서 붉은 광채가 흘러나왔고, 입구 감싸고 있던 청광은 적광(赤光)으로 변했다.

가장 먼저 달려든 맹정우가 입구로 뛰어들었지만 적광에 부딪친 그는 가볍게 밖으로 튕겨 나왔다. 마치 벽에 부딪친 것 같았다.

"이런 일이!"

청천 진인이 검강을 내뿜어 입구의 적광을 내리그었다. 그러나 검강은 빛을 자르지 못하고 무심히 통과해 버릴 뿐이었다. 기력(氣力)은 적광을 통과할 수 있었지만 사람은 결계 안으로 들어갈 수가 없었다.

"소용없소. 놈들이 시간을 끌어 결계가 다시 차단되었소."

관서극이 혀를 차며 말했다.

"다시 들어가려면 어떻게 해야 하오?"

"적광이 잠깐 청광으로 변하는 것은 제단을 둘러싼 세 개의 성물이 잠깐 위치를 옮길 때뿐이오. 이 성물들이 옮겨지는 시간은 반 시진에 세 번, 균등한 시간에 옮겨지오. 따라서 다음번에 옮겨지는 시간까지 여기서 기다릴 수밖에 없소."

"반 시진에 세 번이면 일각이 조금 넘는 시간이군. 일각 이상을 여기서 지체하면 대법의 진행 시간이 한 시진 반을 넘게 되는 건데, 한 시진 반 이후부터는 명왕의 기운을 얻기 시작한다고 하지 않았소?"

맹정우의 질문에 관서극은 무겁게 고개를 끄덕였다.

"그렇소."

"명왕의 기운을 얻는 것이 그렇게 무서운 일이오?"

"무서운 정도가 아니오. 자칫하다간 이 세계의 균형을 무너뜨리는 괴물이 나올 수도 있소. 본시 명왕현신대법이라는 것은 광명계에 계신 명왕의 영을 현세에 불러내 신탁을 얻고자 하는 대법이오. 그런데 놈은 배교의 환술을 이용하여 명왕의 힘을 억지로 끌어내어 자신의 몸에 신의 능력을 입히려 하고 있소. 당신들도 인간의 경지를 벗어난 능력을 가지고 있지만, 신의 능력이라는 것은 차원이 다르오. 그가 일각만 힘을 받는다 해도 그의 몸은 금강불괴가 될 것이고, 일각의 시간이 더 흐르면 조화경의 경지를 넘어설 것이오. 만일 대법이 끝날 때까지 힘을 받고 있다면 하늘에서 천군(天軍)을 불러온다 해도 그를 막아낼 수가 없을 거요."

관서극의 마지막 말들은 비현실적이기까지 했다. 그 정도로 강해질 수 있다는 표현이리라. 네 고수의 표정은 전에 없이 심각해졌다.

"다음번 청광 때 들어가면 힘을 받기 시작한 지 얼마 안 됐을 때일 테니 그나마 희망이 있겠군요."

방구병이 낙관론을 펼쳤다.

"그때 들어갈 수 있다면 가능하겠지. 그러나 안으로 들어간 세 장로가 마음에 걸리는군. 놈들은 보나마나 우리를 붙잡으려 안간힘을 쓸 게야."

함토리가 신중론을 폈다.

"여기서 뼈를 묻을 각오를 해야 할 걸세. 우리가 모두 쓰러지는 한이 있어도 놈을 세상 밖으로 나가게 해서는 안 돼."

청천 진인이 결의에 찬 말을 내뱉었다.

초조하게 기다리는 일각여의 시간은 무척 길었다. 반 각쯤 시간이 흘렀을 때, 입구를 노려보고 있던 맹정우가 문득 입을 열었다.

"제 아버지는 어떻게 됐습니까?"

"응?"

함토리와 청천 진인은 갑작스러운 그의 질문에 주춤거렸다.

청천 진인이 황급히 말했다.

"자네 아버지……? 자, 잘 있겠지."

"이곳에 남아 있던 무림맹원들을 통솔하고 있었다면서요? 그 사람들 아까 다 포박당한 채로 죽을 뻔했지 않습니까? 묶인 것을 풀지 못해 싸우는 와중에 죽어버린 사람도 많고요. 어떻게 되었는지 확인 못했습니까?"

그의 날카로운 질문에 청천 진인은 잠시 아무 말도 못하다가 머뭇거리며 대꾸했다.

"아아, 벌판에서 싸울 때 풀려나서 같이 싸우는 것을 내가 봤다네. 그러니 안심하게."

"정말입니까? 저는 전장을 종횡무진하면서도 화산 무공을 쓰는 도사를 보지 못했는데요?"

"으음…… 자네가 아무리 종횡무진했다 해도 전장 전체를 살피지는 못했을 것 아닌가. 우연히 보지 못했을 수도…….'

그때 계속 침묵하던 함토리가 갑자기 청천 진인의 말을 잘랐다.

"그쯤 하게, 청천."

청천 진인은 놀라며 함토리에게 시선을 돌렸다.

"자네, 설마…….'

함토리는 주름진 미소를 지으며 말했다.

"무림맹주 위신이 있지 거짓말을 그렇게 자주 하면 쓰겠나. 내가 얘기함세."

둘의 대화를 듣고 있던 방구병은 뜨악한 표정을 지었다. 이때껏 극존칭을 사용하던 함토리가 어째서 맹주에게 반말을 하고 있는 걸까?

함토리는 맹정우를 똑바로 바라보며 말했다.

"맹 소협, 전투가 종료된 후 말하려고 했지만… 전투가 끝나고서는 자칫 말할 기회조차 잃을 것도 같군. 그래서 지금 말하겠네, 자네 아버지가 어디 있는지에 대해서."

맹정우는 알 수 없는 눈빛으로 함토리를 보며 말했다.

"말씀하시지요."

"자네 아버지는 바로 자네 앞에 있네."

함토리는 그 누구도 아닌, 자신을 가리켰다.

"네가 자네 애빌세."

"예엣?"

뛸 듯이 놀란 것은 맹정우가 아닌 방구병이었다.

"아니, 노사님, 그게 무슨 말씀이십니까? 환갑이 훌쩍 넘은 노사님이 이놈 아버지라뇨. 오늘 무리 좀 하셨다고 벌써 치매기가 있으신 것은…… 으읍!"

방구병의 호들갑스런 입은 보다 못한 청천 진인이 막아버렸다.

유난 떠는 방구병과는 달리 맹정우의 안색은 평탄했다. 그는 시큰둥한 어조로 함토리에게 말했다.

"알고 있었습니다."

그 말에 함토리는 크게 놀란 얼굴이 되었다.

"알고 있었다고? 언제? 어떻게?"

"안 지는 얼마 안 됐습니다. 간담 노사가 내 아버지의 변장이었다는 말 때문에 많이 헷갈렸었는데, 어제 취의청에서 맹주님을 처음 뵙고는 여러 가지를 깨달을 수 있었지요."

"나를 보고 말인가?"

청천 진인이 놀라 물었다.

"예, 저는 원래 사람 얼굴이나 목소리, 분위기 등을 잘 기억합니다. 그런데 맹주님이 취의청에서 저를 보자마자 반가워 외치는 목소리가 바로 간담 노사의 그것이더군요. 약간 젊어진 감이 있었지만 음색이 거의 흡사했습니다. 그래서 일시간에 '무림맹주가 우리 아버지일까?' 하는 생각을 했지만 그럴 리야 없었지요. 그때 문득 이런 생각이 들더군요. 간담 노사의 얼굴은 어차피 인피면구인데, 아무나 돌아가면서 쓸 수 있지 않을까, 하는. 그래서 그 인피면구의 주인인 화산의 옥운자가 맹주님에게 빌려주었고, 맹주님은 그걸 쓰고 우리와 함께 활동했던 것이 아닌가 하는 추리를 했지요. 당시 간담 노사는 오늘 여러 차례 맹주께서 보여주신 것과 똑같은 검강을 구사했습니다. 전 오늘 맹주님의 신위를 보고 그 당시의 간담 노사가 맹주님이란 것을 확신할 수 있었지요."

맹정우의 시선이 다시 함토리에게로 옮겨졌다.

"자, 그럼 무림맹주에게 인피면구를 빌려줄 정도로 친한 사람은 누가 있을까, 고민해 보니 내가 아는 맹주의 친인은 한 명뿐이었습니다. 간담 노사의 친구였던 함 노사님이었지요. 함 노사님을 연상하고 보니 일전에 목격했던 의아스런 광경이 떠오르더군요. 백하에서의 전투 중에 함 노사님이 척마대를 쓰러뜨리는 광경을 우연히 보게 되었습니다. 당시 긴박한 상황에서 노사님은 자색(紫色) 강기를 발출하며 척마대 세 명을 일수에 쓰러뜨리더군요. 자색 강기를 보니 화산의 자하신공이 연상되었습니다. 그래서 싸움이 끝나고 척마대들의 시체를 조사해 보았지요. 피투성이인 시체를 닦아보니 총 마흔여덟 개의 꽃이 그려져 있더군요."

맹정우의 어투는 조금씩 상기되었다.

"당시에는 고개만 갸웃거리고 그냥 지나쳤지만 함 노사님을 화산의 옥운자와 연관시키다 보니 그때 쓴 무공이 혹시 화산파의 무공이 아닐까 싶어 남해노조께 자문을 구했습니다. 그 결과 화산의 절기 매화만천이라는 대답을 듣게 되었고, 그 절기를 쓸 수 있는 화산파의 고수는 현재 옥운자뿐이라는 확인도장까지 받았습니다."

맹정우는 씁쓸하게 웃으며 함토리에게 말했다.

"그래서 노사님이 내 아버지라는 것을 알게 되었습니다. 이제 노사님이라 부를 일도 없게 되었군요."

함토리의 눈은 전에 없이 떨렸다. 그는 긴 한숨을 내쉬며 자신의 얼굴을 잡아뜯었다. 노인의 살가죽과 수염이 벗겨지자 청수하게 생긴, 그리고 맹정우를 꼭 닮은 중년 사내의 얼굴이 드러났다.

함토리— 옥운자는 한결 또렷해진 목소리로 말했다.

"아까도 말했지만 전투가 끝나고 다 얘기하려 했었다. 그런데 하필 이런 자리에서 부자 상봉을 하게 되었구나. 사실 그간 몇 번이나 정체를 드러내려 했지만 가짜 가죽 뒤의 얼굴을 도저히 너에게 드러낼 용기가 없었다. 네가 뭐라 비난한다 해도 할 말이 없구나."

맹정우는 잠시 격동의 빛을 띠었지만 곧 제 얼굴색을 되찾으며 말했다.

"갑자기 어투에 진정성을 띠니 적응이 안 되네요. 아버지는 예전 함 노사님처럼 뻔뻔하게 말씀하는 게 어울립니다."

맹정우는 옥운자를 아버지라고 스스럼없이 불렀다.

"총단에서 말했었죠, 생각이 바뀌었다고. 따지고 보면 세상에 태어나게 해준 것만 해도 감사할 일 아니겠어요. 어릴 적에야 원망도 많이 했지만 이제 그럴 나이도 아니고…… 다만 좀 어이가 없는 것은……."

맹정우는 갑자기 성질이 나는 듯 눈을 빛내며 말했다.

"아들인 것을 뻔히 알면서도 그간 그토록 부려먹고 이용했다는 것에 경악을 금치 못할 따름입니다."

아버지란 말에 감격해하던 옥운자는 비로소 함토리 특유의 유들유들한 웃음을 찾으며 대꾸했다.

"그건 다 너를 위해서 한 일이다. 맹에 헌신하면서 스스로를 단련했으니 그보다 좋은 일이 또 어디 있느냐? 대의를 위해 노력하여 명예를 얻고, 또 그로 인해 정신적으로 육체적으로 한층 성장하고, 일거양득에 일석이조 아니겠니?"

"나참, 어이가 없어서……."

맹정우는 뻔뻔스러운 옥운자의 대답에 혀를 내둘렀다. 명왕뿐 아니라 사라진 함토리도 다시 현신하고 있는 모양이었다.

그때 관서극이 외쳤다.

"다들 준비하시오! 잠시 후 결계의 색깔이 바뀔 것이오!"

네 명은 만반의 준비를 갖추고 나란히 입구 앞에 섰다.

옥운자와 나란히 선 맹정우는 가슴속에 묻어두었던 진짜 궁금했던 질문 한 가지를 꺼냈다.

"나중에 기회가 없을지 모르니 한 가지만 더 묻겠습니다. 어머니와는 어떻게 알게 되었고, 저는 왜 낳으신 겁니까? 결국 화산으로 돌아갈 거였다면 책임지지 못할 아이를 낳을 필요는 없었잖습니까?"

직설적인 물음에 옥운자는 괴로운 표정을 지었다.

"나는 너희 어머니를 진심으로 사랑했다. 그녀는 좌절하는 나를 위로해 주고 다시 일어서게 해준 유일한 희망이었다. 이것만은 진실이니 의심하지 말거라. 그리고… 너를 낳은 이유는…… 그건 나중에 얘기해 주마. 상황이 어떻게 변할지 모르지만 결코 지금 얘기해서는 안 되는 얘기다."

어머니에 관한 대답은 쉽게 해준 옥운자였으나 맹정우의 출생에 대해서는 굳게 입을 다물었다. 맹정우뿐 아니라 다들 궁금한 표정을 지었지만 한 번 닫힌 옥운자의 입은 열리지 않았다.

잠시 후, 드디어 적광이 녹색으로 변하더니 푸른 빛을 발하기 시작했다.

"지금 들어가시오!"

관서극의 외침과 동시에 네 명은 입구로 뛰어들었다. 입구로 들어서는 그들에게 강력한 경력이 파고들었다.

청천 진인과 옥운자가 다가오는 경력에 맞서 검을 휘둘렀다.

콰콰콰쾅!

경력과 충돌한 둘은 그 여파를 이기지 못하고 입구 밖으로 튕겨 나갈 뻔했다. 다행히 맹정우가 허공섭물의 재주로 둘을 끌어당겨 모두 안까지 들어설 수 있었다.

간신히 안으로 들어선 네 명을 향해 도사리고 있던 세 장로가 무서운 속도로 짓쳐들었다.

"조심하게! 아까의 그놈들이 아냐!"

청천 진인이 외쳤다. 그는 경기와 맞서서 조금 손해를 본 후 그들의 무위가 몇 곱절 강해졌다는 것을 감지했다.

뒤늦게 따라 들어온 관서극이 외쳤다.

"놈들도 명왕의 삼대신장을 자신의 몸에 강신시킨 상태요! 놈들의 능력은 일월문의 강신술 따위와는 차원이 다르오! 모두 조심해요!"

과연 그의 말대로 신장이 강신한 세 장로의 몸놀림은 도저히 사람의 그것이라고 할 수 없을 정도였다. 게다가 공력도 엄청나게 상승하여 일 대 일로 맞서도 쉽게 제압하기 어려울 수준에 이르러 있었다.

그때 한 발 물러서 있던 맹정우의 검이 번득였고, 그의 검에서 나온 세 줄기의 검기가 기쾌하게 움직이는 세 장로에게로 꽂혀들었다.

"크아아아아!"

인간의 고함이라고 할 수 없는 괴성이 세 장로의 입에서 튀어나왔다. 맹정우가 구사한 검진파천황의 기운이 그들의 몸을 반 이상 끊어버린 상태였다.

"됐어! 안으로 들어가자고!"

청천 진인이 득의한 음성으로 외쳤다. 그러나 달려가는 네 명의 앞을 다시 세 장로가 가로막았다. 그들은 팔다리가 덜렁거리면서도 여전히 움직이는 속도가 줄어들지 않고 있었다.

청천 진인은 결단을 내렸다.

"여긴 나와 옥운이 맡겠네! 시간이 없으니 자네 둘이 먼저 들어가게!"

맹정우와 방구병은 토를 달지 않았다. 더 이상 시간을 지체했다가는 대법이 끝나 버릴 수도 있는 상황이었다.

둘은 세 괴물을 청천 진인과 옥운자에게 맡기고 관서극을 데리고서 신법을 구사하며 안으로 안으로 달렸다.

한참을 더 간 둘이 도달한 곳은 동굴 내부의 광장 같은 넓은 공간이었다. 공간의 한가운데에는 바닥에서부터 동굴 천장까지 푸른 불길 같은 형상이 치솟아 오르고 있었고, 불길 안에 희미하게 둥근 제단의 형상이 보였다.

맹정우는 관서극에게 물었다.

"이제 어떻게 해야 하오?"

관서극은 고개를 저었다.

"나도 명왕현신대법을 직접 보는 것은 처음이오. 여기서부터는 배교의 술법이 가미되었기에 나로서도 방법을 잘 모르겠소."

그는 몇 가지 부적을 꺼내어서는 주문을 외우며 날렸다. 그러나 날아간 부적들은 푸른 불길에 닿는 족족 사그라져 버렸다.

"나로서는 방법이 없소. 이제 그대들의 인간 한계를 넘어선 무공으로 직접 부딪치시오."

관서극은 물러섰고, 맹정우와 방구병이 앞으로 나섰다.

"동시에 최대한의 공력을 짜내어 검기를 날려보자. 우리 둘 정도라면 제단까지도 깨뜨릴 수 있을 듯한데."

맹정우의 말에 방구병은 고개를 가로저었다.

"제단을 깨고 대법을 무력화시킨다 해도 이미 늦었다. 벌써 대법은 시작되었고, 일각은 지난 듯하니 놈은 지금쯤 금강불괴를 넘어 조화경의 경지에 접근하고 있을 거라고. 대법 깨는 데 기운 다 쓰고 나면 놈과 싸울 기운이 있겠어?"

"그럼 뭘 어쩌자고?"

"내게 좋은 방법이 있다."

방구병은 눈을 빛내며 말했다.

"네가 단독으로 제단을 공격하여 부숴뜨려라. 그럼 놈이 화가 나서 튀어나오 겠지. 그럼 그때 내가 단독으로 공격하여 놈을 쓰러뜨리는 거다."

맹정우는 어처구니가 없어 코웃음을 쳤다.

"이게 아직도 영웅놀이의 환상에서 벗어나질 못하고 있네. 나도 못 쓰러뜨리는 놈을 네가 쓰러뜨린다고? 정신 좀 차려라. 이게 네가 늘 즐겨 읽던 무림 야사인 줄 아냐?"

"멍청아, 잘 들어봐. 물론 내가 진신 실력이 너보다 조금, 아주 조금 못하긴 하지만 나에게는 그 누구도 쓰러뜨릴 수 있는 무적의 수법이 있단 말이다."

방구병은 세상의 어떤 호신기공도 깨뜨릴 수 있는 일월성신기에 대해 간략하게 설명했다.

맹정우는 미심쩍어하면서도 일단 그의 말을 듣기로 했다. 시간도 촉박하고 상황도 절박한 지금 지푸라기라도 잡아야 할 심정이었기에.

맹정우는 홀로 제단 앞까지 접근했다. 그의 검결지가 태극을 그리고, 오른손의 검은 활처럼 뒤로 당겨졌다.

'나의 모든 것을 쏟아 붓는다. 그리고 반드시 이긴다!'

마음속으로 다짐하며 맹정우는 활화산 같은 검기를 터뜨렸다.

검광만암천!

은빛 광채가 제단을 둘러싸고 있는 푸른 불길에 부딪쳐 폭발했다. 맹정우의 공세는 멈추지 않았다. 연이어 구사된 검진파천황의 검기가 튀어나와 폭발의 여진으로 흔들리고 있는 푸른 불길에 꽂혀들었다. 첫 번째 검기가 흔들리는 불길을 가르고, 두 번째 검기가 갈라진 불길을 끊고, 세 번째 검기가 마침내 제단으로 꽂혀들었다.

콰콰콰쾅!

온 동굴이, 아니, 온 산이 흔들렸고, 동굴 천장이 무너져 내리기 시작했다. 푸른 불길은 사라졌고, 제단은 절반으로 갈라져 버렸다.

"헉! 헉!"

온몸의 기운을 남김없이 짜낸 맹정우는 거친 숨을 토해내며 무릎을 꿇었다. 그런 그의 귀에 거대한 울림이 파고들었다.

"감히 본왕의 현신을 방해하는 놈이 누구냐!"

울림은 흔들리는 동굴을 더욱 뒤흔들며 온 사방에 메아리쳤다.

간신히 고개를 든 맹정우의 눈앞에는 놀라운 광경이 펼쳐지고 있었다. 반쪽 난 제단의 갈라진 틈에서는 붉은 불길이 마구 치솟고 있었고, 그 불길의 위에는 위지관천이 붉은 안광을 내뿜으며 공중에 뜬 채로 걷고 있었다. 혈광을 내뿜으며 불길 위를 걸어오는 위지관천의 모습은 지옥에서 막 기어올라 온 마귀를 연상시켰다.

"크크크크, 네놈인가? 그러나 때가 늦었다, 맹정우."

아직 이지는 남아 있는 듯 위지관천은 맹정우를 알아보았다. 그리고 그에게 접근해 오기 시작했다.

맹정우는 숨을 몰아쉬면서 다시 한 번 기운을 모았다. 텅 비어 있던 단전에 다시 내기가 모여들기 시작했다. 혈패왕의 놀라운 내공심법 덕이었다.

기운을 모은 맹정우는 다가오는 위지관천을 향해 검을 쭉 내뻗었다. 섬전 같은 검기가 검에서 흘러나와 위지관천에게로 꽂혀들었다.

콰쾅!

"아니?"

맹정우는 경악하여 눈을 치떴다. 심장에 틀어박히는 듯했던 검기는 위지관천이 치켜든 왼손에 막혀 흔적도 없이 사라져 버렸다.

"고작 이따위 공격으로 본왕을 해하려 했던 게냐?"

본왕 본왕 하는 것을 보니 자신이 명왕이라고 착각하는 듯했다. 그러나 착각이든 어쨌든, 지금 그는 명왕에 가까운 능력을 보여주고 있었다.

위지관천은 불길 위에서 천천히 내려섰다. 마치 허공의 계단을 내려오는 것처럼 맹정우에게로 하강해 왔다.

위지관천이 맹정우의 일 장 앞까지 다다랐을 때였다. 갑자기 어두운 구석에서 튀어나온 뭔가가 그의 등 뒤로 달려들었다.

"진정한 영웅 경천객께서 네놈을 쓰러뜨려 주마! 일월성신기이―"

우렁차게 외치며 달려드는 방구병의 손에 들린 장검에는 금빛의 광채가 가득 어렸다. 세상의 그 어떤 물질도, 어떤 호신강기도 분쇄해 버린다는 일월성신기의 기운이었다.

그러나 일월성신기의 기운이 가득 담긴 검은 그 어떤 것도 분쇄하지 못했다. 위지관천이 뒤로 휘두른 손에서 나온 경력에 걸린 방구병이 붕 떠서 날아가 동굴 벽에 처박혔기 때문이다.

맹정우는 촉망 중에도 이마를 감싸 쥐고 장탄식을 했다.

"저 바보 자식 초식 명 외치는 버릇 때문에 강호의 운명이 여기서 끝장나는구나."

등 뒤에서 암습하는 놈이 대관절 초식 명은 왜 외친단 말인가? 살금살금 다가와 푹 찔러도 성공할까 말까 하는 판에.

위지관천은 다시 맹정우에게로 몸을 돌렸다.

"네놈들이 여기로 온 걸 보면 제소운이 실패했다는 건가? 도저히 이해할 수 없군. 그의 계획이 실패할 리 없다고 봤는데. 혹시 너 때문인가?"

맹정우는 싱긋 웃었다.

"사람 보는 눈은 있군. 그래, 나 때문이지. 네놈이 여기서 끝장나는 것도 나 때문이고."

"기운이 없어 일어서지도 못하고 있는 놈이 할 얘기는 아닌 것 같은데."

위지관천은 싸늘하게 비웃으며 한쪽 무릎을 꿇고 있는 맹정우를 향해 한 팔을 치켜들었다. 그의 손이 내려쳐지면 맹정우도 끝장날 판이었다.

그때 광장 입구로 두 개의 그림자가 날아들었다. 세 장로를 쓰러뜨리고 온 청천 진인과 옥운자였다. 둘은 동시에 위지관천에게로 덤벼들었다.

"내 오랜 숙적이로군. 인사는 해야겠지?"

위지관천은 여유롭게 말하며 두 손을 다가오는 그들을 향해 내뻗었다.

쿠오오오오—

거대한 경력이 꿈틀거리며 두 고수를 휘감았다. 청천 진인의 검에서 일 장에 달하는 검강이 뻗어 나왔지만 경력은 그를 감싸 바닥에 패대기쳤다. 옥운자의 검에서 자색 검기가 뿜어져 나왔지만 위지관천의 경력은 그것마저도 억눌러 버렸다. 옥운자는 피를 토하며 나가떨어졌다.

"이제 끝이야."

위지관천은 멀리 쓰러져 있는 둘을 향해 두 손을 내리찍었다. 경력으로 압사시키려는 듯한 동작이었다.

그때 이때껏 가만히 있던 맹정우가 전광석화같이 그의 품으로 뛰어들었다.

"응?"

위지관천은 쓰러진 둘을 향해 내밀었던 두 손을 돌려 품 안으로 뛰어드는 맹정우를 향해 내뻗었다.

맹정우는 양손을 풍차처럼 회전시키며 다가오는 위지관천의 두 손을 낚아챘다. 그리고는 잡은 두 팔을 한 손으로 엮으며 다른 한 손으로는 위지관천의 명치를 강타했다. 오랜만에 쓰는 금나수법 이식과 사식의 연계였다.

콰앙!

명치를 강타한 맹정우의 손에는 강력한 장력이 실려 있었다. 위지관천은 장력에 떠밀려 제단 앞까지 밀려 나갔다.

"으윽!"

맹정우는 위지관천의 명치를 때린 왼손을 움켜쥐었다. 내공으로 보호했음에도 손가락이 부서질 듯 아파왔다. 금강불괴를 넘어설 거라는 관서극의 말은 허언이 아니었던 모양이다.

"건방진 놈이!"

위지관천은 여전히 멀쩡했지만 어이없이 밀려 나갔던 것이 화가 나는 듯 혈광을 내뿜었다. 그는 맹정우에게로 다시 미끄러져 오기 시작했다.

"날 밀어내는 정도로 얻을 수 있는 이득은 없을걸?"

맹정우는 상대를 기다리지 않고 발을 굴러 다가오는 위지관천에게로 쏘아져 나갔다.

"거리와 시간이라는 이득을 얻었다!"

어느새 한껏 허리 뒤로 당겨진 맹정우의 검은 맹렬히 공진하며 푸른 광채를 발하기 시작했다.

서로에게 달려든 둘이 맞닥뜨리는 순간, 위지관천의 양손에서는 거대한 경력이 뿜어져 나왔고, 맹정우는 닥쳐오는 경력과 그 뒤에 도사리고 있는 위지관천을 향해 힘차게 검을 내리그었다. 검에서 뿜어진 광채는 푸른 단면을 형성하며 뻗어나가 경력을, 위지관천을, 공간을 갈랐다.

쩌어어어엉!

검명이 울리고, 동굴 내부가 우르릉거렸다. 시간이 정지된 듯 위지관천과 맹정우는 마주한 채 멈춰 서 있었다.

"이게… 어떤 무공이지?"

위지관천이 물었다. 푸른 광채가 훑고 간 그의 가슴은 쩍 갈라져 있었다.

"검명각인의. 너의 선조인 청양을 무찔렀던 바로 그 초식이다."

"검의 소리로 사람의 뜻을 새긴다라. 참으로 멋진 이름이구나……."

서서히 어두워지던 위지관천의 눈에 돌연 혈광이 다시 넘쳐흘렀다.

"그런데 어쩌지? 네놈의 초식은 그 이름 값을 못하는걸!"

위지관천의 손이 맹정우의 목을 움켜잡았다. 그리고 그를 번쩍 공중으로 치켜들었다.

"크으으윽……."

맹정우는 신음을 흘렸지만 어찌할 방도가 없었다. 그의 오른손에 들린 팔성검은 이미 산산조각이 난 상태였다. 이전에 검명각인의를 최초로 시전했을 때 금이 갔던 검이 두 번째 시도를 견디지 못하고 부서져 버렸고, 그로 인해 위지관천에게 치명타를 입히지 못한 것이다.

"이놈! 그 손을 당장 놓지 못하겠느냐!"

옥운자의 외침이 들려왔다. 그와 청천 진인은 간신히 몸을 일으키고 위지관천에게 접근하고 있었다.

"후후후, 직접 와서 놓도록 해보지 그러나."

위지관천은 비웃음을 흘리며 목을 잡아 올린 맹정우를 흔들었다. 갈라졌던 그의 가슴은 붉은 기운이 흐르며 저절로 치유가 되고 있었다.

"저, 저놈이……."

옥운자와 청천 진인은 맹정우가 잡혀 있기 때문에 어찌할 바를 몰라 했다.

"후하하하하! 네놈들이 안 오겠다면 본왕이 가지!"

위지관천은 계속 맹정우의 목을 잡은 채로 둘을 향해 성큼 다가섰다.

그때 청천 진인이 돌연 공중으로 뛰어올라 위지관천에게로 파고들었다. 청천 진인의 손에 들린 검에서 전에 없이 선명한 검강이 쭉 뻗어 나왔다. 그는 신검합일(身劍合一)의 기세로 위지관천을 향해 곧장 날아갔다. 자신의 모든 공력을 짜내 동귀어진을 하겠다는 기세였다.

위지관천의 눈에서 뿜어져 나오는 혈광이 일순 짙어졌다. 그의 손에서 뿜어져 나오는 경력 또한 붉어지며 동굴의 온 공간을 뒤덮었다. 다가온 청천 진인의 검강이 온 사방을 뒤덮는 붉은 경력의 기운과 충돌했다.

꽈르르르르릉! 콰콰콰쾅!

경력과 검강이 충돌하면서 동굴에 한바탕 폭풍이 휘몰아쳤다. 붉은 기운은 공간을 헤집으며 사방팔방으로 휘몰아쳤다. 청천 진인은 붉은 기운을 헤치고 위지관천의 앞까지 다가왔으나 끝까지 검강의 기세를 잇지 못하고 피를 토하며 쓰러졌다.

"크흐흐, 청천. 이제 이별할 시간이로구나!"

즐거워하며 청천 진인에게 다가서던 위지관천을 향해 돌연 눈부신 검강이 휘몰아쳤다. 청천 진인이 뚫어놓은 공간을 따라 날아온 옥운자의 검강이 방심하고 있던 위지관천의 복부에 꽂혀 버린 것이다.

"크으……."

침음성을 흘리며 자신의 복부에 검을 꽂아 넣은 옥운자와 눈을 마주친 위지관천은 돌연 광소를 터뜨렸다.

"크하하하하! 설마 이겼다고 생각하는 것이냐! 본왕에게 너희 인간의 힘이 통할 성싶은가!"

검강이 사라진 옥운자의 검이 뚝 부러지며 두 동강나 버렸고, 위지관천의 손에서는 다시 붉은색 광망이 뻗어 나왔다.

"우우욱!"

옥운자 역시 붉은 경기에 떠밀려 청천 진인의 옆으로 쓰러졌다.

여전히 위지관천의 왼손에 목을 잡혀 있던 맹정우는 목을 잡은 손이 약간 헐거워진 것을 눈치챘다. 청천 진인과 옥운자를 상대하느라 자기도 모르게 힘을 빠진 모양이었다.

절망적인 상황이었지만 맹정우는 어떻게든 방법을 강구하기 위해 이리저리 눈을 돌렸다. 그런 그의 눈에 부서진 제단이 들어왔다. 제단 위에는 마교의 세 성물이 굴러다니고 있었다. 마경과 제마령, 그리고 낯이 익은 검 한 자루.

'건곤검!'

그것은 그가 가지고 있다가 형산에서 잃어버렸던 원래의 팔성검이자 진짜 건곤검이었다.

'저 검을 손에 쥘 수만 있다면……!'

눈을 빛내던 맹정우는 문득 위지관천의 어깨 너머로 무언가 금빛으로 빛나고 있다는 것을 깨달았다. 그쪽으로 시선을 돌리니 금빛을 발하고 있는 것은 뒤편 벽에 처박혀 기절해 있는 방구병이 들고 있는 검이었다. 그가 일으킨 일월성신기가 아직 검에서 사그라지지 않은 모양이다. 그때 방구병이 갑자기 머리를 뒤흔들기 시작했다. 기절한 상태에서 막 깨어난 방구병은 고개를 쳐들었고, 위지관천의 어깨 너머에서 그를 바라보던 맹정우와 눈이 마주쳤다.

한편 막강한 경력으로 두 고수를 압도한 위지관천은 경력을 내뻗고 있는 손을 번쩍 치켜들었다. 그러자 경력에 휩싸인 청천 진인과 옥운자가 공중으로 떠올랐다.

장내의 모든 사람을 제압했다고 생각한 위지관천은 득의 어린 광소를 터뜨렸다.

"으하하하하! 이제 무림맹주도, 비룡회주도 본왕의 손에 들어왔도다! 천하에 그 누가 있어 본왕을 막아설 것이냐!"

"여기 있지."

머리 위에서 나직한 한마디가 들려왔다.

그 순간 위지관천은 높이 쳐든 왼손이 갑자기 허전해지는 것을 느꼈다.

위지관천의 손에서 목을 빼낸 맹정우가 어느새 그의 품 안으로 뛰어들고 있었다.

"이놈이?"

위지관천이 얼른 치켜든 손으로 맹정우의 머리를 내리찍었다. 그러나 맹정우가 더 빨랐다. 그의 발은 궁보로 땅을 내딛고 있었고, 그의 구부러진 양팔은 활짝 펴지며 위지관천의 가슴을 쳤다. 맹정우가 최초로 익혔던, 그리고 가장 자신 있어하는, 살상력은 전혀 없으되 미는 힘은 천하제일인 퇴산장이 발휘되었다.

위지관천은 몸이 공중으로 붕 뜸을 느꼈다. 떠오른 그의 몸은 벽까지 쭉 밀려나갔다. 장력을 받고도 통증이 전혀 없었기에 밀려가면서도 위지관천의 얼굴에는 비웃음이 어렸다. 그가 밀려 나가는 몸을 정지하려 하는 순간, 뭔가가 등을 꿰뚫고 들어와 그의 가슴으로 삐져 나왔다.

"우우아아아!"

위지관천은 괴성을 지르며 찢어질 듯 커진 눈으로 자신의 가슴을 뚫고 나온 금빛의 검신을 내려다보았다. 등 뒤에서 헐떡이는 소리와 웃음소리가 들려왔다.

"후아, 후아, 아하하, 아하하하! 내가 해냈다! 이 방구병의 일월성신기가 마왕의 몸을 뚫었어!"

방구병이 발작적으로 외쳤다. 눈을 맞춘 직후 맹정우가 절묘하게 위지관천을 날려주었고, 아직도 검에 남아 있던 일월성신기로 위지관천을 꿰뚫어 버렸다. 드디어 적의 수괴를 무찌른 것이다.

그러나 위지관천은 아직 살아 있었다. 일월성신기에 당한 타격은 컸으나 그는 꿈틀거리며 손을 뻗어 금빛이 서서히 사라지는 방구병의 검신을 잡아 뚝 부러뜨렸다.

"이놈들… 모두 죽인다… 모두 죽여 버린다아!"

위지관천의 눈에서 꺼져 가던 혈광이 최후의 발악이라도 하듯 다시 폭주했다. 엄청난 경력이 그의 온몸에서 뿜어져 나오면서 그의 등 뒤에 있던 방구병은 밀려 나가 벽에 부딪쳐 쓰러져 버렸다.

"크아아아아아아—!"

위지관천은 괴로운 듯 더욱 큰 괴성을 내질렀고, 그의 온몸에서 혈광이 뿜어져 나왔다. 동굴과 온 산이 폭발하듯 흔들리는 그 순간, 제단으로 달려가 진짜 건곤검을 집어 든 맹정우가 그를 향해 뛰어들었다.

그의 검에서 뿜어져 나온 뇌전과 같은 푸른 광채가 혈광을 가르며 위지관천에게 꽂혔다. 한 번, 두 번, 세 번, 검의 광채가 공간을 가르며 울부짖었다.

광채가 훑고 지나간 공간은 검명과 함께 산산이 쪼개졌다. 그 공간 내에 있던 위지관천의 몸 역시, 형체를 잃고 조각나 버렸다.

위지관천이 쓰러진 직후 제단은 폭발했고, 송왕산을 감싸고 있던 모든 요기는 하늘로 사라져 버렸다.

"저기다!"

"저기 나온다!"

"모두 무사하시다!"

"만세! 이겼다!"

무너져 내리는 동굴을 간신히 빠져나온 맹정우와 방구병, 옥운자와 청천 진인, 그리고 관서극을 맞은 것은 동굴 앞에 모여 있던 무림맹원들의 우렁찬 함성이었다.

다섯 명은 비틀거리면서도 다가온 맹원들과 어울려 기쁨을 나누었다. 맹정우는 최운에게 부축 받으면서 자신에게 다가온 혜공, 혜승, 연설연, 그리고 선학자와 덕호 등 삼 년 전 함께했던 추적대원들과 반갑게 해후했다. 이제 다 함께 웃을 수 있는 시간이 도래한 것이다.

맹정우는 대원들의 어깨 너머로 자신을 향해 눈물지으며 밝게 웃는 은소예와 눈이 마주쳤다. 맹정우는 그녀에게 환히 웃어 보이며 정신을 놓았다.

　정신이 든 맹정우는 맹주 전용 막사에 누워 있었다. 그의 옆에는 옥운지와 방구병이 누워 있었다. 모두 함께 치료를 받고 있는 모양이었다.
　옥운자가 깨어 있음을 알아차린 맹정우는 조심스레 입을 열었다.
　“아버지, 이제 다 끝났으니 말씀해 주시죠. 이제 와서 자꾸 묻는 것도 좀 그렇지만 이왕 말 나온 김이니 말이지요. 어떤 생각으로 절 낳으신 건가요?”
　옥운자는 한참 말이 없더니 고뇌에 찬 목소리로 말했다.
　“꼭 알아야겠냐?”
　“자꾸 뜸을 들이고 말씀 안 하시려 하니 더 궁금해지는 거 아닙니까.”
　옥운자는 길게 한숨을 내쉬더니 말을 이었다.
　“정 그렇다면 우리끼리니까 말해 주마. 너무 화내지만 말아다오.”
　“아이, 걱정 마시라니까. 이제 아쉬운 감정 다 접었다니까요.”
　“이건 그런 것과는 별개라서 말이지. 사실은…….”
　옥운자는 아주 나직한 목소리로 과거 얘기를 하기 시작했다.
　“본래 나는 젊을 적에 화산일룡이라고 해서 꽤 촉망받던 기재였다. 그 당시 무당파에 호적수가 한 명 있었는데, 그와 비무를 한 번 했다가 내가 아주 형편없이 깨져 버렸지. 그 호적수가 바로 현 무림맹주인 청천 진인이다. 나중에 내가 재기하고 무림맹에 들어간 이후로는 둘도 없는 친구가 되었지만, 그 당시에는 경쟁자였기에 그에게 당한 나는 상심이 대단히 컸지. 게다가 그의 절기인 호조수에 워낙 심하게 당해서 몸 상태가 말이 아니었다. 그러한 정신적, 육체적 충격으로 인해 한동안 큰 실의의 나날을 보내야 했고, 결국 화산을 뛰쳐나오고 말았지. 방황하던 와중에 나를 위로해 준 여자가 너의 엄마였다. 그녀와 정이 들어 같이 동거를 했었고, 그러다가 네 엄마가 너를 임신했지.”
　“그랬군요. 뭐, 듣고 보니 파란만장하긴 하지만 그렇게 뜸 들일 얘기는 아닌 것 같은데요? 서로 좋아서 같이 살다 보니 애가 생기는 경우야 왕왕 있는 일 아닙니까? 도사 신분으로 그랬다는 것이 조금 무책임하긴 하지만.”

맹정우의 말에 함토리는 길게 한숨을 내쉬었다.

"무책임하다기보다는 멍청했다고 보는 게 맞다. 난 그녀가 결코 임신할 일은 없을 거라 생각했거든."

"어째서요?"

"난 청천자가 나에게 구사한 것이 호조수가 아니라 다른 수법인 줄 알았거든."

"다른 수법이오?"

"그게……."

함토리의 말은 점점 작아졌고, 그 말을 듣는 맹정우의 입은 점점 크게 벌어졌다. 잠시 적막이 흐르던 막사 안은 돌연 터져 나온 방구병의 폭소로 인해 소란스러워졌다.

제15장

영웅은 스스로의 말과 행동에 책임을 질 줄 아는 자다

“으하하하하! 우하, 우하, 우하하하하하!”

“조용히 안 해?”

맹정우는 허리를 부여잡고 웃고 있는 방구병의 엉덩이를 힘껏 걷어찼다. 그러나 걷어 채여 길 밖으로 뒹굴면서도 방구병은 낄낄거리는 것을 멈추지 않았다.

“크크크크크, 내 어찌 웃음을 멈출 수 있겠느냐! 세상에 그런 어이없는 출생의 비밀이 있다니……”

맹정우는 걷잡을 수 없는 짜증이 일었다. 하필 그때, 그 막사에 방구병이 같이 누워 있던 것이 화근이었다. 어르고 협박하여 다른 사람한테는 절대 얘기 안하기로 약조를 받아낸 상태였지만 둘만 있을 때는 저렇게 자지러지게 웃음보를 터뜨리는 것이었다.

“아무리 생각해도 너무 웃겨. 그러니까 함 노사, 아니, 옥운 진인께서 무림맹 주님하고 젊었을 때 비무를 했는데, 맹주님에게 호되게 당한 초식이 남자를 고자로 만드는 호조절호수였다고 착각을 했다는 거 아니냐. 사실은 그냥 호조수였는데 말이지. 그래서 자신이 고자가 된 줄 알고 애 낳을 걱정 없겠다 싶어 마음껏 육봉을 휘두르고 다닌 결과가 너라 이거 아니야. 으하하하하하……!"

듣고 싶지 않은 얘기를 계속 듣는 것만큼 고역인 일도 없다. 방구병의 지랄이 그칠 것 같지 않자 맹정우는 별수없이 극약 처방을 쓰기로 결심했다.

그는 혼잣말처럼 중얼거렸다.

"그래도 어쨌거나 아비가 셋인 놈보다는 낫지 않나?"

혼잣말인 양 말했으나 워낙 크게 말한 터라 방구병의 귀에 안 들어갈 리 없었다. 방구병은 표정이 싹 변했다.

"뭐, 임마?"

아비가 셋이란 말은 방구병의 역린이었다. 전직 기녀인 그의 어머니는 그를 가졌을 때 세 남자랑 비슷한 시기에 동침을 한 터라 누가 진짜 아비인지 정확히 알 수가 없었던 것이다.

"낫긴, 개뿔이! 아비가 멍청해서 태어난 놈이 감히 어디서 주둥일 함부로 놀리는 게냐!"

"그러는 넌 어미가 멍청하지 않냐? 지아비가 누군지를 몰라 자기 성을 아들에게 붙였으니."

"이게 정말 죽고 싶나?"

한참을 툭탁거리다가 지친 둘은 언제 그랬냐는 듯 다시 걷기 시작했다. 명문 정파의 자제들이었으면 목숨을 걸고 싸울 만한 시비였지만 전직 길거리 인생인 그들에겐 잠시 서로를 놀려먹는 유희거리밖에 안 되는 얘기들이었다.

"그런데 네놈이 대관절 웬일이냐? 여자를 책임지겠다는 생각을 다하다니."

방구병이 신기하다는 투로 묻는 말에 맹정우는 괴로운 빛을 띠며 대꾸했다.

"여자만이라면 이럴 필요까지는 없겠지. 그러나 아기가 있다고 하지 않았느냐. 일단 내 아기인 게 맞는다면, 그때는 책임을 져야겠지."

"어쭈 철들었네?"

"닥치고 안내나 제대로 해. 이 근처라 하지 않았어?"

방구병은 두리번거리더니 이내 고개 아래를 가리켰다.

"저기를 돌면 그 옆에 영웅객잔이 있을 거다."

고갯길을 내려가는 와중에 방구병이 다시 물었다.

"그런데 은 소저는 어쩔 거야? 간신히 사이가 좋아졌는데, 애가 있다는 것을 알면……."

맹정우는 긴 한숨을 내쉬었다.

"어쩔 수 없지. 애가 진짜 내 애라면 숨길 도리가 없지 않냐."

"포기하겠다는 거냐?"

"포기는. 잘 설득하여 둘째 마누라로 삼아야지."

"지랄을 하는군."

다시 티격태격하며 고개 아래까지 내려간 둘은 영웅객잔을 발견했다.

객잔 근처에 다다른 맹정우는 객잔 앞에서 뛰어놀고 있는 꼬마를 발견했다.

꼬마는 맹정우를 보더니 쪼르르 달려왔다. 고작 해야 세 살이나 되었을까? 아주 깜찍하게 생긴 꼬마는 고개를 조아리며 말했다.

"저흐 객잔에 어서 오셔여."

제대로 된 발음이 아니었지만 점소이가 하는 인사를 흉내 내는 모양이었다. 맹정우는 꼬마가 너무도 귀여워 아이를 번쩍 들어올렸다.

"어머니 계시냐?"

꼬마는 활짝 웃으며 고개를 끄덕였다.

맹정우는 유심히 꼬마의 얼굴을 살폈다. 크고 부리부리한 눈, 그리고 크고 긴 코, 방구병의 말마따나 자신을 쏙 빼닮았다. 넓적한 입술이 조금 안 닮긴 했으나 인중 위만 보면 완전히 자신과 판박이였다.

'이게 내 아들이란 말이지.'

맹정우는 가슴이 뭉클해졌다. 자신과 꼭 닮은 아이가 자신의 품에 안겨 있다. 세상에 이런 행복이 또 어디 있단 말인가.

'그래, 너만은 내가 책임지마! 이 세상 살아가는 끝 날까지 내 목숨을 걸고.'

뜨거운 부성애를 느끼며 맹정우는 객잔 안으로 들어섰다.

객잔 안은 한적했고, 구석에 손님 한 명이 국수를 먹고 있을 뿐이었다.

"어서 옵셔!"

갑자기 옆에서 우렁찬 목소리가 터져 나왔다. 맹정우는 눈앞이 깜깜해지는
것을 느꼈다.

"자아, 손님. 이쪽 탁자가 비어 있습니다. 아소 이놈! 또 손님한테 귀찮게 굴
면 혼난다!"

덩치가 산만한 점소이는 솥뚜껑 같은 손을 내밀어 맹정우에게서 아기를 떼어
놓으려 했다.

"아니, 괜찮습니다. 제가 조금만 더 안고 있겠습니다."

"아이고, 아닙니다. 이놈은 아직 대소변을 못 가려서… 손님들이 귀여워하시
다가 봉변을 당하는 수가 종종……."

마주 보며 대화하던 둘은 문득 서로가 낯이 익다는 것을 깨달았다.

"저어, 어디서 뵌 적이 있는 듯하온데……."

"글쎄 말입니다. 분명 예전에……."

그때 객잔 주방문이 왈칵 열리면서 상소하가 뛰어나왔다.

"손님 오셨으면 빨리 앉히고 주문 안 받고 대체 뭐 하는 거야? 어머, 당신?"

그녀는 맹정우를 알아본 듯 눈을 크게 떴다.

"맹정우 아냐?"

맹정우란 말에 점소이는 손뼉을 쳤다.

"아하! 일검탈명 맹정우 대협이시로군! 저 모르시겠습니까?"

맹정우는 점소이를 이리저리 훑어보았다.

"글쎄, 분명 낯이 익은데 기억이 잘……."

"수염을 깎아서 못 알아보시는 게로군. 왜 그때 대별산에서 뵈었지 않습니
까? 대별산 대호채의 증산입니다."

"아하!"

맹정우는 그제야 알겠다는 듯 고개를 끄덕였다. 증산은 상소하를 구하러 갔
던 산채의 두목이었다. 그는 맹정우의 명성에 눌려 그를 두려워하면서도 상소하
를 흠모하여 끝까지 그녀를 놓아주지 않으려 했었다.

맹정우는 상소하와 증산을 번갈아 보며 말했다.

"그럼 둘이……."

상소하는 발그레 뺨을 물들였고, 증산은 호탕하게 웃으며 말했다.

"예, 제가 산채 때려치우고 여기로 왔습니다. 삼 년 전에 혼례를 올렸구요."

'삼 년 전? 이런……!'

맹정우는 수줍은 듯 고개를 꼬고 있는 상소하를 어이없어하며 바라보았다. 헤어질 때만 해도 오고 싶을 때는 언제든지 돌아오라 하면서 천년만년 기다릴 듯이 말하더니만, 삼 년 전에 혼례를 올렸다면 그가 떠난 지 얼마 되지도 않아서 증산과 눈이 맞았다는 얘기 아닌가.

'그럼 이애도…….'

맹정우는 다시 아이를 쳐다보았다. 그리고는 새삼 깨달았다. 아까 자신의 생각이 완전한 착각이었음을. 부리부리한 눈은 그보다 훨씬 더 큰 증산의 퉁방울 눈의 축소판이었고, 길고 큰 코, 그리고 넓적한 입술 역시 증산과 상소하의 절묘한 조합이었다. 다시 보니 어딜 봐도 둘의 자식이었다.

맹정우는 명확한 확인을 위해 방구병을 증산에 붙이고는 상소하를 주방으로 따로 불러 물었다.

"이봐, 오랜만에 만나서 이런 얘길 하는 게 실례인 줄 알지만, 내 애는 아니지?"

상소하는 웃으며 그런 걱정 말라고 했다. 아소는 발육이 좋아 세 살처럼 보이지만 사실 갓 두 돌이 지난 아이라는 대답이었다.

맹정우는 안도의 한숨을 내쉬었다. 그런데 주방 밖으로 나가려는 그의 귀에 아주 가벼운 발소리가 들려왔다. 주방문 너머에서 나는 소리였다.

'무림인?'

그가 재빨리 주방문을 열고 나오자 황급히 객잔 밖으로 나서는 손님의 뒷모습이 보였다. 아까 객잔 구석에서 홀로 국수를 먹던 사람이었다.

맹정우가 고개를 갸웃거릴 찰나, 증산과 대화를 나누고 있던 방구병이 갑자기 박장대소하는 소리가 들려왔다.

"크크크크크! 이거 걸작이구려. 부전자전이라는 말이 이보다 더 들어맞을 수가 있을까? 아비는 자기 아들이 태어난지도 모르고, 그 아들은 태어난 게 자기 아들인지 남의 아들인지를 모르고 말이오.”

증산은 그가 무슨 소릴 하는지 몰라 어리둥절해하고 있었지만 맹정우는 코에서 김이 나기 시작했다.

상소하의 아들이 자기 아들인 것처럼 떠벌려 착각의 원인 제공을 한 게 누구인데 감히 저딴 소리를 하는 것인가?

“그래, 너 오늘 간만에 매타작 한번 해보자!”

맹정우는 조용히 의자 다리를 뽑았다. 그리고 탁자를 치며 박장대소 중인 방구병의 등 뒤로 다가가 의자 다리로 그의 마혈을 쿡 찔렀다.

“무, 무슨 짓이냐, 이놈!”

뒤늦게 사태를 깨달은 방구병이 공포에 질려 외쳤지만 이미 때는 늦어 있었다. 맹정우의 의자 다리가 몸이 마비된 그에게로 사정없이 꽂히기 시작했다.

경천객의 위신을 망각한 방구병의 구슬픈 비명이 객잔을 울려 퍼지는 가운데, 맹정우는 그 소리 사이로 들려온 작은 소리에 돌연 매타작을 멈췄다. 문밖에서 들려온 ‘치!’ 하는 가벼운 소음.

‘설마……!’

맹정우는 여전히 객잔이 떠나가라 소리를 지르고 있는 방구병을 놔두고 객잔 문을 박차고 나갔다. 아까의 손님이 종종걸음으로 빠르게 걸어가고 있는 것이 보였다. 남장 차림이라 몰랐는데 걷는 걸음걸이를 보니 여자가 틀림없었다. 게다가 아까의 그 ‘치!’ 하는 소리. 귀에 익은 웃음 소리였다.

맹정우는 환해진 얼굴로 그녀를 쫓아갔다. 일전에 아기 얘기가 나왔을 때 무진장 화를 냈음에도 여기까지 몰래 따라온 것을 보면 자신이 어떻게 행동하는지를 알고 싶었기 때문이리라.

맹정우는 그녀를 따라잡아 슬쩍 곁으로 다가가 손을 잡았다.

그녀는 질색을 하며 뿌리쳤다. 잠시 겸연쩍어하던 맹정우는 다시 슬그머니 다가가 그녀의 어깨에 한 손을 걸쳤다.

그녀는 다시 ‘치!’ 하는 웃음소리를 내었지만 거부하는 몸짓을 하지는 않

있다.

"어이, 은 소저. 이제 다 용서해 주는 거지?"

맹정우의 말에 은소예는 눈을 흘기며 말했다.

"너 하는 거 봐서."

"그래, 이제 기대하라고."

맹정우는 은소예의 어깨에 올린 손에 힘을 주며 눈앞에 활짝 펼쳐진 푸른 하늘을 바라보았다.

"이 맹정우가 만들어 나갈 또 다른 전설들을 말이지."

"푸핫!"

은소예는 어처구니가 없는 듯 크게 웃었다.

"하하핫! 거봐, 웃으니까 그렇게 이쁜 것을."

맹정우도 크게 웃었다. 뒤에서 방구병이 씩씩거리며 다가오는 소리가 들렸다.

맹정우는 미소를 머금었다. 사랑하는 여인이 곁에 있고, 격의없이 툭탁거릴 수 있는 친구 놈이 함께 있는 이 순간이 참으로 행복하다는 것을 그는 지금 절실히 느끼고 있었다.

〈大尾〉

청어람 신무협 판타지소설

최고의 신무협 작가 『설봉』의 최신작!

사자후(獅子吼) / 설봉 지음

다시 한번 당신을 잠 못 들게 만들
불후의 대작!

사자후
獅 子 吼

깊게 깊게 빠져드는 몰입의 세계!
온몸을 전율케 하는 찌를 듯한 강렬함을 느낀다!

그에게서는 묘한 악취가 풍겼다. 그가 창을 겨눴을 때……

화염이 이글거리는 눈동자를 보았을 때……

비로소 악취의 정체를 짐작해 냈다.

피와 땀이 켜켜이 쌓여 자연스럽게 뿜어져 나오는 살인마의 냄새.

그는 허명(虛名)을 좇아 비무를 즐기는 낭인(浪人)이 아니라 야성(野性)이 살아서 꿈틀거리는 진짜 살인마였다.

투지가 끓어올라 활화산처럼 꿈틀거렸다.

그의 눈길을 정면으로 맞받으며 묘공보(妙空步)를 밟기 시작했다.

우리의 첫 만남은 그렇게 시작되었다.

- 환봉개(幻棒丐)의 회고록(回顧錄) 中에서 -

유행이 아닌 자유추구 -
WWW. chungeoram.com